ullstein

Das Buch

Frankfurt am Main, Sommer 1977. Das ganze Land steht unter dem Einfluss des Terrorismus. Auch der 15-jährige Johannes bekommt das zu spüren. Seitdem es seine Mutter nach Indien verschlagen hat und sein Vater Botengänge für die RAF übernimmt, steht sein Leben kopf: eine neue Stadt, keine Schule mehr, kein Kontakt mehr – zu niemandem. Sein einziger Trost ist die Musik. Erst Paul, den er auf einer seiner heimlichen Erkundungstouren durch die Stadt kennenlernt, vermag es, ihn aus seiner Deckung zu locken, mit ihm fühlt Johannes sich wieder wie ein normaler Teenager. Doch so einfach ist es nicht, sich eine neue Identität überzustreifen. Besonders, wenn einem zusätzlich ein hübsches Mädchen die Sinne verwirrt.

Auch im Leben von Eli Meissner, Anfang fünfzig und ledig, wird einiges auf den Kopf gestellt. Endlich von der Last befreit, sich zu Hause um die Eltern kümmern zu müssen, will sie einen Neuanfang wagen, beginnend mit der Suche nach einem Mitbewohner. Dass ihr dieser Neuanfang nur über Umwege gelingt, die sie in eine schmerzhafte Vergangenheit und bis nach Buchenwald führen, damit hat sie nicht gerechnet. Als schließlich auch noch Hanns Martin Schleyer entführt wird, muss Eli sich entscheiden, wer sie sein will.

Der Autor

Martin Schult, Jahrgang 1967, studierte Afrikanistik und Ethnologie in Frankfurt und Berlin. Nach mehreren Aufenthalten in West- und Ostafrika und Lehrtätigkeiten in Berlin und Zürich arbeitet er seit 2004 beim Börsenverein des Deutschen Buchhandels. Er ist der stellvertretende Leiter des Berliner Büros und betreut den Friedenspreis. Martin Schult lebt mit seiner Frau in Berlin.

Martin Schult

Anfangs sonnig, später Herbst

Roman

Ullstein

Besuchen Sie uns im Internet:
www.ullstein-buchverlage.de

Originalausgabe im Ullstein Taschenbuch
1. Auflage November 2019
© Ullstein Buchverlage GmbH, Berlin 2019
Umschlaggestaltung: zero-media.net, München
Titelabbildung: © Tom Chance / Westend61 / plainpicture
Satz: Pinkuin Satz und Datentechnik, Berlin
Gesetzt aus Galliard
Druck und Bindearbeiten: CPI books GmbH, Leck
ISBN 978-3-548-29197-0

Für UA und Bee

Inhalt

Then we could be heroes just for one day.
»Heroes« (David Bowie)

La Grange

1

Er sitzt oben auf einer Mauer. Auf dem Platz in der Innenstadt, dort, wo man sich nach der Schule trifft, bemerke ich ihn zum ersten Mal. Wir sehen uns ähnlich. Er ist ungefähr in meinem Alter, fünfzehn, dunkelblond wie ich, genauso groß wie ich, und er macht, genau wie ich, ein gelangweiltes Gesicht.

Ich bin schon ein paarmal hier gewesen, habe mich zu den anderen gestellt und darauf gewartet, ob was passiert. Nicht einen habe ich mit Namen kennengelernt, und am nächsten Tag war ich wieder vergessen. Heute, am letzten Schultag, ist außer ihm und mir noch niemand da, also raffe ich mich auf und schlendere wie zufällig an ihm vorbei. »Und? Alles paletti?«

Keine Antwort. Vielleicht hat er mich auch nicht gehört. Ich bin schon einen Schritt weiter, die Füße sind schneller als das Ohr, da senkt er doch, wenn auch unendlich langsam, den Kopf und schaut auf mich herunter. »Paletti?«

Na prima, denke ich. Frage – Gegenfrage. Und jetzt sieht er wieder in den Himmel. »'ne Fünf in Bio!«, ruft er, als wäre ich taub. »Ich wäre fast von der Schule geflogen. Also nein: nix paletti.«

Ich verdrehe die Augen und will weitergehen, da grinst

er und hält mir einen Streifen Kaugummi hin. »Und selbst?«

Ich zögere. Gehen oder bleiben? Tatsächlich antworten oder einfach nur *Tschüss* sagen? Es siegt das Schulterzucken: Was soll's? Genau das habe ich doch gewollt: ein bisschen schwätzen und sich dabei vorstellen, so normal zu sein wie alle anderen. Dieser Typ auf der Mauer wäre vielleicht der richtige dafür. Also hieve ich mich hoch und lasse neben ihm die Beine baumeln. »Mathe«, lüge ich und nehme ihm den Streifen ab. »Gerade so die Kurve gekratzt.«

Er geht nicht darauf ein. Ich wickele das Kaugummi aus und stecke es mir in den Mund. Was ist das denn? Ich verziehe das Gesicht. Kann sowas schlecht werden? Ich schiebe den Batzen auf die Zunge. Er sieht, dass ich ihn ausspucken will.

»Neue Sorte«, lacht er, »mit Zimt.«

»Schmeckt eher nach Milchreis als nach Sommer!«

Schweigend starren wir auf den Platz, saugen aus diesen Big Reds den Geschmack heraus und beobachten das Geschehen – nichts Besonderes, alles schon mal da gewesen, ob hier, ob woanders: Autos im Stau, bimmelnde Straßenbahnen, vereinzelte Fahrradfahrer. Bei der Häuserzeile uns gegenüber bauen sie gerade ein Hamburger-Restaurant aus. Das erste in Frankfurt, habe ich gehört. Wir schauen einfach nur zu.

Doch irgendwann merken wir, dass wir dasselbe sehen, denselben beobachten, dieselbe Meinung dazu haben. Und plötzlich wird alles anders. Mal treffen sich unsere Blicke. Mal lächeln wir dabei. Schaut einer von uns weg, mustert der andere ihn.

Er trägt ein gelbverwaschenes Hemd, das lässig aus seiner Hose hängt. Ihm missfallen die drei weißen Streifen auf meinen blauen Turnschuhen. »Kapitalistenlatschen!«, nennt er sie, und überhaupt würde ich in meiner Bundfaltenhose und meinem grauen Sweatshirt – »Sowas gibt's tatsächlich zu kaufen?« – echt langweilig aussehen. Und dieser lächerliche Seitenscheitel, wie bei einem »Beamtensöhnchen«.

Ich gehe auf das Spiel ein, lache über das rotgefärbte Tuch, das er wie ein Cowboy um den Hals gebunden hat, und mache mich über die Sandalen an seinen Füßen lustig, zu denen er auch noch Tennissocken trägt. »Das passt doch gar nicht!«

Das kommt nicht gut an. Wir schweigen wieder. Ist der Zimtgeschmack weg, ist das Zeug ziemlich fade.

»Hast du auch so viele Pickel?«, fragt er mich auf einmal ohne jede Vorwarnung. Merkwürdigerweise klingt es wie ein Friedensangebot.

Ich nehme es an und nicke. »Die Hölle.« Bei ihm ist es sogar schlimmer als bei mir. Wir grinsen uns an. Hübsch sind wir beide nicht. Wir spucken die Kaugummis nacheinander auf den Boden. Er hält mir den nächsten Streifen hin.

»Hab sogar einen am Pimmel. Juckt wie blöde.«

Eigentlich zu alt für so einen Quatsch, lachen wir trotzdem. Es ist seltsam, dass wir so tun, als wären wir jünger. Aber vielleicht lernt man sich so besser kennen. Unser Gelächter ebbt ab, schwillt an, richtig kindisch führen wir uns auf, bis wir Luft holen müssen und wieder auf den Platz schauen. Alte Menschen, pickende Tauben, mal ein Hund dazwischen. Er schnüffelt an jedem Laternenpfahl. Ich überlege, wie unser Gespräch weitergehen könnte, was ich jetzt wohl sagen sollte und wieso mir nicht ein guter Spruch einfallen will. Bis er wieder das Wort ergreift und mich völlig aus dem Nichts fragt, ob ich gerne *ZZ Top* höre. Ich murmele irgendetwas Nichtssagendes.

»Auf dem Bett liegen, Paprikachips bis zum Umfallen und *La Grange* in den Ohren – was gibt's Besseres?«

Wieder kichere ich mit, obwohl ich das Lied gar nicht kenne. Ganz ehrlich? Ich kenne noch nicht einmal die Band. Seitdem wir in Frankfurt sind, hocke ich an den Wochenenden mit meinem Kassettenrekorder vor Großvaters altem Röhrenradio. Ich schalte *AFN* an und nehme mit dem Mikrophon die *American Top 40* auf. Der Empfang ist schlecht, das Magische Auge wird oft nicht richtig grün, aber das macht nichts.

Denn ich kenne jedes Lied, das in letzter Zeit gespielt wurde, und ich habe alles auf Kassette, um es mir noch einmal, zweimal, immer wieder anzuhören. Aber *ZZ Top*? Ich sollte ihn anlügen. Stattdessen frage ich, ob es gut ist.

»Ob es gut ist? Na, hör mal! *La Grange!*« Er dehnt dabei jeden Buchstaben, als würde es wirklich nichts Besseres geben. Dann zieht er seine Tennissocken aus und wirft sie einfach hinter sich. »Das ist so *cool*, als würdest du ganz *relaxed* in einem Cabrio sitzen und durch Mexiko heizen.«

Er spricht wirklich so lässig, ich denke mir das nicht aus. Erwartungsvoll schaut er mich an. »Na, nun mach schon.«

Ich grinse. Meine Turnschuhe landen auch auf dem Asphalt, gefolgt von den Strümpfen. Dann rufe ich mit meinem besten amerikanischen Akzent: *»Hello and welcome to American Top 40. I am Casey Kasem and this is our weekly countdown for the forty best-selling songs in the nation!«*

Mindestens zwanzig Kassetten hätte ich schon aufgenommen, erzähle ich ihm. Daraufhin springt er von der Mauer.

»Man hat dich echt versaut, Kumpel. Komm mit!«

Erst als er vor mir steht, fällt mir die schwarze Lederhose auf. So steif, wie er läuft, scheint sie ziemlich eng zu sitzen. Seine Klamotten – das gelbverwaschene Hemd, die Lederhose, die Sandalen –, das alles passt, selbst ohne Socken, überhaupt nicht zusammen. Trotzdem sieht es unglaublich gut aus. Das Wort *Kumpel* gefällt mir.

Er – mit den Socken in der Hosentasche – lotst mich – mit zusammengeknoteten Schuhen um den Hals – zu einem Schallplattenladen in der Nähe. An den hohen Wänden mit Holzvertäfelungen aus einer längst vergangenen Zeit hängen Plattenalben, die ich noch nie gesehen habe: Jazz, Blues und Rock, und ein bisschen Klassik dazwischen. *Abba* oder *Queen* sind nicht darunter. Barry Manilow, die Nummer eins in den letzten *Top 40*, schon gar nicht.

Begleitet von einer hellen, jammernden Gitarre singt eine heisere Frauenstimme *Summertime*. Ich rutsche mit meinen nackten Füßen über den Holzfußboden. Vor Ewigkeiten hat mir meine Großmutter das Lied vorgespielt, diese Version aber höre ich zum ersten Mal. Das Lied zieht sich dahin, es ist langsam und zäh, aber es ist auch aufregend – jedenfalls passt es zu diesem heißen Tag, und es passt auch zu dem Langhaarigen, der an der Verkaufstheke steht. Er brummt das Lied mit und zieht hin und wieder an seiner Zigarette. In einem Regal hinter ihm sind Abertausende von Schallplatten einsortiert.

Zigarettenrauch und der chemische Geruch der Schallplatten – das ist der süßliche und leicht abgestandene Duft von Duke's Records. So lautet der Name des Ladens. So steht es in einem Halbkreis auf der Schaufensterscheibe. Der Langhaarige kennt meinen Kumpel. Bei mir schaut er auf die nackten Füße.

»Ihr wollt euch was anhören?«

Wir nicken. Ich soll mich an den Plattenspieler stellen, bei dem er jetzt auf Stopp drückt. Es wird still, nur die heisere Frauenstimme hallt in dem hohen Raum nach. »Janis«, murmelt er, und während er behutsam die Platte wegnimmt, stöpselt mein Kumpel einen Kopfhörer ein. Er hält ihn mir hin. Hinter ihm schleppt ein Mädchen mit dunklem Pferdeschwanz einen Stapel Platten durch den Laden. Ich staune über den Kopfhörer in meinen Händen. Die Ohrkissen sind aus echtem Leder.

»Aufsetzen«, sagt mein Kumpel.

»Tschüss, Welt!«, rufe ich, grinse und tauche ab. Ich höre mich atmen. Höre dumpf, wie mein Kumpel *»La Grange«* zu dem Langhaarigen sagt. Der zaubert eine Scheibe aus einem grünen Album und legt sie auf den Plattenteller. Ein gelbes Lämpchen beleuchtet schwach die sich drehende Platte. B-Seite, erkenne ich. Sanft pustet er die Nadel an und setzt sie perfekt auf die glatte Rille zwischen Lied Nummer zwei und drei. Es knistert leise. Ich drücke mir den Kopfhörer auf die Ohren und schließe die Augen.

Das Lied beginnt mit einer Gitarre und einem trippelnden Schlagzeug, der Rhythmus ist leicht und locker. Rock oder Blues, irgendetwas, wozu man gut mit dem Kopf nicken kann. Eine kratzige Männerstimme setzt ein und quält sich durch den Text – nein, das ist kein Quälen! Das ist stark, wie der Sänger die Worte herauspresst. *Just let*

me know if you wanna go. Mehr als das verstehe ich zuerst nicht, und es klingt, als hätte er mindestens zehn Kaugummis im Mund.

Dann wird der Rhythmus härter – *a how how how –*, eine
zweite Gitarre steigt ein – *if you got the time –*, klar, ich habe
alle Zeit der Welt! Hart, hell und laut gibt die Gitarre den
treibenden Rhythmus vor – *mmh mmh mmh, and I here it's
fine.* Der Sänger. Die Gitarren. Das Schlagzeug. Ich bin
total überfordert, ich weiß nicht mehr, was ich tue. Und
dann kommt es … das Solo: völlig übersteuert. Es reißt mir
fast den Kopfhörer von den Ohren.

Als ich die Augen kurz öffne, sehe ich meinen Kumpel,
wie er mit seiner Luftgitarre perfekt das Solo imitiert, die
linke Hand am Gitarrenhals, die rechte schrammt über seinen Bauch. Obwohl er doch wirklich nichts hören kann!
Der Langhaarige lacht. Er brüllt mich an, *Headbanger*
oder sowas Ähnliches. Ja!

Ich habe meinen Kopf wirklich nicht mehr unter Kon-
trolle. Ich werfe ihn hin und her, vor und zurück, und meine Augen bleiben an dem Mädchen hängen, das im Laden
auf und ab läuft, ich sehe, wie sie Platten sortiert und mich
durch ihre Brille die ganze Zeit seltsam anschaut. Warum
sie das tut? Weil ich verrückt bin, warum sonst?

Das Lied – *La Grange* – geht zu Ende, oder? … Nein,
es geht noch mal von vorne los! Wieder dieses geniale
trippelnde Schlagzeug, aber die Gitarre hört sich jetzt an,
als würde sie mich auslachen. Die Aufnahme wird langsam
ausgeblendet. Ich setze den Kopfhörer ab. Ich strahle.

So etwas habe ich noch nie gehört.

2

Wir schlendern durch den Nachmittag, *La Grange* im Kopf und in den Beinen, Luftgitarren in den Händen. *Just let me know if you wanna go.* Wir übertrumpfen uns gegenseitig, bis mein Kumpel die Menschen, an denen wir vorbeigehen, nachahmt oder kommentiert, verunsichert oder wütend macht. Man dreht sich nach uns um, wenn er Grimassen schneidet und »Guten Morgen, Herr Meier! Was machen die Eier?« ruft. Bei *Keine Macht für Niemand!* kann ich natürlich mitbrüllen. Einer ruft uns »Lausbuben!« hinterher, ein anderer »Rotzlöffel!«. Wir lachen schallend über beides. Er scheint sich um nichts Gedanken zu machen. Und ich? Ich mache es ihm nach.

Lässig, fast gleichgültig laufen wir durch die Frankfurter Innenstadt. Er zeigt mir Orte, die ich allein nie entdeckt hätte. Er bleibt bei Grün stehen, geht bei Rot weiter, und über seine Lieblingslieder weiß ich bald alles, während er über meine *American Top 40* nur lacht.

»Dieser Mist aus den Hitparaden? Die Lieder sind doch echt das Letzte. *Boney M* singt nicht mal selbst. Alles ist nur darauf ausgelegt, dass man nicht mehr nachdenken muss. Der Rhythmus ist bei jedem Lied der gleiche, und die Texte sind einfach nur zum Schämen. *Sorry, I'm a Lady* – reinste *Mainstream*-Kacke.«

Ich könnte ihm antworten, dass mich *Boney M* kein Stück interessiert und ich *Baccara* einfach nur lächerlich finde. Ich könnte ihm erklären, dass meine *Mainstream*-Kacke direkt aus Amerika kommt, manche Lieder echt gut sind und sogar Tiefgang haben. Aber ich tue es nicht. Ich kann mich nämlich nicht erinnern, wann ich das letzte Mal so viel Spaß hatte. Dabei bin ich bis vor ein paar Monaten noch genauso gewesen wie er: lässig, vorlaut, in Klamotten, die ich mir selbst ausgesucht habe. Und mit einer wirren Frisur, wie selbst er sie nicht hat.

»An die Waffeln, Brüder!« Etwas abseits vom Trubel lädt mich mein Kumpel zum Eis ein und spricht gleichzeitig über etwas anderes. Immer wieder springt er von einem Thema zum nächsten. Ich bin überfordert, hänge aber trotzdem an seinen Lippen. Während ich ihm auf dem Oeder Weg hinterherlaufe, spüre ich den Dreck an meinen Füßen, und für die Eiswaffel in der Hand brauche ich mich nicht einmal zu bedanken. Alles fühlt sich so selbstverständlich an! Als hätte ich nicht nur einen Kumpel gefunden, sondern gleich einen Freund.

So mache auch ich den Mund auf und erzähle ihm aus meinem Leben – vom Schweiß, der nach Erbsensuppe riecht, von den bevorstehenden, ziemlich langweilig werdenden Ferien und von der Angst, nicht dazuzugehören, wozu auch immer – eben ein bisschen von dem, was mich gerade beschäftigt. Damit kann ich etwas von mir erzählen, ohne ihm allzu viel zu verraten.

Aber ich merke es selbst: Es hört sich ziemlich kläglich an. Ich komme mir selbst blöd dabei vor, doch ich kann nichts dagegen tun. Die Worte sprudeln einfach aus mir heraus und machen mein Leben kleiner, als ich es beabsichtigt habe.

Er übertrumpft mich einfach.

Mit seinen schlechten Noten – er sei ja schließlich fast sitzen geblieben –, mit dem bevorstehenden Urlaub am Strand – »Okay, nur Nordsee, aber immerhin!« – und mit seinem Schweißgeruch. »Linsen«, grinst er. »Aber hier …«, er riecht an seiner Achselhöhle, »… das sind alles nur Lockstoffe. Das finden die *Girls* unglaublich gut, auch wenn sie es niemals zugeben würden. Also Duschen – das ist Vergangenheit, okay?«

Da lachen wir noch, aber als er mehr von meiner Angst wissen will, weiß ich nichts zu sagen. Sie wird zu einer Art Stoppschild, vor dem wir nun stehen. Wir schweigen, eine ganze Weile, ich ziehe meine Turnschuhe an, bis er schließlich »Na gut« sagt und sich aus heiterem Himmel verabschiedet. »Wir sehen uns, Kumpel.«

Erstaunt richte ich mich auf und schaue ihm nach, wie er hinter einer Hausecke verschwindet. Natürlich kommt er nicht zurück. Trotzdem starre ich auf dieses blöde Stück Mauer, bis es vor meinen Augen verschwimmt. Übrig bleibt das Gefühl, betrogen worden zu sein. Wie bei einem Wettlauf, bei dem man kurz vor dem Ziel abgefangen wird und sich fragt, warum man sich das überhaupt angetan hat.

Wir sehen uns, Kumpel. Netter Spruch, aber was bedeutet er schon? Wie soll das funktionieren, wenn ich seinen Namen nicht kenne? Wenn ich keine Ahnung habe, auf welche Schule er geht – ja, ich weiß nicht mal, wo er wohnt. Und so renne ich los. Es ist wie ein Reflex.

Ich denke überhaupt nicht nach.

Gleich an der ersten Kreuzung muss ich mich entscheiden. Ich nehme die Straße nach rechts, zwinge einen Ford Granada zu einer Notbremsung, klopfe – da bin ich noch frech – auf die Motorhaube und laufe weiter, während der Fahrer mir was hinterherruft. Auf dem großen Platz, den man Hauptwache nennt, bahne ich mir den Weg durch die

Menschenmassen, laufe die Treppen hinunter zur U-Bahn und ratlos wieder hoch. Eine alte Frau keift mich an, als ich mich an ihr vorbeidrängeln will.

»Blöde Kuh«, rufe ich ihr zu.

Ein Mann hält mich fest und fordert mich auf, mich gefälligst bei der Frau zu entschuldigen. *Guten Morgen, Herr Meier*, müsste ich jetzt sagen. Stattdessen reiße ich mich nur los und renne davon. »Dreckspack!« und »Jaja, schlimm, schlimm, schlimm, diese Jugend!« rufen sie mir hinterher. Als ich wieder aufschaue, habe ich die Orientierung verloren. Ohne eine Ahnung, wo ich bin und wohin ich gehen soll, laufe ich kreuz und quer durch die Straßen. Frankfurt ist mir viel zu groß. Doch gerade, als ich aufgeben will, entdecke ich es in der Ferne: das gelbverwaschene Hemd.

Abrupt bleibe ich stehen.

Er voraus, ich hinterher, so folge ich ihm über den Platz, auf dem wir uns kennengelernt haben, dann eine Straße entlang, die ›Freßgass‹ heißt, und weiter an der Ruine des alten Opernhauses vorbei. Am Hochhaus daneben dreht er sich plötzlich um. Ich verschwinde hinter einer Säule. Es dauert eine Ewigkeit, bis ich mich wieder hervortraue. Er ist weitergegangen. Er hat mich nicht entdeckt. Ich nehme die Verfolgung wieder auf.

Zwanzig Meter hinter ihm durchquere ich den Roth- schildpark, kurz abgelenkt von überlebensgroßen Skulpturen, die einen Kreis bilden. Sie sind aus schwarzem Stein, schlanke, kräftige Männer und schöne Frauen, allesamt nackt. Während ich darüber nachdenke, sie mir irgendwann näher anzuschauen, folge ich ihm weiter durch ein paar Straßen mit Altbauten. Kreuz und quer laufen wir durch diese ruhige Wohngegend, ein Bäcker, ein Kiosk, eine Pizzeria, ich merke, wie hungrig ich bin. Ich überlege, zu ihm vorzulaufen – *Hey, was für ein Zufall!* –, doch dann sehe ich ihn in einem der Häuser verschwinden.

An der Haustür lese ich die Namen. Müller, Bartoldy, Neumann, Sorge – und noch ein paar mehr Klingelschilder. Ich trete zurück auf die Straße und schaue an der Fassade hoch. Chance verpasst? Chance verpasst. Aber ich weiß nun immerhin, wo er wohnt und dass er wahrscheinlich Teil einer ganz normalen Familie ist. In einem ganz normalen Haus in einer ganz normalen Straße. Und ich? Ich habe ihn verfolgt, heimlich und ohne dass er es bemerkt hat.

Auf einmal komme ich mir sowas von lächerlich vor.

Den Weg, den wir gekommen sind, gehe ich auch wieder zurück. An der Pizzeria vorbei, am Bäcker – ich kaufe mir ein Brötchen – und an den seltsamen Skulpturen im Park. Doch auch dieses Mal bleibe ich nicht stehen, denn in meinem Kopf läuft gerade das *Hätte-Wäre-Wenn*-Spiel ab. Dafür komme ich an eine Straße, die ich kenne: die Bockenheimer Landstraße, die mit dem Postamt, vor dem ich mal auf meinen Vater gewartet habe. Hier gehe ich weiter in Richtung Westen, überquere die Miquelallee, bis ich das Viertel mit den prächtigen Villen und den noch prächtigeren Gärten erreiche. Beim weißen VW-Bus, der wie immer als Einziger in Großvaters Straße parkt, öffne ich das Gartentor. Wie mein Vater es von mir verlangt hat, drehe ich mich noch einmal um.

Keine Menschenseele ist zu sehen.

Ich schaue auf die rosafarbene Fassade, auf die Jahreszahl, die oben auf den Giebel gemalt ist, *1910*, und auf

Villa Eden, was daruntersteht. Ich lehne mich ans Gartentor und komme zur Ruhe. Die Sonnenstrahlen, die durch
die zwei hohen Tannen fallen, tauchen den Vorgarten in
ein seltsames Licht. Es lässt den Nachmittag wie einen frühen Abend erscheinen. Doch es ist immer noch warm, fast
schwül. In der Ferne höre ich die Autos auf der Miquelallee. Selbst hier, in diesem grünen Viertel, kann man den
Smog riechen. Frankfurt ist ganz schön dreckig.

Die Klappe am Briefkasten quietscht. Ich ziehe die Wer-
beprospekte heraus, gehe an der mit Moos bewachsenen
Treppe vorbei und tätschele dem kleinen Engel aus Mar-
mor, den Großmutter hier aufgestellt hat, den Kopf. Dann
betrete ich die *Villa Eden* durch die Hintertür.

Großvater sitzt mit einem Kaffee am Küchentisch.

»Ist er schon wieder da?«, frage ich ihn.

Großvater schüttelt den Kopf.

»Bitte sag ihm nichts.«

Großvater nickt.

Erst spät am Abend kommt mein Vater zurück. Wieder mal
hat er ein Paket dabei und fragt, ob etwas gewesen sei. Ich
lüge, und Großvater schweigt. Seitdem wir hier sind, haben
sie kaum ein Wort miteinander gesprochen. Es herrscht
eine angespannte Atmosphäre, und wie so oft ist sie nicht
zu ertragen. Ich lasse die beiden allein und gehe ins Zimmer meiner Großmutter. Dort wohne ich jetzt. Dort drücke ich auf die Starttaste an meinem Kassettenrekorder, nur
um den *Universum* gleich wieder auszuschalten.

Mainstream. Habe ich über Monate wirklich die falsche
Musik gehört? Auf dem Bett liegend, denke ich an den
erlebten Tag. An meinen Kumpel mit seiner schwarzen

Lederhose, an die nackten Skulpturen, an das Eis, an die Verfolgungsjagd. Warum nicht einfach wieder hingehen und so lange vor seinem Haus herumstehen, bis er wieder herauskommt? Doch das würde vielleicht ein Zwölfjähriger vor dem Haus eines Mädchens machen, in das er unsterblich verliebt ist. Alles andere ist lächerlich.

Also denke ich an *La Grange*. Gleich morgen, so nehme ich mir vor, würde ich mich wieder aus dem Haus schleichen und mir bei Duke's Records die Platte besorgen: *Tres Hombres* von *ZZ Top*.

Mein ganzes Geld würde ich dafür zusammenkratzen.

3

Eine Schallplatte kaufen ist etwas völlig anderes, als sich in irgendeinem Laden Musikkassetten zu besorgen. Bei denen muss man sich nur entscheiden, ob man 60, 90 oder 120 Minuten haben will. Natürlich gibt es verschiedene Marken oder Qualitäten, und jeder schwört auf seinen Favoriten. Doch solange es keinen Bandsalat gibt, solange es eine Chromdioxidkassette ist und solange die Aufnahme nicht dumpf, sondern klar klingt, ist es irgendwie auch egal.

Aber auf die Theke eines Plattenladens den geforderten Betrag legen, die Schallplatte in einer Plastiktüte entgegennehmen, mit ihr nach Hause laufen, dort die Schutzfolie abziehen, die Innenhülle erst aus dem Album nehmen und daraus dann mit den Fingerspitzen und, ohne auf die Rillen zu fassen, ganz vorsichtig die Platte herausziehen, sie auf den Plattenteller legen und sie zum ersten Mal anhören, noch ohne Knistern, aber mit dem leisen Brummen der Lautsprecher, bis die Nadel aufsetzt – das ist etwas Besonderes.

Man kann sie auch nicht mehr zurückgeben oder umtauschen. Einmal angehört, und sie bleibt dir für dein ganzes Leben erhalten. Ob sie gut ist oder nicht.

»Viel Spaß damit, *Gringo*«, wünscht mir der Langhaarige hinter der Theke und zieht an seiner Zigarette. Gerne würde ich etwas sagen, so etwas wie *Man sieht sich.* Nur lässiger. Mir fällt aber nichts ein. Ich nicke ihm zu und gehe. Es gibt ein Wort, das heißt *Gelegenheit.* Das beschreibt einen Moment, in dem sich die Welt kurz ein wenig öffnet und eine zweite Möglichkeit zulässt. Diesen Moment habe ich gerade verpasst.

Trotzdem: Auf dem Weg nach Hause trage ich die Plastiktüte wie einen Schatz vor mir her. Stolz, als hätte ich nicht einfach nur eine Platte gekauft, sondern etwas Heldenhaftes vollbracht, laufe ich durch die Straßen, bis ich das Villenviertel erreiche. Als ich beim weißen VW-Bus das Gartentor öffne, denke ich kurz daran, was mein Vater zu mir gesagt hat. *Schau dich um.* Erst will ich es sein lassen, denn was soll mir mit *ZZ Top* in der Tüte schon passieren? Aber dann mache ich es doch.

Hinten an der Straßenkreuzung sehe ich, wie jemand um die Ecke biegt. Erst scheint es harmlos zu sein, nur ein Passant, der zufällig den gleichen Weg hat. Dann erkenne ich den Jungen von gestern wieder. Meinen *Kumpel.*

Verdammt!

Wenn ich von jemandem verfolgt werde, soll ich weitergehen. Ich soll die Straße entlanglaufen, bis zur nächsten

Ecke und aus dem Viertel hinaus, so weit wie möglich weg von der Villa. *Das ist sehr, sehr wichtig*, hat Vater gesagt. *Such dir ein Versteck, das nur du kennst*. Das habe ich getan, vor ein paar Tagen, mein Versteck ist ein Schuppen im Botanischen Garten mit halb aufgerissenen Säcken voll trockener Erde, einem alten, verrosteten Moped und einem Berg von Gerümpel, hinter dem man sich noch besser verstecken kann. Alles staubig. Tausende von Spinnweben. Aber sicher. *Und dort wartest du, bis die Luft wieder rein ist*. Klingt vernünftig. Doch dafür ist es jetzt zu spät.

Ich renne in den Vorgarten, laufe um die Hausecke herum, durch die Hintertür in die Küche und drinnen im Flur die Treppe hoch. Das einzige Zimmer, das nach vorne rausgeht, ist das von Großvater. Er scheint nicht da zu sein. Ich schleiche mich hinein. Am Fenster spähe ich durch die halbdurchsichtigen Vorhänge. Vielleicht hat er mich ja nicht entdeckt, als ich wie ein Irrer ins Haus gerannt bin. Vielleicht ist er einfach weitergegangen …

… ist er nicht. Mein Kumpel steht auf dem Gehweg vor dem Haus und betrachtet die Fassade. Er liest *1910* und *Villa Eden*. Dann schaut er plötzlich zu dem Fenster, hinter dem ich stehe. Natürlich kann er mich nicht sehen, aber das ist nicht das Entscheidende. Er hat mich verfolgt! So wie ich gestern ihn. Und jetzt geht er sogar zum Gartentor, das ich nicht richtig geschlossen habe.

Die Klospülung rauscht. Das muss Großvater sein.

Ich beuge mich vor und sehe, wie mein Kumpel auf den bemoosten Treppenstufen ins Rutschen kommt. Dann steht er vor der Haustür und klopft mit dem Eisenring einmal gegen das Holz. Es hallt dumpf durchs Haus.

»Was machst du hier?« Großvater ist ins Zimmer gekommen und stellt sich neben mich. »Wer ist das?«

»Keine Ahnung«, murmele ich. Wir beobachten ihn zu zweit, wie er nach einer Minute ein weiteres Mal klopft, kräftiger, und dann mehrmals. Man hört es im ganzen Haus.

»Ist das ein Freund von dir?« Bevor ich ihn aufhalten kann, zieht Großvater den Vorhang zur Seite. Genau in dem Moment tritt die Nachbarin vor die Tür. Sie hat einen Staubwedel in der Hand und ruft meinem Kumpel zu, was zum Teufel er da mache. Er stemmt die Hände in die Hüften und ruft zurück, dass er einfach nur jemanden besuchen wolle. »Das ist doch nicht verboten, oder?«

»Da kannst du lange klopfen. Da wohnt nur ein alter Mann. Und der macht niemandem die Tür auf. Niemandem, verstehst du? Dir schon gar nicht.«

»Die alte Schreckschraube«, murmelt mein Großvater und geht zu seinem Bett.

Dankbar, dass *die alte Schreckschraube* meinem Kumpel nichts von Vater und mir erzählt hat, trete ich vom Fenster zurück in die Dunkelheit des Zimmers. So kann ich ihn erst sehen, als er wieder auf dem Gehweg steht. Gleich wird er bemerken, dass der Vorhang zur Seite geschoben wurde. Ich versuche, es mir vorzustellen. Ich beame mich runter und schaue mit ihm zu dem Fenster hoch, an dem ich stehe. Deshalb trete ich oben noch einen Schritt zurück, während ich unten neben ihm die Hand an die Stirn lege. Zum Glück blendet die Abendsonne.

Nach ein paar weiteren Minuten scheint er aufzugeben. Er läuft noch mal die ganze Straße auf und ab, bis er schließlich doch wieder vor Großvaters Villa steht. Dort lehnt er sich an die Beifahrertür des VW-Busses, und während er so tut, als würde er auf jemanden warten, schaut er sich das Auto an.

»Hau doch endlich ab«, flüstere ich.

»Warum lässt du ihn nicht einfach rein?«, fragt Großvater vom Bett aus. Er hat sich hingelegt.

»Du weißt, dass ich das nicht darf, Opa.«

»So ein Unsinn, Johannes! Dein Vater, also da könnt mir wirklich der Kragen …«

»Ach, Opa!«

»Ist doch wahr!«

Der etwas ramponierte Bus hat ein Kölner Kennzeichen. Das wird er sich bestimmt merken. Und ich weiß, an was sich mein Kumpel sonst noch erinnern wird: an den Tennisschläger auf der Rückbank, an den übervollen Aschenbecher und an den Riss im Stoff vom Beifahrersitz.

In dem Moment erinnere ich mich daran, wie ich mich gefühlt habe, als ich gestern in seine Straße eingebogen bin. Als ich ihn verfolgt habe und voll Vorfreude war, weil ich vielleicht einen Freund gefunden hatte, einen Kumpel, dessen Namen ich zwar nicht kannte, von dem ich aber immerhin wusste, wo er wohnt. Vielleicht hat er sich genauso gefreut, als er in meine Straße eingebogen ist. Wie ich ihn, so muss auch er mich durch die halbe Stadt verfolgt haben.

Der Tag gestern war schön. Der beste Tag seit langem. Der Junge war nett, sogar mehr als das. Aber heute sollte er nicht hier sein. Und gerade, als ich zum ersten Mal in meinem Leben an den Fingernägeln kaue und ihn zum hundertsten Mal fortwünsche, schaut er zum Fenster hoch, winkt mir zu und geht.

Es sieht nicht so aus, als würde er wiederkommen.

4

Auf *Tres Hombres* sind alle Lieder gut, doch eins wie *Jesus Just Left Chicago* habe ich noch nie gehört, so wie die Gitarre wabert, so wie der Sänger wimmert: der reine Blues – *muddy water turned to wine* –, was auch immer das bedeutet.

Doch *La Grange* ist und bleibt das beste Lied. Es wird mir nicht langweilig, auf dem Teppich vor Großvaters Plattenspieler zu liegen und es mir immer wieder anzuhören, manchmal nur dieses eine Solo nach dem ersten Refrain, meistens aber das ganze Lied. Bis mein Vater die Wohnzimmertür aufreißt und die Lautstärke herunterdreht.

»Was hörst du da überhaupt?« Er greift nach der Plattenhülle und spricht es einwandfrei aus. »*ZZ Top*. Wo kommt die denn her?«

»Du kennst *ZZ Top*?« Ja natürlich, von früher, fällt mir ein. Die Platte ist ja bereits vier Jahre alt, und er ist schließlich nicht immer so gewesen wie jetzt.

»Wo hast du die her?«, fragt mein Vater ein zweites Mal.

»Von einem Plattenladen in der Stadt.« Was für eine überflüssige Frage. »Sie ist super, oder?«

»Du sollst doch vorsichtig sein, wenn du rausgehst. Eine halbe Stunde, habe ich gesagt, mehr nicht. Geh da nie wieder hin, verstehst du?« Er schiebt mich beiseite, geht zum Plattenspieler und ratscht mit dem Tonarm über die Platte.

Ich stehe auf. »Aber warum nicht? Es ist doch nur eine Schallplatte.«

»*Nur eine Schallplatte*«, murmelt mein Vater und schüttelt den Kopf. »Du weißt es doch genau. Es ist zu gefährlich.« Er steckt die Platte zurück in ihre Hülle und will sie mitnehmen. Da sieht er mein Gesicht. Zum ersten Mal seit langem sehe ich ihn lächeln. Er drückt mir das Album in die Hand und tätschelt mir, wie ich dem Engel, den Kopf. »Aber leise, in Ordnung? Und morgen ...« – er fährt mir durchs Haar – »sind die wieder mal dran.«

Den letzten Satz ignoriere ich. Das erhöht die Chancen, dass es nicht passiert.

Mit meinem *Universum* und einer 60-Minuten-Chromdioxidkassette nehme ich die Lieder auf. Ich hoffe, dass man den Kratzer, den Vater gemacht hat, nur in den Pausen hört. Doch bei einem Lied springt die Platte. *Jesus just left Chicago, Jesus just left Chicago, Jesus just left Chicago* – es nervt, aber es ist auch lustig. Der arme Kerl käme gar nicht mehr zur Ruhe, wenn ich nicht kurz den Tonarm anheben würde. Anschließend breche ich die kleinen Laschen an der Kassette ab, damit ich sie nicht aus Versehen überspiele, und verdrücke mich in Großmutters Zimmer.

Großvater hat hier alles so belassen, dieses Sammelsurium von alten Erinnerungsstücken, mit denen ich groß geworden bin. Die lange, schmale Muschel von einer Reise an die Côte d'Azur, ein halbrunder Haarkamm, dem eine Zacke fehlt, ein silbernes Seifendöschen aus Salzburg: Großmutter ist irgendwie immer noch da. Manchmal klopft Großvater, kommt herein und betrachtet den Spitzweg – ein an der Wand hängendes Bild von einer Flusslandschaft mit Burgruine. Dann ist er ganz still. Vor diesem Bild haben sie sich kennengelernt.

... in einer Galerie, er als Kunde mit Interesse für französische Impressionisten, die nicht als entartet galten, sie auf der Suche nach Kunstpostkarten für ihre Sammlung. Man kam sich näher. *Sie war wunderschön.* Man ging Kaffee trinken. *Er war so geistreich.* Und so wurde der Spitzweg zu ihrem *Kompromiss*, wie mein Großvater immer noch sagt. Zu einer *Übereinkunft*, wie meine Großmutter es genannt hat …

Ich stelle den *Universum* auf das Beistelltischchen, auf dem auch die Fotos von unserer Familie stehen. Ich drücke auf Start und höre weiter. Flüsternd singe ich *A how how how*, ich hauche *Have mercy*, brülle lautlos *Well, I hear it's fine, if you got the time.* Großmutter hätte sich im Grab umgedreht. Aber nicht, um es mir zu verbieten, sondern um mich zu verteidigen, damit ich endlos weiterhören könnte, selbst wenn ich mir sicher bin, dass ihr meine Musik überhaupt nicht gefallen hätte.

Auf der grünen Hülle sind drei seltsam überbelichtete Fotografien abgebildet. Jedes zeigt ein Bandmitglied, zwei tragen Cowboyhüte, der Dritte sitzt mit wilden dunklen Haaren auf einer merkwürdig gewölbten Mauer. Billy Gibbons, Dusty Hill und Frank Beard. Ihre Gesichter sind kaum zu erkennen. Die Qualität der Bilder ist ziemlich schlecht.

Unsere Familienfotos auf dem Tischchen hat ein richtiger Fotograf aufgenommen: eins mit Mutter aus einer glücklichen Zeit, eins mit mir – ›der kleine Bub‹, so hat Großmutter mich immer genannt – und ein altes von meinem Großvater, jung, mit ausrasiertem Nacken, nachdenklich die dichten Augenbrauen zusammengezogen, damals noch rauchend. Ich mag das Bild, besonders sein Grübchen am Kinn. Wir sehen uns ähnlich, heißt es in der Familie, nur dass ich nicht rauche.

Mein Vater raucht hingegen eine nach der anderen. Das Bild von ihm steht aber schon länger nicht mehr hier. Ich finde es in der Nachttischschublade. Ich sammle die anderen Rahmen ein und lege sie dazu. Dann schiebe ich am *Universum* den Lautstärkeregler weiter hoch und tue den Rest des Tages nichts anderes, als die Kassette vor- und zurückzuspulen. Ich perfektioniere mein Luftgitarrenspiel und lerne die Liedtexte auswendig. Was sie bedeuten? Keine Ahnung. Aber das ist auch egal. *ZZ Top* macht einfach nur Musik. Und das verdammt gut.

Was ein paar Zentimeter ausmachen können, das begreife ich wieder einmal, als ich in den Spiegel schaue. Von Mal zu Mal wird mein Vater besser, wenn es darum geht, mir den biedersten Haarschnitt zu verpassen, den die Welt je gesehen hat. Es stimmt nicht, wenn man sagt, dass Kleider Leute machen. Es sind die Frisuren.

Doch einem Friseur kannst du vorher sagen, wie du es haben willst. Baut er Mist, gehst du beim nächsten Mal einfach woandershin. Bei deinen Eltern geht das nicht. Wenn dir deine Mutter oder dein Vater die Haare schneidet, kannst du dich nicht dagegen wehren. Deswegen werde ich wieder mindestens eine Woche warten müssen, bis ich langsam, ganz langsam anfange, wieder normal auszusehen.

»Fegst du die Haare bitte auf?«, sagt Vater zu mir und geht aus dem Badezimmer. Das ist auch sowas: Eltern stellen keine Fragen, denen du antworten kannst. Sie äußern keine Bitten, denen du dich verweigern kannst. Eltern geben Befehle, vielleicht schön verpackt, doch nicht verhandelbar.

Abends nach dem Essen schauen wir im Wohnzimmer fern. Großvater, Vater und der frisch gestutzte Sohn sitzen auf den Sesseln vor dem riesigen alten Schwarz-Weiß-Apparat.

Geht Vater hinaus, stellt Großvater die Lautstärke hoch. Kommt Vater wieder herein, dreht der den Ton leiser. Dieses Spiel können sie den ganzen Abend über so weitermachen. Am Ende würden sie beide mit Wut im Bauch ins Bett gehen.

An diesem Abend schauen wir einen Western mit John Wayne. »Sattle kein Pferd, auf dem du nicht reiten kannst«, sagt der mitten im Film zu einem anderen, jüngeren Cowboy und drückt ihm die Zügel eines Maulesels in die Hand. Daraufhin frage ich meinen Vater, ob ich eine Gitarre haben könnte.

»Du?!«

»Ja. Eine E-Gitarre.«

»Du kannst doch gar nicht spielen.«

Ich stelle mich vor ihm hin und zeige es ihm auf meiner Luftgitarre. Ich merke zu spät, wie lächerlich das für ihn aussehen muss. Selbst wenn Eltern sich ihre Kinder jünger denken, als sie in Wirklichkeit sind, reduziere ich mich gerade selbst um die Hälfte. Großvater aber lacht. Er versucht sogar, mich zu imitieren, zupft aber die nicht vorhandenen Saiten mit der falschen Hand.

»Was ist das denn für ein Mist, Junge?«, sagt Vater zu mir, und zu Großvater: »Also von mir hat er das nicht.«

»Lass meine Tochter aus dem Spiel«, antwortet der.

Das ist alles, was an diesem Abend geredet wird. Die Gitarre ist schnell vergessen. Mein achtjähriges Ich sitzt wieder auf seinem Sessel und ärgert sich. Der junge Cowboy hätte am Ende des Films dann doch ein richtiges Pferd reiten dürfen, aber er lehnt ab. *Siehst du?* So schaut Vater mich an. Er und John Wayne – zwei völlig unterschiedliche Menschen und doch so gleich. Großvater und ich sind hingegen nur zwei Statisten, die nun aufstehen und ins Bett gehen. Dabei klopft mir Großvater auf die Schulter und murmelt zum vielleicht hundertsten Mal: »Ach, wenn deine Mutter doch hier wäre!«

Meine Mutter ist die Tochter meines Großvaters. Früher hat sie sich über seine altmodischen Ansichten lustig gemacht, jetzt lebt sie in Indien. Hätte sie mich damals mitgenommen, würde ich jetzt wie sie rotgefärbte Kleidung tragen, neben ihr in einem Aschram im Schneidersitz »Ohm« rufen und mein Karma suchen. Meine Haare wären lang, und ich würde nicht mehr an den Fingernägeln kauen. Ein guter Kompromiss. Aber dann hätte ich wahrscheinlich nie *ZZ Top* kennengelernt.

Warum sich meine Mutter so verändert hat, warum aus der braven Tochter eines Professors eine Frau geworden ist, die erst aufmüpfig wurde und jetzt nach einem anderen Sinn des Lebens sucht, warum sie uns verlassen hat, warum sie sich einen roten Punkt auf die Stirn gemalt hat – das alles habe ich nie richtig verstanden.

»Sie kommt mit der Realität nicht mehr zurecht«, hat Vater mir damals – kurz nach meinem vierzehnten Geburtstag – am Flughafen erklärt. Und während ich sie in der Menschenmenge verschwinden sah, führte er alles an, was in seinen Augen an der Realität schlecht ist: der Kapitalismus, die Unterdrückung der Arbeiterklasse, der Radikalenerlass – vor allem der – und die fehlende Auseinandersetzung mit der Vergangenheit.

»Immer noch sitzen Nazis in den Parlamenten, in den Ministerien, sogar in den Gerichtssälen. Und auch in der Industrie haben sie das Sagen.« Sie würden, so Vater – wie immer wütend, wenn er darüber spricht –, die Gesellschaft weg von dem einzigen Weg bringen, der für ihn denkbar sei: der Weg des Sozialismus, die Befreiung der Arbeiterklasse, der Zusammenbruch des kapitalistischen Systems. Nur was das mit meiner Mutter zu tun haben soll, habe ich nicht begriffen.

Nach ihrem Abflug habe ich eine Zeitlang zwei Arten von Postkarten bekommen, Postkarten von meinen Großeltern aus dem Urlaub im Allgäu – *Lieber Johannes, das Wetter ist wunderbar, wir wandern jeden Tag über Wiesen und durch Wälder. Und das Essen ist einfach köstlich!* – und Postkarten aus Pune – *Lieber Johnny, das Wetter ist wunderbar, ich sitze den ganzen Tag am Strand und meditiere. Und das Essen, sie machen hier alles ohne Fleisch, ist einfach köstlich!*

Ich habe nie zurückgeschrieben, und seit April, nach dem Mordanschlag auf Siegfried Buback, sind auch keine Postkarten mehr gekommen. Als wir damals zu Großvater gezogen sind, war meine Großmutter bereits ein paar Wochen tot. Da Vater keinen Nachsendeantrag gestellt hat und niemandem, nicht einmal meiner Mutter, gesagt hat, wo wir jetzt wohnen, haben wir sowieso keine Post mehr bekommen. Oft liege ich in der Nacht wach und denke an die Nachrichten, die mich nun nicht mehr erreichen können.

Was würde sie mir schreiben? Hätte sie mir irgendwann erklärt, warum sie wirklich weggegangen ist? Dass sie mit der Realität nicht mehr klarkam, das glaubt nur Vater. Politik hat sie nämlich nie interessiert. Vaters lange Monologe haben sie einfach nur genervt.

Eine Woche später ziehen wir aus.

5

»Warum gehst du nicht mal raus?« Großvater zum Ersten.

»Wasch dich doch mal.« Großvater zum Zweiten.

»Johannes! Diese fürchterliche Musik!« Dabei behauptet er immer, dass er schwerhörig ist.

Und überhaupt: Eine Woche lang zucke ich bei allem, was mein Großvater zu mir sagt, immer nur mit den Schultern. Ich weiß es ja selbst: Seitdem ich *ZZ Top* höre, ist mit mir kaum noch was anzufangen. Einmal probiere ich meine alten Kassetten aus, doch gleich das erste Lied nervt. Dann, eines Morgens, Vater ist schon weg, merke ich, dass ich anfange, mit mir selbst zu reden.

Daraufhin wasche ich mich. Ich ziehe mich an und gehe tatsächlich hinaus in diese Welt, die Vater Realität nennt und beschimpft. Ich habe gedacht, ich komme ohne sie zurecht, aber genau das ist das Problem mit dem Denken: Wenn du denkst, denkst du, du denkst dir das alles schon richtig zurecht. Falsch gedacht, denn natürlich hat sie sich in den vergangenen Tagen nicht verändert. Ich bin ein anderer geworden. *Jesus just left Chicago* – dreimal hintereinander.

Im stillen Frankfurt ist er jedenfalls nicht. Die Stadt ist verlassen, als hätte man alle Menschen weggebeamt. Jeder ist in den Urlaub gefahren, ich aber laufe in langen Hosen und einem grauen Sweatshirt durch die sommerheißen Straßen und schwitze. Begegne ich doch mal jemandem, wechsele ich die Straßenseite. Mein Kopf ist voll mit Texas und mit Blues. *Have mercy.*

Ich bin so richtig asozial, und das gefällt mir. Wenn mein Sweatshirt eine Kapuze hätte, ich würde sie mir über den

Kopf ziehen – über den Kopf mit dem furchtbaren Haarschnitt, in dem alle Lieder, die ich gehört habe, abgespeichert sind. *Been waiting for the bus all day.*

Ich liebe meinen *Universum*, aber wenn ich durch die Straßen laufe, brauche ich ihn nicht. Die Musik ist in mir, und ich weiß, wo der Startknopf ist, selbst wenn die Leute sich umdrehen, wenn ich summe, selbst wenn sie sich abwenden, wenn ich mitsinge. *And you know what I'm talkin' about.*

Ich gehe am Palmengarten vorbei und besuche mein Versteck im Botanischen Garten, um zu sehen, ob alles in Ordnung ist. Ich laufe die Bockenheimer Landstraße entlang und erreiche – was für ein Zufall – den Platz, auf dem ich diesen Jungen kennengelernt habe. An die Mauer gelehnt, überlege ich, was ich sagen könnte, würde er jetzt kommen und mich fragen, was ich hier tue. *Just let me know if you wanna go.* Ich würde ihm auf meiner Luftgitarre die ersten Griffe von *La Grange* vorspielen – nur besser und schneller, als wir es damals zusammen gemacht haben. Aber mein Kumpel ist ja im Urlaub.

Zwei Stunden bleibe ich auf dem Platz, sehe mir die vorbeilaufenden Menschen an, kaue mir die Fingernägel wund und schaue zu, wie man ein großes, geschwungenes und gelbes M an dem Hamburger-Restaurant anbringt, bis ich es vor Langeweile nicht mehr ertragen kann.

Um zwei Uhr macht der Plattenladen auf.

»Nimm doch einfach alle, wenn du dich nicht entscheiden kannst.«

Ich grinse. Was soll er als Besitzer eines Plattenladens auch sonst sagen? Trotzdem kaufe ich die Schallplatten,

Led Zeppelin und *Deep Purple* mit dem Geld, das ich dabeihabe, und auf Kredit eine neue, unbekannte australische Band namens *AC/DC*.

»Du bist auf dem richtigen Weg«, sagt der Langhaarige und schenkt mir – als wäre ich bereits Stammkunde – noch eine Single. *Love Is The Drug* von *Roxy Music*. Sie hat ein ziemlich billig aussehendes Cover. »Vielleicht gefällt es dir ja.«

Ich stecke die Platten ein, aber anstatt nur lässig zu brummen und es als Selbstverständlichkeit zu nehmen, bedanke ich mich artig für das Geschenk.

»Dad!«, höre ich von irgendwoher eine Stimme rufen.

»Was ist?« Der Langhaarige grinst mich an und flüstert: »Pass auf, jetzt schimpft sie wieder.«

»Du hast doch nicht schon wieder was verschenkt?«

Er grinst noch breiter. Ich lächele und gehe zur Tür. »Eine Investition in die Zukunft«, höre ich ihn noch sagen.

Während ich nach Hause gehe, schrillen Polizeisirenen durch die Stadt. An der Miquelallee, die ich überqueren muss, fahren unzählige Streifenwagen mit Blaulicht an mir vorbei. Man richtet sogar eine Straßensperre ein. Es ist etwas passiert, aber was, interessiert mich nicht. Schließlich bin ich jetzt der Besitzer von drei neuen Langspielplatten und einer Single. Ich kann es kaum erwarten.

»Wo bist du gewesen?« Mein Vater wartet die Antwort gar nicht erst ab. Er zieht mich hinein in die Küche und sagt, ich solle meine Sachen packen. »Aber die Platten bleiben hier!« Er selbst schleppt bereits ein paar Taschen hinaus zum VW-Bus.

Ein Mann in einem spießigen Anzug und ein Junge, der einen Tennisschläger in der Hand hält – so fahren wir mit dem Bus durch die Gegend. Den Tennisschläger soll ich schön hoch vor mich halten, damit ihn jeder sehen kann. Vater selbst trägt Autofahrerhandschuhe. Er raucht Kette und sucht vor allem die kleinen Straßen, die uns im Zickzack durch die Stadt führen. Nachdem wir problemlos die erste Straßensperre passiert haben, geht mir ein Licht auf. Ich bin sein Alibi.

Welcher Polizist würde schon einen Vater anhalten, der mit seinem Sohn auf dem Weg zum Tennistraining ist? Nie im Leben würde man auf die Idee kommen, dass mein Vater verdächtig sein könnte. Irgendwann überqueren wir den Fluss. Wir fahren an einem riesigen Krankenhaus vorbei, unter einer Autobahn hindurch und kommen schließlich zu einem Schild, auf dem der Name des Stadtteils steht.

Schwanheim.

Das hört sich schön an. Das will ich zu meinem Vater sagen, aber er schaut so verbissen auf die Straße, dass ich es bleiben lasse. Bei einem großen Hochhauskomplex, in dessen Tausenden von Fenstern sich die Abendsonne spiegelt, fahren wir in die Tiefgarage. Im Fahrstuhl drückt mein Vater auf den Knopf für die vierzehnte Etage.

Ich weiß nicht, was mich erwartet. In den Monaten bei Großvater habe ich mich wohlgefühlt, fast wie zu Hause, fast in Sicherheit – auf jeden Fall anders als zuvor … und anders als jetzt.

»Die Villa ist nicht mehr sicher«, sagt mein Vater zwischen der fünften und sechsten Etage. »Fürs Erste bleibst du oben in der Wohnung. Sie hat einen Balkon. Das muss reichen.« Ein paar Stockwerke weiter murmelt er noch etwas: »Ich habe damit nichts zu tun, Johnny. Das musst du mir glauben.«

Ich nicke. Aber ich habe keine Ahnung, wovon er spricht.

Die Wohnung hat tatsächlich einen Balkon, aber es wohnt auch schon jemand hier. Als uns eine Frau die Tür öffnet, sehe ich als Erstes den verschlafen aussehenden Blick, den ich auch von dem Langhaarigen aus dem Plattenladen kenne. Dann erst bemerke ich, dass sie unter dem dünnen Morgenmantel nichts anhat. Für einen Moment raubt mir das den Atem, während Vater sich einfach an ihr vorbeidrängt und »Komm jetzt!« sagt.

Nach meiner Mutter ist Heidi die zweite nackte Frau in meinem Leben. Doch während ich Mutter immer nur zufällig so gesehen habe, läuft Heidi die ganze Zeit in ihrem offen stehenden Morgenmantel herum. Manchmal ist sie sogar ganz nackt, zum Beispiel morgens am Küchentisch, wenn sie ihren Kaffee trinkt. Immer lässt sie die Klotür offen. Nur ihr Zimmer ist tabu, ansonsten bekomme ich alles, was sie tut, hautnah mit.

Eine Woche lang, während der man fieberhaft die Mörder von Jürgen Ponto sucht, verfolge ich Heidis schlanken Körper mit meinen Blicken. Sie erinnert mich an etwas, was ich vor kurzem erst gesehen habe, doch je länger und öfter ich sie beobachte, umso normaler wird ihre Nacktheit für mich. Ich hingegen bin nur Luft für sie, einer, der sie anstarrt, ohne selbst ein Wort sagen zu können, einer, den sie anschaut, ohne ihn wahrzunehmen. Wir leben nebeneinander in der Wohnung, teilen uns das Essen, das Vater besorgt, aber sonst?

So gut wie jeden Tag verlässt mein Vater die Wohnung, aber meistens nur für kurze Zeit, ein, zwei, drei Stunden

vielleicht. Er geht mit einem Paket weg und kommt irgendwann – man weiß aber nie genau, wann – mit einem anderen wieder zurück. Heidi und ich sitzen währenddessen auf
dem Balkon, ich schweigend und komplett angezogen in
einer schattigen Ecke, sie nackt und ausgestreckt auf einer
Liege, selbst wenn es mal regnet. Es ist, als ob sie keinen
einzigen Sonnenstrahl verpassen will.

Und wenn sie da so liegt, schließt sie meistens die Augen. Dann kann ich sie noch einfacher anschauen. Sie ist
am ganzen Körper braun, fast dunkelbraun sogar. Selbst
unter den Achseln. Dort sind die Haare blond, wie auch
ihre Schamhaare, und nicht mit Henna gefärbt. Sie redet
nicht. Vielleicht kann sie es auch nicht, keine Ahnung. Es
ist mir egal.

Einmal, Vater ist weg, schläft sie auf dem Balkon ein.
Sie schnarcht leise. Nach einiger Zeit beuge ich mich aus
meiner Schattenecke zu ihr. Ich lasse meine Hand über ihrem Busen schweben, und wenn sie einatmet, berührt ihre
Brustwarze fast meine Handfläche. Ich beuge mich näher
zu ihr. Wie auch die Wohnung riecht ihre Haut nach Pat-
schuli. Sie sieht seltsam aus, nicht weich und zart, sondern
eher wie Leder. Kurze Härchen flimmern darauf, winzige
blaue Äderchen schimmern durch sie hindurch.

Ich ziehe die Hand fort. Heidi schläft einfach weiter.

6

Ein paar Tage später hat sich die Lage beruhigt. Und nachdem Susanne Albrecht, die Schwester von Jürgen Pontos
Patentochter, ein Bekennerschreiben veröffentlicht hat,

wird auch mein Vater wieder etwas gelassener. Der Brief ist in allen Zeitungen abgedruckt. *»zu ponto und den schüssen, die ihn jetzt in oberursel trafen, sagen wir, dass uns nicht klar genug war, dass die typen, die in der dritten welt kriege auslösen und völker ausrotten, vor der gewalt wenn sie ihnen im eigenen haus gegenübertritt fassungslos stehen.«*

Auch die Polizei wird zitiert: Susanne Albrecht und die anderen beiden Terroristen hätten Jürgen Ponto entführen wollen, ihn dann aber, als er sich gewehrt habe, erschossen. Auf den Zeitungsfotos sieht er ganz nett aus. Aber das behalte ich für mich.

Mein Ausgehverbot wird gelockert. Ich bin froh, endlich aus der Wohnung rauszukommen, und sei es nur für ein paar Stunden. Die kleinen Punkte, denen ich vom Balkon aus zugesehen habe, wie sie zur Straßenbahn laufen, ihre Einkaufstaschen schleppen oder Hunde Gassi führen, werden nun wieder zu normal großen Menschen. Manche sind sommerlich gekleidet. Andere tragen dasselbe wie das ganze Jahr über auch. Auf jeden Fall sind sie hier in Schwanheim, das trotz der Hochhäuser wie ein Dorf wirkt, anders als die Menschen im Villenviertel oder in der Innenstadt. Auch wenn sie es nicht wissen, sind sie es jetzt, in deren Mitte wir uns verstecken. Deswegen muss ich so tun, als gehörte ich zu ihnen. Aber eigentlich will ich nichts mit ihnen zu tun haben. Ich bin anders.

Seltsamerweise haben wir nun reichlich Geld, und Vater zeigt sich großzügig. Im Plattenladen bezahle ich meine Schulden. Ich streife durch Frankfurt und lerne die Stadt auch von der anderen Seite des Flusses aus kennen. Gleich bei meinem ersten Ausflug gehe ich auch zu Großvaters Villa, um mir die Platten anzuhören, die ich habe zurücklassen müssen. Die Besuche bei ihm werden zur Gewohnheit, selbst wenn Schwanheim weit weg ist. Je schwüler der August wird, umso verwilderter ist der Vorgarten. Das Moos auf der Eingangstreppe ist ausgetrocknet, die Hintertür zur Küche quietscht jetzt genauso wie die Klappe am Briefkasten.

Wahrscheinlich sind es seine tauben Ohren, jedenfalls merkt Großvater oft nicht, dass ich da bin. Dass ich im Wohnzimmer meine Scheiben anhöre. Dass ich mitsinge, manchmal mittanze, manchmal aber auch einfach nur auf dem Boden liege und mich von der Musik einfangen lasse. Natürlich nehme ich mit meinem *Universum* alles auf, um es mir auch in Schwanheim anhören zu können. Aber den wahren Musikgenuss erlebe ich nur vor dem Plattenspieler in Großvaters Wohnzimmer.

Eines Tages liege ich mal wieder auf dem Teppich und habe das Gefühl, ich könnte meinen Körper verlassen und mich aus einer Zimmerecke betrachten. Ich denke über das seltsame Leben nach, das ich führe, also das dieser Junge dort auf dem Boden führt, der in zwei Wochen sechzehn wird. Die braven, nichtssagenden Klamotten, der biedere, immer wieder gestutzte Haarschnitt – immerhin habe ich mich geweigert, diese blöde Brille aus Fensterglas aufzusetzen.

»Mich sucht niemand«, habe ich damals zu Vater gesagt, und da er wusste, dass ich im Recht bin – wer außer meiner Mutter in Indien sollte mich schon vermissen? –, hat er sich die Brille einfach selbst aufgesetzt.

Die Leute von früher, seine Freunde und die Arbeitskollegen aus der Schule, würden ihn heute aber sowieso nicht mehr wiedererkennen. Aus dem Hippie mit dem blonden

Lockenkopf und den bunten Klamotten ist jemand geworden, der dem netten Herrn Kaiser von der *Hamburg-Mannheimer* aus der Fernsehwerbung ähnlich sieht. Das habe ich einmal zu ihm gesagt. Er fand es aber überhaupt nicht witzig. Seinen Humor hat mein Vater nämlich auch verloren. Das geschah an dem Tag, an dem er sich zum ersten Mal die Haare schwarz färbte. Seitdem ist er ernst geworden. Alles ist ernst geworden, viel zu ernst.

»Mach dir und dem Jungen das Leben nicht so schwer.« Das war nach *Lass meine Tochter aus dem Spiel!* der zweite von den beiden Sätzen, die mein Großvater in der Zeit, die wir bei ihm waren, zu seinem Schwiegersohn gesagt hat. Dem darauffolgenden Monolog über das Schlechte in der Welt, das nur durch große Veränderungen aus dem Weg geschafft werden könnte, hat Großvater stoisch zugehört, sich dann den Finger an die Stirn gehalten und abgedrückt.

Ganz ehrlich? Trotz der Musik, trotz Heidi und ihrer nackten Lederhaut, trotz Großvater, ja trotz allem, was ich aus diesen langen, sich dahinziehenden Tagen herauszuholen versuche, merke ich, wie schrecklich der Sommer ist. Dass es mir beschissen geht. Dass man mich aus der Wirklichkeit verbannt hat. *Bleib in deiner Welt, Johnny*, hat man zu mir gesagt, und ich habe mich daran gehalten. Doch in *meiner Welt* fühle ich mich wie der Frosch im immer heißer werdenden Wasser, der nicht herausspringt, sondern stirbt. Ja, ich *bin* der verdammte Frosch! Ich habe mich langsam kochen lassen. Wie sonst hätte ich auf die Idee kommen können, dass Jürgen Ponto nett aussieht? Schließlich wird er nie mehr so aussehen. Er ist von Menschen, mit denen mein Vater zu tun hat, ermordet worden.

»Was ist los?«, höre ich Großvater seinen auf dem Boden

liegenden Enkel fragen. Ich kehre zurück in meinen Körper, denke kurz daran, wie stolz Mutter auf meine Fähigkeiten wäre, dann stütze ich mich auf einen Arm und sehe Großvater lange an. Er sieht traurig aus. Seine Augen sind ganz glasig. Ich weiß, er hat was getrunken. Er zeigt mir seine Handflächen. »Dann bleib doch hier.«

Der weiße Hemdkragen unter seinem dunkelroten Pullunder sieht ein bisschen dreckig aus. Wenn es kühler wird, wird er wieder einen seiner hellblauen Pullover tragen. Er hat mehrere davon. Der V-Ausschnitt, das Hemd mit zwei geöffneten Knöpfen, die weißen Brusthaare, die herausschauen – ich glaube, er weiß, dass ich das mag. Das Wort *Bitte*, auf das ich warte, kommt ihm aber nicht über die Lippen.

Gegenüber der Eisdiele im Oeder Weg lehne ich an einem Straßenschild und knabbere gerade an der Waffel, als mir jemand auf die Schulter schlägt.

»Und? Alles paletti?«

Da steht er, mein *Kumpel*, einfach so, auf der Straße, in seiner schwarzen Lederhose und mit einem anderen, dieses Mal rötlich verwaschenen Hemd. Wir grinsen uns an.

»Was bist du braun!«, sage ich zu ihm.

Er strahlt. »Ich habe ja auch drei Wochen nur am Strand gelegen.«

Er scheint gewachsen zu sein. Vielleicht liegt es an der Bräune, bestimmt aber daran, dass sein Gesicht schmaler geworden ist, jedenfalls wirkt er älter und mir noch fremder, als ich erwartet habe. Dann bemerke ich es: Es sind seine Pickel. Sie sind alle verschwunden!

»Und selbst?«

Er sieht unfassbar gut aus. Ich hingegen – na ja, lassen wir das mal. Gestern war mein Geburtstag, aber nichts hat sich verändert. Ich winke ab und werfe den Rest der Waffel weg. »Dies und das. War cool. Total relaxed.«

»*Cool? Relaxed?*« Er lacht. »Wer hat dir denn den Mist beigebracht?«

»Na, wer wohl?« Ich bin tatsächlich etwas nervös. Ich weiß nicht, was ich sagen soll, und auch er schweigt. Die Freude, ihn wiederzusehen, lässt etwas nach. Es ist wie eine Begegnung mit der Vergangenheit. Das ist mir neu.

»Bist du auch weg gewesen? Oder warst du mal im Schwimmbad? Quatsch, du bist ja gar nicht braun.« Er untertreibt. Ich sehe für so einen Sommertag ziemlich verboten aus. Vielleicht taucht deswegen das große Fragezeichen auf seinem Gesicht auf. »Los, erzähl doch mal!«

Gern würde ich ihm von dem Umzug nach Schwanheim erzählen, von Heidis Busen, den ich fast berührt hätte, und von den stillen Stunden mit ihr auf dem Balkon. Das hätte ihn beeindruckt. Ich sollte ihm von meinen Selbstgesprächen erzählen, dass ich die Lieder, die ich mag und die mir immer mehr bedeuten, die ganze Zeit summe oder laut singe. Vielleicht würde er das sogar verstehen. Ich müsste ihm aber auch von den abgekauten Fingernägeln erzählen, und vor allem, dass das hier die schlimmsten Sommerferien meines Lebens sind, weil ich mit meinem Vater untergetaucht bin – all das würde, sollte, müsste ich ihm erzählen, damit er begreift, was mich so anders macht, was mich von ihm unterscheidet. Ich tue es aber nicht.

»War 'n paarmal im Plattenladen«, sage ich bloß.

»Bei Duke?« Kurz bin ich verblüfft. Ich habe nie daran gedacht, den Langhaarigen nach seinem Vornamen zu fragen. Er sieht mein dämliches Gesicht und grinst. »Steht doch draußen dran: Duke's Records.«

Da habe ich eine Idee. »Komm mit«, sage ich.

Ich frage Duke nach dem neuen Album von *The Clash*, das er mir beim letzten Besuch vorgespielt hat. Er brummt, schimpft auf seine Tochter, die die Platte falsch einsortiert hat, findet sie schließlich doch in dem riesigen Regal und legt sie auf. *»White Riot?«*

Ich nicke und gebe meinem Kumpel den Kopfhörer. »Aufsetzen.«

Er grinst mich an. »Du magst das, oder? Aus der Vergangenheit zitieren?«

»Ich habe keine Vergangenheit«, sage ich. Es soll verwegen klingen. Er schaut mich einfach nur spöttisch an und setzt den Kopfhörer auf.

Ich selbst lausche, wie die Nadel über die Scheibe kratzt. Er aber hört aufmerksam zu. Es ist ein ziemlich guter Song aus England in einer ganz neuen Musikrichtung – einfach gespielt, aber schnell und wild –, *Punk* nennen sie es, wie Duke mir beim letzten Mal erklärt hat. Doch während ich erwartungsvoll auf das Urteil meines Kumpels warte, schaut er mich nur mit großen, ziemlich verwunderten Augen an. »Was ist das denn?!«

Es klappt nicht, denke ich enttäuscht. Der Funke springt nicht auf ihn über. Vielmehr entdecke ich einen Vorwurf auf seinem Gesicht. Als ob es ihn quälen würde. Duke sieht es und zwinkert mir zu, als hätte er das vorher gewusst. »Bei den *Sex Pistols* würde es ihm wahrscheinlich die Schuhe ausziehen.«

»*The Clash!* Das war ja wohl 'n Griff ins Klo.« Wir gehen die Bockenheimer Landstraße entlang, er lässig mit den Händen in den Hosentaschen, während ich versuche, es ihm gleichzutun. »Aber immerhin weißt du jetzt schon mal, dass Duke *Duke* heißt.« Er grinst, als ich ihn fragend anschaue, zieht die Hand aus der Tasche und hält sie mir hin. »Paul.«

Ich schüttele sie und denke fieberhaft nach. *Sag nie deinen richtigen Namen.* Ich beginne, Vaters Ansagen zu hassen.

»Jetzt mach hin.«

Er wird schnell ungeduldig, fällt mir auf. Trotzdem halte ich mich an Vaters Worte. »Nenn mich … Billy.«

»*Nenn mich … Billy?* Was ist das denn für ein Blödsinn!«, ruft Paul und lacht dabei. »Billy Gibbons – der Gitarrist von *ZZ Top*, ich bin doch nicht bescheuert.« Aber zum Glück scheint er erst mal nicht weiter darauf einzugehen. Stattdessen bellt er kurz darauf einen Hund an, der neugierig an seiner Hose schnüffelt. »Jaja, mal ist man der Hund, mal der Baum«, brüllt er. Das Tier verkriecht sich vor Schreck hinter die Beine seines Besitzers. Der schüttelt nur den Kopf über uns.

»Entschuldigung«, sagt mein Kumpel zu dem Hund. »Ich dachte, du könntest mich verstehen.« Er bellt noch einmal. »Das soll *Paul* heißen, du Hund. Nenn mich aber lieber *Paul McCartney*. Denn das ist mein Deckname.«

»Was ist eigentlich aus deinen Pickeln geworden?« Diese blödsinnige Frage geht mir die ganze Zeit schon durch den Kopf. Jetzt gibt sie mir beim Weitergehen die Gelegenheit, endlich das Thema zu wechseln. Es scheint zu funktionieren.

»Wahnsinn, oder? Ich hatte einen tierischen Sonnen-brand. Und das an der Nordsee! Die ganze Haut auf mei-nem Gesicht hat sich geschält. Ein paar Tage konnte ich nicht aus dem Zimmer. Aber dann ... auf einmal: Ta-ta-ta-taa! Ein neuer Mensch! Nicht einen Pickel mehr, Billy!«

Wir stehen nun vor der Villa und schauen hoch.

»Du weißt, dass ich dir damals bis hierher gefolgt bin, oder?«

Ich nicke, sage aber nichts.

»Ich glaube, ich habe dich sogar da oben am Fenster ste-hen sehen. Weißt du – Billy –, ich will ja gar nicht wissen, warum du so komisch bist ...«

»Irgendwann werde ich es dir erzählen«, unterbreche ich ihn. »Aber heute spiele ich dir einfach nur meine Plat-tensammlung vor.«

Wie ich öffnet auch Paul die Klappe am Briefkasten und tätschelt dem Engel den Kopf. Ich nehme ihn mit hinein in die Villa und hoffe, dass Großvater auf seinem Zimmer ist. Doch er sitzt am Küchentisch und schüttelt meinem Kumpel die Hand. Er scheint sich ehrlich zu freuen. Heute ist wohl ein guter Tag für ihn.

In der hohen Eingangshalle pfeift Paul fasziniert durch die Zähne. Im Wohnzimmer steht er einige Zeit vor Groß-vaters Büchern. Ich zeige ihm meine lächerlich kleine Plattensammlung, die im Regal neben den mindestens fünf Metern klassischer Musik steht, aber auch neben Udo Jür-gens, Karel Gott und den weiteren Peinlichkeiten meiner Großmutter. Paul zeigt sich trotzdem beeindruckt, und nachdem wir alle meine Lieblingslieder angehört haben, machen wir unsere eigene Hitparade.

»Platz vier, Ladies and Gentlemen, *Deep Purple!* Rauch steigt übers Wasser, während wir nun Platz drei verkünden, ja, Sie werden staunen, *Led Zeppelin* ...«

»... bleiben Sie bloß von Treppen fern, die in den Himmel führen! Hochspannung, Hochspannung, *High Voltage*, Ladies and Gentlemen, auf Platz zwei, eine hierzulande noch unbekannte Band aus Australien: *AC/DC* mit dem Song *T.N.T.* ...«

»... und auf Platz eins, Trommelwirbel ...«

Natürlich *ZZ Top.*

»Echt klasse, Billy!« Paul lacht und hält Nummer fünf, die Single von *Roxy Music*, hoch. »Und was ist das?«

»Hat Duke mir geschenkt.« Ich zucke mit den Schultern. *Love Is The Drug.* Ich habe sie noch nicht angehört. Wegen des billig aussehenden Covers hat es mich einfach nicht interessiert.

Wir liegen auf dem Teppich und hören mindestens zum zehnten Mal *ZZ Top*. Wir schauen an die Decke, während wir dem Rhythmus nachspüren, der Bass durch unsere Körper brummt und die Gitarren in den Ohren schmerzen. So merken wir erst nicht, dass Großvater ins Zimmer gekommen ist.

»Johannes, es wird langsam Zeit«, sagt er laut, um die Musik zu übertönen. »Dein Vater wird schon auf dich warten.«

»Gleich«, murmele ich, denn ich will jede Sekunde des heutigen Nachmittags auskosten. Großvater geht und macht leise die Tür zu. Es ist nett, dass er uns nicht stören will.

»Johannes?«, fragt Paul nach einer Weile. Ich spüre, wie ich rot werde.

»Billy ist nur mein Spitzname«, stottere ich blöde und höre, wie Paul sich aufrappelt und den Plattenspieler abstellt. Dann erscheint sein Kopf in meinem Blickfeld.

»Ich habe dir vorhin gesagt, dass ich gar nicht wissen will, warum du so komisch bist. Aber hör mal, das ist doch wirklich seltsam!« Er fuchtelt mit den Armen. »Du siehst aus wie ein Spießer, kannst aber bei *Keine Macht für Niemand!* mitsingen. Bei den ganzen Büchern, die hier stehen, muss dein Großvater ein Intellektueller sein, aber wir hören *ZZ Top* und *AC/DC ...*«

Ich will etwas sagen, aber er lässt mich nicht zu Wort kommen.

»... und du willst mir weismachen, dass du Billy heißt und hier wohnst. Dabei heißt du Johannes, und dein Großvater sagt, es wird langsam Zeit für was auch immer, weil dein Vater auf dich wartet.«

»Billy klingt einfach viel besser.« Ich setze mich auf. »Außerdem weiß ich doch auch nicht, wer du bist!«

»Ich bin Paul.« Er stellt sich in die Mitte des Zimmers. »Ganz einfach. Nicht Paulchen und bloß nicht Pauli. Nur Paul. Meine Eltern sind geschieden. Meine Schwester ist letztes Jahr ausgezogen. Mein Vater hat seine gesamte Plattensammlung mitgenommen. *ZZ Top* und was weiß ich noch alles. Ohne eine einzige eigene Scheibe wohne ich mit meiner Mutter und ihrer Kompaktanlage im Westend, und das Einzige, was ich hören kann, ist ihr Neil Diamond, oder ganz schlimm: Milva! Aber nächste Woche gehe ich wieder in die Schule. Dort treffe ich Boris, meinen besten Freund, und Chiara, in die ich seit Ewigkeiten verknallt bin, der ich es aber einfach nicht sagen kann.«

Er schaut auf meine Klamotten. »Ich darf anziehen, was

ich will, und auch wenn diese blöde Lederhose scheißeng ist, würde ich nie so eine lächerliche Bundfaltenhose wie du tragen. Du siehst ja aus wie dein eigener Vater!« Er macht eine Pause. »Na, immerhin weiß ich ja jetzt, dass du irgendwo einen Vater hast. Gehst du zur Schule? Wer bist du überhaupt?«

»Wir müssen jetzt los.« Das ist das Einzige, was ich ihm darauf antworten kann. Schweigend verlassen wir die Villa, gehen zurück in Richtung Innenstadt, und irgendwann verabschieden wir uns wortlos.

Etwas später trete ich gegen einen Abfalleimer und schimpfe laut auf meinen Vater. Man schaut mich komisch an, aber das ist mir egal. Wahrscheinlich habe ich gerade den größten Fehler meines Lebens gemacht, weil ich Paul mit zu Großvater genommen habe. Vater würde toben, wenn er das wüsste.

Und dann wird auch noch Hanns Martin Schleyer entführt.

7

Vater ist weg. Seit zwei Tagen habe ich ihn nicht mehr gesehen. Auch der VW-Bus steht nicht mehr in der Tiefgarage. In den Tagen zuvor ist er nervös gewesen. Zu Heidi hat er sogar gesagt, sie solle sich nun immer richtig anziehen. Und ich müsse unbedingt zu Hause bleiben. *Bitte, Johannes, das ist wichtig!* Dann ist er gegangen und nicht mehr wiedergekommen.

Heute hat sich Heidi dann tatsächlich angezogen und ist ohne ein Wort weggegangen. Und so beschließe auch ich, mich nicht an Vaters Anweisungen zu halten. An diesem Montag laufe ich durch die Straßen und schaue zu, wie alle anderen in meinem Alter an dem ersten Tag nach den Ferien in ihre Schulen gehen. Mein Weg führt mich zu einem kleinen Park an der Bockenheimer Landstraße. Dort, bei einem Denkmal mit einer Bronzeskulptur, bin ich schon mal gewesen.

Der dargestellte Mann hat einen etwas klein geratenen Kopf und hält seine Arme steif vor sich. Genau wie die schwarzen Steinskulpturen im Rothschildpark ist er nackt. Doch da er nicht wie ein Mensch aussieht, sondern wie ein Roboter, ist mir das egal. Er ist ein Verbündeter, der auch nicht weiß, wo er hingehört. *Doch uns ist gegeben auf keiner Stelle zu ruhen.* So beginnt der Text, der auf der Steinplatte neben der Statue eingraviert ist.

Heute bin ich aber nicht seinetwegen gekommen. Heute brauche ich keinen Verbündeten. Denn hinter dem Denkmal, auf der anderen Seite der Bockenheimer Landstraße, befindet sich Pauls Schule. Von weitem sehe ich zu, wie die Schüler in der Pause auf den Hof stürmen, wie sie danach wieder in ihre Klassenzimmer zurückgehen und wie sie am Ende des Unterrichts nach Hause strömen. Da entdecke ich endlich auch Paul, der mit einem Mädchen mit langen, zu einem Zopf gebundenen roten Haaren und einem Jungen mit seltsam kurzen Armen herumalbert.

Ich raffe mich auf und gehe langsam auf sie zu. Paul schubst sich nun mit einem größeren Jungen herum, der wohl etwas zu dem Mädchen gesagt hat. Ich stehe einfach nur da, immer noch auf der anderen Straßenseite. Ein paarmal überlege ich wegzugehen, dann setze ich wieder einen Fuß auf die Straße und hoffe, dass er mich sieht, dass er mich zu sich herüberruft. *Mensch, das ist ja ein Zufall, was machst du denn hier?* Dann könnte ich mich entschuldigen, und alles wäre wieder gut. Ich hasse mich dafür.

Doch er sieht mich nicht – wie soll er auch, da er jetzt auf eine Mauer springt, die Faust in den Himmel streckt und »Du hast keine Chance …« brüllt. Die anderen Schüler bleiben stehen und brüllen »Darum nutze sie!« zurück. Sie lachen, sie applaudieren, sie jubeln und gehen wieder auseinander.

Und ich denke: *Oh Götter! Gebt mir den zum Freund!* Dann legt er seinen Arm um das Mädchen, greift nach ihrer Hand, fasst sie an. Schließlich laufen sie einfach an mir vorbei, rufen noch mal die Parole und haben kein Auge für ihre Umgebung, die für sie genauso unsichtbar bleibt wie ich.

»Vorgestern war dein Kumpel da«, begrüßt mich Duke.

»Und? Hat er sich noch einmal die *Clash*-Platte angehört?«

»Haha, keine Sorge, ich habe ihm etwas anderes vorgespielt. *Let's get it on.* Eine ältere Scheibe von Marvin Gaye. Er fand's gut und hat sie gleich gekauft.« Duke zündet sich eine Zigarette an. »Er hat mir von eurem letzten Treffen erzählt. Und ein Gesicht hat er dabei gemacht, also wenn ich du wäre, würde ich mir was einfallen lassen.«

Er legt ein anderes Album von Marvin Gaye auf die Ladentheke. *What's going on.* Mitten auf dem Gesicht des Sängers klebt ein rotes rundes Etikett: *Sonderpreis 9 Mark 99.*

»Was hat er denn gesagt?«, frage ich und bemühe mich, lässig zu klingen.

»Ihr habt Platten gehört, du hast ihm einen falschen Namen genannt, dein Großvater sei nett gewesen, aber dann hast du ihn rausgeschmissen, einfach so, und er hätte nicht die leiseste Ahnung, warum.«

Das ist die Kurzfassung des Nachmittags. Nichts daran ist falsch, und nichts davon ist richtig. Doch so, wie Duke es erzählt, hört es sich an, als wäre ich ein Arschloch. Ich krame in meinen Hosentaschen. Es reicht für eine Anzahlung, was er akzeptiert.

»In Ordnung. Bring mir dafür doch die *Roxy Music*-Single wieder mit. Meine Tochter, weißt du, eigentlich hatte ich sie ihr versprochen.«

»Okay«, sage ich, dabei habe ich *Love Is The Drug* noch nicht mal gehört.

»Am Donnerstag bekomme ich übrigens die neue Scheibe von Iggy Pop. Exportware aus England. Also sieh zu, dass du Geld auftreibst. *It's a must!*«

Ich nicke. Eine ziemlich teure Leidenschaft habe ich mir da zugelegt. »Sag ihm bitte nicht, dass ich Marvin Gaye gekauft habe.«

Duke nickt. »Hast's ja ganz schön schwer mit deinem Kumpel, was?«

Ich laufe zu dem Platz, auf dem ich Paul kennengelernt habe. Dort treibe ich mich eine Viertelstunde lang zwischen den parkenden Autos herum, bis die beiden Jungs, die auf der Mauer sitzen, endlich verschwinden. Wie Paul und ich damals kauen sie Kaugummi. Jetzt würden sie durch die Gegend ziehen, die Menschen veräppeln, vielleicht ein Eis essen …

Ich hieve mich auf die Mauer. Vorsichtig pule ich das

Etikett mit dem Sonderpreis ab. Dann sehe ich mir das Cover genauer an. Marvin Gaye, ein schwarzer Mann in einem schwarzen Ledermantel mit hochgeklapptem Kragen, schaut schräg nach oben in den Himmel. Er sieht so aus, als wüsste er ganz genau, was er tut. Ich sollte mir die Platte anhören, bevor ich sie verschenke.

Und ich sollte Paul zeigen, dass ich mich nicht nur für mich selbst interessiere. Dass ich offen für alles bin. Dass die Wochen in der Schwanheimer Einsamkeit beschissen waren und die Monate bei Großvater nicht viel besser. Trotzdem haben sie mir nicht wirklich geschadet. *Billy is dead*. Ich bin und bleibe Johannes. Oder Johnny.

Aber ich weiß es verdammt noch mal besser. Eigentlich will ich nur, dass man mich mag. Man tut alles nur für sich selbst.

»Sag mal, was riecht hier so komisch?« Großvater schnuppert an meiner Jacke. »Hast du etwa geraucht?«

Ich schüttele den Kopf und rücke mit meinem Sessel von ihm weg. Er hört sich tatsächlich Marvin Gaye mit mir an und findet wie ich die Musik gar nicht so schlecht.

»Aber das muss doch alles ganz schön teuer sein, diese vielen Schallplatten.«

Ich zucke mit den Schultern.

»Du bist ja heute mal wieder von der ganz gesprächigen Sorte. So, und jetzt mach das aus. Die Nachrichten kommen gleich.« Ich drücke am Plattenspieler auf den Knopf und schaue Großvater zu, wie er den Fernseher einschaltet. Die *Heute*-Nachrichten flammen auf.

»Ekkehardt Gahntz«, sagt Großvater. Er kennt sie alle: Karl-Heinz Köpcke, Dagmar Berghoff, Friedrich Nowottny. Das Studio sieht wie immer ein wenig provisorisch aus. Vor kahlen roten Ziegelsteinmauern stehen behelfsmäßige Stellwände, auf der einen steht *heute*, auf einer anderen werden die Uhrzeiten in New York, Moskau, New Delhi und Tokyo angezeigt, warum auch immer. Aber dieses Mal passt die Kulisse zu der gerade hineingereichten Meldung, dass in Köln ein Terroranschlag mit vier Toten verübt worden sei.

Hanns Martin Schleyer, der Arbeitgeberpräsident, sei entführt worden, liest der Nachrichtensprecher vor und bemüht sich, nicht allzu aufgeregt zu klingen. Man suche das Tatfahrzeug, vermutlich ein weißer Kleinbus mit Kölner Kennzeichen, und bitte die Bevölkerung um Mithilfe.

Während ich auf das erste, ziemlich unscharfe Foto vom Tatort starre – drei Pkws mit aufgerissenen Türen, daneben schemenhaft die Körper der Toten –, begreife ich langsam, was Ekkehardt Gahntz gesagt hat. Der weiße Kleinbus hat ein Kölner Kennzeichen …

»Scheiße«, flüstere ich.

»Was?«, fragt Großvater.

»Scheiße!« Ich brülle es ihm ins Ohr.

»Also, Johannes! Den ganzen Nachmittag kriegst du den Mund nicht auf, und dann sowas!« Doch ich reagiere nicht. Er muss es doch auch gehört haben, das mit dem Kölner Kleinbus! Oder ist er wirklich so schwerhörig?

»Ich muss los.« Ich schiebe Marvin Gaye wieder in seine Hülle und packe für alle Fälle auch die *Roxy Music*-Single dazu. Ich nehme meinen Großvater in den Arm. Das habe ich ewig nicht mehr getan, aber jetzt brauche ich es.

»Kommst du wieder?«, fragt er. Wie schlecht sein Atem gerochen hat, fällt mir erst auf, als ich schon in der Straßenbahn sitze.

Nach der elend langen Fahrt zum Hauptbahnhof steige ich um in die noch langsamere Linie nach Schwanheim. Den letzten Weg zum Hochhaus renne ich sogar. Ich schaue zuerst in der Tiefgarage nach: kein Bus.

Um diese Uhrzeit, am frühen Abend, wird der Aufzug von mehr Menschen als sonst benutzt. Erst nach einer Ewigkeit erreiche ich die vierzehnte Etage. Ungeduldig schließe ich die Tür auf. Die Wohnung ist menschenleer. Heidi ist nicht da, und auch mein Vater ist nicht zurückgekommen. Ich gehe zum Fernseher und schalte ihn ein.

Ich wünsche mir, dass das alles nicht wahr ist. Doch auch die *Tagesschau* berichtet von der Entführung. Jetzt weiß man genauer, wie der Fluchtwagen ausgesehen hat, mit dem Hanns Martin Schleyer entführt wurde. Es ist tatsächlich ein weißer VW-Bus gewesen. Der Fahrer von Schleyer und seine drei Leibwächter wurden von den Entführern erschossen. Überall in der Republik werden Kontrollen eingerichtet, die Bevölkerung wird zur Mithilfe aufgefordert ...

Was weiß ich über meinen Vater? Vor zwei Jahren, als er nicht mehr als Lehrer hat arbeiten dürfen, hat er begonnen, Päckchen und Pakete hin- und herzuschicken. Ich habe keine Ahnung, was in ihnen war. Und dann stand eines Tages der weiße VW-Bus vor Großvaters Villa.

»Hör zu«, hat er einmal zu mir gesagt, »ich bin kein Mörder.« Das war nach dem Mordanschlag auf Siegfried Buback. Und im Sommer hat er mir versichert, dass er auch nichts mit dem Mord an Jürgen Ponto zu tun hatte. Ich habe ihm immer geglaubt. Aber jetzt? Es hat vier Tote gegeben. War er der Fahrer? Hat er dabei geholfen, Schleyer zu entführen?

Er hat mich jedenfalls alleingelassen. Dass das passieren würde, habe ich immer befürchtet, seitdem er unser Leben auf den Kopf gestellt hat. Und dass Heidi ebenfalls weg ist, kann nur eins bedeuten: Die Wohnung in Schwanheim ist nicht mehr sicher.

Ich mache den Fernseher aus und gehe zu dem Schrank in meinem Zimmer. Dort hole ich meine Sachen heraus und packe das meiste – auch den Kassettenrekorder – in meinen grünen Bundeswehrseesack. Die Kassetten mit den *American Top 40* lasse ich hier. Dann durchsuche ich noch einmal die ganze Wohnung.

Einige seiner Sachen scheint mein Vater mitgenommen zu haben, der Rest liegt ordentlich in seinem Schrank. Heidis Morgenmantel hängt über einem Küchenstuhl. Als würde sie bald zurückkommen. Aber das glaube ich nicht.

Unter dem Küchentisch finde ich zwei Pässe, die dort angeklebt sind, den von Vater und den von Heidi. Ihrer ist gefälscht, es steht ein anderer Name drin. Oder sie heißt gar nicht Heidi. Aber im Moment ist mir das egal, denn daneben klebt auch ein Bündel mit Fünfzigern und sogar Hundertern. Ich stecke die Scheine ein und verzichte darauf weiterzusuchen, in Heidis Zimmer zu gehen oder gar hinterm Klo nachzuschauen. Kurz überlege ich, ihm eine Nachricht zu hinterlassen. Aber was hätte ich schreiben können?

Als ich zur Haltestelle gehe, ist es bereits dunkel. Am Bahnhof, wo ich umsteige, wimmelt es von Polizisten, die Autos anhalten und Fußgänger kontrollieren, als wäre Schleyer hier und nicht in Köln entführt worden. Einer der Polizisten kommt auf mich zu, blickt mir eine gefühlte

Stunde lang tief in die Augen und geht weiter. Als würde ich wieder den Tennisschläger in der Hand halten, bin ich unverdächtig und unsichtbar, nicht nur für Paul vor der Schule, sondern für alle.

Als ich vor Großvaters Villa stehe, fängt es an zu regnen. *Kommst du wieder?* Das hat er mich vorhin gefragt. Ich denke darüber nach, aber ich komme zu keinem Schluss. Ich gehe weiter.

Alles im Botanischen Garten ist schon pitschnass. Im Schuppen ist es dunkel. Es regnet durchs Dach. Auf beides bin ich nicht vorbereitet. Hierzubleiben wäre sinnlos. Als ich das Haus erreiche, in dem Paul wohnt, hat der Regen aufgehört.

Müller, Bartoldy, Neumann, Sorge – und ein paar Namen mehr. Mein Zeigefinger kreist über den Klingelschildern. Er entscheidet sich für Neumann. Nach einiger Zeit brummt der Türöffner. Ich steige die Treppe hoch in den zweiten Stock. Dort steht tatsächlich Paul im Türrahmen. Fragend schaut er auf meinen Bundeswehrseesack.

»Hallo, J o h a n n e s«, begrüßt er mich spöttisch.

Das fängt ja gut an. Bevor er weitermachen kann, halte ich ihm die Platte hin. »Für dich.«

Er nimmt sie und dreht sie hin und her. »Marvin Gaye?« Sein Gesicht verrät mir nicht, ob er sich freut.

»Ich ... äh, find's gut.«

»Du findest es g u t?!«

Habe ich es falsch verstanden? Duke hat doch erzählt, es habe ihm gefallen. »Wir können sie bestimmt auch umtauschen.« Obwohl – sie war ein Sonderangebot, und sie ist auch noch nicht mal voll bezahlt.

»Mensch, Billy! Marvin ist genial! Ich kenne *Let's Get It*

On. Duke hat es mir vorgespielt. Und ich hab's mir sofort kaufen müssen. Aber das hier?« Als hätte er ein Kaugummi im Mund, liest er den Titel des Albums vor. » *What's Going On.* Na ja, sehr einfallsreich ist er ja nicht gerade.«

Wir lachen. Paul dreht das Album noch einmal um. Dabei fällt die Single heraus.

»Die ist für Duke«, sage ich schnell, hebe sie vom Boden auf und fasse mir ein Herz. »Kann ich bei dir übernachten?«

Paul dreht sich um und schaut zurück in die Wohnung. »Du, ich weiß nicht …«

In einem Zimmer, bei dem die Tür offen steht, entdecke ich das Mädchen, mit dem er sich vor der Schule unterhalten hat. Sie sitzt auf einem Bett und schaut zu uns herüber. Diesmal trägt sie ihr rotes Haar offen. Ich bin überwältigt.

»Ach, was soll's! Komm rein.«

If You Could Read My Mind

1

Sie war ein paar Minuten zu früh. Etwas verloren stand sie vor dem Postamt auf der Bockenheimer Landstraße. Sie hielt nach ihm Ausschau, ohne dass man es ihr ansah. Es war noch hell, Autos fuhren vorbei, einige Fußgänger waren unterwegs. Der warme, spätsommerliche Abend zeigte sich windstill, nur ein, zwei Wolken standen am Himmel. In ihrer Handtasche steckte ein Brief.

Falls er sich verspäten würde, oder falls er – was sie nicht glaubte – gar nicht käme, hätte sie so wenigstens eine Ausrede, hierhergekommen zu sein. Denn grundlos ging man in diesen Zeiten nicht aus dem Haus. Der Brief war an ihren Cousin in der Schweiz adressiert. *Lieber Eddie, nun haben wir es endlich geschafft …*

Sie hätte ihm sowieso schreiben müssen.

Vom Opernplatz kam er die Straße heruntergelaufen. Ein wenig vornübergebeugt, der schleppende Gang, sie erkannte ihn schon von weitem. Zum Gruß hob er die Hand und tat so, als würde er einen Hut ziehen. Auch den Spazierstock, den er wie Charlie Chaplin schwang, gab es nicht. Sie legte den Kopf zur Seite und zog die Augenbrauen hoch.

»Guten Abend, Fräulein Meissner. Bin ich etwa zu spät?«

»Nein, gar nicht, Herr Doktor Braun, ich war zu früh.«

»Na, den Doktor können wir heute einfach mal weglassen, nicht wahr?«

Sie gaben sich die Hand und lächelten sich an. Mit vorgerecktem Kinn zeigte er ihr den Weg. »Kommen Sie! Ich bin schon ganz gespannt. Und ich habe einen Mordshunger mitgebracht!«

Sie lachte mit ihm. Er hakte sich unverdächtig bei ihr ein und drückte kurz ihren Oberarm.

»Warten Sie …« Sie öffnete die Handtasche und nahm den Brief heraus. »Den hätte ich ja fast vergessen.«

Sie überquerten die Bockenheimer Landstraße und gingen in Richtung Westen, am Hölderlin-Denkmal vorbei, dieser etwas ungelenk wirkenden Bronzeskulptur mit dem allzu kleinen Kopf. *Ihr wandelt droben im Licht, auf weichem Boden, selige Genien!* kam ihr in den Sinn. Das gefiel ihr. Sie sagte es aber nicht. An der nächsten Kreuzung lag das Restaurant. Durch eine Reihe dichten Gebüschs, das dem betonierten Platz davor etwas von seiner Kargheit nahm, konnte man bereits die Lampions sehen – gelb und weiß, nicht rot, nicht grün.

»Es war alles andere als einfach, einen Tisch zu bekommen«, erzählte Herr Dr. Braun, als sie sich dem Restaurant näherten. »Heute Abend will ganz Frankfurt hier sein.«

»Ich habe noch nie chinesisch gegessen«, gestand sie ihm.

»Es ist köstlich, Fräulein Meissner. In München, ich war auf einer Fortbildung bei Siemens – das neue Rechensystem, Sie wissen ja –, da habe ich es schon einmal ausprobiert. Hühnchen süßsauer mit Ananas, dazu eine Schale

Reis und zum Nachtisch gebackene Banane. Also, was denen so alles einfällt!«

Das Restaurant Zum Goldenen Löwen hatte neu eröffnet. Der flache Betonbau war etwas älter. Wahrscheinlich war zuvor ein anderes Restaurant darin gewesen, vielleicht ein italienisches, sie wusste es nicht. Sie war länger nicht mehr in diese Gegend gekommen.

»Die Eins«, las ihr Kollege die Hausnummer am Restaurant vor. »Das erste Haus am Platz. Na, wenn das nicht einen schönen Abend verspricht!«

Ein wenig zu hell erleuchtet und mit voll besetzten Tischen, so zeigte sich der Saal hinter den großen Fensterscheiben. Vor dem Restaurant standen ebenfalls zahlreiche Tische. Hier, hinter den zwei goldverzierten lebensgroßen Löwenskulpturen und unter dem warmen Licht der Lampions, war es schön. Hier hatte Dr. Braun einen *table pour deux* reserviert. Neugierig drehten sich die anderen Gäste um, als er den Stuhl zurückschob, damit sie sich setzen konnte. Sie zog sittsam den Rock zurecht. Fein hatte sie sich gemacht, aber nicht allzu sehr. Neben dem Tisch stand eine Kellnerin und hielt die Speisekarte bereit.

»Das ist ja fast ein Buch, Herr Doktor Braun«, sagte sie überrascht.

»Ohne den Doktor, Fräulein Meissner«, bemerkte er mit einem Augenzwinkern. »Aber faszinierend. So viele Nummern ...«

Sie hatte den Trick schnell herausgefunden. Es gab eine Reihe unterschiedlicher Soßen und verschiedener Gemüsesorten sowie eine Auswahl von Fleisch – Rind, Schwein, Huhn, Ente –, Fisch und Eierspeisen als vegetarische Variante. Alles war in der Speisekarte miteinander kombiniert und mit Nummern versehen, weiter hinten waren sie sogar dreistellig.

»Man könnte auch gleich die Sprache lernen.« Über jedem Gericht stand der chinesische Name, sowohl in Schriftzeichen als auch in lateinischen Buchstaben.

»Sie gewählt?«, fragte die Kellnerin.

»Lassen Sie uns doch mit einem Jasmintee beginnen«, schlug Herr Dr. Braun vor, »und danach jeder eine Vorspeise.«

Sie nickte. »Eine hervorragende Idee.«

»Also, dann wir hätten gerne Jasmintee.« Er zeigte es in der Karte. »Ein Kännchen für zwei.«

»225«, sagte die Kellnerin etwas schroff in gebrochenem Deutsch und schrieb es auf. Herr Dr. Braun bestellte weiter.

»Als Vorspeise nehme ich die 17 ...« Sie schlug rasch nach, was ihr Kollege bestellt hatte: Frühlingsrollen. »... und danach die 125. Und dazu ein 265, aber ein großes.« Er zeigte mit den Händen, wie er es haben wollte.

»265b«, notierte sich die Kellnerin und schaute dann erwartungsvoll, aber ohne ein Lächeln, auf sie. Sie war ein bisschen aufgeregt.

»Die 18 für mich ...«

»Aha, Sommerrolle, sehr gut«, sagte Herr Dr. Braun, ebenfalls nachschauend.

»... und danach, ich weiß nicht, darf ich?«

»Nur zu.«

»Dann hätte ich gerne *Beijing Kaoya*. Die Pekingente.« Sie klappte die Speisekarte zu. Die Kellnerin wartete. Hatte sie es falsch ausgesprochen?

»Sie müssen ihr schon die Nummer sagen, Fräulein Meissner.«

»Ach, natürlich!« Etwas hektisch blätterte sie durch die Seiten. »Moment … hier. Eins. Vier. Null.«

»140«, sagte Herr Dr. Braun langsam zu der Kellnerin. »Und etwas zu trinken?«

»Erst einmal … nichts. Danke. Wir haben ja den Tee.« Er nickte der Kellnerin zu und lächelte hinter ihr her. »Das haben die sich fein ausgedacht, die Chinesen. So müssen sie gar nicht erst richtig Deutsch lernen. Ein, zwei Tage die Zahlen üben, das war es. Mal sehen, ob wir Stäbchen bekommen.«

Sie nickte und hoffte auf Messer und Gabel.

Er sei früher verheiratet gewesen, erzählte der Kollege bei der ersten Tasse Tee. »Drei Jahre und vier Monate.« Doch seine Frau und er hätten sich nicht verstanden. »Wahrscheinlich habe ich zu viel erwartet.« Sein Nachfolger sei ein erfolgreicher Bauunternehmer. »Er hat unser Haus in Gonzenheim gebaut. Als es fertig war, ist Gisela gar nicht erst eingezogen.«

Sie hörte den Geschichten zu und warf hin und wieder ein »Meine Güte!« oder – als er von den drei Kindern erzählte, die Gisela ja schließlich auch mit ihm hätte haben können – das unvermeidliche »Wirklich?« ein – eine Aufforderung an ihn, einfach weiterzureden. Sie nippte am Tee, der an dem warmen Abend gar nicht abkühlen wollte.

»Und Sie, Fräulein Meissner?«

Sie schaute ihn überrascht an. »Erklärt sich das nicht von selbst, Herr Doktor Braun?«

»Ich verstehe nicht …«

»Wenn Sie mich doch immer noch *Fräulein* nennen.«

»Ach ja, natürlich …« Er lachte, etwas zu laut, wie sie fand. Seine kleinen Mäusezähne kamen dabei zum Vorschein. Das schüttere, leicht ergraute Haar, der etwas gekrümmte Rücken – nein, sie wollte nicht über ihn urteilen, sie kannten sich schließlich seit bald zehn Jahren. Aber irgendwann müsste sie es vielleicht tun.

»… wieso bin ich nicht selbst darauf gekommen? Dabei sind Sie – nun ja – auch nicht mehr die Jüngste, nicht wahr? Kennen Sie den? Sagt der Frauenarzt: ›Ich habe eine gute Nachricht für Sie, Frau Müller.‹ ›Fräulein Müller, bitte.‹ ›Also, Fräulein Müller, dann habe ich eine schlechte Nachricht für Sie …‹«

Sein Lachen ging in ein Glucksen über, das langsam erstarb. Es entstand eine unangenehme Pause, die sie nutzte, um sich nach der Vorspeise umzuschauen. Trotzdem merkte sie, wie sie von ihm gemustert wurde. Kurz fasste sie sich ans gelegte Haar. Ein paar Strähnen zeigten sich wie immer widerspenstig.

Herr Dr. Braun räusperte sich. »Entschuldigen Sie, das war unhöflich. Sollte ich Sie lieber anders nennen, Fräulein Meissner? Wie nennen Ihre Freunde Sie? Ihre Familie? Oder der Bäcker?«

Tapfer schaute sie ihm in die Augen. Dass die Mutter sie Eli nannte, wollte sie ihm nicht verraten. »Im Büro ist es tatsächlich immer noch oft *Fräulein* Meissner, manche nennen mich dort aber auch einfach EM …«

»Ach, stimmt ja! Ihr Kürzel unter den Aktenvermerken.«

»… und der alte Bäcker sagt *Mähdsche.*« Seit mehr als vierzig Jahren, dachte sie kurz. Sie lachten wieder zusammen. Das gab ihr den nötigen Mut. »Warum nennen Sie mich nicht einfach *Frau* Meissner? Oder ...« Das war jetzt gewagt, sie war schließlich ein wenig jünger als er. »... wie wäre es mit Elisabeth?«

»Elisabeth? Warum nicht gleich Sissi? Nein, das passt nicht zu Ihnen. Das klingt zu adlig.« Jetzt lachte er allein. »Nun gut, ein Kompromiss. Ich nenne Sie ... Fräulein Elisabeth.«

Es war anstrengend. Er war anstrengend. Humorvoll, oder einfach nur witzig, das war er trotz aller Mühe noch nie gewesen. Ein kühler Wind kam auf. Zum Glück servierte man nun die Vorspeise. Herr Dr. Braun sah auf die Uhr. »Fünfundzwanzig Minuten. Na, die Schnellsten sind sie hier ja nicht gerade. Fräulein ...? Fräulein!«

Er fragte die Kellnerin nach Stäbchen. Sie nahm die Gabel.

Eli schloss die Wohnungstür auf. Sie knipste das Flurlicht an, hängte Mantel und Schal an die Garderobe. Ihre Handtasche legte sie auf die Anrichte. Nachdem sie die halbhohen Mary Janes gegen die bequemen Hausschuhe getauscht hatte, ging sie in die Küche, nahm den Wasserkessel vom Herd und füllte ihn. Sie stellte ihn zurück und zündete das Gas an. Das Streichholz landete im Müll. Am Küchentisch sitzend, verschränkte sie die Hände und dachte sich die vergangenen zwei Stunden rückwärts.

Er hatte sie nach Hause gebracht, bis vor die Tür, das wäre sicherer in der heutigen Zeit, bei all der Gewalt, mit all den Terroristen. »Man fühlt sich selbst im eigenen Lande nicht mehr sicher, nicht wahr, Fräulein Elisabeth?«

Als sie durch den nächtlichen Rothschildpark spaziert waren, um das schwere, aber gute Essen zu verdauen, hatte sie ihm recht geben müssen. Im Dunkeln waren sie auf einen Jungen gestoßen, der im *Ring der Statuen* einfach nur dagesessen und leise Musik gehört hatte. Trotzdem hatte sie sich gefürchtet. Die vielen Straßenschlachten als Protest gegen die Immobilienspekulationen vor ein paar Jahren, und der Terrorismus, der sich fast nahtlos daran angeschlossen hatte – kein Wunder, dass sie in dieser harmlosen Begegnung etwas Bedrohliches vermutet hatte.

Zuvor jedoch, eigentlich den ganzen Abend über, hatten Herr Dr. Braun und sie meist aneinander vorbeigeredet. Er hatte über das Büro gesprochen, von seinen wichtigen Aufgaben für die Versicherungsgesellschaft und von den Zahlen, vor allem von den Zahlen, von Unmengen von Zahlen, die ihm so wichtig waren und mit denen er sogar Land und Leute zu erklären versucht hatte: die steigende Arbeitslosigkeit, die hohe Staatsverschuldung, das teure Benzin – nein, natürlich habe er kein Auto, aber dennoch.

Sie hatte ab und zu von ihren Interessen geredet, von der Literatur und der Musik, nicht das Übliche oder zu Erwartende, sondern das Spezielle, das feinsinnig hinter dem gesellschaftlichen Gepolter Versteckte. Doch nicht ein Schriftsteller oder Komponist, den sie aus dem Kreis ihrer Auserwählten erwähnt hatte, war ihm bekannt gewesen.

Und es hatte ihr manchmal auf der Zunge gelegen, über ihre Eltern zu reden. Beim Nachtisch zum Beispiel – tatsächlich gebackene Banane – hatte sie sich auf sein Niveau begeben und von den Bethmännchen erzählen wollen. Ihre Mutter konnte sie so gut backen. Marzipan und Mandeln, am liebsten – für den Karamellgeschmack – ein bisschen angebrannt. Sie wären der Anlass gewesen, das Thema zu wechseln, hin zu dem, was *ihr* gerade wichtig war. Es war nicht dazu gekommen.

»Ich heiße Wilhelm«, hatte er sie ungeschickt unterbrochen.

Eli stand auf und holte zwei Tassen aus dem Küchenschrank. Es war falsch gewesen, über dieses Freundschaftsangebot zu lachen, das wusste sie, aber sie hatte einfach nicht darauf eingehen wollen. »Glauben Sie wirklich, dass ich Ihren Vornamen nicht kenne?« Sie habe doch unzählige seiner Vermerke, Notizen und Briefe im Archiv abgelegt.

Aus der vor ein paar Tagen heimlich studierten Personalakte kannte sie sogar sein Geburtsjahr – 1921, vier Jahre älter als sie – und seine anderen Vornamen, Adolf (vielleicht in weiser Voraussicht der Eltern) und Paul, wie Hindenburg (falls es nicht geklappt hätte).

Im schlesischen Beuthen an der Oder war er aufgewachsen und – ein Lungenleiden – rechtzeitig ausgemustert worden. In dem der Akte beigelegten Entlastungszeugnis wurde er als Mitläufer, Kategorie IV, geführt. Sie hätte ihn gerne gefragt, was er damals gemacht hatte. Bei einer IV konnte es nichts Harmloses, aber auch nicht unbedingt etwas Verwerfliches gewesen sein. Doch darüber war in der Personalakte nichts zu finden gewesen. Und im Laufe des Abends hatte sie das Interesse verloren. An ihm.

Was hatte sie sich eigentlich erhofft von einem Rendezvous mit einem Mann, mit dem sie schon so lange bekannt war?

Der Kessel pfiff. Sie nahm ihn vom Feuer und goss das heiße Wasser über die Teebeutel. Eine Tasse Hagebutte, eine Tasse Kamille, die eine für die Mutter, die andere für den Vater. Als sie nach ein paar Minuten die Beutel aus den Tassen nahm und vorsichtig die Henkel ergriff, erkannte sie ihren Irrtum. Meine Güte! Wie hatte sie nur so dumm sein können?

Seit einer halben Ewigkeit waren es jeden Abend dieselben Handgriffe. Jeden Abend brachte sie die Tassen an die beiden Betten der Eltern. Ein letzter Gruß zur Nacht, der wie das Frühstück, das Mittagessen, das Abendbrot zu den täglichen Ritualen gehörte. *Pünktlichkeit ist die Höflichkeit der Könige*, sagte die Mutter oft. Das war jetzt nicht mehr nötig. Eli ging zur Spüle und schüttete den Tee weg. Seit gestern lebte sie allein. Der Alltag würde endlich ein anderer werden.

2

Eli gönnte sich ein spätes Aufstehen. Erst gegen zehn Uhr, noch in Nachthemd und Morgenmantel, setzte sie sich in die Küche. Herr Moser aus dem Dritten hatte ihr die Samstagszeitung vor die Wohnungstür gelegt. Wie sie an den verschobenen Seiten erkennen konnte, hatte der Nachbar die *Rundschau* wie so oft schon rasch durchgeblättert. Normalerweise störte sie sich daran, als wäre eine bereits gelesene Zeitung irgendwie entzaubert. Heute aber gab sie sich milde. Wie immer las sie von hinten nach vorn – Aus aller Welt, Lokales, Feuilleton, Sport, Wirtschaft, Politik –, trank Kaffee und aß einen zart gebutterten Toast mit einem Klecks englischer Ingwermarmelade.

Das Radio spielte leichte Musik, hin und wieder von

einer tiefen, aber sanften Männerstimme mit guten Ratschlägen zum Wochenende unterbrochen. Bis auf die Wettervorhersage – Regenschauer – passte die Zeitung zur launigen Stimmung im Radio. Ein Artikel aber wühlte Eli auf. Er berichtete von den neuesten Erkenntnissen zu der Entführung von Dr. Schleyer. Die Musik, die guten Ratschläge, doch vor allem die Sonne, die nun durch die Fenster hereinschien, wollten so gar nicht zu den schrecklichen Dingen passen, die ihm gerade widerfuhren.

Letzten Montag spät am Abend hatte Frau Moser an die Tür geklopft. »Der Bundeskanzler! Im Fernsehen«, hatte sie in hohem Ton geflüstert. Die Eltern hatten sich an ihrem vorletzten Abend eine leichte Komödie im Regionalprogramm angeschaut, also war Eli mit nach oben zu dem älteren Ehepaar gestiegen, um gerade noch das Ende der Ansprache mitzuerleben.

»Während ich hier spreche, hören irgendwo sicher auch die schuldigen Täter zu. Sie mögen in diesem Augenblick ein triumphierendes Machtgefühl empfinden. Aber sie sollen sich nicht täuschen. Der Terrorismus hat auf Dauer keine Chancen, denn gegen den Terrorismus steht nicht nur der Wille der staatlichen Organe, gegen den Terrorismus steht der Wille des ganzen Volkes.«

Wie immer war Helmut Schmidt schick gekleidet gewesen. Die dicken Brillenbügel hatten sein Gesicht jedoch schmal und kränklich aussehen lassen. Dennoch hatte der Bundeskanzler entschlossen gewirkt. Eli hoffte, dass er alles für Dr. Schleyers Freilassung tun würde. Sie wollte ein ruhiges Land, ohne Terrorismus. Doch durch die seit Tagen über Funk und Fernsehen verbreiteten Mitteilungen der Regierung an die Entführer konnte man auch zu einer anderen Auffassung kommen. Dass der Bundeskanzler mit dieser harten Linie und mit seiner Hinhaltetaktik wirklich Erfolg haben würde, konnte sie sich einfach nicht vorstellen.

Die Zeit schlich sich durch den Vormittag. Im Radio spielte ein Streichorchester eine Instrumentalversion von *Besame Mucho* – ein Lied, das leicht seine Lieblichkeit verlieren konnte, wenn man es einmal zu oft gehört hatte. Als dann auch noch ein Xylophon einsetzte, war sie fast geneigt, den Senderknopf weiterzudrehen und zu Klassik oder Textbeiträgen zu wechseln. Stattdessen entschied sie sich, einen zweiten Toast zu essen, bevor sie sich anziehen und die Eltern besuchen gehen wollte. Die Mutter hatte ihr vorgestern eine Liste mit Dingen mitgegeben, die sie gerne noch im Altersheim hätte. Ob das wohl alles in einen Koffer passte? Endlich begann ein neues Lied.

If you could read my mind, love ...

Jetzt blieb die Zeit sogar für einen Augenblick stehen. Sie hatte das Lied bereits am ersten Ton erkannt. Es lief oft im Radio und passte auch heute zu einem schönen Morgen, an dem man den Alltag noch ein wenig fernhalten wollte. Aber es passte auch zu Hans. Mit dem Toast in der Hand stellte sie das Radio lauter und hörte der zart singenden Männerstimme zu.

Sonst mochte Eli nur klassische Musik. Sie liebte Mahler, Satie und Mendelssohn. Beethoven war ihr zu bombastisch, Bach zu kalt, Mussorgsky war verrückt. Das Lied im Radio hatte eine einfache Melodie. Natürlich hätte sie es bereits damals, beim ersten Hören, auch weglächeln können, wie *Besame Mucho* und all die andere leichte Kost

... wenn nicht der Text gewesen wäre, den sie eines Tages mitgeschrieben, auswendig gelernt und sogar für sich übersetzt hatte.

Wenn du meine Gedanken lesen könntest, Liebste, was für eine Geschichte könnten sie dir erzählen. Wie aus einem alten Film über einen Geist in einem Wunschbrunnen, in einem dunklen Schloss oder einer starken Festung, mit Ketten an den Füßen.

Es war der Brunnen, der *wishing well* gewesen, der damals ihre Aufmerksamkeit geweckt hatte. Auf ihr unerklärliche Weise hatte ihr dieses schlichte Lied von Gordon Lightfoot, zusammen mit den Liedern von Gustav Mahler, den jahrzehntelangen Schrecken genommen.

Du weißt, der Geist bin ich, und ich komme niemals frei, solange du mich nicht sehen kannst.

Sie hatte sofort an Hans denken müssen, als sie es zum ersten Mal gehört hatte. Auch wenn es ein Liebeslied war, ein unglückliches, vielleicht ein melancholisches, hatte es sich angefühlt, als wäre es eigens und allein für ihn komponiert worden. Sie stellte das Radio lauter. Nun summte sie dazu. Irgendwann traute sie sich sogar mitzusingen. *»The hero would be me. But heroes often fail.«*

If you could read my mind ... Sie hatte immer die Gedanken ihres Bruders lesen können. Hans war wie ein offenes Buch für sie gewesen. Und sie für ihn.

Das Lied klang aus. Ihm folgte ein Bossa Nova, den Eli rechtzeitig, bevor die Stimmung kippen konnte, ausschaltete. Sie ging ins Bad und wusch sich. In ihrem Zimmer zog sie sich an. Angesichts des warmen Herbstwetters entschied sie sich für ein luftiges Kleid. Mit der Liste, die die Mutter geschrieben hatte, ging sie durch die Wohnung, summte das eben gehörte Lied weiter, traf den Ton und fand im ehemaligen Zimmer der Mutter, das Eli nun als Abstellkammer diente, die Sachen, die sie ihr mitbringen sollte. Sie passten alle in einen Koffer, auch wenn er fast nicht mehr zu tragen war. Man sollte Koffer mit Rollen erfinden, dachte sie, das würde es einfacher machen.

Gegen Mittag zog sie ihren Mantel an. Dabei fand sie in der rechten Seitentasche die Glückskekse. Ihren hatte sie nicht geknackt, sondern eingesteckt. Seinen hatte Herr Dr. Braun ihr dann einfach auch hingehalten, eine nette Geste, die sie nun mit dem gestrigen Abend versöhnte.

Wilhelm Adolf Paul Braun! Was für ein unrhythmischer Name, dachte sie, dessen Versmaß eigentlich nur dann funktionierte, wenn man den zweiten und dritten Vornamen umdrehte. Ohne sich richtig festlegen zu wollen, hatte Herr Dr. Braun einen weiteren gemeinsamen Abend vorgeschlagen. Sie würde dann aber die Rechnung übernehmen, hatte sie geantwortet. Er hatte das Thema gewechselt.

Eli klopfte leise an die gelbgestrichene Zimmertür. Ohne Aufforderung trat sie ein. Das Linoleum quietschte unter ihren Schuhen.

»Eli! Wie schön! Komm her, komm her!« Im Sitzen winkte die Mutter mit den Fingern der ausgestreckten Hand. Eli ging zu dem Sessel, der im Sonnenlicht stand. Die Küsschen auf die Wangen waren ungewohnt, passten aber zu der neuen Situation. Auch die Möbel waren gelb.

»Das habe ich alles haben wollen?« Die Mutter stand auf und nahm ihr den Koffer ab. Mit Schwung warf sie ihn aufs Bett. »Herrschaftszeiten, Kind, so schwer! Ich hoffe, du hast ein Taxi genommen.«

Sofort packte sie alles aus, verstaute es in den entsprechenden Schubladen und Schränken und redete einfach weiter, belanglos, mit Begeisterung, eigentlich wie immer, nur heiterer als all die Jahre zuvor. »Und du? Was macht die Wohnung? Fühlst du dich nicht zu einsam? Du solltest dir wirklich eine Untermieterin suchen.«

Sollte sie ihr sagen, wie sehr sie es genoss, allein in der Wohnung zu sein? Die Mutter würde es vielleicht sogar verstehen, schließlich war sie genau deshalb hierhergezogen. Sie wirkte jünger in diesem gelben, von der Sonne durchfluteten Zimmer, wie befreit von der langen Last, die das Zusammenleben mit dem bettlägerigen Vater mit sich gebracht hatte. Doch eins hatte sich nicht verändert: Eli kam nicht zu Wort. Seit 1940 kam sie nicht zu Wort. Sie wusste sogar noch das Datum.

»Und wie geht es ihm?«, fragte sie in einer der seltenen Atempausen. »Hat er …«

»Stell dir vor«, wurde Eli sofort wieder unterbrochen, »ich habe deinen Vater seit zwei Tagen nicht gesehen! Ich habe seine Sachen in die Schränke geräumt und ihn verlassen. Das war's, habe ich zu ihm gesagt. Natürlich hat er nach mir rufen lassen. Mehrmals. Aber ich habe es einfach ignoriert. Und ich werde mich weiter taubstellen. All die vergeudeten Jahre … doch nun ist's genug. Bestell ihm schöne Grüße, wenn du ihn nachher besuchst. So, und jetzt komm …«

Die Mutter setzte sich aufs Bett und klopfte neben sich. »… erzähl mir von dir. Was hast du in den letzten Tagen gemacht? Also, ich bin ja unglaublich faul gewesen, zum Essen bin ich natürlich hinuntergegangen, du, es ist gar nicht so schlecht, wie ich befürchtet habe …«

»Dass du dich auch einmal zeigst!«

Der Vater hob schwach die Hand. Er sah nicht so aus, als hätten ihn die Trennungsbekundungen seiner Ehefrau sonderlich beeindruckt. Schließlich hatte er es immer geschafft, mit dem versorgt zu werden, wonach es ihn verlangte. Zu Hause hatten sie ihn gemeinsam gepflegt, die Mutter und Eli, wobei jeder alltäglich ausgeführte Handgriff in ein Ritual übergegangen war. Ein jegliches hatte seine Ordnung haben müssen. Das Leiden des Vaters hatte den Takt vorgegeben – tagein, tagaus.

Hier, in dem Zimmer mit der grünen Tür und den grünen Möbeln, deren Ecken und Kanten modisch abgerundet waren, hatten nun endlich andere die Betreuung übernommen. Menschen, die dafür bezahlt wurden, ihm den Hintern abzuwischen und ihn mehrmals am Tag umzubetten, damit er sich, zwei Stockwerke unter dem gelben Zimmer der Mutter, nicht wund läge.

»Hallo, Vater. Grüße von Mutter.«

»Elisabeth, sei so gut, wo du gerade da bist: Dort drüben ist die *Bild*. Man hat sie viel zu weit weggelegt. Wie soll ich da herankommen? Wo ist eigentlich deine Mutter?«

Eli gab ihm das Boulevardblatt und schaltete auf seinen Wunsch hin auch den Fernseher ein, den er unbedingt von zu Hause hatte mitnehmen wollen. Ihm war es recht gewesen. Sie hatte ja das Radio. »Ist es zu laut?«

Der Vater schüttelte den Kopf. Eli betrachtete ihn, während er die Zeitung durchblätterte und bei einem reißerisch aufgemachten Artikel über die Entführung von Dr. Schleyer entrüstet den Kopf schüttelte und wieder einmal der neuen, fürchterlich liberalen Zeit die Schuld an der linken Gewalt gab. In seinem Krankenbett sah er größer aus als zu Hause. Dort, besonders in dem guten Sessel, in den sie ihn manchmal gesetzt hatten, hatte er immer verloren gewirkt. Sollte sie ihn auf den Speicher stellen?

Gemeinsam schauten sie eine uninteressante Mittagssendung mit Beiträgen aus den Regionalprogrammen, bis Eli nach einer guten Viertelstunde das Gefühl hatte, lange genug geblieben zu sein.

»Du gehst schon? Es ist doch gerade erst ein Uhr durch. Sag deiner Mutter doch bitte, dass ich sie brauche ... und schalte ins zweite Programm. Das erste, also das ist nicht mehr so wie früher ...«

Im Schwesternzimmer, einige grüne Türen weiter, überreichte Eli der Oberschwester eine Schachtel Pralinen. Die Mutter wäre sicher einfach zu ertragen, fragte sie, und genau das wurde ihr von der kräftig gebauten Frau bestätigt.

»Sie hätte doch noch gar nicht ins Altersheim gemusst, Frau Meissner. Sie ist lebendig wie ein Fisch im Wasser!«

Eli ging nicht darauf ein. Der Vater hatte sich dem Altersheim lange verweigert. Erst nachdem die Mutter entschieden hatte, auch hierherzuziehen, hatte ihm seine Verstocktheit nichts mehr genutzt.

»Verzeihen Sie, wenn mein Vater etwas anstrengend sein sollte. Er ist seit mehr als zwanzig Jahren bettlägerig. Da kann man schon mal ...«

»Ach was!« Die Oberschwester winkte ab. »Wissen Sie, wir haben mehrere seines Schlags hier. Der Krieg hat ja so viele Männer zu Krüppeln gemacht, sowohl körperlich als auch im Kopf. Ihr Vater ist da noch ein angenehmer Zeitgenosse.«

Eli fasste es als Höflichkeit auf, doch sie war erleichtert, dass man ihr die Eltern nicht übelnahm. Sie durfte sich sogar eine von den Pralinen aussuchen.

»Und was machen Sie jetzt, so alleine in der großen Wohnung?« Auch die Oberschwester steckte sich eine Praline in den Mund. Eli hörte, wie unter der Schokoladenummantelung die Zuckerkruste knackte. »Sechs Zimmer, hat Ihre Mutter erzählt«, sagte sie kauend, »da verläuft man sich ja. Ziehen Sie um?«

Nun biss auch Eli in die Praline. Sie war mit Weinbrand gefüllt, ein scharfer Alkohol, der dennoch etwas Feierliches in den Tag brachte. »Nein, die Wohnung ...« – Eli schluckte – »... die gehört uns ja, warum sollte ich also umziehen? Aber ich werde mir wohl einen Untermieter suchen. Oder die Wohnung teilen. Sie hat zwei Eingänge, wissen Sie?«

Die Vordertür mit dem schönen Ornamentglas, durch das man das imposante, doch zugleich zurückhaltende Treppenhaus erahnen konnte, und eine unscheinbare Hintertür, die zu einer schmalen Stiege für die Dienstboten führte. Es war in der Tat ein schönes Heim. Niemand würde so etwas leichtfertig aufgeben. Immerhin wohnten sie seit 1935 dort.

Eli durfte sich eine weitere Praline aussuchen.

Zurück am heimischen Küchentisch, blätterte sie sich durch den Immobilienteil. Eli war erstaunt, wie viele Wohnungen in der Zeitung angeboten wurden, aber die Anzahl der Suchanzeigen war fast ebenso hoch, wobei möblierte Zimmer besonders gefragt waren. Vielleicht war das ja wirklich die Lösung: Die kleine, nie von ihnen benutzte Dienstmädchenkammer zu einem zweiten Bad ausbauen zu lassen, um es mit den beiden angrenzenden Räumen zu vermieten, einzeln oder zusammen, je nachdem. Sie war neugierig darauf, was für Menschen sich melden würden.

Eli ging in den hinteren Teil der Wohnung und schaute sich in den Zimmern um. In dem größeren hatte der Vater geschlafen, in dem hohen Krankenbett, das noch hier stand, und umgeben von seinen Büchern, von denen er keines mit ins Altersheim hatte nehmen wollen. Sie öffnete das Fenster. Man konnte ihn noch riechen. Das andere war das frühere von Hans. Hier roch es seit langem vor allem nach Staub, aber auch immer noch nach der schwarzen Beize, mit der er einmal die einfachen Möbelstücke – Schrank, Tisch, Stuhl und Bettkasten – gestrichen hatte.

Eli sträubte sich bei dem Gedanken, dass hier jemand anderes wohnen würde. Obwohl sie die meisten seiner Habseligkeiten bereits in den Teil der Wohnung gebracht hatte, den sie fortan für sich nutzen wollte, war es noch immer, und das seit mehr als vierzig Jahren, sein Zimmer – und für sie die Versicherung, dass er tatsächlich einmal gelebt hatte.

Hans – ein zarter junger Mann, voller Neugierde und Wissensdurst. Als die Eltern einmal zwei ganze Wochen zur Sommerfrische in den Schwarzwald fuhren, gehörte die Wohnung ihnen. Frei und verrückt fühlten sie sich, während sie die Möbel umstellten. Aus dem Wohnzimmer wurde ein Dichterzimmer, im Esszimmer tanzten sie zum Radio, und in den heißen Nächten schliefen sie auf dem Balkon. Es waren nur ein paar falsch zurückgestellte Kleinigkeiten, die sie verrieten, über die der Vater in Wut geriet, während die Mutter leise lächelte …

Sie überlegte, einen Makler zu engagieren. Der könnte sie beraten und die Bewerber vorsortieren. Denn von vie-

lem, was man dabei würde beachten müssen, hatte sie keine
Ahnung. Man musste ja nach dem Gehalt fragen, nach dem
Ehestand und so weiter. Ob Raucher oder Nichtraucher,
Mann oder Frau, jung oder alt – das könnte sie ihm zuvor
mitteilen, das könnte er bei der Auswahl berücksichtigen.
Nur zu entscheiden, wer ihr sympathisch war und wem sie
ihr Vertrauen schenkte, das konnte er ihr nicht abnehmen.

3

»Halten Sie mich nicht für neugierig, Frau Meissner, aber
was habe ich da eigentlich getrunken?«

»Hat es Ihnen nicht geschmeckt, Herr Kügler?« Sie lächelte über sein verzogenes Gesicht. »Das ist Jasmintee. In
China ist er sehr beliebt. Noch eine Tasse?«

»In China? Na, wenigstens etwas, worüber sich die
Menschen dort freuen können. Sind Sie sicher, dass Sie
die Tasse vorher ausgewaschen haben? Es schmeckt so ...
seifig.«

Eli mochte seine direkte Art, und auch sein hessisch
eingefärbtes Deutsch, in das sie selbst manchmal zurück-
fiel, fand ihre Sympathie. Trotz seines Missfallens schenkte
sie ihm noch einmal nach. Herr Kügler verzog den Mund
zu einem kurzen Lächeln. Mindestens zehn Jahre jünger
schien er zu sein und einen gefühlten halben Meter größer
als sie. Aber sie schienen einander zu verstehen. Er konnte
sich gut auf sie einlassen. Vielleicht war es aber auch nur ein
Zeichen seiner Professionalität.

»Und, Herr Kügler? Hat es Interessenten gegeben?«

Der Makler, dessen langes Haar ihrer Auffassung nach

nicht ganz zu seinem steifen grauen Anzug passen wollte, zog ein paar Papiere aus seiner Aktentasche und überreichte sie ihr. »Mehr als genug. Aber ich würde Ihnen einen von diesen fünf Bewerbern empfehlen. Zwei Frauen, beide Nichtraucher, und drei Männer, von denen – nun ja – zumindest einer raucht.«

Sie schaute ihn überrascht an. »Aber hatten wir nicht vereinbart ...«

Herr Kügler schüttelte den Kopf. »Er ist ein jüdischer Mitbürger. Die Anfrage kam über den Rabbiner hier im Westend. Wenn ich ihn nicht berücksichtige ... Sie wissen doch, der Rabbiner sitzt im Magistrat.«

Eli sah die Unterlagen durch und fand den jüdischen Mitbürger. »Ein Geschichtsprofessor? Aron Lewy, geboren 1920 in Frankfurt, wohnhaft in Tel Aviv. Das klingt doch ganz interessant.«

»Aber er raucht.«

»Nun ja, wer tut das heutzutage nicht?« Ihr gelang ein keckes Lächeln. Wie sie riechen konnte, rauchte Herr Kügler ja ebenfalls.

»Hören Sie, ich musste den Herrn Lewy auf die Liste nehmen, aber Sie müssen ihn ja nicht auswählen.«

»Haben Sie etwas gegen Juden, Herr Kügler?« Eli sah, wie der Makler die Augen verdrehte, und hörte, wie er seufzte. Ihm zuliebe wechselte sie das Thema. »Wann kommen eigentlich die Handwerker?«

»Gleich morgen, aber ... Frau Meissner, das können Sie doch nicht wirklich wollen! Ich habe nichts gegen Juden, aber denken Sie doch an Ihre Nachbarn. Wer will schon in den eigenen vier Wänden mit der Vergangenheit konfrontiert werden, selbst wenn man nichts getan hat?«

Der Makler schaute auf seine Tasse und schien sich Mut zuzusprechen. Dann setzte er sie an den Mund und trank die Tasse Tee in einem Zug aus. Abermals verzog er das Gesicht. »Wie Kölnischwasser!«

»Herr Kügler!«

»Ach, was soll's. Sie müssen es ja wissen, nicht ich. Aber wenn ich Sie wäre …«

»Sie sind doch aber nicht ich, nicht wahr?«

Der Makler lachte. »Wenn ich jetzt *Zum Glück!* sage, bin ich den Auftrag los, nicht wahr? Aber seien Sie nur froh, dass sich im Frühjahr die Gesetze geändert haben …« Eli wartete. Auch diesem, nun im schönsten Hessisch formulierten Satz würde sicher noch etwas folgen. »… sonst dürften Sie diese Entscheidungen nämlich gar nicht selbst treffen. Bis dahin war es immer der Ehemann, der dem Haushalt vorstand.«

Eli sah ihn verdutzt an, als er sich in dem guten Sessel zurücklehnte, die Hände faltete und dreinschaute, als hätte er gerade etwas Bedeutsames gesagt.

»Aber Herr Kügler! Wenn man doch gar nicht verheiratet ist?«

Anders als ursprünglich gedacht, hatte sich Eli gegen die beiden Frauen entschieden. Sie waren ihr zu ähnlich, beide um die fünfzig, unverheiratet und mit sicheren, aber unspektakulären Arbeitsplätzen. Sie stellte sich vor, wie man morgens nebeneinander im Flur stehen und die Mäntel anziehen würde, der eine hellbraun, der zweite hellblau, der dritte … nun ja. Und sonntagnachmittags würden die drei Fräuleins sich bei einer Tasse Tee über die Gefahren des heutigen Terrorismus unterhalten, um sich am nächsten

Morgen gegenseitig zur Straßenbahnhaltestelle zu begleiten. Auf dass einem ja nichts passierte.

Eli aber wollte mutig sein und sich ein wenig mehr herausnehmen als die ganzen Jahre zuvor. Sie gefiel sich in der Rolle einer Vermieterin. Es war ein unbekanntes, aber reizvolles Gefühl, über andere richten zu können, selbst wenn es nur um zwei möblierte Zimmer mit Bad ging. So blickte sie dem ersten Bewerber, einem Schauspieler, der frisch ins Ensemble der Städtischen Bühnen aufgenommen worden war, mit großer Neugierde in die müden Augen.

Der Schatten hinter dem Ornamentglas der Wohnungstür war überraschend klein gewesen. Jetzt, im guten Sessel, machte sich seine geringe Körpergröße nicht mehr ganz so bemerkbar. Kniff sie die Augen zusammen, hätte es auch der Vater sein können, wie er dort vor noch gar nicht allzu langer Zeit, halb liegend, gesessen hatte. Die neue Hoffnung am Frankfurter Theaterhimmel hatte augenscheinlich einen ausgewachsenen Kater.

»Wie Sie hören, ist das Badezimmer noch nicht fertig.« Gerade verlegten sie die Wasserleitungen. Die Bohrmaschine war arg laut.

Er winkte ab, rülpste versteckt hinter seiner Hand und schüttelte vorsichtig sein langes ungewaschenes Haar, das ihm, kaum dreißig, auszufallen drohte. »Ein Bad ist mir nicht so wichtig, Frau … äh. Ich habe schon Pferde kotzen …«

»… sehen.« Der lädierte Schauspieler sprach so langsam und leise, dass Eli es sich nicht verkneifen konnte, ihm zu soufflieren. Mit den Augen deutete sie in Richtung Tür.

Der nächste Bewerber – man verputzte gerade die Wände –

arbeitete vorübergehend bei einer Frankfurter Bank, »aber für mindestens zwei Jahre«, wie er mehrmals betonte, was ihn unglaubwürdig machte. Sein Anzug war von der Stange und erzählte – auch wenn Eli nicht allzu vorschnell urteilen wollte – von einem sparsamen Dasein. Herr Dr. Braun hätte ihn sicher sofort genommen. Eli aber war – zu Recht, wie sich herausstellen sollte – skeptisch.

»Ist die Miete nicht zu hoch?«, fragte er. »Sehen Sie, Fräulein Meissner, ich habe das einmal nachgeprüft …«

Versonnen schaute sie aus dem Fenster und nicht auf den kleinen, mit winzigen Zahlenkolonnen beschriebenen Zettel, mit dem der schmächtige Mann sich gerade aus der Liste der potenziellen Untermieter herausrechnete.

Sie war dankbar, dass der letzte Bewerber, der recht lässig gekleidete Geschichtsprofessor aus Tel Aviv, sich als klug und neugierig, aber nicht aufdringlich erwies. Er hatte etwas angenehm Altmodisches an sich, was sicherlich auch an seiner leicht stockenden Art lag, Deutsch zu sprechen. Zugleich zeigte er sich auf der Höhe der Zeit, in jeglicher Hinsicht und mehr als Eli, obwohl sie doch aufgrund ihrer Zeitungslektüre, ihres Radios und ihrer Liebe zur Musik und Literatur einiges auf sich hielt.

Als er auch noch Hölderlin zitierte und wusste, dass Heinrich Heine gern behauptet hatte, am 1. Januar 1800 geboren zu sein, um sich als den »ersten Mann des Jahrhunderts« zu bezeichnen, wurde man sich schnell über die Modalitäten einig. Das frisch gefliese Bad und die beiden Zimmer gefielen ihm, selbst wenn Eli sie noch gar nicht hatte herrichten können.

»Sie können sich sogar aussuchen, welche Möbel Sie

benutzen wollen, Herr Professor«, sagte sie, während sie ihm ins Zimmer des Vaters folgte, auf das er zielsicher zusteuerte. »Der Speicher ist groß. Dort und auch im alten Zimmer meiner Mutter gibt es noch das eine oder andere.«

Professor Lewy sah sich neugierig um. Er sei geschieden, hatte er erzählt, und habe eine Tochter, die bei der Mutter in London lebe. »Ich habe es lieber etwas spartanisch. Aber ich helfe auch gerne beim Umräumen.«

Eli folgte seinem Blick, sah ihn bedächtig nicken und erschrak, als er die kleine Fotografie ihres Vaters entdeckte, die dieser sich rahmen und an die Wand hatte hängen lassen – damals, nachdem er aus der Kriegsgefangenschaft zurückgekommen war. In Uniform, die Mütze tief ins Gesicht gezogen, die Sonne im Rücken – selbst auf der Schwarz-Weiß-Fotografie strahlte sie so hell, dass kaum etwas zu erkennen war. Eli hatte damals den Nagel in die Wand geschlagen, gleich links neben dem Bett. Ihr hatte das Bild nie gefallen.

Nun nahm sie es von der Wand und zog auch den Nagel heraus. »Mein Vater, entschuldigen Sie. Es ist nur eine Wehrmachtsuniform ...« Der Professor schaute sie mit hochgezogenen Augenbrauen an. »... und Sie dürfen hier auch gerne rauchen«, fügte sie schnell hinzu.

Nachdem der Professor recht wortkarg, wie sie fand, gegangen war, lehnte sie sich mit dem Rücken an die Glasscheibe der Wohnungstür. *Nur eine Wehrmachtsuniform!* Was hatte sie sich bloß dabei gedacht? Sie hoffte, dass er es sich nicht anders überlegte.

Am nächsten Morgen lag Eddies Antwort im Briefkasten. Auf dem Weg zur Arbeit riss sie den Umschlag auf. Ihr

Cousin drückte seine Freude darüber aus, dass die Eltern im Altersheim waren. *Nun hast Du endlich die Möglichkeit, Dein eigenes Leben zu führen, Cousinchen.*

»Ach, du lieber Eddie«, sagte sie leise, während sie den Reuterweg entlanglief. Wie oft hatte er sie zu überreden versucht, aus der elterlichen Wohnung auszuziehen. Sie solle doch nach Zürich kommen, die Schweiz habe ihren ganz eigenen Charme, ohne diese Deutschtümelei, dafür mit einem Lebensstandard, der ihr gefallen würde.

Sie hatte sich nicht getraut. Eli erinnerte sich, dass sie ihm – es muss Mitte der 60er gewesen sein – einmal darauf hatte antworten wollen. Dass sie den Brief, mit dem sie ihm die wahren Gründe hatte nennen wollen, sogar schon begonnen hatte. *Es ist die Erinnerung an Hans, lieber Eddie, die mich nicht gehen lässt. Es käme mir vor, als würde ich ihn dann verlassen.* Das hätte er noch verstanden. *Wer bin ich, dass ich mein Glück über das anderer stelle? Nein, Eddie, ich muss Mutter helfen und mich um Vater kümmern. Mich selbst finde ich in der Musik und in der Literatur wieder. Das muss reichen.* Nachdem sie das noch einmal gelesen hatte, hatte sie das Blatt zerrissen.

In der Mittagspause traf sie sich mit Herrn Dr. Braun auf einen schnellen Kaffee. Wie sie erwartet hatte, bot er ihr – nun mutiger als im Goldenen Löwen – noch einmal das Du an, was sie mit dem Anstoßen ihrer Porzellantassen besiegelten.

»Wilhelm«, sagte sie, und er: »Elisabeth.«

Er war der erste Mann im Büro, mit dem sie sich nun duzte. Mit vier, fünf Kolleginnen tat sie es auch, ansonsten war sie meist EM. Sie mochte das Kürzel ihres Namens, das sie unter jeden Vermerk setzte. Es war wie das Gegenteil von *Fräulein Meissner*. Ganz wie man wollte, reduzierte oder erweiterte es sie allein auf ihren Arbeitsplatz.

Das Archiv war das Herz der Versicherungsgesellschaft, und Eli hielt es am Leben, nachdem sie vor ein paar Jahren ihren Vorgesetzten Hermann Staub, den alten und an seinem letzten Arbeitstag etwas verzweifelt wirkenden Hausarchivar, abgelöst hatte. Er hätte seine Stelle am liebsten bis zu seinem Tod behalten, anstatt Gartenarbeit in seinem weit von Frankfurt entfernten Rentnerdomizil zu verrichten. Ihre Stelle hatte man eingespart. Seitdem arbeitete sie für zwei, fühlte sich aber dennoch oft nicht ausgelastet.

»Wann gehen wir wieder mal aus, Elisabeth?«

Sie pustete den Kaffee kühl. »Gib mir ein paar Tage, Wilhelm. Ich bin gerade so damit beschäftigt, die beiden Zimmer herzurichten, die ich untervermieten will. Meine Güte, ist der heiß!«

»Das wird bestimmt eine lustige Wohngemeinschaft.« Er nahm das Kännchen Kaffeesahne und goss davon ungefragt etwas in ihren Kaffee. »Mit Stricken und Häkeln statt Haschisch und freier Liebe.«

Eli schaute zu, wie die Sahne helle Spiralen in der Flüssigkeit hinterließ. Sie mochte ihren Kaffee lieber schwarz.

»Wie kommst du darauf, dass eine Frau einzieht?«

»Du kannst doch keinen Mann bei dir wohnen lassen!« Auch die Mutter war empört. Dem Vater würde es Eli gar nicht erst erzählen.

»Wieso denn nicht?«

»Du bist unverheiratet!«

Das hätte sie doch sonst nicht gestört, wollte sie entgegnen, aber sie kam nicht zu Wort. Mit zunehmender Ungeduld wartete Eli darauf, dass die Mutter irgendwann einmal Luft holen musste. »Ich bin zweiundfünfzig, Mutter. Ich bin nicht hübsch. Ich bin nicht reich. Und ich glaube auch nicht, dass er mich verführen wird, oder gar vergewaltigen ...«

»Eli!«

»... und wenn doch, dann hätte ich es wenigstens wieder mal erlebt!« Das hatte sich bis heute nicht verändert: Eli musste übertreiben, um gehört zu werden. Ihre Mutter würde sie aber trotzdem nicht ernst nehmen.

»Jetzt gib mir nicht die Schuld daran. Ich hätte dich immer unterstützt, wenn sich nur ... wenn du nur einmal Interesse gezeigt hättest ... wenn ihr, du und Hans, euch nicht ...«

... *so nahegestanden hättet.* In Gedanken beendete Eli den Satz ihrer Mutter. Sie schwiegen und wussten beide, woran es gelegen hatte: an den Männern in ihrer Familie; an dem, der lebte, und dem, der gestorben war.

»*Ich bin der Welt abhanden gekommen, mit der ich sonst viele Zeit ...*«

»Hör auf, Mutter!«, sagte Eli rasch. »Das ist gemein.«

»Ach, ich bitte dich doch nur, es dir noch einmal zu überlegen. Eine nette Frau, das wäre doch auch ganz schön.«

»Du kennst ihn doch gar nicht.« Sie wusste über den Professor eigentlich auch nichts. Aber wie die Mutter redete – da könnte man glauben, er wäre schon jetzt ihr Liebhaber ... was völlig abwegig war. »Lass mir doch die Freude, Mutter. Es ist gerade so aufregend, das Leben neu zu entdecken und Entscheidungen zu treffen. Übermorgen zieht er ein.«

Am Abend, sie wischte gerade die letzten Fußabdrücke der Handwerker weg, hörte sie im Radio die Zusammenfassung der Regierungserklärung. Der Bundeskanzler verwahrte sich gegen den Vorwurf, nichts oder zu wenig zu tun, um Dr. Schleyer freizubekommen, und forderte die Terroristen auf, ihr »irrsinniges Unternehmen« zu beenden. Am Ende sprach er die Jugend an.

»Wir älteren, die Diktatur, Gewalt, Zuchthäuser und Vertreibung, Elend und Not erlebt haben: Wir wissen, was Krieg ist.« Er machte eine kurze Pause. Eli spürte eine Gänsehaut auf ihren Armen und strich sie weg. »Deshalb arbeiten wir heute für den Frieden. Für den Frieden nach außen und für den Frieden nach innen. Wir mögen Fehler machen. Wir mögen Versäumnisse begehen. Unsere Ergebnisse mögen die Erwartungen der Jüngeren enttäuschen. Aber eines wissen wir genau: Nie hat es in Deutschland für junge Menschen so viele Rechte, so viel Freiheit, so viel soziale Sicherung, so viele Bildungs- und Lebenschancen gegeben, wie sie ihnen im Laufe der drei Jahrzehnte des Aufstiegs der zweiten deutschen Demokratie eröffnet worden sind.«

Wie gern hätte sie Helmut Schmidt nicht nur zugehört, sondern ihm auch dabei zugesehen, denn sie spürte, wie hier jemand aus voller Überzeugung versuchte, das Vertrauen bei den scheinbar Verlorenen wiederzugewinnen. Allerdings bezweifelte sie, dass er damit Erfolg haben würde. Das Gesagte klang zu sehr nach eigener Rechtfertigung.

Wilhelm hingegen war der Auffassung, es wäre nichts anderes als ein Westernfilm, in dem ständig die Moral unterlaufen werde. »Schauen Sie sich Zwölf Uhr mittags an, Fräulein Elisabeth«, hatte er – noch als Dr. Braun im Goldenen Löwen – gesagt. »Wie Gary Cooper, der den Sheriff gespielt hat, mit den Gesetzlosen einfach nicht mehr hat reden können.« Die »Ballerei« wäre unausweichlich gewesen. Aber letztlich würde der oder das Gute doch wieder siegen.

Eli ging nur selten ins Kino. Aber sie wusste, dass er es sich damit zu einfach machte. »Gut und Böse« war hier nicht das Thema. Etwas war aufgebrochen, und niemand schien es wieder reparieren zu können. Und das, was man hörte, sah und las, war das nicht wie bei allen politischen Ereignissen nur die Spitze eines viel größeren Eisbergs?

Doch in einem hatte Wilhelm recht: Es war, als ob allen daran gelegen wäre, dass es auf eine Katastrophe hinauslaufen würde.

Das neue Badezimmer war schön und modern geworden. Auf die zusätzliche, neben der neuen Badewanne installierte Duschkabine mit Mischbatterie war sie sogar ein wenig neidisch. Dem Professor würde es mit Sicherheit gefallen. Das alte Bad, das Eli jetzt allein nutzte, müsste auch mal gestrichen werden. Von der Badewanne mit den Löwenfüßen würde sie sich jedoch vorerst nicht trennen, auch wenn sie nie sehr bequem gewesen war. Sie war mit vielen Erinnerungen verbunden.

»Jetzt bin ich dran!« Hans – nackt wie ein Säugling – rennt durch die Wohnung, wirbelt die lachende Mutter herum, nimmt Anlauf und platscht zu ihr ins Wannenwasser. Jede Woche am Waschtag das gleiche Spiel, er pustet ihr Schaum ins Gesicht, sie schreien, drehen abwechselnd den Kalt- und den Heißwasserhahn auf, Mutter ruft: »Nicht so wild, Kinder!« – bis eines Tages der Vater, noch im feinen

Sonntagsstaat, plötzlich im Badezimmer steht. »Raus!«, brüllt er rotgesichtig. Während er seinen Gürtel von der Hose zieht, weint sie um sich, aber vor allem um Hans. Dann taucht sie unter.

4

»Halten Sie mich nicht für neugierig, Frau Meissner, aber was habe ich da eigentlich getrunken?«

Eli brach in Lachen aus.

»Was ist? Habe ich etwas Falsches gesagt?«, fragte der Professor.

»Nein, nein! Es ist nur … vor ein paar Tagen hat jemand genau dasselbe gesagt, vom ersten bis zum letzten Buchstaben.«

»Aber es ist köstlich. Ist das Jasmintee?«

»Natürlich ist das Jasmintee, Herr Professor!« Sie goss ihm noch einmal die Tasse voll. Er nahm sie hoch und steckte die Nase in den Dampf.

»*Ein Geschenk Gottes*. So nennt man die Blüte in den arabischen Ländern.«

»Oh, das ist aber schön.«

Noch war er ihr ein Rätsel. Auf das, was Eli sagte, ging der Professor höflich ein, blieb bei seinen Antworten aber oft recht einsilbig. So wusste sie von ihm nur wenig. Das Hemd trug er ohne Krawatte. Geboren 1920, erinnerte sie sich. Sein leicht gelocktes dunkelbraunes, fast schwarzes Haar ließ ihn trotz seines stämmigen Körpers jünger erscheinen. Die mandelförmigen Augen waren ungewöhnlich, doch nicht unattraktiv. Wie beim ersten Treffen schien er ruhig und gelassen zu sein: ein Mann, der wusste, was er wollte, auch wenn er – wahrscheinlich typisch Raucher – ein bisschen zu sehr mit den Füßen wackelte, sich die Hände rieb und einmal sogar mit den Fingern knackte.

»Soll ich Ihnen verraten, was der andere Herr dazu gemeint hat, als ich ihm sagte, die Chinesen würden Jasmintee lieben?«

»Nur zu!«

Sie ahmte die tiefe, hessisch eingefärbte Männerstimme des Maklers nach. *»Na, wenigstens etwas, worüber sich die Menschen dort freuen können.«* Sie lachte wieder. Der Professor stimmte mit ein. *»Sind Sie sicher, dass Sie die Tasse vorher ausgewaschen haben? Es schmeckt so … seifig.«*

»Seifig?«

»Ja, *seifig,* und später noch *Wie Kölnischwasser!* Ach, Herr Professor, es war herrlich!«

Man ließ die Heiterkeit langsam ausklingen. Jetzt fühlte Eli sich ausgesprochen wohl, glücklich beinahe, nachdem sie ihm vorhin in kaum verhüllter Aufregung die Tür geöffnet hatte. Ob wohl alles gut gehen würde? Ob man einander verstehen würde? Sie war zuvor noch rasch beim Bäcker gewesen. Natürlich wollte sie den Professor nicht in Beschlag nehmen. Er hatte schließlich sein eigenes Leben, und so würde es auch bleiben. Doch eine Vermieterin sollte zumindest für einen guten Einstand sorgen, mit Jasmintee und Butterkuchen.

»Ich habe auch noch eine Flasche Kupferberg Gold im Kühlschrank. Falls Sie das lieber mögen.«

»Sekt?«

»Schaumwein sagt man hier auch dazu. Ein grässliches Wort, nicht wahr? Sollen wir?«

»Ja gerne!« Der Professor zeigte sich erfreut. »Ich glaube, mein Vater hat damals einige Aktien von dieser Kellerei besessen. Aber getrunken habe ich diese Sorte nie. Ich war noch zu jung.« Warum schaute er sie jetzt so erwartungsvoll an?

»Noch ein weiterer Anlass, Herr Professor! *Eine der schönsten Launen der Welt!* Heißt es nicht so? Einen Moment.«

»Nur zu.«

Eli ging in die Küche. »Er liegt schon ewig im Kühlschrank«, rief sie laut und bückte sich. Die Flasche war von der Feier zu ihrem Fünfzigsten übrig geblieben, ein kleiner Umtrunk im Archiv im Kreise ihrer Arbeitskollegen. Abends hatte Mutter Rinderrouladen gekocht. Dazu hatten sie Rotwein getrunken. »Hoffentlich schmeckt er noch!«

Mit dem Sekt und zwei Gläsern in der Hand kam sie zurück ins Wohnzimmer. Während sie ihr Lied summte, stellte sie die Gläser auf das Tischchen neben dem Sofa. Die Flasche reichte sie weiter. »Sie sind gefragt, Herr Professor!«

»Bin so frei, Frau Meissner.«

Was für ein höflicher Mensch, dachte sie ein weiteres Mal, summte wieder und sah ihm dabei zu, wie er die Ummantelung abriss und den Draht vom Korken löste.

»Vorsicht!«, lachte sie.

»Er klemmt ein bisschen.« Der Professor drehte am Korken, der sich aber nicht bewegen ließ.

»Ich sollte ein Messer holen. Dieser Korken! Da ist wohl eine Sonderbehandlung notwendig.« Eli stand auf, ging in die Küche und kam mit dem Messer und einem Korkenzieher wieder zurück. »Vielleicht geht es ja auch hierm...«

Mitten im Wort hielt sie inne. Auf dem Tischchen stand die ungeöffnete Flasche. Der Professor saß steif und aufrecht im guten Sessel. Er starrte aus dem Fenster und rauchte.

»Was ist? Ist Ihnen nicht wohl?«

»Frau Meissner …«

Sie legte das Messer zur Seite und eilte auf ihn zu. »Herr Professor? Kann ich etwas tun?«

Langsam löste sich sein Blick vom Fenster. »Genau wie früher«, murmelte er. Dann schaute er sie an, verzog den Mund und brach, als wäre ihm etwas eingefallen, plötzlich in Gelächter aus.

»Was ist«, fragte sie, »habe ich etwas Falsches gesagt?«

»Nein, nein! Es ist nur … *Sonderbehandlung* … vor vierzig Jahren, da hat jemand genau dasselbe gesagt, *vom ersten bis zum letzten Buchstaben.*«

Der Professor – Aron, wie er sie bat, ihn zu nennen – nahm sich Zeit. »Es sind diese Kleinigkeiten, die mich interessieren, Eli.«

Er hatte nicht gefragt, er hatte sie einfach so genannt, ihren auf drei Buchstaben reduzierten Namen so ausgesprochen, als wäre es eine Selbstverständlichkeit. Nur Mutter nannte sie sonst so. Es war Hans gewesen, der ihr den Spitznamen verpasst hatte.

»*Sonderbehandlung* ist ein Wort aus der Nazizeit. Im offiziellen Sprachgebrauch wurde es als Synonym für die Ermordung der Juden benutzt. Ich hatte gehofft, es würde nicht mehr verwendet werden.«

»Daran habe ich gar nicht mehr gedacht«, sagte Eli leise.

»Es gibt zahlreiche antisemitische oder rassistische Aus-

93

drücke in der deutschen Sprache. Bei manchen hat man mittlerweile die Herkunft vergessen. *Mauscheln* zum Beispiel. Das stammt aus dem 17. Jahrhundert, als man jüdische Kaufleute gerne als Mauschel bezeichnet hat, angeblich weil sie so undeutlich Deutsch sprachen. Moses – Mosche auf Jiddisch – Mauschel. Und *mauscheln* heißt bis heute nichts anderes als *betrügen*, was man uns ja immer schon unterstellt hat.«

»Das wusste ich nicht, Aron. Ich werde es ab sofort nicht mehr verwenden.« Sie machte eine kurze Pause. »Ist das Ihr Forschungsgebiet?«

»Nicht direkt.« Der Professor lächelte. »Mich interessiert vielmehr der offen geäußerte Antisemitismus der heutigen Zeit. Vor allem bei den linken Gruppierungen in Deutschland.«

»Aber nein, Aron, das verstehen Sie sicher falsch. Auch ich bin skeptisch, was die linken Ideen betrifft, aber kritisieren sie nicht einfach nur, wie Israel mit den Palästinensern umgeht?« Eli fühlte sich nicht sicher, was dieses Thema betraf. »Entschuldigen Sie, ich habe natürlich keine Ahnung …«

»Nein, nein«, wurde sie vom Professor unterbrochen. »Ich bin nicht hier, um zu richten, sondern um zu beobachten. Und ich sitze nicht hier bei Ihnen, um die politischen Entscheidungen Israels zu verteidigen. Es gibt andere Gründe …« Er ließ die letzten Worte im Raum stehen. Sie trugen etwas mit sich, von dem Eli dachte, dass sie es vielleicht lieber nicht wissen wollte.

»Auf jeden Fall müssen Sie mich für einen Tollpatsch halten … oh! Meine Güte, ist das jetzt auch eins dieser Wörter?«

»Tollpatsch? Daran habe ich noch gar nicht gedacht, Eli!«

Sie fühlte sich erleichtert und stimmte in sein Lachen mit ein. Es tat gut. Über solche Themen sprach man schließlich immer noch hinter vorgehaltener Hand. »Aber sorgen die Linken nicht immerhin dafür, dass man sich mit der Vergangenheit auseinandersetzt? Zu vieles wurde doch nach dem Krieg unter den Teppich gekehrt.«

»Ja«, gab er zögernd zu, »da haben Sie sicherlich recht. Ich … ich muss Ihnen etwas beichten, Eli. Es ist kein Zufall, dass ich hier bin.«

»Natürlich nicht«, antwortete sie leichthin. »Sie sind ja zu Forschungszwecken hierhergekommen. An die Goethe-Universität, nicht wahr?«

»Das meine ich nicht. Ich bin nicht zufällig in dieser Wohnung. Der Rabbiner, hier von der Westend-Synagoge, hat mir von der Anzeige erzählt.«

»Ja, das hat Herr Kügler, mein Makler, auch gesagt. Der Rabbi sitzt im Magistrat und scheint großen Einfluss zu haben.« Was sie aber bei ihrer Entscheidung nicht beeindruckt hatte. Hölderlin und Heine waren es gewesen.

Der Professor war aufgestanden. Sie beobachtete ihn, wie er im Wohnzimmer hin- und herging, am Klavier stehen blieb und den Deckel hob. Wieder knackte er mit den Fingern. »Ja, und er ist mein Cousin …«

»Stimmt, Sie sind ja hier geboren! Das stand in Ihren Unterlagen. Geboren 1920 in Frankfurt.«

Der Professor nickte und schlug ein paar Tasten an. Dann schloss er den Deckel wieder.

»Und aufgewachsen bin ich in dieser Wohnung«, sagte er leise. »Bis 1935 habe ich mit meinem Bruder in dem

Zimmer Ihres Vaters gewohnt. Bis wir verkaufen und fliehen mussten.«

5

Die Wohnung ist leer, ausgeräumt und dunkel, als sie sie sich eines Abends zum ersten Mal anschauen. Die hohen Wände, die langen Flure – es hallt, als Eli auf dem schönen Parkett herumspringt. Nachdem der Vater den Sicherungskasten gefunden hat, spiegeln sich in den vielen Fensterscheiben die nackten Glühbirnen. Ein Zauberschloss, so ganz anders als die bisherige dunkle Erdgeschosswohnung.

Die zehnjährige Eli kann es kaum fassen, dass man nur zu viert in dieser riesigen Wohnung leben wird. Ein eigenes Zimmer für sie allein! Und eins für Hans. Vater und Mutter im Schlafzimmer. Ein Wohnzimmer, sogar ein Esszimmer, eine kleine Dienstmädchenkammer, die man gar nicht nutzen kann, und die »Schreibstube«, wie der Vater das große Zimmer nach hinten raus nennt. Hier würde er seine Bibliothek aufbauen und wichtige Schriften zur Arisierung der deutschen Sprache verfassen.

Krönung der Wohnung aber sind das Badezimmer – »Löwenfüße«, ruft Eli aus, als sie die Wanne entdeckt – und der große, zur Straße hinausgehende Balkon. »Ist das hoch«, raunt sie und winkt den Passanten und den Nachbarn zu, als wäre sie eine Königin.

Wenn die Erinnerung kommt, ist sie zeitlos. Eli erinnerte sich daran, als wäre es erst gestern gewesen.

Unter den wenigen Familienunterlagen hatte sie recht schnell den Kaufvertrag gefunden. Es war ein mehrseitiger Vordruck, dessen Leerstellen man in der damals oft noch üblichen Sütterlinschrift ausgefüllt hatte. Der Vater des Professors, *Franz Lewy, geboren am 16.10.1897 in Hamburg*, war als Verkäufer eingetragen. Der Kaufpreis war mit *35 000 RM* angegeben, als Kaufdatum *Montag, 1. Juli 1935*. Seit diesem Tag war *Friedrich Balthasar Meissner, geboren am 13.07.1893 in Darmstadt*, der Eigentümer der Wohnung in der *2. Etage* der *Böhmerstraße 8*. Zwei Stempel, der eine mit Reichsadler, der andere mit Hakenkreuz, hatten den Vertrag besiegelt.

Alles sah korrekt aus, nirgendwo in dem Vertrag war ein versteckter Hinweis zu finden, dass hier etwas nicht in Ordnung sein könnte. Franz Lewy hatte mit ausholender Schrift seinen Namen auf das Papier gesetzt. Die Unterschrift des Vaters hingegen war klein und lesbar, erstaunlich passend für einen verbeamteten Lehrer, der mit seiner Familie aus Südhessen in die Großstadt gezogen war. Er hatte mehr Einfluss auf den *Allgemeinen Deutschen Sprachverein* haben wollen, in dessen Vorstand er sich hatte wählen lassen.

Sie hatte sich nie Gedanken darüber gemacht, woher die Familie das Geld für den Wohnungskauf hatte. Sie wusste auch nicht, ob fünfunddreißigtausend Reichsmark viel oder wenig waren. Danach würde sie den Professor jetzt gern fragen.

Gestern war sie ihm dankbar gewesen, dass er erst einmal doch nicht eingezogen war. Noch nicht … oder vielleicht nie? Er hatte sie nicht unter Druck gesetzt, keine Rückzahlung verlangt – hätte er das überhaupt gedurft? –

oder ihr in irgendeiner Art und Weise einen Vorwurf gemacht.

»Wir waren wohlhabend«, hatte er erzählt. »Natürlich mussten wir hohe Steuern zahlen. Die Nationalsozialisten sind recht gut darin gewesen, den zur Ausreise willigen Juden die Hälfte ihres Vermögens abzuknöpfen. Ab 1938 wurde es sogar noch schlimmer.«

Seine Geschwister und er hatten überlebt, die Eltern des Professors hingegen einen Fehler begangen. Bereits in Freiheit in der damals neutralen Schweiz, waren sie 1937 noch einmal zurückgekehrt, um Familienangehörige ebenfalls zum Wegzug zu bewegen. Sie hatten eigens für sie Papiere fälschen lassen. Diese hatte man an der Grenze in ihrem Gepäck entdeckt. Sie wurden auf der Stelle festgenommen.

»Man hat sie ins neu errichtete Konzentrationslager Buchenwald bei Weimar gebracht. Danach verliert sich ihre Spur.«

»Gehen Sie«, hatte Eli nur gesagt.

Und er hatte genickt. »Ja, das ist wohl das Beste.«

Mit dem Vertrag in der Hand ging Eli in die Küche. Sie setzte Wasser auf, überbrühte den Jasmintee und versuchte, wenn nicht ihre Fröhlichkeit, dann wenigstens ihre Gelassenheit wiederzufinden.

In den vergangenen zwei Wochen war ihr mehr passiert als in all den Jahren zuvor. Sie hatte immer gehofft, dass sie noch einmal die Gelegenheit dazu bekommen würde, ein … ja, vielleicht … ein neues Leben zu beginnen. Ohne Eltern. Ohne Vergangenheit. In einer Wohnung, in der sie sich ihr Leben lang wohlgefühlt hatte. Die Freiheit, die sie bei ihrer Arbeit schon länger empfand, hatte sie nun

auch privat genießen wollen, mehr hatte sie sich nicht gewünscht. Was ja auch gar nicht zu ihr gepasst hätte. Sie
wusste schließlich, wer sie war. Zumindest bis gestern hatte
sie es gewusst. Jetzt war alles anders.

Heute wollte der Tee nicht schmecken. *Ein Geschenk
Gottes.* Sie goss ihn in die Blumentöpfe auf der Fenster-
bank. Dann blieb sie den Rest des Vormittags einfach nur
auf dem Küchenstuhl sitzen, bevor sie anfing, die gesamte
Wohnung auf den Kopf zu stellen.

»Das ist mehr als vierzig Jahre her, Eli! Wie soll ich mich
daran erinnern?«

»Hast du ihn denn kennengelernt, den Herrn Lewy?«

»Woher weißt du das alles überhaupt? Wir haben nie
darüber geredet.«

Eli hatte alles durchsucht, alle Schubladen, Schränke
und Unterlagen, doch außer dem Kaufvertrag über die
Wohnung, dem Foto, das ihren Vater in Uniform zeigte,
und den Zeugnissen von ihr und Hans hatte sie nichts gefunden, nirgends eine Spur von ihrer Familie aus der Zeit
zwischen 1933 und 1945 entdeckt. Als hätten die Meiss-
ners in der Nazizeit nicht existiert.

Nur im Fotoalbum war sie zwischen nichtssagenden
Landschaftsaufnahmen auf einige Bilder von Hans und ihr
gestoßen, einem glücklichen Geschwisterpaar, das sich bis
1939 keine Sorgen hatte machen müssen: sie auf ihrem Fahrrad, Hans in voller Fahrt auf seinem Motorrad – ein schönes
Foto, das sie sofort herausgenommen und in ihre Tasche
gesteckt hatte, um es fortan bei sich zu tragen. Der Vater
war nur einmal und recht unscharf auf einem Bild zu sehen,
auf dem sie mit einem Strahlen im Gesicht einen Schneeball

in Richtung Kamera warf. Hans hatte es aufgenommen. Sie erinnerte sich, wie ungelenk er mit dem Fotoapparat des Vaters umgegangen war, obwohl er sein Motorrad mit stoischer Hingabe hatte pflegen und reparieren können.

»Mutter, ich will doch nur wissen, ob damals alles rechtens war. Schließlich werde ich die Wohnung irgendwann erben.«

»Da musst du deinen Vater fragen. Ich weiß von nichts. Die Wohnung war schön, und wir konnten sie gut gebrauchen. Als Kind hast du so gerne auf dem Balkon gesessen und gespielt … ach, und weißt du noch, die Badewanne? Ich habe dich ja fast nicht mehr aus ihr herausbekommen. Und Hans! Ich kann mich noch genau erinnern, wie er an seinem Schreibtisch gesessen hat, um für das Gymnasium zu lernen. Na, wenigstens er hat die Schule abgeschlossen!«

Eli musste schlucken. Früher hatte man ihr diesen Vorwurf oft gemacht. Sie hatte ihn aber seit Jahren nicht mehr gehört. »Es war Krieg, Mutter. Vater war an der Front, und du hattest den Bombensplitter im Bein.«

»Und danach? Ich habe dir jedenfalls keine Steine in den Weg gelegt.«

Eli versuchte, sich zu erinnern. Ihr Englisch war leidlich gut gewesen. So hatte sie auch ohne Hochschulreife eine Anstellung bei den Amerikanern gefunden, gleich um die Ecke im ehemaligen IG-Farben-Haus, das die US Army, weil kaum zerstört, als Hauptquartier genutzt hatte. Acht Jahre, von 1946 bis 1954, hatte sie die Akten von Major O'Flannigan verwaltet, der seitens der Alliierten für den Wiederaufbau der zerbombten Mainbrücken verantwortlich gewesen war.

Die Frage, ob sie ihr Abitur nachholen sollte, hatte sich

nie gestellt, weder dort noch bei der Versicherungsgesellschaft, zu der sie auf Vaters Drängen nach seiner Rückkehr hatte wechseln müssen.

»Ich musste Geld verdienen, erinnerst du dich? Du bist dazu ja nicht in der Lage gewesen.«

»Ich habe nach deinem Vater gesucht! Ich habe um seine Freilassung gebettelt. Querschnittsgelähmt! Jede vermaledeite Behörde habe ich abgeklappert. Immer wieder bin ich abgewiesen oder vertröstet worden. Wie hätte ich da arbeiten sollen?«

So hätte es ewig weitergehen können. Mutter hätte vom Vater gesprochen, von der damaligen Nachricht, dass er überlebt hatte, aber gelähmt war. Davon, dass er ihrer Meinung nach offensichtlich irrtümlich verurteilt worden war, und von den Misshandlungen durch die Russen – von all dem, was nach seiner Heimkehr in die Familiengeschichte eingeflossen war. Er hatte sich als Opfer gesehen, neben seiner Lehrerpension erhielt er sogar eine üppige Opferrente. Doch seinen Körper hatte er verloren.

Eli verließ das gelbe Zimmer und stand kurz darauf zwei Stockwerke tiefer vor der grünen Tür. Sie vermutete, dass ein Gespräch mit dem Vater nicht anders verlaufen würde. Je mehr sie es sich ausmalte, umso weniger konnte sie seine Reaktion vorhersagen, ob er es abstreiten oder gar zugeben würde – in der ihm eigenen Gewissheit, dass man sich doch nichts zuschulden habe kommen lassen.

Mehr als zwanzig Jahre hatte sie ihn gepflegt. Sie kannte seinen mageren Körper in- und auswendig. Seine Gedankenwelt hatte sie nie interessiert. Doch eines wusste sie genau: Der Mann, der neun Jahre nach Kriegsende aus der

Gefangenschaft gekommen war, war körperlich ein anderer gewesen als der, der sich 1939 zusammen mit Hans auf den Weg nach Polen gemacht hatte. Seine Überzeugungen aber waren dieselben geblieben.

Sie nahm die Hand, zum Klopfen bereit, wieder herunter. Sie würde ihn ein anderes Mal besuchen, vielleicht schon morgen nach der Arbeit. Für heute hatte sie keine Kraft mehr.

6

Am Montagvormittag ging Eli mit ihrem Rolltisch von einer Abteilung zur nächsten. Sie verteilte die angeforderten Akten und sammelte andere Unterlagen ein, um sie für das Archiv zu registrieren und sie anschließend dort einzuordnen. Ihre Arbeit hätte sie im Schlaf machen können, die Strukturierung der Abläufe hatte sie mittlerweile so perfektioniert, dass der Geschäftsführer Herr de Feronce sogar eine Gratifikation für sie ausgelobt hatte. Heute gab ihr die Arbeit vor allem Sicherheit, denn sie war alles andere als bei der Sache.

Wilhelm bemerkte ihre Zerstreutheit. Nach der Mittagspause – sie hatte ihr Brot und den Apfel auf einer Bank etwas abseits ihrer Gewohnheiten verzehrt – fing er sie ab, erzählte zwei, drei Witze, die ihm gründlich misslangen, und sah sie dann besorgt an. »Du hast doch was.«

»Es ist nur das Wetter.«

»Das ist nicht anders als sonst, Elisabeth: Sonne und Wolken. Lass uns Kaffee trinken gehen.«

»Ich muss zurück zur Arbeit.«

»Papperlapapp! In der nächsten Stunde wird man uns schon nicht als vermisst melden. Wir gehen ins Café an der Hauptwache.«

Auf dem Weg dorthin schwiegen sie. Am Tisch, bei zwei Kännchen Kaffee, erzählte sie ihm alles. Auf dem Rückweg kamen sie an der Kinopassage vorbei. Wilhelm hatte bislang nur zugehört, gelegentlich mit dem Kopf gewackelt, aber nichts gesagt.

»Schauen wir uns doch heute Abend einen Film an«, schlug er jetzt vor, hielt sie am Arm fest und zeigte ihr die aushängenden Plakate. »*Bernhard und Bianca*? Lieber nicht, oder? *Abba – der Film*? Ach, schau: *Der Marathon-Mann*. Ein Thriller mit Dustin Hoffman. Der läuft um 20 Uhr im Elysee-Kino. Das ist perfekt. Damit kommst du auf andere Gedanken.«

»Ich möchte aber gar nicht auf andere Gedanken kommen.«

»Das solltest du aber. Du musst es vergessen, Elisabeth. Das Leben ist nicht so wie diese neuen Rechenprogramme. Wenn die nicht laufen, kann man zum ersten Fehler zurückgehen und wieder von vorne beginnen. Das Leben aber ist komplizierter. Es bringt nichts, zu sehr in der Vergangenheit herumzustochern.«

Eli war erstaunt über diesen fast philosophischen Einwurf, aber dennoch. »Wilhelm, das sehe ich ganz anders. Es ist nett von dir, aber ich möchte nicht.«

»Montag – Kinotag. Ich sehe dich also um acht«, beharrte er und zwinkerte ihr zu.

Eli machte pünktlich Feierabend und ging, anstatt die Straßenbahn zu nehmen, zu Fuß durch die Stadt.

»Die neuesten Vermutungen über die Entführung von Dr. Schleyer!«, verkündete lauthals ein Zeitungshändler vor dem Kaufhof. Doch weil jetzt allein das Nachdenken bereits als Nachricht verkauft wurde, ignorierte sie die frisch gedruckte *Abendpost / Nachtausgabe*. Bislang hatte sie sich immer gefragt, ob die Reporter mehr wussten, aber aufgrund der Nachrichtensperre nichts schreiben durften. Oder ob sie genau wie alle anderen erwartungsvoll jedes noch so banale Detail aufgriffen, als könnte in ihm das entscheidende Körnchen Wahrheit stecken.

Vor dem Haus in der Böhmerstraße blieb sie stehen und sah nach oben. Die Pflanzen auf dem Balkon im zweiten Stock ließen die Köpfe hängen. Sie hatte sie seit dem verschobenen Einzug des Professors nicht mehr gegossen. Das sollte sie nachholen, gleich nach dem Abendessen … auf das sie, wie sie auf einmal merkte, keinen Appetit hatte: ein Brot mit Schinken, ein Brot mit Käse, dazu zwei klein geschnittene Tomaten und den ungesüßten Joghurt zum Nachtisch.

Nein. Das hatte sie über Jahre unter der Woche gegessen. Meine Güte, wie langweilig ihr Leben doch all die Zeit gewesen war! So ging sie einfach weiter, bog zweimal ab, querte den Reuterweg und blieb vor dem Italiener stehen. Da Pino, früher eine einfache Pizzeria, war mittlerweile ein florierendes Restaurant. Das letzte Mal waren sie vor einem halben Jahr hier gewesen. Ihre Mutter und sie hatten Kalbsleber mit Salbei bestellt, ein Gaumenschmaus, wie sie ihn nicht mal im Goldenen Löwen erlebt hatte. Für den Vater hatten sie damals eine Pizza mitgenommen. Er hatte sie ignoriert.

Als sie den Gastraum betrat, wurde sie von dem Besitzer, einem Mann in etwa ihrem Alter, erstaunlicherweise sofort erkannt. »Buona sera, Signora! Heute ganz allein?« Sie lächelte schwach. Auch damals hatte er mit ihr geflirtet und die Mutter wie eine Königin behandelt. »Ich habe einen wunderschönen Tisch für Sie.«

Um diese frühe Uhrzeit war sie der einzige Gast. So hatte sie seine ungeteilte Aufmerksamkeit, und als hätte er gespürt, wie sehr sie mit etwas beschäftigt war, brachte er ihr als Erstes ein Glas Sekt. »Prosecco, Signora. Aus meiner Heimat. Darf ich Ihnen etwas empfehlen?«

»Etwas Schnelles vielleicht? Ich habe nicht viel Zeit.« Noch fühlte sie sich etwas fehl am Platz. Seine freundliche Zuvorkommenheit hatte ihre Niedergeschlagenheit bislang nicht vertreiben können. War es etwa falsch gewesen hierherzukommen?

»Sì, Signora, wir machen eine wunderschöne Saltimbocca mit grünen Bohnen und Kartoffeln.« Der Wirt strahlte sie an. Fasziniert schaute sie auf seine perfekt gelegte schwarze Locke über der Stirn. Ein Entenschwanz, so hatte man es damals in den 60ern genannt. Das eine besteht, das andere vergeht. Vielleicht hatte Wilhelm ja doch recht. Vielleicht sollte man sich von der Vergangenheit lösen. Schließlich war es eine andere Zeit gewesen, eine Zeit mit ihren eigenen Regeln.

»Und das geht wirklich schnell?«

»Subito, Signora! So schnell wie der Wind. Schauen Sie sich um: Noch ist das Ristorante leer.«

Principe, der Wirt – »das heißt Prinz auf Deutsch«, wie er sich ihr vorgestellt hatte – hielt sein Versprechen. Nachdem auch der leichte Rotwein, den er ihr empfohlen hatte, ausgetrunken war, fühlte sie sich stark genug, um nach Hause zu gehen. Principe half ihr in den Mantel, während sie sich darüber wunderte, dass sie nun schon drei Männer mit Vornamen anredete. War das die neue Zeit? *Die Bunten 70er*, wie man bereits sagte? Sie raschelte mit den Verpackungen der Glückskekse in ihrer Manteltasche.

Vor ihrem Haus aber verließ sie der frisch gewonnene Mut wieder. Die Wohnung dort oben schien tatsächlich nicht mehr zu ihr zu gehören. Darüber musste sie lachen, lautlos lachen, verzweifelt. Was war nur mit ihr los? Sie schaute auf die Uhr.

»Ich wusste, dass du kommen würdest, Elisabeth. Es gibt Situationen, da weiß ein anderer einfach besser, was gut für einen ist.« Wie damals vor dem Goldenen Löwen ahmte Wilhelm Charlie Chaplin nach, unbeholfen, übertrieben, aber dennoch nett gemeint. Sie lächelte schuldbewusst. »Komm schnell, lass uns hineingehen, die Werbung fängt gleich an. Und ich liebe Kinowerbung!«

»Was ist das jetzt für ein Film, Wilhelm?« Eli hielt ihren Kollegen am Arm fest. Sie fror ein bisschen, auch wenn der Abend nicht anders war als die Abende zuvor: spätsommerlich, für einen Frühherbst zu warm.

»Da steht es doch: ein Thriller. Mit viel Spannung, um dich abzulenken. Und Dustin Hoffman und Laurence Olivier sind bekannt. Es sind hervorragende Schauspieler.«

»*Der Marathon-Mann* ... hat das etwas mit Griechenland zu tun? Oder mit Leichtathletik?«

»Sehr komisch! Bist du jetzt die Witze-Erzählerin? Ist doch egal, Elisabeth. Hauptsache, wir amüsieren uns. Ein Tütchen Popcorn dazu?«

Als die Filmmusik mit einem schrillen Ton einsetzte, spürte sie ihre Anspannung. Der Schauplatz war New York, was ihr gefiel, denn sie mochte diese Stadt, auch wenn sie nie dort gewesen war. Doch als gleich zu Beginn des Films ein Jude und ein Nazi in den Flammen ihrer Autos verbrannten, wusste sie, dass der Kinobesuch sich als Fehler erweisen könnte. Als der Kriegsverbrecher, ein deutscher Zahnarzt, den Hauptdarsteller folterte, indem er dessen Zahn ohne Betäubung durchbohrte, schloss sie die Augen. Sie zwang sich, den Puffmais zu essen, den Wilhelm ihr übrig gelassen hatte. Ihr wurde ein wenig übel.

Der Film war zu Ende. Sie traten auf die Straße. Eli konnte nicht anders, als Wilhelm anzuherrschen. »Tu das nie wieder!«

»Was ist los, Elisabeth? Das war doch ein toller Film!«

Er begriff es nicht. Vielleicht konnte er es auch nicht verstehen. Der Film zeigte, dass man der Vergangenheit nicht entkommen konnte, selbst wenn man sie weit von sich wies.

Dieses Mal ließ sich Eli nicht von ihm nach Hause bringen. »Wir sehen uns morgen, Wilhelm.« Sie schaffte es, den Satz halbwegs höflich über die Lippen zu bringen, bevor er hinunter zur Haltestelle an der Hauptwache lief, um die U-Bahn zu besteigen. Sie würde ihn zuverlässig und sicher nach Hause in sein behagliches Gonzenheim bringen.

7

Die Silhouette des zerbombten Opernhauses ragte in den Nachthimmel. *Dem Wahren Schoenen Guten* – das hatte man einst in den Giebel der Fassade geschrieben. Im Dunkeln war der von der Bombardierung verrußte Spruch kaum zu erkennen. Eli mochte ihn, gerade weil er den Krieg, wenn auch stark beschädigt, überstanden hatte. Durch ihn zeigte sich, dass die Kunst überdauern konnte, dass sie über der Realität stand, so grausam diese auch gewesen sein mochte.

Die Stadt war von den Alliierten fast vollständig zerstört worden. Eli hatte sie aus den Trümmern wiederauferstehen sehen, was sie damals nach den verheerenden Bombenangriffen im März 1944 nicht für möglich gehalten hatte. Das neu entstandene Frankfurt – Beton, Glas, Asphalt – hatte den Geist der freien Bürgerstadt aber nicht wieder vollkommen herstellen können. Vielleicht würde das der neue Oberbürgermeister schaffen. Für ihn hatte die Verschönerung der Stadt höchste Priorität. Und vor allem den Wiederaufbau der Oper trieb er mit großem Eifer voran.

Und sicher würde man eines Tages auch die alte Innenstadt mit ihren unzähligen Fachwerkhäusern wiederauferstehen lassen. Statt Mahnmale des Krieges zu erhalten oder mit neuer Architektur zu überdecken, warum nicht lieber einen größeren Schritt zurück machen, hin zu der Zeit, als Frankfurt wirklich noch stolz und frei gewesen war?

Eli ging weiter. Sie wusste, dass sie sich diese Gedanken nur machte, weil sie nicht mehr an diese furchtbaren Filmszenen denken wollte. Dabei war die Geschichte mit ihren Verschwörungstheorien, den Verfolgungsjagden, den Folterungen und den Schusswechseln doch mit Sicherheit erfunden. Oder sollte es tatsächlich einen *Weißen Engel* gegeben haben, einen KZ-Arzt, der den Juden erst ihre Diamanten abgepresst hatte, um sie dann doch ins Gas zu schicken?

Was mochte in so einem Menschen vorgegangen sein? Nein ... was war in allen Menschen vorgegangen, die sich in der Nazizeit an den Juden bereichert hatten, die sie verraten hatten, die sie hatten ermorden lassen? Bislang war das eine Frage gewesen, die sie sich aus großer Entfernung gestellt hatte.

Doch jetzt? Jetzt war der Schrecken in ihre Welt getreten. Hatte das nicht auch der Makler gesagt? *Wer will schon in den eigenen vier Wänden mit der Vergangenheit konfrontiert werden, selbst wenn man nichts getan hat?* Aber der Vater hatte vielleicht doch etwas getan. Hatten sie von dem Leid anderer profitiert, weil er die Wohnung gekauft hatte? Konnte man das überhaupt vergleichen? Oder hatte der Vater der Familie Lewy dadurch vielleicht sogar zur Flucht verhelfen können? Sie hatten schließlich überlebt, zumindest die Kinder.

Eine freundliche, aber resolut klingende Männerstimme holte Eli zurück in die Realität. Man verlangte ihren Personalausweis. Zahlreiche Polizisten standen auf der Straße und den Gehwegen herum und sperrten den Reuterweg ab. Über ihren grün- und beigefarbenen Uniformen, die im Blaulicht der Einsatzfahrzeuge eher farblos aussahen, trugen sie schusssichere Westen. Die Maschinengewehre in ihren Händen waren entsichert. Martinshörner heulten – schrill, laut und leiernd. Eine halbe Stunde später fuhren die Polizeiwagen wieder davon. Die Sperrung wurde aufgehoben, und Eli durfte passieren. In diesen dreißig Minuten Kriegszustand hatte sie entschieden, was zu tun war.

Sie würde die Eltern wieder nach Hause holen. Das neue Leben überforderte sie. Sie wollte das alte Leben zurück, selbst wenn es bedeutete, sich wieder anpassen zu müssen. Doch dann würde im Wohnzimmer wieder das Licht brennen und es nicht so wie jetzt, als sie zum dritten Mal an diesem Tag vor dem Haus stand, hinter den Fenstern dunkel sein. Die Mutter würde sie erwarten und sie willkommen heißen. Man hätte Zeit für eine kurze Plauderei, man könnte sich Nebensächlichkeiten aus dem erlebten Tag erzählen und einen Tee dabei trinken.

Hagebutte. Nicht Jasmin.

Eli holte einen der beiden Glückskekse aus der Manteltasche. Nichts an ihm war anders als an dem anderen Keks, doch aus irgendeinem Grund wusste sie, dass es ihrer und nicht der von Wilhelm war. Sie riss die Verpackung auf.

»Man muss ihn zerbrechen, und während man den Keks isst, soll man den Zettel lesen, dann geht in Erfüllung, was auf ihm steht.« So hatte Wilhelm es ihr erklärt. Ob er den Film extra ausgesucht hatte, schoss es ihr auf einmal durch den Kopf. Könnte er so gemein sein? Oder hatte er es einfach nur nett gemeint, so unbedarft und ahnungslos, wie er zu sein schien? Sie brach den Keks.

Verschüttetes Wasser kehrt nicht wieder in die Schüssel zurück.

Meine Güte, dachte sie und ließ die Krümel auf den Boden fallen. Es hätte wirklich kein anderer Spruch sein können!

»Eli.« Die leise Stimme hinter ihr ließ sie zusammenfahren. Sie roch den Zigarettenrauch, drehte sich um und erkannte im Dunkeln Aron Lewy.

»Was machen Sie denn hier?«

»Ich will mit Ihnen sprechen.«

»Und wie sind Sie durch die Absperrung gekommen?«

»Wahrscheinlich genau wie Sie, Eli. Ich habe abgewartet, bis der Einsatz beendet war. Man hat eine Wohnung durchsucht, aber nichts gefunden. Das passiert jetzt überall in Westdeutschland.«

»Unheimlich«, musste sie zugeben. »Aber warum sind Sie jetzt hier, Aron ...?« Sie verbesserte sich. »... Herr Professor? Und was fällt Ihnen überhaupt ein, mich so zu erschrecken!«

Der Professor entschuldigte sich und schlug vor, nach oben zu gehen. Aber sie wollte nichts davon wissen. »Nun gut, dann also hier unten. Als ich am Freitag gegangen bin, da habe ich in Ihren Gedanken lesen können, dass Sie mehr wissen wollen.«

»Sie können nicht in meinen Gedanken lesen, Herr Professor. Niemand kann das.«

Er lächelte sie an. »*If you could read my mind ...* das Lied haben Sie gesummt.«

»Das ... stimmt doch gar nicht. Das haben Sie sich doch jetzt ausgedacht!« Sie gab sich entrüstet und wurde dennoch rot.

»Doch, Eli. Als wir Sekt trinken wollten, da haben Sie es gesummt. Es ist ein schönes Lied. Sich mit dem Verlust eines geliebten Menschen auseinanderzusetzen, das ist immer wichtig. Ich habe jedenfalls heute den ganzen Tag mit Recherchen verbracht. Dabei habe ich auf einer Liste den Namen Ihres Vaters entdeckt. Wollen Sie mich anhören? Dann lassen Sie uns hochgehen.«

»Nein.« Sie schüttelte beharrlich den Kopf. »Sie können es mir hier unten erzählen, Herr Professor Lewy. Was es auch ist, es wird sowieso keine Rolle mehr spielen.«

»Wie Sie möchten, Eli, aber es wird Ihnen nicht gefallen.« Er machte eine Pause, die sie noch nervöser werden ließ. »Ihr Vater war gar nicht bei der Wehrmacht. Er war bei der SS.«

Lust For Life

1

Ganz ehrlich? Wenn du drei Tage lang in einem Zimmer hockst und darauf wartest, dass was passiert, wenn du die ganze Zeit über deine Musik nicht hören kannst, weil die Platten beim Großvater und die Kassetten in Schwanheim sind, wenn dein Kumpel sein eigenes Leben weiterführt, in die Schule geht, sich mit Freunden trifft, während du anfängst, alle halbe Stunde auf die Uhr zu schauen, weil er doch irgendwann mal nach Hause kommen muss, dann fallen dir die seltsamsten Ideen ein.

Also habe ich heute Morgen eine Liste mit den Dingen aufgestellt, die ich ändern will: nicht mehr an den Nägeln kauen, neue Klamotten besorgen, die Haare wachsen lassen, aber vor allem rausgehen, Luft holen, Menschen sehen. Ich weiß, es gibt bessere Listen mit Dingen, die wirklich wichtig sind, aber man muss ja nicht gleich mit dem Schlimmsten beginnen.

Und jetzt strahlt Iggy Pop mich von der Plattenhülle an: mit einer lässigen verwachsenen Frisur und einem Blick, der dem von Duke ähnelt. *Seht her*, scheint er zu sagen, *ich bin total fertig, aber ich hab's geschafft: meine neue Platte!* Ich, die Arme auf den Tresen gelegt und den Kopf draufgebettet, schaue genauso zufrieden zurück.

Normalerweise hätte ich nicht vor die Tür gehen dürfen. Die Entführung von Hanns Martin Schleyer ist schließlich immer noch überall Thema. Die Nachrichten haben verkündet, dass man den VW-Bus in einer Tiefgarage in Köln gefunden hat. Von meinem Vater aber keine Spur. Das steht übrigens auch auf meiner Liste: irgendwie Vater suchen. Ich habe nur keine Ahnung, wo.

»Die Scheibe wurde in Berlin aufgenommen«, erklärt Duke, der mir das Cover vor die Nase hält: *Lust For Life.* »In den Hansa-Tonstudios. *lyrics by iggy pop – music by david bowie*«, liest er vor. »Mann, da wäre ich gerne dabei gewesen! Soll ich sie auflegen?«

Ich überlege. So zufrieden, wie Iggy Pop zu sein scheint, ist es nicht nötig. Außerdem will ich mich überraschen lassen. Ich werde mir die Platte sowieso kaufen. Auf der Rückseite des Albums sind schließlich die Liedtexte abgedruckt. Also schüttele ich den Kopf.

»Na gut, wie du willst, aber du weißt ja: Obwohl sie in England schon vor einer Woche erschienen ist, würdest du dir hier in den nächsten Tagen die Füße danach wund laufen. Hast du ein Glück, dass es mich gibt.«

Ich weiß das. Ich lege einen der Fünfzigmarkscheine, die ich aus der Schwanheimer Wohnung mitgenommen habe, auf den Tresen. Duke schiebt mir die Plastiktüte rüber. Als er aber meine abgekauten Fingernägel entdeckt, zögert er. »Darf ich dich mal was fragen, Billy?«

Bislang habe ich noch nichts gesagt. Weder *Hallo, Duke!* noch *Ist die Iggy Pop schon da?*. Nichts. Ich bin in letzter Zeit nicht sehr gesprächig, ist ja klar, warum. Aber hierherkommen, das musste ich. *It's a must*, hat Duke damals gesagt. Ich zucke mit den Schultern.

114

»Warum kaufst du eigentlich all die Platten?«

Ich sehe ihn verständnislos an und greife nach der Tüte. Er lässt sie aber nicht los.

»Ich meine, ich weiß, warum ich Musik höre. Es ist wie ein Code aus der Vergangenheit. Alles ist schon mal da gewesen, verstehst du? Aber wenn Musiker diesen Code so richtig durchrütteln, kann etwas vollkommen Neues entstehen. Und das mag ich.«

Das sei wie bei dieser DNA, die man entdeckt habe, fährt Duke fort und hält dabei noch immer die Plastiktüte fest.

»Bei jedem Menschen ist sie ein bisschen anders, und doch setzt sie sich aus denselben Teilen zusammen. Vielleicht bekomme ich deswegen bei Janis Joplin eine Gänsehaut.« Weil er sie verstehe, sagt er. »Weil Janis und ich aus derselben DNA bestehen. Wir sind eins. Sogar meine Tochter habe ich nach ihr benannt. Aber du, warum hörst du Musik?«

Ich starre an die Decke und versuche, eine Antwort zu finden. Sonst könnte ich noch ewig auf die Platte warten. Aber es fällt mir schwer. Weil ich so viel lügen muss, weiß ich oft nicht, was ich sagen soll – das, was man von mir hören will, oder das, was ich wirklich denke. Ich räuspere mich. »Es ist wie ein anderes Leben. Besonders, wenn das richtige Leben einfach … nur beschissen ist.«

»Beschissen?« Er grinst mich an und lässt endlich die Tüte los. Ich lasse sie hinter meinem Rücken verschwinden. »Das hört sich fast so an, als hättest du bei den *Sex Pistols* nicht richtig hingehört. *When there's no future how can there be sin?* Mach dich locker, Billy. Sei nicht so verkrampft.«

Ich greife nach dem Wechselgeld. Er hat doch keine

Ahnung, und die *Sex Pistols* erst recht nicht. Wenn es keine Zukunft gibt, gibt es auch keine Sünde? Dann kannst du tun und lassen, was du willst? Wie soll das denn gehen? Duke zieht seinen Tabak aus der Hosentasche und dreht sich eine. Länger als fünf Sekunden braucht er dafür nicht.

»Ein alter Kiffer wie ich sollte das vielleicht nicht sagen, aber ein anderes Leben neben dem richtigen, das gibt es nicht.« Er öffnet eine Schublade und legt einen Kopfhörer auf den Tresen. »Ich mache dir einen Vorschlag: Nimm *Lust For Life* auf, stöpsele den Kopfhörer in deinen Kassettenrekorder, setz ihn dir auf die Ohren, und laufe genauso durch die Stadt. Probiere es mal aus. Hör dir die Musik an, Billy, während der Alltag um dich herum einfach weitergeht. Denk an dein Leben, so wie es ist, und versuch, es besser zu machen. *No future* – das heißt nicht, dass man aufgeben soll. Und denk an die *Roxy Music*-Single!«, ruft er mir noch hinterher. »Meine Tochter macht mir schon die Hölle heiß.«

Ich gehe zu Paul nach Hause und mache dabei große Umwege, weil überall Polizisten herumlaufen. Pauls Mutter hat mir einen Schlüssel gegeben. Als die Tür ins Schloss fällt, atme ich erleichtert auf. Geschafft! Im Wohnzimmer höre ich mir auf ihrer Kompaktanlage die Platte an und begreife sofort, dass Duke recht hat. Es ist phantastisch. Ich lese mir den Text durch und nehme gleichzeitig *Lust For Life* mit der letzten Energie, die die Batterien meines *Universums* hergeben, auf. Ich hoffe, dass Paul und seine Mutter so spät wie möglich nach Hause kommen. Denn ich will mir dieses Lied immer wieder anhören. Aber vor allem will ich Iggy Pop zuhören. Ich finde ihn großartig …

Beim Abendessen bin ich still und höre einfach nur zu, wie Paul sich mit seiner Mutter darüber unterhält, was gestern war, was heute passiert ist, was für morgen geplant wird. Ich komme in ihrer Unterhaltung nicht vor, aber immer wieder geben sie mir die Gelegenheit, mich an dem Gespräch zu beteiligen. Aber was soll ich schon sagen? Trotzdem, es scheint in Ordnung zu sein, dass ich hier bin.

Sie waschen ab, und ich gehe ins frühere Zimmer von Pauls Schwester, in dem ich jetzt schlafe. Dabei fällt mir ein, dass ich überall nur Gast bin – beim Großvater, in Heidis Wohnung und jetzt auch noch hier. Mir kommt Dukes Ausspruch in den Sinn. *Besser machen.* Was meint er damit? Soll ich vielleicht beim Abwasch helfen? Also gehe ich zurück.

»Was ist das jetzt für ein Typ?«, höre ich Pauls Mutter fragen, als ich die Küchentür erreiche. »Ist er wirklich ein Freund von dir?« Ich bleibe stehen.

»Keine Ahnung«, antwortet Paul nach einer Weile. »Ich kenne ihn ja kaum.«

»Aber ein bisschen seltsam ist er schon, oder?« Paul sagt erst mal nichts. »Oder?«, bohrt seine Mutter nach.

»Ach was, er ist harmlos, vielleicht sogar etwas langweilig. Er lebt halt in seiner Welt, in der es wohl gerade ganz schön kompliziert ist, keine Ahnung, warum.«

Bei diesem letzten Satz trete ich den Rückzug an. *Harmlos* und *langweilig* – sowas hört man nicht gerne. Und es stimmt auch nicht. Aber jetzt weiß ich immerhin, dass ich unter Beobachtung stehe und irgendetwas tun muss, um akzeptiert zu werden. Um hier zu bleiben.

Wo soll ich denn sonst hin?

2

Mit lautem Knall schlägt die Wohnungstür zu. Paul platzt in sein Zimmer. Dass ich auf seinem Schreibtischstuhl sitze und ihn angrinse, macht seine schlechte Laune nicht besser. Dabei weiß er noch nichts von meiner Überraschung – vorausgesetzt, ich bekomme den *Universum* wieder zum Laufen.

»Hallo«, sage ich.

»Hallo?«, echot er. »Du kannst ja auf einmal wieder reden.«

»Natürlich.« Ich ignoriere den Spott in seiner Stimme. »Sag mal, habt ihr vielleicht noch irgendwo Batterien für den Kassettenrekorder?«

»Schon wieder?« Er stemmt die Hände in die Hüften. »Du hast doch erst vor ein paar Tagen welche von mir ...«

»Hast du noch Batterien?«, wiederhole ich noch einmal in seiner Sprache.

»Ja! Mann ... vielleicht in der Küche.«

Ich gehe ihm hinterher. »Was ist denn los?«

Paul wühlt wie blöde in den Schubladen, reißt die Schranktüren auf, fasst sich an den Kopf. »Ach Quatsch!« In einem Kästchen auf dem Kühlschrank findet er endlich welche und wirft sie mir zu.

Ich fummele die alten Batterien aus dem *Universum* und lasse sie in den Müll fallen. »Ist es das Mädchen ... wie heißt sie noch mal? Klara?«

»Chiara«, bellt er mich genervt an, nur um ein paar Sekunden später ein leises »Ja, Mann!« hinterherzuschicken. Seit letztem Montag, nachdem Chiara gegangen ist, sei die Welt für ihn um ein paar Grad kälter geworden, erklärt er pathetisch und versucht dabei, verletzt und zugleich lässig zu klingen. »Und das ist alles nur deine Schuld.«

»Meine?«

»Ja, deine. An dem Abend wollte ich sie zum ersten Mal küssen ...«

»Hör mal, ich wäre doch wieder gegangen, wenn du ...«

»... aber du bist reingekommen und hast sie angeschaut, als ... als würde sie stören.«

Ich weiß, dass es nicht so war. Ich bin nur eingeschüchtert gewesen – von dem Mädchen mit den roten Haaren. Von der Wohnungstür aus konnte ich Chiaras Gesicht noch nicht richtig erkennen. In Pauls Zimmer aber hat es mich dann umgehauen. Diese Sommersprossen! Dieses Strahlen in den Augen! Ich habe kein Wort mehr herausbekommen. Doch woher hätte ich wissen sollen, was er vorhat? Ich hatte eher das Gefühl, er sei froh, dass ich gekommen bin. Ich schaue ihn fragend an.

»Jaja, schon gut, ich weiß, du kannst nichts dafür. Es ist allein meine Schuld. Ich hätte ihr hinterherlaufen und es ihr erklären sollen.«

»Du bist einfach sitzen geblieben.«

»Ja, ich bin einfach sitzen geblieben! Ich hätte mich spätestens am nächsten Tag entschuldigen sollen. Aber da bin ich auch nicht zu ihr hingegangen.« Paul setzt sich an den Küchentisch und haut mit der Faust auf die Tischplatte. »Drei Tage lang habe ich sie nicht beachtet, bis ich begriffen habe, dass es umgekehrt ist. Sie hat *mich* nicht mehr beachtet. Und heute, als ich es dann endlich versuchen will, lässt sie mich einfach abblitzen. *Tut mir leid, Paul. Aber ich habe keinen Bock auf so eine Jungskacke.*«

»Jungskacke?«

»Ja, Jungskacke!«, brüllt er mich an. »Das, was hinten rauskommt bei so kleinen Scheißern wie dir und mir. Mann, Billy, da macht man mal einen Fehler, und alles wird auf einmal furchtbar kompliziert.«

»Nein, nicht Billy«, antworte ich ihm und drücke die neuen Batterien in den Kassettenrekorder. »*Iggy.*«

»Hey, hörst du mir überhaupt zu?«

Ich grinse ihn an und sage es noch einmal. »*Iggy.* Von nun an gibt es nur noch *Iggy!*«

»Was soll dieser Mist? Du sollst mir …« Jetzt endlich kapiert er es. »Nee! Ehrlich? Du bist bei Duke gewesen? Wann?«

»Gestern.«

»Gestern? Du hast mich einen ganzen Tag …«

»Ich musste doch erst mal selbst hören, wie sie ist. Nicht, dass du dich wieder erschreckst.« Ich halte den *Universum* kurz in die Höhe, um ihn gleich darauf in eine Tasche zu stecken. »Kommst du?«

Wie leicht es mir heute fällt, aus der Haustür zu treten, darüber wundere ich mich nur kurz. Wir lassen das Westend hinter uns und laufen die Wallanlagen entlang, über die Haschwiese mit ihrer seltsamen Mischung aus glücklichen Kiffern und ausgezehrten Fixern, am Schwimmbad vorbei und immer weiter, ganz bis zum Ende, bis zum Main. Wir gehen aber nicht ans Ufer, und wir überqueren den Fluss auch nicht.

»Die Hanauer Landstraße?«, fragt mich Paul. »Was wollen wir denn hier?«

»Wirst du schon sehen.« Vor uns taucht sie bereits auf, die riesige Großmarkthalle, vor der wir nun stehen bleiben.

Ich habe sie auf meinen Streifzügen durch Frankfurt entdeckt. Schön ist sie nicht. Aber irgendwas hat sie an sich, weswegen ich damals nicht einfach an ihr vorbeilaufen konnte.

»Wir können da nicht rein«, ruft Paul am Eingangstor. Aber dann sind wir doch drinnen in der riesigen Halle, in der um diese Uhrzeit nicht mehr viel los ist.

»Los, hier hoch!« Ich grinse ihn an. Während ich eine Tür aufhalte, auf der ein Aufkleber mit einer Treppe drauf klebt, ahme ich wieder nach, wie er spricht. »Hier lang, Kumpel.«

Die Halle ist mindestens zwanzig Meter hoch. Ohne anzuhalten, rennen wir die Treppe hinauf. Auf dem Dach des einen Seitenflügels stützen wir die Hände auf die Knie und atmen durch. Wir sind allein hier oben. Über uns nur der Himmel. Niemand wird uns hier stören. Ich gehe voraus über das Dach und bleibe an der Kante stehen.

Mit dem gläsernen Treppenhaus im Rücken schauen wir auf Frankfurt, auf den Goetheturm im Stadtwald und den Henninger Turm davor, auf das Selmi-Hochhaus, das Shell-Hochhaus und die anderen Wolkenkratzer rund um die Innenstadt, um die verteilt noch Kräne stehen. Und zwischendrin der immer kleiner werdende rote Dom. Ich kenne mich aus. Ich bin dort überall gewesen.

»Siehst du da den komischen Turm vor dem Taunus?« Durch den Smog über der Innenstadt sieht das bald höchste Gebäude der BRD etwas verschwommen aus. Oben soll ein Restaurant entstehen, das sich angeblich auch noch drehen wird. »Man hat mir erzählt, dass man ihn jetzt schon *Spargel* nennt.«

»Du hörst dich an, als wärst du hier geboren und nicht ich.«

Aber ich mag diese Stadt mittlerweile wirklich. Worms erscheint mir jetzt viel zu klein. Ich hole den *Universum* und den Kopfhörer aus der Tasche. »Von Duke. Wir müssen ihn aber wieder zurückbringen.« Ich spule die Kassette auf Anfang, stöpsele den Kopfhörer ein und halte ihn Paul hin. »Setz dich auf die Kante. Genau an die Ecke.«

»Nie im Leben! Da falle ich doch runter!«

»Dir passiert schon nichts. Setz dich auf die Kante, du Memme.«

»Billy … können wir nicht einfach so …?«

»Paul, jetzt mach. Du wirst es nicht bereuen.« Ich weiß, er wird begeistert sein.

Ich habe nur diesen einen Song von Iggy Pop aufgenommen, und der scheint jetzt vorbei zu sein. Paul sitzt ganz still da. Dann nimmt er langsam den Kopfhörer ab. Er beugt sich vor und schaut zwischen seinen Beinen hindurch nach unten. Zwanzig Meter tiefer ist alles klein und unbedeutend. Ich habe auch schon an der Ecke gesessen. Im Sommer. Damals hat es nicht geklappt. Damals hat mir die Höhe Angst gemacht. Aber jetzt sehe ich, wie Paul die Arme ausbreitet, so als ob er gleich springen will.

Lust For Life!

Ich halte ihn an den Schultern fest. »Es ist unglaublich, oder?«, flüstere ich in sein Ohr. Er nickt. Dieses einfach gespielte Schlagzeug, das die anderen Instrumente einfach weiter und weiter treibt, der wummige Bass, der fiese Hintergrundchor, aber vor allem dieser hingerotzte, fast gebellte Gesang. Es ist das verdammt beste Lied, das ich jemals gehört habe, und Paul scheint es nicht anders zu ergehen.

I have a lust for life 'cause I have a lust for life. An seiner Stelle hätte ich jetzt springen wollen. *Here comes Johnny Yen again!* Ich wäre völlig unverletzt unten angekommen. *I'm worth a million in prizes.* Ich hätte mich abgerollt und wäre einfach losgelaufen – *with liquor and drugs –*, auf die parkenden Autos geklettert, von Dach zu Dach gesprungen. *No more beating my brains.* Ich bin nicht langweilig und harmlos schon gar nicht.

»Das Lied ist dafür da, um nur das zu tun, was man tun will. Ganz einfach und ohne darüber nachzudenken. Willst du wirklich springen?«

Nach einem kurzen Moment rückt Paul schnell von der Kante weg. Ihm scheint ein bisschen schwindelig zu sein. Er hält mir den Kopfhörer hin und schaut mich lange an.

»Was ist bloß in dich gefahren, Billy? Du bist ja völlig abgedreht.«

»So muss man Musik hören, verstehst du? Ich habe es gestern erst kapiert.« Paul aber schaut aus, als würde er es nicht begreifen. Also spreche ich lauter und schneller. »Nur die Musik und du. Und, und, und …« Meine Stimme überschlägt sich fast. »… und wenn du dabei auf etwas schaust, was du noch nie zuvor gesehen hast, dann wirst du dich für immer an diesen Tag erinnern, an diese Stunde, an diesen einen Moment. Paul! Das wird dein Leben verändern! Kein neues Leben, sondern das, was du hast … nur besser!«

»So ein Unsinn …!«

»Ich …«

»Das Leben lässt sich nur ändern, wenn man etwas unternimmt. Einfach nur Musik hören, das reicht nicht.

Schau dir die Demonstranten an, den SDS, die Spontis und die Terroristen. Die kämpfen wenigstens für ein besseres Leben. Das sind Revolutionäre. Die tun was!« Ratlos schaue ich ihn an, während er sich sogar noch mit dem Finger an die Stirn tippt. »Du bist total plemplem!«

Das ist unfair! Ich habe doch nur gemacht, was Duke mir vorgeschlagen hat: *Hör dir deine Musik an, denk an dein Leben, so wie es ist, und versuche, es besser zu machen.* Das ist genau das, was Paul auch getan hat, damals, als wir durch die Stadt gelaufen sind: *Guten Morgen, Herr Meier, was machen die Eier?* Jetzt aber hört er sich wie mein Vater an. Dabei habe ich doch das mit der Lust am Leben von ihm. Und von Duke die passende Musik dazu. *Lust For Life* ...

»So, Herrschaften, das war es jetzt«, ruft jemand hinter uns. Wir drehen uns um und sehen, wie mehrere Polizisten vom Treppenhaus aus auf das Dach klettern. Einer hat die Hände wie eine Flüstertüte an den Mund gelegt. »Die Schau ist vorbei. Kommt her! Oder wir holen euch.«

»Scheiße«, flüstere ich, »das gibt Ärger.« Dabei stehen wir doch einfach nur auf einem Dach. Trotzdem stopfe ich den *Universum* und den Kopfhörer schnell zurück in die Tasche. Sie können uns verjagen, ganz egal, aber kriegen dürfen sie mich nicht.

»Wir werden sie in die Irre führen«, raunt Paul mir zu. Auf einmal scheint er wieder ganz der Alte zu sein, obwohl er doch eben noch vor Höhenangst gezittert hat. »Du rennst nach links und ich nach rechts. Ich sage *Los!* Okay?«

Ich nicke und schaue zu, wie die Polizei näher kommt. Vorbei an den Schornsteinen, den Belüftungspilzen und den Blitzableitern suchen die Beamten sich ihren Weg und stellen sich ziemlich ungeschickt dabei an. Sie sind zu fünft, wir nur zu zweit. Also müsste es doch bald mal losgehen, denke ich und drehe mich zu Paul um. Der grinst und nickt. Ich hänge mir die Tasche um die Schulter. Wird schon schiefgehen. Mit ihm an meiner Seite …

»Los!«

Wie ein Verrückter renne ich erst nach links, dann geradeaus. Aus den Augenwinkeln sehe ich, dass Paul stehen geblieben ist. Ich laufe trotzdem weiter. Bis auf die beiden Polizisten, die sich immer noch auf ihn zubewegen, jagen alle hinter mir her. Mein Vorsprung ist nicht schlecht. Doch auf einmal kommen aus dem Treppenhaus noch zwei Polizisten. Ich bleibe stehen. Was wollen die alle hier? Ich sitze in der Falle. Dabei haben wir doch einfach nur Musik gehört.

Genau in dem Moment, als einer der Polizisten mich am Arm packt, überrascht Paul uns alle. Er sprintet einfach los. Trotz seiner engen Lederhose umkurvt er mühelos die beiden Polizisten. Er stolpert, rappelt sich auf und rennt weiter, noch zehn Meter bis zu einem niedrigeren Teil des Daches, noch fünf, dann springt er die kleine Mauer hinunter und rennt auf die andere Seite zu, wo es ein zweites Treppenhaus gibt …

»Los, Paul, lauf …!«

3

»Ich hab's doch schon gesagt. Wir hatten keine Ahnung, dass das verboten ist.«

Diesen Satz wiederholt Paul nun zum dritten Mal. Aber

der Polizist, der uns gegenübersitzt, scheint uns nicht zu trauen. Immer wieder sagt er: »Also noch einmal von vorne.«

Dieses Mal bin ich wieder dran. Name, geboren wann und wo, wie heißen die Eltern und so weiter. Das soll ich in ein Mikrophon sprechen, das mit einem Tonbandgerät verbunden ist. Es ist ein kleines schickes Gerät mit mehreren Geschwindigkeiten. Irgendwann werde ich mir auch so etwas besorgen.

»Ich warte, Junge«, unterbricht der Polizist meine Gedanken. Er klingt erschöpft, und ich räuspere mich. Doch bevor ich ihm unsere Lügen noch einmal auftischen kann, klopft es an der Tür. Pauls Mutter kommt herein. Sie würdigt uns keines Blickes und fragt den Polizisten, was hier los sei.

»Ihre beiden Söhne haben Mist gebaut, Frau Neumann.«

»Meine beiden ...?«, wiederholt sie leise. Jetzt schaut sie uns doch an, nacheinander, erst Paul, der sie angrinst, dann mich, der nicht grinst, und dann wieder Paul. Es ist fast wie bei einem Tennisspiel, und plötzlich muss ich lachen. Ich stehe vielleicht kurz davor, enttarnt zu werden, und dann fällt mir sowas ein! Ich halte mir die Nase zu. Ich denke an was Schlimmes, aber es hilft nicht.

Pauls Mutter zeigt fragend auf einen Stuhl und setzt sich. Der Polizist erklärt ihr den Sachverhalt, wie er es nennt. »Kurzum, Frau Neumann, was Ihre beiden Söhne getan haben, ist Hausfriedensbruch und Widerstand gegen die Staatsgewalt ... und die Liste kann durchaus noch länger werden.«

Mit sich selbst zufrieden, lehnt er sich zurück. So wie Pauls Mutter aber jetzt aussieht, scheint sie ziemlich wütend zu sein. Ich kann nichts anderes tun, als auf den Boden zu schauen, um mein Lachen zu kontrollieren.

»Ist denn da irgendwo ein Schild, auf dem *Unbefugten ist das Betreten verboten* steht?«, fragt sie den Polzisten und uns.

Paul zuckt mit den Schultern. Ich presse ein »Keine Ahnung …« heraus. Der Polizist schüttelt den Kopf. »Nicht, dass ich wüsste.«

»Gibt es denn da irgendetwas anderes, das deutlich macht, dass man nicht auf das Dach steigen darf?«, fragt sie weiter.

»Nein, aber …«

»Na also«, unterbricht sie ihn einfach. »Dann sind die Beschuldigungen auch nicht haltbar. Was Sie getan haben, ist Freiheitsberaubung. Das ist übrigens auch ein Vergehen, Herr …?« Sie schaut auf das kleine Schild, das an seiner Uniform angenäht ist. »… Herr Klenke. Ich denke, wir können dann gehen, meine beiden Söhne und ich?«

Paul strahlt mich an. Ich bin sprachlos.

Ganz so einfach können wir aber dann doch nicht gehen. Der Polizeibeamte in seiner braunen Hose und seinem beigefarbenen Hemd spielt mit seiner grün-weißen Mütze und schüttelt seine für einen Polizisten ziemlich wirren Haare. »Sie verkennen die Situation, Frau Neumann. Wir leben gerade in gefährlichen Zeiten. Ihre Söhne hätten schließlich auch Terroristen sein können. Oder Selbstmörder.«

Mein Lachanfall ist vorbei. Ich bin wieder halbwegs ich. Paul aber legt jetzt richtig los. »Ihre Söhne«, sagt er zu Wachtmeister Klenke und deutet gleichzeitig auf seine Mutter, »sind weder Selbstmörder noch Terroristen.«

»Paul!«, sagt seine Mutter scharf und hält den Zeigefinger an den Mund.

»Du bist fünfzehn, Paul Neumann?«, fragt der Polizeibeamte kühl. Paul seufzt und nickt erschöpft. Auch das hat er bereits zweimal zugegeben. »Und du sechzehn?« Ich nicke ebenfalls, seufze aber nicht. Ein einsamer Geburtstag vor knapp zwei Wochen, der jetzt unsere Geschichte rettet. Sonst hätten wir auch noch erklären müssen, dass wir Zwillinge wären. »Dann seid ihr also strafmündig. Dann haften eure Eltern nicht mehr für euch. Ihr steht selbst dafür ein, was ihr tut. Und so ein Polizeieinsatz ist nicht gerade billig.«

»Jaja, die Polizei, dein Freund und Helfer«, ruft Paul und klatscht mit den Händen auf seine Lederhose. Seine Mutter gibt ihm eine Kopfnuss.

»Noch so ein Spruch, und ich lasse dich einsperren«, sagt Wachtmeister Klenke noch kühler als vorher. »Und deinen ach so witzigen Bruder gleich mit. Ich darf das. Seit dem fünften September darf ich alles. Frau Neumann?«

Er nickt zur Tür und geht mit ihr hinaus. Dort scheinen sie sich lebhaft zu unterhalten, wie ich durch das milchige Glas der Tür sehen kann. Zu hören ist leider nichts. Paul zwinkert mir zu. Wir schweigen, weil das Tonbandgerät noch immer läuft. Und natürlich hängt hier im Verhörraum auch ein Spiegel. Hinter dem bestimmt jemand sitzt, der uns beobachtet.

Aber nicht deswegen fühle ich mich auf einmal komisch, und auch nicht, weil sie herausbekommen könnten, wer ich in Wirklichkeit bin. Ich habe ja schließlich nichts dabei, was mich oder meinen Vater verraten könnte. Was mir so ein ungutes Gefühl macht, sind die Verwandlungen, die in mir vorgehen.

Auf dem Dach habe ich mich endlich wieder wie ich selbst gefühlt. Ich habe Paul tatsächlich beeindrucken können. Doch hier, auf dem Revier, verwandele ich mich von einer Sekunde zur nächsten wieder in den pickligen Jungen mit der Bundfaltenhose, in Großmutters *kleinen Bub* mit dem gescheitelten Haar und der blassen Haut, in den Typen ohne Vergangenheit, ohne Namen, langweilig und harmlos …

Ich drücke auf die Stopptaste. Ich grinse Paul an und spule zurück. Dann drehe ich an einem Schalter, damit das Band schneller läuft, und lasse meinen Finger über der Starttaste kreisen. Paul grinst zurück und nickt. Nach einer Weile hören wir Micky Maus.

»Also noch mal von vorne …«

Pauls Mutter kommt zurück. Sie bleibt stehen und schaut uns verzweifelt an.

»… Name, wann und wo geboren, wie heißen die Eltern?«, spricht der Wachtmeister mit hoher Stimme rasend schnell. Und wir hören uns nicht besser an. Paul und ich brechen in Lachen aus, aber sie schaltet das Tonbandgerät ab, atmet scharf durch und packt ihren immer noch kichernden Sohn an der Hand. Sie reißt ihn fast vom Stuhl.

»Du sagst jetzt kein Wort mehr«, fährt sie ihn an. Und ich weiß, das gilt auch für mich. Ganz friedlich verlassen wir den Verhörraum und gehen an den Polizisten vorbei, die uns festgenommen haben. Alle haben sie die Arme gekreuzt. Alle schauen uns ernst an. Wir haben sie auf dem Dach ganz schön gefoppt. Wäre Paul nicht gestolpert, hätten sie allein mich geschnappt. Ohne ihn wäre ich hier nicht mehr rausgekommen.

Vorne am Eingang des Reviers muss Pauls Mutter etwas unterschreiben, dann bekomme ich meine Tasche zurück. Der *Universum* und Dukes Kopfhörer, beides ist noch da. Aber die Kassette fehlt.

»Wo ist …?«

»Keinen Ton!«, herrscht Pauls Mutter dieses Mal mich an.

4

»Was habt ihr euch nur dabei gedacht?«

Mit dieser Frage beginnt das nächste Verhör, und in dem Moment merke ich es: Jetzt wird mir Paul nicht mehr helfen können, wird doch das meiste, was ich gleich erzählen werde – was ich erzählen muss –, auch für ihn neu sein. Nachdem wir das Polizeirevier verlassen haben, dachte ich, dass alles in Ordnung sei. Aber jetzt: Kreuzverhör. In der Küche. Es geht zu wie in einem Gerichtssaal, und ich bin der Typ auf der Anklagebank. Schuldig oder nicht schuldig? Ich trete die Flucht nach vorne an. Ich schiebe es auf meinen Vater.

»Er hilft der RAF.«

»Was meinst du damit?« Paul setzt sich auf die Seite des Tisches, an der seine Mutter bereits sitzt. »Ist er ein Terrorist?«

»Aber nein, er ist doch kein Terrorist«, antworte ich und erkläre ihm und seiner Mutter, wer mein Vater wirklich ist. Vieles über ihn habe ich von meiner Großmutter erfahren, die den jungen Mann, der eines Tages von ihrer Tochter angeschleppt wurde, sofort ins Herz geschlossen hat. *Er war ein bisschen klein, Johannes, aber hübsch, das war er! Ich habe diese komischen wilden Haare und seine bunten Kleider eigentlich gar nicht bemerkt. Für mich war er ein Sonnenschein!*

So hat sie ihn auch immer genannt, ihren *Sonnenschein*, der ihr mit seiner Ausgelassenheit all die Jahre das Leben versüßt habe … bis man ihn entließ, aus heiterem Himmel – *seine Schuld* –, bis Mutter nach Indien ging – *auch seine Schuld* –, bis Großmutter starb, mit offenen Augen, ratlos an die Decke starrend, ich habe es selbst gesehen.

»Eines Tages ist nämlich ein Brief aus dem Innenministerium gekommen. Sie haben herausgefunden, dass mein Vater sich dem KBW angeschlossen hat und unerlaubt Flugblätter im Lehrerzimmer seiner Schule verteilt hat. Erst hat er darüber gelacht. Aber dann hat man ihn tatsächlich suspendiert und später ganz aus dem Staatsdienst entlassen.«

Pauls Mutter nickt, anscheinend kennt sie sowas. »Hat er dagegen geklagt?«, fragt sie mich.

Da nicke auch ich. »Ein ganzes Jahr hat sich das hingezogen. Mein Vater ist immer wütender geworden. Und als der endgültige Bescheid kam, hat er sich entschieden, gegen den Staat zu arbeiten.«

Gegen diesen Scheißstaat, hat er gesagt. Ich erzähle ihnen, wie sich meine Eltern immer weiter auseinandergelebt haben. Wie der eine, mein Vater, immer verbitterter wurde, während die andere, meine Mutter, Meditationskurse bei einem indischen Heiligen besucht hat. Jedes Mal kam sie ganz beseelt nach Hause. Ich weiß nicht, ob sie mich wirklich bei ihm gelassen hätte, hätte sie damals geahnt, wie es enden würde.

»Zuerst hat er nur geheime Treffen besucht und mit-diskutiert, Texte formuliert, Flugblätter gedruckt. Eines Tages ist er dann mit einem Päckchen nach Hause gekommen.«

An dem Punkt der Erzählung stocke ich kurz. *Jetzt geht's ans Eingemachte.* Ein Spruch von meinem Großvater. »Aber ich glaube nicht, dass mein Vater gewusst hat, was in dem Päckchen war. Er hat es irgendwo abgeholt und tags darauf woanders hingebracht. Später, nach unzähligen weiteren Päckchen, haben sie ihn vielleicht eingeweiht, keine Ahnung.«

»Bis zu dem Mord an Siegfried Buback«, vermutet Pauls Mutter.

Ich starre sie verwundert an und frage mich, wie sie sich das zusammenreimen kann. Als Paul mir erzählt hat, dass sie Neil Diamond und Milva hört, habe ich sie mir ganz anders vorgestellt. »Ja«, gebe ich also zu. »Da sind wir untergetaucht. Also nicht richtig, wir sind ja nur zu meinem Großvater gezogen ...«

»Der hat vielleicht eine Bibliothek!«, unterbricht mich Paul.

»Paul? Bist du etwa dort gewesen?«

»Na und?« Er zuckt mit den Schultern. »Da hat Billy doch schon längst nicht mehr dort gewohnt.«

»Johannes heißt er«, korrigiert seine Mutter ihn. »Wieso hast du mir nichts davon erzählt?«

»Ich wusste doch gar nichts davon«, verteidigt er sich. »Johannes hat einfach nur tolle Platten.«

Lust For Life. Darüber und über die anderen Platten bei meinem Großvater würde ich jetzt viel lieber sprechen. Über *ZZ Top* oder diese australische Band, die mir immer besser gefällt. Aber wenn man einmal damit angefangen hat, die Wahrheit zu erzählen, wollen die anderen sie auch ganz hören. Es wird Zeit, das Gespräch zu beenden. »War es das jetzt?«, frage ich also.

»Nein. Das war es noch nicht«, sagt Pauls Mutter. »Was ist mit Jürgen Ponto? Und mit Hanns Martin Schleyer? Hängt dein Vater da auch mit drin?«

»Mit Ponto hat er nichts zu tun, hat er zu mir gesagt, aber ...«

»Aber ...?«

»... aber ... ach, menno! Ich glaube ... aber ich weiß es nicht, also, vielleicht hat er für die Entführung von Schleyer das Fluchtauto besorgt. Einen weißen VW-Bus. Der stand Monate vor unserer Tür.«

»Monate vor eurer Tür? Das ist doch bescheuert! Da konnten ihn doch Hunderte Menschen sehen.«

»Deswegen bin ich mir doch auch gar nicht so sicher, dass er richtig zu denen gehört.«

Pauls Mutter schaut mich lange und nachdenklich an. »Und was hat das alles damit zu tun, dass du mit meinem Sohn auf das Dach geklettert bist?«

Ich muss schlucken. Jetzt ist sie doch ausgesprochen, die Frage, von der ich verhindern wollte, dass sie gestellt wird. Um sie zu beantworten, müsste ich von mir erzählen. Über mein seltsames Verhalten in den letzten Monaten. Aber das will ich nicht. Vor mir sitzt schließlich der einzige Freund, den ich im Moment habe. Also schweige ich und hoffe, dass sie einfach selbst merken, dass mein Leben im Moment alles andere als einfach ist. Und ich scheine damit Erfolg zu haben, so wie Pauls Mutter mich anschaut und schließlich seufzt.

133

»Wenn ich dich richtig verstanden habe, hat er Beihilfe zum Mord geleistet. Er war – wenn du recht hast – an der Entführung von Schleyer beteiligt. Somit gehört er einer terroristischen Organisation an. Ganz egal, wie viel er wusste oder wie blöd er sich verhalten hat, dein Vater ist ein Terrorist, Johannes. Und weil du das weißt, hängst du auch mit drin. Mein Gott, du bist sechzehn! Und uns würdest du somit auch mit hineinziehen.«

Mir bleibt der Mund offen stehen. Und dann fällt ihr letzter, alles entscheidender Satz. »Du kannst nicht hierbleiben, Billy oder Johannes oder wie auch immer du heißt. Meine Söhne! Ach, ich könnt euch …!«

Sie steht auf und geht aus der Küche.

»Woher weiß deine Mutter das alles?« Damit finde ich meine Worte wieder. Ich bin ziemlich beeindruckt von ihr. Ihre letzten Sätze hängen noch im Raum. Sie haben mich noch nicht richtig erreicht.

Paul setzt sich wieder neben mich und schaut mich aufmerksam an. »So sieht also der Sohn eines Terroristen aus. Ich fasse es nicht! Du bist vielleicht 'ne Nummer! Aber weißt du, ich wäre ja fast auch einer geworden.«

Er lacht über mein verdutztes Gesicht und erzählt mir tatsächlich, dass seine Mutter früher genau wie mein Vater gewesen sei. »Sie hat sich immer engagiert, und einmal hat sie sogar Holger Meins besucht, kurz bevor der an seinem Hungerstreik gestorben ist. Du kannst dir nicht vorstellen, wie oft ich mir das alles anhören musste!« Aber nach dem Mord an Siegfried Buback habe sie mit alldem gebrochen. »Da tun die endlich was, da machen sie mal ernst und zeigen, dass man sich nicht alles gefallen lassen darf, aber sie wendet sich ab. Sie hat sogar Bruder Kolja, ihren damaligen Freund, rausgeschmissen, aus dem Zimmer, in dem du jetzt schläfst ... also geschlafen hast.«

Da begreife ich es: Das Urteil ist verkündet.

Ich falte meine Hosen zusammen und lege sie in den Bundeswehrseesack. Er ist aus grünem Segeltuch gefertigt und soll so gut wie wasserdicht sein. Vater hat ihn mir geschenkt, damals in Worms, bevor wir nach Frankfurt zum Großvater gezogen sind. Mit so einem Seesack ist man beweglicher als mit einem Koffer, hat er gesagt.

Sieben graue Sweatshirts habe ich. Für jeden Wochentag eins. Zum Glück bin ich nie auf die Idee gekommen, sie zu nummerieren. Ich packe sie auf die Hosen. Vater ist eines Tages damit angekommen, mit den Sweatshirts, den Bundfaltenhosen und den Turnschuhen mit den drei Streifen. *Für dich*, hat er gesagt und meine anderen Klamotten einfach weggeräumt.

Ganz ehrlich? Anfangs habe ich es lustig gefunden, immer gleich herumzulaufen. *He's a real nowhere man.* Ich wurde dadurch unsichtbar. *Sitting in his nowhere land.* Eins allerdings habe ich nicht bedacht: dass alles um mich herum dadurch ebenfalls grau wird, unsichtbar, ein Nirgendwo. In der Realität kann man nicht lange unsichtbar bleiben. Irgendwann verliert man das wahre Leben aus den Augen. *Making all his nowhere plans for nobody.* Ohne Paul und die Musik, die ich durch ihn kennengelernt habe, wäre ich vielleicht wirklich im Nichts verschwunden.

Fertig gepackt. Ich fädele den Gurt durch die großen Ösen und ziehe ihn fest zu. Meine Sachen. Alles, was ich besitze. Es füllt den Sack gerade einmal zur Hälfte aus. Zur Probe werfe ich ihn mir über die Schulter. Noch fühlt er sich leicht an, aber ich weiß, dass er immer schwerer werden wird. Ein letztes Mal gehe ich in Pauls Zimmer. Er liegt auf seinem Bett und blättert in einem Buch. Dabei tut er nur so, als würde er lesen.

»Also ... ich gehe jetzt.«

Paul blickt gar nicht auf. Das Buch muss ja unglaublich spannend sein. »Weißt du schon, wohin?«

Ich schüttele den Kopf. »Das würde ich euch auch nicht sagen. Ich will euch doch nicht mit hineinziehen.«

Jetzt schaut er mich doch an. »Euch? Hey Johannes, ich bin dein Freund.«

»Ist schon okay.« Ich drehe mich um und bin fast aus dem Zimmer. Hätte ich doch nur meinen Mund gehalten. Hätte ich doch einfach eine Geschichte erfunden. Dass ich eine Waise bin, dass ich aus einem Heim abgehauen bin, dass ich mein Gedächtnis verloren habe – sowas halt.

»Warte!«

Paul springt auf. Er läuft zu seinem Schreibtisch. »Den hättest du fast vergessen.« Er drückt mir den *Universum* in die Hand. »Ich habe dir die ganze Iggy-Pop-Scheibe aufgenommen. Die Kassette steckt schon drin. Die Platte kannst du ja irgendwann abholen. Wenn du weißt, wo du wohnen wirst. Wir werden uns wiedersehen, Kumpel. Ganz bestimmt.«

Ich schaue den Kassettenrekorder an. Paul weiß gar nicht, wie weh das tut.

An der Wohnungstür wartet seine Mutter auf mich. »Du verstehst, dass es nicht anders geht, oder?« Ich zucke mit den Schultern. »Jetzt mach es uns doch nicht so schwer.«

Uns? Wieder sage ich nichts. Ich höre sie seufzen. »Brauchst du Geld, Johannes?«

»Hab genug.«

Ihr »Na gut« höre ich schon fast nicht mehr. Dann nimmt sie mich sogar in den Arm. Ich kann mich nicht dagegen wehren.

Auf dem Weg die Treppe hinunter suche ich verzweifelt nach etwas, woran ich mich festhalten könnte. Erst im Erdgeschoss fällt mir was ein: *Lust For Life* auf dem Dach der Großmarkthalle. Ich glaube, ich habe verstanden, was Duke am Tag zuvor zu mir gesagt hat. *Versuche, es besser zu machen.* Ich habe es besser gemacht, und ich hatte die ganze Zeit diese eine Zeile im Kopf. *Well, I have a lust for life, cause I have a lust for life.* Selbst als die Polizisten uns abgeführt haben. *I'm worth a million in prizes!*

Wenn dieses Lied, wenn *Lust For Life* mal ein Hit werden würde, dann hätte die Polizei in Deutschland nicht nur die Terroristen am Hals, sondern auch unzählige von Typen wie mich. Ich lache, als ich auf die Straße trete. Gleichzeitig könnte ich heulen.

Mein Weg führt mich in den Rothschildpark. Dort setze ich mich zu den nackten Skulpturen, mitten in ihren Kreis. Vier Männer und drei Frauen, die sich ansehen, aber merkwürdigerweise auch aneinander vorbeischauen. Bei einer von ihnen, einer Frau mit vollem Busen, muskulösem Hals und lockigem Haar – und mit diesem starren Blick, der durch einen durchdringt, als wäre man Luft – muss ich an Heidi denken. Natürlich! Daran hat sie mich damals erinnert. Nur dass diese Heidi hier nicht aus Leder ist, sondern aus schwarzem Stein.

Ich drehe mich im Kreis, lasse meinen Seesack fallen und setze mich drauf. Es ist ganz bequem. Die schiefen Blicke eines alten Ehepaars, das durch den Park spaziert, kümmern mich nicht. Ich drücke auf Start. *I'm just a modern guy.*

Ich habe tatsächlich keine Ahnung, was ich jetzt tun soll. Zurück nach Schwanheim ist zu gefährlich. Aber zum Großvater kann ich auch nicht zurück. Seitdem Pauls Mutter gemeint hat, wie blöd mein Vater gewesen sei, dass er den VW-Bus dort geparkt hat, spukt mir der Gedanke durch den Kopf, dass es sein kann, dass die Polizei die *Villa Eden* beobachtet. Dafür wird Großvaters Nachbarin schon gesorgt haben. Sie hat schließlich auch Paul damals verjagen wollen.

Mein Kumpel Paul. Erzählt er mir doch, dass er auch fast der Sohn einer Terroristin geworden wäre! Und er lacht dabei auch noch, obwohl er gar nicht wissen kann, was das bedeutet. *Wir sehen uns wieder, Kumpel.* Dieses Mal hat es anders geklungen. Dieses Mal war es kein Versprechen, sondern ein Abschied. Momentan hat sogar ein Leprakranker mehr Chancen als ich, von jemandem aufgenommen zu werden. Ich hole das Schwanheimer Geld hervor und zähle zum ersten Mal die Scheine. Ich wiederhole es mehrmals, doch es sind nie weniger als 3000 Mark!

Es wird dunkel, und auch als es Nacht geworden ist, sitze ich immer noch bei meiner Stein-Heidi und ihren sechs Freunden. Das Geld macht es nicht leichter, es macht mich eher fassungslos. Und alle, die an dem Abend an mir vorbeigehen, wundern sich über den Jungen, der mit offenem Mund auf seinem Bundeswehrseesack sitzt und leise Musik hört. Einer bleibt sogar vor mir stehen und schaut auf seine Uhr.

»Es ist dreizehn Minuten vor elf, Junge«, sagt er zu mir. »Du gehörst ins Bett.«

»Jetzt kommen Sie, Herr Doktor Braun«, meint seine Begleitung mit ein bisschen zittriger Stimme, wie ich finde. Ich kann ihr ansehen, wie überrascht sie ist, dass hier jemand um diese Uhrzeit einfach nur herumsitzt. »Der junge Mann wird schon wissen, was er tut.«

Nein. Der »junge Mann« weiß nicht, was er tut. Aber aus irgendeinem Grund macht mir diese Bezeichnung Mut. Ich habe zwar keine Ahnung, was passieren wird, aber eine Nacht bei meiner Stein-Heidi zu verbringen wird es auch nicht schlimmer machen. So ein Seesack ist schließlich ganz bequem. *I've had it in the ear before …*

Ich sollte mir einen Schlafsack besorgen, überlege ich, und ein Zelt, einen Kocher und Lebensmittel. Das Geld reicht dicke dafür. Eine schöne Stelle sollte ich mir suchen, der Winter ist ja noch ein bisschen hin. Vielleicht der Schuppen im Botanischen Garten? Oder vielleicht sogar am Main? Etwas außerhalb der Stadt, in Richtung Offenbach zum Beispiel, dort könnte ich das Zelt aufbauen und so tun, als würde ich Urlaub machen. Schließlich habe ich ja im Sommer keinen gehabt.

Darüber denke ich nach, und mein Plan hört sich immer besser an, da taucht Paul plötzlich in der Dunkelheit auf.

»Hier bist du also.« Er setzt sich neben mich. »Ich habe dich überall gesucht.« Wir schweigen. Er scharrt mit den Schuhen im Kies. Ich schaue ihm dabei zu.

»Willst du die ganze Nacht hierbleiben?« Er nimmt mir den *Universum* aus der Hand. Eine Weile hört er Iggy Pop zu und starrt dabei auf den Kassettenrekorder. Ich sage nichts. Dann drückt er die Stopptaste und hält mir einen Streifen Kaugummi hin.

»Zu Hause wartet ein warmes Bett auf dich.«

5

Regel Nr. 1: Kein Alkohol, keine Drogen, keine Zigaretten.

Wir sitzen auf der Mauer, auf dem Platz, wo wir uns kennengelernt haben. Paul lässt die Beine baumeln. Ich habe meine hochgezogen.

Regel Nr. 2: Im Sitzen pinkeln.

An einem Sonntag bin ich noch nie hier gewesen. Es ist ruhig, kaum parkende Autos, von der Hektik eines normalen Tages ist nichts zu spüren. Ich drehe die Kassette um. Ich drücke auf Start und denke darüber nach, was Paul gerade vorgeschlagen hat. Iggy Pop schallt wieder über den Platz.

Regel Nr. 3: Jeder räumt sein Zimmer selbst auf.

»Das funktioniert doch nie«, wiederhole ich. »Das ist viel zu gefährlich.«

»Wieso denn nicht?« Pauls Beine schlagen jetzt richtig aus. »Es liegt nur an dir. Ich habe meine Mutter gefragt. Sie wäre einverstanden.«

»Ihr redet darüber, ohne mich vorher zu fragen?«

»Das mache ich doch jetzt gerade.« Ich schüttele den Kopf. »Hey, wir nehmen schließlich nicht jeden Tag den Sohn eines Terroristen auf. Außerdem kannst du dich nicht ewig verstecken.«

Was noch lange nicht heißt, dass ich dafür in die Schule gehen muss. Ich bleibe skeptisch. »Und sie will wirklich, dass ich meinen richtigen Namen angebe?«

»So heißt du halt: Johannes. Johnny. Ist doch hübsch.«

Regel Nr. 4: Anständig sein.

The Passenger. Das zweitbeste Lied auf der Platte. Ich schiebe den Lautstärkeregler hoch bis zum Anschlag. Ein paar Menschen, die an uns vorbeilaufen, schauen sich nach uns um.

»Und was ist mit Chiara?«

»Mann!«, macht Paul und stöhnt. »Was hat die denn jetzt damit zu tun?«

»Mann!«, mache ich ebenfalls. »Sie hat mich doch kennengelernt. Als Billy. Das wird sie den anderen sagen. Und dann war es das auch schon wieder.«

»Aber die wird sich doch gar nicht daran erinnern.«

»Na, vielen Dank auch!« Zwei Typen kommen vorbei, sie heben den Daumen und laufen weiter. »Immerhin bin ich deiner Meinung nach der Grund, warum sie damals gegangen ist.«

»Dann sage ich ihr halt, dass ich dich wegen deines genialen Luftgitarrenspiels so nenne. Wie Billy Gibbons.«

»Macht den Mist aus!«, schreit ein Mann aus der Ferne.

»Komm her, und mache es selber aus!«, brüllt Paul zurück. Ich schiebe den Regler um die Hälfte herunter. »Also, was ist jetzt?«, hakt Paul nach. »*Lust For Life!* Das hörst du dir doch die ganze Zeit an. Du Memme!«

Regel Nr. 5: Jeder soll und darf das tun, was er will.

Aber in einem vernünftigen Rahmen, hat Pauls Mutter noch hinzugefügt. Fünf Regeln, um bei Paul und ihr wohnen zu dürfen. Mein Vater hat auch immer Regeln aufgestellt und Anweisungen gegeben. Doch dieses Mal ist es anders. Ich habe gerne genickt.

»Ich bin keine Memme. Ich bin nur vorsichtig.« Ich zögere kurz, dann spreche ich weiter. »Monatelang habe ich mich unauffällig verhalten. Duke, deine Mutter und du, ihr wart die Einzigen, mit denen ich überhaupt geredet habe.«

Das macht mir Sorgen. Dass ich nicht mehr weiß, wie

man sich richtig verhält. Dass ich immer nur so reagiere, wie die anderen es von mir erwarten. Immerhin ist jetzt wieder so etwas wie Normalität da. Zumindest Paul und seiner Mutter muss ich nichts mehr vorspielen. Aber in der Schule? Ich müsste wieder lügen. Ich müsste wieder jemand anderes sein. Dafür hat Pauls Mutter keine Regel aufgestellt.

»Nächste Woche, okay? Gib mir eine Woche Zeit.«

»Ach, Johannes! *Here comes Johnny Yen again!*« Paul springt von der Mauer. »Also abgemacht. Morgen.«

»Habe ich das richtig verstanden, Frau Neumann? Johannes ist Ihr Neffe?«

Der Direktor von Pauls Schule knetet seine Lederhand. Ich versuche, sie mir genauer anzuschauen. Die richtige hat er im Krieg verloren, hat Paul mir erklärt, im Widerstand gegen die Nazis. Paul hat mit mir gewettet, dass er das bestimmt erwähnen würde, und dann würde er nicht mehr aufhören, darüber zu reden.

»Ja, Sie verstehen das richtig, Herr Disell«, sagt Pauls Mutter. »Der Vater von Johannes lebt in Worms und ist schwer erkrankt. So lange wohnt der Junge bei uns. Und ein Kind muss ja schließlich zur Schule gehen.«

Worms ... na toll! Wir haben uns eigentlich darauf geeinigt, zwar möglichst bei der Wahrheit zu bleiben, aber so gut wie nichts zu verraten. Jetzt weiß der Direktor, woher ich komme, ohne dass er überhaupt danach gefragt hat. Der wendet sich nun direkt an mich. »Das tut mir leid, Johannes.« Es nimmt ihn anscheinend wirklich mit. »Du musst traurig sein, fort von Worms und getrennt von deinem Vater.«

Natürlich bekomme ich jetzt ein schlechtes Gewissen. Aber ich sage nichts, ich schlucke nur.

»Nein, schon gut, du brauchst nicht darüber zu reden, wenn du nicht willst. Über meine Hand habe ich auch lange Zeit nicht sprechen können.« Er hält sie hoch. Paul schneidet eine Grimasse. Das weiche Leder sieht tatsächlich wie eine echte Hand aus, außer dass sie braun und steif ist. »Aber dann habe ich mich daran erinnert, wie viele ihr Leben verloren haben. Und mir fehlt nur die eine Hand.« Jetzt streckt er sie ganz in die Höhe und macht den deutschen Gruß. »Eine Hand gegen Hitler!«

Während der Direktor uns erwartungsvoll anschaut, rutscht Paul auf seinem Stuhl herum und feixt. Seine Mutter hingegen starrt Herrn Disell genauso fasziniert an wie ich.

»Ja, Johannes, an fast jeder Straßenecke sehe ich die Versehrten aus dem Krieg, die um ein Almosen betteln müssen. Männer, denen ein Bein oder ein Arm fehlt. Hast du sie auch gesehen?«

Ich nicke. Das habe ich tatsächlich.

»Sie haben ihre Körperteile für Hitler verloren. Ich aber gegen ihn. Du kommst in Pauls Klasse.«

Ich sitze nicht neben Paul, sondern zwischen Miriam und Peymann. Miriam hat nach außen gefönte blonde Haare, angeblich der letzte Schrei aus England. Sie ist sehr schlank, und vielleicht sieht ihr Busen deswegen so unglaublich groß aus. Von dem hat Paul mir bereits erzählt. Er ist das Thema in allen zehnten Klassen. »Es geht sogar das Gerücht um, dass sie dir einen bläst, wenn du ihr Geld gibst.« Was ich aber nicht glauben kann, so nett, wie sie mich anlächelt.

Vielleicht ist sie aber auch nur froh, dass sie nicht mehr direkt neben Peymann sitzen muss. Weil er ein Jahr wiederholen musste, ist er der Älteste. Er ist der Größte. So wie er ausschaut, ist er auch der Kräftigste in der Klasse. Und er soll ein Arschloch sein. Paul hat mich vor ihm gewarnt. »Irgendwann wird er was tun.« Ich habe darüber gelacht. Momentan kann mir doch niemand was – außer vielleicht Chiara.

Sie schaut mich anfangs an, als wäre ich ein Auto. Mir geht es nicht anders. Aber während ich mir wie ein Gebrauchtwagen vorkomme, ist sie für mich eine Erscheinung, die man aus der Ferne anstarrt, der man lieber nicht zu nahe kommt. Doch nur zwei Tage später rauchen wir gemeinsam eine Zigarette hinter den Büschen und reden über alles Mögliche.

An diese kleine Lichtung, die bestimmt durch unzählige heimlich rauchende Schüler entstanden ist, kann ich mich gewöhnen. Setzt man sich hin, ist man unsichtbar. Steht man auf, wird man durch die Blätter eines Baumes geschützt. Ich mag es, den Filter in den Mund zu nehmen, wenn Chiara ihn vorher zwischen den Lippen hatte. Er schmeckt nach Erdbeere, keine Ahnung, warum. Aber von jetzt an habe ich immer ein Päckchen Kippen dabei.

Boris, Pauls bester Freund, hat auffallend kurze Arme. Auch er braucht ein paar Tage, um sich an mich zu gewöhnen, aber dann hält er mir einen langen Vortrag über Udo Lindenberg, den »besten deutschen Musiker«. Ich stimme ihm einfach zu. Deutsch ist für mich keine Sprache, in der man gut singen kann. Aber man kann sie brüllen. Bei *Ton Steine Scherben* klingt es ziemlich gut.

Boris erzählt mir aber auch von seinem Vater. »Er ist Postbote in Bergen-Enkheim. Dort hatten die Terroristen eine Zeitlang eine konspirative Wohnung. Mein Vater glaubt, dass er dort mal ein Päckchen abgeliefert hat. Du müsstest ihn hören, wenn er darüber spricht. Unheimlich!« Fast fange ich an zu lachen. Ich könnte ihm erzählen, wie die Post der RAF wirklich funktioniert. Stattdessen sitze ich nur mit offenem Mund da und nicke ernst.

Alles läuft tatsächlich besser als erwartet. Am Ende der Woche sind Paul und ich nicht mehr wie Kumpels oder Freunde, sondern eher wie Brüder. Unsere Lüge bei der Polizei scheint wahr geworden zu sein, warum auch immer. Das fühlt sich gut an, normal, ohne große Aufregung, besonders, weil Paul in der Schule beliebt ist und das auf mich abfärbt. Am Freitag steigt er nach der Schule wieder auf die Mauer, reckt die Faust und brüllt: »Auf diese Fragen antworten wir mit einem entschiedenen ...«

»... Vielleicht!«, brüllen die gerade vorbeilaufenden Schüler zurück.

»Warum macht er das?«, frage ich Chiara.

»Toll, oder? Damit hat er im letzten Jahr angefangen«, erklärt sie mir. »Manche von seinen Sprüchen können wir schon auswendig.« Es scheint ihr wirklich zu gefallen. Die *Jungskacke* ist vergessen.

Die *Roxy Music*-Single finde ich in meinem Seesack. Es ist Zeit, sie Duke zurückzugeben, selbst wenn ich sie noch gar nicht gehört habe. Als ich sie einpacke, steckt Paul seinen Kopf ins Zimmer und meint, dass er eine Überraschung für mich hätte. »Nimm Geld mit«, sagt er.

»Aber ich muss zu Duke.«

»Mann, das wird noch viel besser als bei Duke«, verspricht er mir.

»Ich muss nur was vorbeibringen, okay?« Wir verabreden uns auf dem Römer.

Es ist noch früh am Samstag, doch der Laden hat bereits geöffnet. Duke sei aber noch nicht da. »Er kommt erst gegen Mittag«, sagt seine Tochter. Wir stehen etwas ratlos herum. Ich habe sie schon ein paarmal hier gesehen, aber miteinander gesprochen haben wir noch nicht.

»Du heißt Janis, nicht wahr?«

»Ja, was für ein idiotischer Name.« Ich schaue sie irritiert an. »Wenn er ihn ruft, weiß ich manchmal gar nicht, ob er mich meint oder seine Lieblingssängerin. Und du heißt Billy?«

»Na ja«, setze ich an und erkläre ihr, dass Billy nur Spaß gewesen sei. »Johnny hat mir eine Zeitlang nicht gefallen.«

»Aha«, macht sie. »Vielleicht sollte ich mir dann auch mal einen neuen Namen zulegen.«

Ich suche nach einer lässigen Antwort, aber mir will einfach nichts einfallen. So entsteht wieder einmal eine dieser entsetzlich peinlichen Pausen, die ich neuerdings ständig erlebe. »Duke hat gesagt, ich soll ihm das hier zurückbringen«, erinnere ich mich an die Single von *Roxy Music* und halte sie ihr hin.

»Du hast sie?« Sie schiebt ihre Brille hoch.

»Er hat sie mir geschenkt.«

»Er hat was? Gib her!« Sie nimmt sie mir ab, beäugt misstrauisch die Hülle, zieht die Scheibe heraus und studiert sie sorgsam. Ob ich sie mir angehört habe, will sie wissen. Ich schüttele den Kopf. Janis geht zum Plattenspieler und legt sie auf. Wie ihr Vater streicht sie immer wieder ihr braunes Haar aus dem Gesicht. Bis auf die Brille sehen sie sich tatsächlich ähnlich. Das Lied beginnt. *Love Is The Drug*. Es klingt sehr nach Disco.

»Was für ein Mist!«, meine ich anschließend.

»Also mir gefällt's.« Zuzugeben, dass ich es auch nicht so schlecht finde, traue ich mich nicht.

»Vielleicht gefällt dir die B-Seite ja besser.« Sie nimmt die Single vorsichtig in die Hand, pustet sanft über die Scheibe und hält sie gegen das Licht. »Auch ohne Kratzer.«

Sultanesque beginnt mit einer halben Minute Stille, dann hört es sich so an wie eine dicke Stubenfliege, die durch das Zimmer brummt. Jemand klopft in regelmäßigem Abstand auf eine Flasche, ein Schlagzeug setzt ein, weitere Fliegen brummen durchs Zimmer, ihnen folgt ein Gong, und seltsam verzerrte Gitarren heulen auf.

»Was für ein Mist!«, ruft sie jetzt.

»Vielleicht muss man es rückwärtsspielen.«

Wir kichern ratlos, bis endlich, kurz vor Schluss, als alles etwas leiser wird, ein halbwegs melodischer Bass einsteigt, und ich denke, alles wird gut. Doch dann wieder: die Fliege ...

»Ich drehe sie noch mal um«, sagt Janis, aber ich winke ab.

»Ich muss los. Bin noch mit 'nem Kumpel verabredet. Grüß Duke von mir.«

Ich bemerke ihre Enttäuschung, doch sie schluckt sie herunter. Dann sagt sie: »Er mag dich. Weißt du das?«

Ich zucke mit den Schultern. Unbeholfen verabschiede ich mich. Ich kann einfach immer noch nicht wieder ganz normal sein.

Vom Römer aus laufen wir zum Main und gehen über den Eisernen Steg. Auf der anderen Seite des Flusses, in Sachsenhausen, ist heute Flohmarkt, so wie jeden Samstag. Ich bin noch nie auf einem Flohmarkt gewesen.

»Aber versprich mir, nicht mit offenem Mund herumzustehen.« Als wir an den Ständen vorbeilaufen, weiß ich, warum Paul das gesagt hat. Alles Mögliche wird da verkauft, und an vielen Ständen sehe ich Kartons mit gebrauchten Schallplatten. Unzählige Platten! Ich finde es unglaublich, dass die alle verkauft werden.

»Vielleicht kann man sie irgendwann einfach nicht mehr hören«, meint Paul dazu. »Oder man hat sie doppelt, man lässt sich scheiden, die Eltern sterben – was weiß ich. Willst du stöbern? Aber mach den Mund zu.«

Versuchsweise gehe ich zu einem Stand.

»Eine Mark pro Stück«, sagt die Frau dort als Erstes. Ich nicke. Das hört sich angesichts des Schwanheimer Geldes hervorragend an. Gleich das zweite Album in dem Karton sieht vielversprechend aus. *Sweet Smoke* heißt die Band und die Platte *Just a Poke*. Das Cover besteht aus einer einzigen Zeichnung: Riesige blaue Hände mit grünen Fingernägeln halten einen Joint, der aussieht wie eine zusammengerollte amerikanische Flagge. Ein übertrieben gezeichnetes ovales Männergesicht zieht mit geschlossenen Augen daran. Das Gesicht sieht aus wie das von Duke.

»Kann ich die mal anhören?«, frage ich.

»Bin ich ein Plattenladen?«, antwortet sie.

»Dann will ich sie auch nicht.«

»Dann lässt du es halt.«

Ich drehe das Album um. Auf jeder Plattenseite nur ein Lied. *Silly Sally* und *Baby Night*. Das könnte alles bedeuten.

»Kaufst du sie jetzt?«, fragt die Frau wieder.

Ich ziehe die Platte vorsichtig aus der Hülle und so, wie ich es bei Dukes Tochter gesehen habe, schaue ich sie mir an, puste Staub weg, halte sie gegen das Licht. »Da ist ein Kratzer.«

»Deswegen kostet sie ja auch nur eine Mark!«

Die Frau verdreht die Augen. Paul fragt mich, ob ich mich mal entscheiden könnte. »Es wird bald dunkel.«

»Witzbold.« Es ist noch nicht mal eins. Ganz ehrlich? Das ist der Unterschied zwischen ihm und mir. Für Leidenschaft braucht man Zeit. Oder anders gesagt, man vergisst dabei die Zeit.

Ich gebe der Frau ein Zweimarkstück. Sie steckt die Münze einfach ein. »Schmerzensgeld.«

Ich starre sie verblüfft an und halte weiter meine Hand auf.

»Mit dir gehe ich nicht noch mal einkaufen!«, sagt Paul und stöhnt.

»Aber die ist doch gar nicht für mich!«

Schließlich zieht er mich fort. All die verpassten Entdeckungen, aber wahrscheinlich muss ich Paul dankbar sein. Ich würde mich bei diesem riesigen Angebot völlig verlieren. Auf dem Weg nach Hause springe ich in Dukes Laden und lege ihm die Platte auf den Verkaufstresen.

»Danke!«, ruft er mir hinterher. Er hat's verdient. Er mag mich. Und bei ihm kann man sich die Musik wenigstens anhören.

Der Rest des Wochenendes ist pure Erholung. Paul und ich liegen nur auf dem Sofa, schauen Fernsehen, hören Iggy Pop, und zwischendurch kocht seine Mutter für uns. Ich nenne sie jetzt beim Vornamen.

»Nächste Woche musst du dir was Neues zum Anziehen kaufen«, sagt sie, als sie ein paar meiner Klamotten in die Waschmaschine stopft. »Die hier sehen aus, als wärst du ein Beamtensöhnchen.«

Später hängt sie die Wäsche auf, und mir wird klar, warum Pauls Klamotten so verwaschen sind. Meine sind es jetzt ebenfalls. Aber das gefällt mir. Denn ich merke, dass jetzt wirklich alles in Ordnung ist. Jetzt bin ich angekommen. Nur gegen die weiße Haut, die Erbsensuppe und die Pickel – dagegen scheint man nichts machen zu können.

Und genau darauf zielt Peymann ab. Ich hätte es wissen müssen. Er hat mich gleich so komisch angeschaut. Am Montag, der Beginn meiner zweiten Woche in der Schule, passiert es.

»Bist du überhaupt im Urlaub gewesen?«, fragt er mich in der ersten Stunde. Ich versuche, ihn wie immer zu ignorieren. »Wohl in einer Höhle«, gibt er sich selbst eine Antwort. »Oder ist dein Vater Polarforscher?«

»Peymann«, sagt der Lehrer mit hörbarer Erschöpfung in der Stimme.

»Aber schauen Sie ihn sich doch mal an! Der ist so weiß wie eine Wand. Vielleicht ist das ansteckend. Ich möchte woanders sitzen. Hey!«, brüllt er. »Gibt mir jemand Asyl? Oder er soll sich zu Paul setzen, immerhin hat der ihn angeschleppt …«

Keiner reagiert. Nur Miriam rückt von mir weg.

»… und riechen tut der! Und diese Pickel! Das ist keine normale Akne, das sollten wir von unserem Biolehrer untersuchen lassen …«

»Peymann, jetzt reicht es langsam!«

»Ja, es reicht, Herr Lehrer! Das ist unter aller Sau, was hier passiert. Wo kommt der überhaupt her? Darf der überhaupt auf ein Gymnasium?«

»Na, wohl eher als du«, unterbreche ich ihn. Aber auch davor hat Paul mich gewarnt: Wenn man sich einmal auf ihn einlässt, hört er nicht mehr auf.

»Hört doch mal, der Schweißfußindianer kann sogar reden!« Während Peymann immer weitermacht und einen Spruch nach dem anderen rauslässt, drehe ich mich zum Lehrer und schaue ihn an. Wieso unternimmt er nichts? Und wieso sind die anderen alle still? Das frage ich Paul in der Pause. Der zuckt aber nur mit den Schultern.

»Ab und zu platzt mir ja der Kragen. Aber je wütender man selbst wird, umso schlimmer wird es mit ihm. Vor zwei Wochen war Chiara dran, dann Miriam, aber bei der hat es seltsamerweise nur ein oder zwei Tage gedauert. Jetzt halt du. Er sucht sich immer jemand anderen aus. Und wahrscheinlich tun wir alle deswegen nichts, weil er immer schon so war.«

Sie haben sich einfach an Peymann gewöhnt.

6

Mit Knut hat alles angefangen. Vor Ewigkeiten, noch in Worms, habe ich einmal den Hörer abgenommen, als das Telefon geklingelt hat. Für zwei Sekunden, dann hat Vater ihn mir aus der Hand gerissen. »Ja, Knut?«, hat er geflüstert und mich wütend angestarrt.

Weil ich damals zum ersten Mal etwas über seine neuen Freunde erfuhr, ist mir der Name Knut nicht mehr aus dem

Kopf gegangen. Immer, wenn ein neues Fahndungsplakat aufgehängt wurde, habe ich also nicht nur nach dem Foto meines Vaters gesucht, sondern auch nach einem Knut. Im Frühsommer war es so weit. *Attentat in Karlsruhe.* Drei Terroristen wurden wegen Mordes an Siegfried Buback gesucht: Günter Sonnenberg, Christian Klar ... und Knut Folkerts.

Natürlich hätte auch jeder andere Knut am Apparat sein können, aber für mich war das der Beweis, dass mein Vater mit der RAF zu tun hatte. Christian Klar hat man bislang nicht gefunden. Günter Sonnenberg wurde im Mai festgenommen. Und jetzt auch Knut Folkerts. Als ich am Freitagmorgen im Radio von seiner Verhaftung höre, kommt alles, was ich zwei Wochen lang erfolgreich verdrängt habe, wieder hoch. Mein Vater, Heidi, mein Großvater, um sie alle habe ich mir überhaupt keine Gedanken mehr gemacht. Ich bin aus ihrem Leben einfach verschwunden, so wie sie aus meinem verschwunden sind. Knut Folkerts aber wird jetzt zum Finger, der in der Wunde bohrt.

Mein Vater ist untergetaucht. Irgendwo auf dieser Welt hat er ein Versteck gefunden. Ob Knut Folkerts ihn jetzt bei den Verhören verraten wird? Ob Heidi bei ihm ist? Ob Großvater Bescheid weiß? Ich bin mit Paul auf dem Weg in die Schule, als mir diese Gedanken kommen, und ich weiß, dass ich was unternehmen muss.

»Paul, sag den Lehrern, dass ich krank bin, okay?«

»Was ist los? Hat Peymann doch recht? Du bist wirklich immer noch unglaublich blass.«

»Nein ... ich will nur nach meinem Großvater schauen. Wie es ihm geht.«

»Okay?« Er sagt das so wie: *Geht's dir denn gut?*

»Sicher ist alles in Ordnung. Wir sehen uns später.«

»Nix da, ich komme natürlich mit!«

Ich muss da alleine hin, möchte ich ihm sagen. Aber ich habe keine Chance, er läuft schon los.

»Krass, wie das hier aussieht.« Paul tritt in den Vorgarten. Ich gehe ihm hinterher und ärgere mich, dass er mich nicht vorlässt. Gleichzeitig will ich gar nicht wissen, warum der Vorgarten völlig verwahrlost ist, warum der Briefkasten überquillt und warum die Küchentür so verzogen ist, dass sie kaum noch aufgeht. Knut Folkerts? Den habe ich völlig vergessen, und dass das Haus beobachtet werden könnte, ist mir im Moment auch egal.

Auf Pauls laut in der Küche gerufenes »Hallo? Hallo?« lege ich den Finger an den Mund. Er soll leise sein, aber er sieht mich nicht, sondern geht gleich weiter, durch die Küche und in die Eingangshalle. Ich bleibe zurück.

Die Spüle quillt über vor dreckigem Geschirr. Überall liegt der Müll verteilt. Jede Menge leere Weinflaschen stehen herum. Ein Glas Milch auf dem Küchentisch macht mir Hoffnung. Doch als ich es hochhebe, merke ich, dass die Milch nicht frisch, sondern bereits eingedickt ist. Ich kann das Glas ganz schräg halten. Es muss schon einige Zeit hier stehen.

Ich sehe Großvater schon tot in seinem Bett liegen. Oder in der Badewanne. Oder am Fuße der Treppe. Immerhin ist er über siebzig. Ich erinnere mich an seine *Schwächeanfälle* nach Großmutters Tod. Vater hat seinen Zustand so genannt: *Schwächeanfall*. In Wahrheit hat Großvater sich volllaufen lassen. Vorsichtig mache ich die Tür zum Flur auf.

Ich finde Paul im Wohnzimmer. Er steht vor einem Sessel. Großvater sitzt drin, ziemlich aufrecht, wie ich finde. Die Augen hat er geschlossen. Die Arme hängen schlaff über den Lehnen. Ich stelle mich neben Paul.

»Man kann sehen, wie er atmet«, sagt er, »und schnarchen tut er auch ganz leise. So wie du manchmal.«

Es ist ein friedliches Bild, das mich unendlich beruhigt. Trotzdem bin ich traurig. Ich streichle seine Wange. Auf und neben dem Tisch stehen leere Weinflaschen. Zu viele, um sie alle an einem Abend ausgetrunken zu haben.

»Lass uns abhauen«, sage ich, gehe zu Großvaters großem Regal und suche meine Platten zusammen. Ich merke, wie ich zittere. Ist das ein Schock?

»Willst du ihn nicht wecken?«

»Nein.« Ich stecke die Schallplatten in eine Plastiktüte. Jetzt ist nichts mehr von mir hier. Irgendwie komisch. Das macht es ziemlich endgültig.

»Aber warum sind wir dann überhaupt hergekommen?«

»Ich glaube, der Tod meiner Großmutter war zu viel für ihn«, erzähle ich Paul auf dem Rückweg. Aber auch wenn er meinem Vater natürlich nie verziehen hat, dass er meine Mutter hat gehen lassen, ist er wenigstens wieder heiterer geworden, als wir bei ihm gewohnt haben. Hin und wieder ist er damals in mein Zimmer gekommen und hat sich das Sammelsurium von Erinnerungsstücken angeschaut, die meine Großmutter hier hinterlassen hat. »Einmal habe ich die Familienfotos weggeräumt. Das ist ihm sofort aufgefallen. Er hat sie gleich wieder aufgestellt.«

Ich erzähle Paul, dass ich nach dem unerwartet raschen Aufbruch nach Schwanheim oft alleine zu ihm gegangen bin, wenn auch vor allem, um meine Platten anzuhören. »Da hat es wohl schon wieder angefangen.«

»Was hat wieder angefangen?«, fragt Paul.

»Das Trinken«, sage ich nach einer Weile. Es sind noch drei Querstraßen bis zur Schule. Ich gehe schneller. Wir sind nur zwei Stunden zu spät. Vielleicht ist das ja nicht so schlimm.

Manche lassen sich volllaufen, weil sie Spaß haben wollen, andere, weil sie einsam oder traurig sind. Manche rauchen Haschisch, andere meditieren, und wieder andere sind voller Rache und Hass. Fast alle Menschen, die ich kenne, haben eine Macke oder einen Makel. Das ist aber auch beruhigend. Was ist meine Macke? Was hat Paul für einen Makel? Gehört das zum Menschsein dazu?

Wir schweigen, bis Paul mich vor dem Schuleingang aufhält. »Ihr seid echt eine seltsame Familie. Wenn ihr wisst, dass dein Großvater so ist, warum helft ihr ihm dann nicht?«

Der Deutschlehrer hat einen Klassensatz Bücher ausgeteilt. Er unterbricht seinen Vortrag und schaut uns stumm zu, wie Paul und ich uns auf unsere Plätze setzen. *Rolltreppe abwärts* heißt das Buch. Ein Exemplar liegt bereits auf meinem Platz. Peymann beugt sich zu mir.

»Na, Schweißfuß. Verschlafen, oder was?«

Ich ignoriere ihn, nehme das Buch in die Hand und blättere.

»Kennt es schon jemand?«, fragt der Lehrer. Peymann schnippt mit den Fingern. Der Lehrer ist ziemlich überrascht. Doch es geht nicht um die Frage, die er eben gestellt hat.

»Was gedenken Sie zu tun?«

»Wie meinst du das, Peymann?«

»Es gibt hier zwei Mitschüler, die einfach zwei Stunden zu spät kommen. Und nichts passiert. Was gedenken Sie zu tun?«, wiederholt er.

»Peymann, was soll das? Du kommst selbst notorisch zu spät. Dass ausgerechnet du ...«

»Entschuldigt das andere?«, unterbricht Peymann den Lehrer. »Bin ich der Maßstab?«

»Nein, aber ...«

»Deswegen gehe ich jetzt zum Direktor.« Er steht auf und schubst mich, als er an meinem Stuhl vorbeigeht. Dann verlässt er das Klassenzimmer.

Der Lehrer atmet durch. »Na, wer von euch Übrigen kann mir jetzt die Frage beantworten?«

Ich habe sie vergessen. Ich beuge mich zu Miriam und frage sie, ob sie sich daran erinnern könnte. Sie winkt mich mit dem Finger zu sich heran. Ich halte ihr mein Ohr hin.

»Keine Ahnung«, flüstert sie. Ihr Atem ist ganz warm. »Aber für 'nen Fünfer blase ich dir einen.«

Nach einer halben Stunde, gerade als sich meine Gesichtsfarbe wieder halbwegs normalisiert hat, kommt Peymann ziemlich schweigsam wieder zurück. Anscheinend hat er in Herrn Disell seinen Meister gefunden. Ich grinse ihn an. »Die Lederhand?«, frage ich ihn.

»Wart's bloß ab«, sagt er.

Ich muss nicht lange warten. Im Umkleideraum der Turnhalle sieht Peymann meinen bleichen Rücken und meine Käsebeine. Er zählt mir jeden einzelnen Pickel auf, den er an mir entdeckt.

»Wir müssen was tun«, raune ich Paul zu, nachdem ich beim Volleyball zum zehnten Mal von Peymann geschubst wurde. Ich sehe Paul nicken, aber mehr passiert nicht. Er schaut lieber den Mädchen zu, Chiara in einem schlichten Trainingsanzug, der ihre schöne Figur betont, und Miriam mit ihren unglaublichen Brüsten, die auf und ab wackeln, wenn sie hüpft und springt. So werde ich von Peymann weiterhin umgestoßen, angerempelt, beschimpft.

»Kannst du mir nicht irgendwie helfen?«, frage ich Paul noch einmal.

»Ach, das gibt sich wieder«, sagt er. Es klingt genervt.

»Aber ...«

»Du tust doch auch nichts, um deinem Großvater zu helfen. Denk mal darüber nach.« Doch dann grinst er und kommt ganz nah an mein Ohr: »Fünf Mark, oder? Für einmal blasen. Das hat sie dir doch zugeflüstert, als du so rot geworden bist?«

»Hört sich an, als würdest du es gerne mal ausprobieren.«

7

Die Zeil ist voll mit Menschen. Ich stehe mitten unter ihnen auf dieser riesigen Einkaufsstraße – zusammen mit Paul, Boris und Chiara. Plötzlich fängt der *Universum* an zu leiern, und kurz darauf geht nichts mehr.

Ich öffne das Kassettenfach. Das Band hat sich um den Antrieb gewickelt. Die anderen lachen, als ich es herausziehe. »Da haben wir den Salat«, meint Paul, der an seinem Eis lutscht. Sie alle essen Eis. Ich habe es ihnen spendiert.

Boris steht dabei ganz schief, um irgendwie an die Waffel zu kommen. Paul sieht, wie ich darüber grinse.

»Was ist daran so lustig, Johnny?« Boris' Mutter habe während der Schwangerschaft *Contergan* eingenommen, erklärt er mir, ein Medikament, das Tausende von Kindern missgebildet hat. »Man hat es produziert, um die Übelkeit bei schwangeren Frauen zu lindern.« Er sagt es so beiläufig, als wäre Boris mit seinen kurzen Armen gar nicht da. »Und dafür hat man das Leben ihrer Kinder aufs Spiel gesetzt. Sie haben die Nebenwirkungen einfach verheimlicht.«

»Das ist so … in Italien sagt man *stridente*«, sagt Chiara.

»Ach, das ist gar nicht so schlimm.« Boris schaut an sich herunter und fragt uns nach einem Taschentuch. »Ich kleckere einfach nur mehr als andere.«

Wie offen sie darüber reden, macht mich sprachlos. Vielleicht ist das Normalität? Mein Grinsen ist mir jetzt peinlich. Ich packe den *Universum* in meinen neu gekauften Rucksack und wechsele das Thema. »Wo fangen wir an?«

»Kaufhof?«, schlägt Chiara vor.

»Ausgerechnet der größte Kapitalistenladen!«, meint Paul. »Die RAF hat ihn schließlich nicht umsonst in Brand gesteckt.« Er schaut mich herausfordernd an. »Was Terroristen halt so machen, wenn sie nicht gerade Päckchen durch die Gegend fahren.«

»Aber dann haben sie vielleicht auch die beste Auswahl.« Was für eine Antwort! Ich strahle Chiara dankbar an. Sie strahlt zurück.

Auf der Rolltreppe hinauf in die erste Etage dreht Paul sich um und schaut auf uns herunter. »Aber heute bitte nicht wie auf dem Flohmarkt, Johnny«, sagt er zu mir.

Sehr witzig, will ich sagen, aber da reckt er schon die Faust in die Höhe. »Es gibt viel zu tun ...«

»... also nix wie weg.« Boris und Chiara sagen es gleichzeitig, aber ziemlich leise. Ich muss lachen. So hört sich der Spruch ziemlich bescheuert an.

Vom ersten ins zweite Stockwerk stehe ich plötzlich hinter Chiara. Ich beuge mich etwas vor. Sie beugt sich – vielleicht zufällig, was weiß ich – etwas zurück. Keiner bemerkt es, auch Paul, der uns anführt, nicht. Aber ich kann an ihrem frisch gewaschenen Haar riechen. Apfelshampoo. Ich halte die Nase etwas dichter an ihren roten Zopf und wünsche mir, dass die Rolltreppe ewig weiterginge.

»Na, dann mal los«, sagt Paul und lässt mir in der Herrenabteilung mit einer ausladenden Bewegung den Vortritt. Ich wandere etwas ratlos durch das riesige Angebot und bleibe bei einem Tisch mit grauen Sweatshirts stehen. Ich nehme eins in die Hand und falte es auseinander. Ja, warum nicht noch eins?

»Oh, wen haben wir denn da?« Ein Verkäufer, ein kleiner Mann mit schwarzem Blazer, rotem Polohemd und einer feinen Stoffhose mit Karomustern, schaut mich prüfend durch die Strähnen seines Ponys an.

»Guten Tag. Ich brauche ... etwas Neues zum Anziehen.«

»Oh ja, das sehe ich.« Er hat die Arme verschränkt und kreiselt jetzt mit dem Zeigefinger, um mir zu bedeuten, dass ich mich einmal um mich selbst drehen soll. Als ich wieder zu ihm blicke, beißt er sich leicht auf denselben Finger und streift mit ihm auch noch seinen Pony zur Seite. »Ja, die Figur stimmt. Sie sind bald ausgewachsen, junger Mann, das macht es etwas leichter.«

»Bitte was?« So viel älter als ich ist der Verkäufer jetzt auch nicht. Ich kann ihm sogar problemlos auf den Scheitel schauen. Die anderen kichern.

»Aber ... nein, diese Farbe!« Er zeigt auf meine Hose, befühlt den Stoff und wägt mit dem Kopf ab. »Ist das Grün? Oder ist das Blau?« Das sollte er Pauls Mutter fragen. Sie hat sie schließlich gewaschen. »Der Schnitt ist allerdings nicht schlecht.«

»Es ist eine stinknormale Bundfaltenhose«, sage ich. »Ich will was anderes.«

»Oho!«, macht der Verkäufer jetzt. »Er will etwas anderes? Sie werden sich wundern, junger Mann, in zwei, drei Jahren ist das der Hit. Woher haben Sie die?« Er greift mir einfach hinten in die Hose und studiert den Waschzettel.

»Oje, das geht gar nicht. Kommen Sie, kommen Sie!« Er winkt, und ich folge ihm. »Jaja, schauen Sie ruhig auf meinen Po. Das ist eine Hose von *Benetton*. Sie betont die Backen. Der letzte Schrei aus Italien. Ganz London ist bereits im *Benetton*-Fieber. Und bei uns kommt es dann – wie immer – fünf Jahre später an.«

Ich zucke nur mit den Schultern und drehe mich zu meinen Freunden um, die uns in einigem Abstand folgen. *Hilfe!*, sage ich lautlos zu ihnen. Ihr Grinsen wird immer breiter. Ich schaue zu Boden.

»Oh nein, immer schön den Kopf hoch, junger Mann. Wir sind doch schließlich wer. So! Bitte schön!« Er breitet die Arme aus. Wir stehen zwischen Regalen und zahlreichen runden Kleiderständern, an denen Hosen, Hemden und Jacken in allen Größen und Farben hängen. Weil ich nicht weiß, was ich tun soll, befühle ich wahllos den Stoff einer Jacke. Peymann trägt so eine.

»Aber, aber, doch nicht die«, sagt der Verkäufer. »Parka ist so prolo.«

»Prolo?«, frage ich.

»Na ja, ich will mal so sagen, für den ... etwas einfacheren Menschen. Hier, das könnte etwas für Sie sein.« Er sucht eine Hose aus und hält sie mir an die Beine.

»Rot?«, frage ich.

»*Benetton*«, korrigiert er mich.

»Du siehst irgendwie ... poppig aus«, sagt Chiara aus sicherer Ferne.

»Die ist mir zu bunt. Haben Sie keine Jeans?«

»Oh, oh, oh! Jeans: *Diesel, Levi's, Lee, Wrangler* oder unsere Hausmarke? *Elite*!«, bellt er mir fast zu, als hätte ich ihn beleidigt. »Junger Mann, Sie sind doch kein Jeanstyp! Bei diesem Seitenscheitel!«

»Ich will aber eine Jeans«, sage ich schon fast verzweifelt.

»*Ich will aber eine Jeans!*« Es ist Peymann, der das laut durch die Etage brüllt. Wir drehen uns nach ihm um. Das gesamte Kaufhaus dreht sich nach ihm um. Ich habe keine Ahnung, wo er auf einmal hergekommen ist.

»Na, Schweißfuß?« Er kommt auf mich zu. »Machst du jetzt einen auf Schnösel?«

»Gehört der etwa auch zu Ihnen?«, fragt mich der kleine Verkäufer. Als ich den Kopf schüttele, dreht er sich zu Peymann um. »Bitte gehen Sie, das ist ein Verkaufsgespräch!«

»*Prolo*, ja?« Peymann packt ihn an den Schultern. »*Für den etwas einfacheren Menschen*, ja?« Er schiebt ihn zur Seite und baut sich direkt vor mir auf. »Darauf habe ich lange gewartet«, flüstert er mir kaum hörbar zu.

»Peymann, lass den Scheiß«, ruft Paul und kommt näher. »Das können wir in der Schule austragen, nicht hier.«

»Und wieso nicht?« Er beugt sich zu mir herunter. Seine Nase berührt fast meine. Zu gerne würde ich wissen, warum er so ist. Paul hat gemeint, es gebe keinen Grund. Peymann sei eben Peymann. Wenn das so ist, habe ich jetzt keine Chance.

»Ich rufe den Hausdetektiv.« Der Verkäufer macht sich davon. Peymann legt jetzt seine Hände auf meine Schultern. Ich sehe, wie Chiara etwas in seine Hosentasche steckt, aber vor allem sehe ich genau in diesem Moment Heidi, die mit der Rolltreppe abwärts fährt und die nächste in Richtung erster Stock nimmt.

Heidi!

Nicht mehr rotgefärbt, sondern blond wie ihre Achselhaare. Ich versuche, Peymann zur Seite zu schieben, um ihr hinterherzuschauen. Er aber macht sich immer größer und schubst mich. »Was ist, du Memme? Willst du dich aus dem Staub machen?«

So fest ich kann, trete ich ihm einfach in die Eier. Er sackt zusammen. Ich renne zur Rolltreppe. Heidi ist bereits auf dem Weg ins Erdgeschoss. Dort sehe ich sie durch die Parfümabteilung Richtung Ausgang gehen. Ich drängele mich an den anderen Kunden vorbei.

Wieder einmal laufe ich jemandem hinterher. Sie geht die Zeil entlang, kreuzt die Hauptwache und steigt in die Straßenbahn zum Bahnhof. Fassungslos sehe ich zu, wie Heidi dort in die nächste Bahn in Richtung Schwanheim umsteigt. Natürlich folge ich ihr, beobachte sie vom anderen Ende des Wagens aus und bin gar nicht mehr überrascht, als sie genau dort aussteigt, wo ich es erwarte.

Der Weg zum Hochhauskomplex ist mir so vertraut,

dass ich fast vergesse, unauffällig zu sein. Aber sie kümmert sich sowieso nicht darum. Ohne sich umzuschauen, geht sie tatsächlich hinein. Nachdem sie den Fahrstuhl betreten hat, schaue ich auf die Anzeige über der Tür, um zu sehen, wo er anhält. Natürlich: vierzehnter Stock.

Sie ist also zurückgekehrt. Anscheinend ist die Wohnung wieder sicher. Ich überlege, ob ich zu ihr hochfahren soll. Aber was will ich dort? Wir haben uns mehrere Wochen lang nur angeschwiegen. Ich weiß gar nicht, wie man mit ihr redet. Oder ob sie überhaupt sprechen kann.

Ich verlasse das Hochhaus wieder und schaue an der Fassade hoch. Natürlich kann ich nichts erkennen, aber ich recke meinen Hals mindestens eine halbe Stunde lang nach oben, bis mir der Nacken wehtut. Ob ich etwas dabei denke, weiß ich nicht. Mir ist hier alles zu nah und doch weit entfernt. Ich sollte nicht hier sein, und zugleich gehöre ich hierher. Ich drehe mich um und gehe zurück zur Haltestelle.

In dem Moment fährt ein weißer VW-Bus an mir vorbei und in die Tiefgarage hinunter. Ich renne hinterher, laufe unten an den parkenden Autos vorbei und sehe, wie jemand den Fahrstuhl besteigt. Mein »Hallo, Vater!« hört er aber schon nicht mehr. Die Tür ist zu, und wieder fährt der Fahrstuhl hoch. In den vierzehnten Stock. Ich halte mir die Hand vor den Mund. Ich kann mich nicht mehr bewegen. Zwischen Fahrstuhl und VW-Bus schaue ich hin und her.

Und dann dämmert es mir.

Ich bin der Welt
abhanden gekommen

1

Mein Hans, geliebter Bruder,
am Bahnhof hatten wir kaum Zeit füreinander. Meine
Güte, was für ein Auflauf an den Gleisen! Daß all diese
jungen Männer vielleicht in den Krieg ziehen müssen!
Daß Du vielleicht in den Krieg ziehen mußt! Ich weiß
nicht, wie ich das dem Vater jemals verzeihen soll.
Schon jetzt vermisse ich Dich. Wie versprochen werde
ich Dir Tag für Tag schreiben und in Gedanken bei
Dir sein. Gib auf Dich acht, und komm heil zurück.
Es ist ja zum Glück noch nichts passiert. Ich bin stolz
darauf, daß Du in Oppeln, wo auch immer das liegen
mag, unser Vaterland verteidigst. Haha!
Nein, ich werde für Dich beten und jeden Sonntag
Dein Motorrad polieren, mein fliegender Mantuaner!
Es wartet auf Dich, so wie auch ich.
Eli.

Ein Mann stand vor ihrem Haus und schaute mit zurück-
gebogenem Rücken an der Fassade hoch. Es war Wilhelm,

wie sie feststellte, doch ob er schon länger dort stand, wusste Eli nicht. Sie wusste nur, dass sie ihm nicht begegnen
wollte, nicht um diese frühe Uhrzeit, nicht an diesem Ort.

Von der Einfahrt des Nachbarhauses beobachtete sie, wie
er mehrmals und in immer kürzeren Abständen den Ärmel
seiner Jacke hochschob und auf die Armbanduhr sah, sich
dann abwandte und mit einem ratlosen Ausdruck auf dem
Gesicht die Straße in Richtung Reuterweg zurückging. Sie
schaute ihm hinterher. Dann ging sie hinein, klaubte die
Zeitung vom Boden und stieg die Treppe hoch.

In der Wohnung roch es muffig, aber dennoch, und das
intensiver als gedacht, vertraut nach ihr und ihren Alltäg-
lichkeiten. Dabei war sie seit vier Tagen nicht mehr hier
gewesen. Sie ließ die Straßenschuhe an, doch sonst machte
sie das, was sie an einem normalen Freitagmorgen auch
machen würde: Wasser aufsetzen, eine Scheibe Toast bräu-
nen, das Radio anstellen, Butter und Marmelade aus dem
Kühlschrank holen.

Sie brühte den Kaffee auf, bevor sie sich an den Küchentisch setzte und nach der Zeitung griff. Sie durchzulesen
und die Nachrichten mit denen im Radio zu vergleichen,
das machte sie täglich, und jetzt gab es ihr die Gelegenheit,
sich eine gewisse Normalität vorzuspielen.

Sie mochte es, wenn morgens die Aktualität des Radios
die auf Papier gedruckten Texte bereits überholt hatte.
Die Welt hatte sich schließlich weitergedreht. Das, was in
der Zeitung spekuliert wurde, würde nun zur Gewissheit
werden oder sich als falsch erweisen ... wie die Wettervorhersage, die am Abend zuvor bei Redaktionsschluss meist
pessimistischer war als das, was der Sprecher am Ende der
Morgennachrichten für den Tag verkündete.

Sich die Welt ein wenig schlechter machen und die Zukunft mit Zweifeln versehen – hier in Frankfurt konnte man das besonders gut. Warum das so war, konnte Eli sich nicht erklären. Ein Frankfurter versah ein schönes Erlebnis gerne mit einem schwungvollen Fragezeichen. *Es war doch gestern so nett gewesen?* Man sprach es aus, als ob es nie wieder so werden würde.

Die in der *Rundschau* angestellten Vermutungen über den Verbleib von Dr. Schleyer wurden ebenfalls immer mutloser. Auch zwei Wochen nach seiner Entführung hatte man nichts Neues in Erfahrung bringen können. Und da man sich seitens der Regierung in Schweigen hüllte und sogar eine Nachrichtensperre eingerichtet hatte, spekulierte man bereits über seinen Tod. Doch jetzt, am Freitagmorgen, wurde im Radio als Auftaktmeldung die Nachricht von der Verhaftung eines Terroristen verkündet. Ein erster Fahndungserfolg, auch wenn man Knut Folkerts in den Niederlanden festgenommen hatte. Seine Komplizin konnte flüchten, ein Polizist wurde getötet, ein anderer schwer verletzt.

Eli setzte sich aufrecht hin und hörte der Berichterstattung weiter zu. Ohne Appetit aß sie ihren etwas verbrannten Toast, den sie mit zu viel Butter bestrichen hatte. Auch die Ingwermarmelade schmeckte ihr heute zu süß. Lustlos blätterte sie durch die Zeitung, während die halbstündlichen Wiederholungen der Nachrichten im Radio, in die nur spärlich neue Erkenntnisse einflossen, sie zugleich ganz flatterig machten.

Wieder hatte ein Mensch sterben müssen. Der Staat zeigte sich unnachgiebig und argumentierte mit Recht und Unrecht. Die Terroristen aber zollten selbst den moralischen Grenzen keinen Respekt mehr. Deswegen glaubte Eli auch nicht, dass Knut Folkerts etwas sagen, geschweige denn gestehen würde.

Nach den Zehn-Uhr-Nachrichten stand sie vom Küchentisch auf. Ein zweites Mal an diesem Morgen stellte sie sich unter die Dusche. Das warme Wasser, nicht zu heiß, nicht zu kalt, brachte ein wenig Leben zurück. Nicht nur die eigenen Probleme, sondern auch die fremde, allzu weiche Matratze hatten sie kaum schlafen lassen. Nur kurz war sie weggenickt, den Rest der Nacht hatte sie an die Decke gestarrt.

Sie trocknete sich ab und kleidete sich schlicht, vielleicht etwas zu unterwürfig, aber das würde bei dem, was sie vorhatte, von Vorteil sein. Sie packte noch ein paar Sachen für die kommenden Tage zusammen. Aus dem Album, das sie kürzlich erst durchgesehen hatte, nahm sie ein Bild heraus, und auch den Rahmen mit der Fotografie des Vaters steckte sie in ihre Tasche zu dem Foto von Hans auf seinem Motorrad. *Der fliegende Mantuaner* – der italienische Rennfahrer, dessen richtiger Name Eli entfallen war, war das große Vorbild des Bruders gewesen.

Mit dem Mantel über dem Arm schloss Eli die Wohnungstür ab. Gleich auf dem ersten Treppenabsatz wurde sie von Frau Moser abgefangen. »Wir haben Sie ja länger nicht mehr gesehen, Fräulein Meissner!«

»Guten Morgen, Frau Moser.« Als hätte sie extra hier auf sie gewartet, stand die Nachbarin in Hausjacke und Pantoffeln vor ihr. Der leere Mülleimer in ihrer Hand wirkte wie ein billiges Alibi. »Ja, ganz recht, ich musste die letzten Tage früh raus.«

»So?« Frau Moser sah sie misstrauisch an. »Dann sind Sie sicher auch immer früh ins Bett gegangen. Es war ja nie Licht bei Ihnen. Wir haben uns schon Gedanken gemacht. Sie hatten ja so viele Herrenbesuche in letzter Zeit.«

War das Sorge oder Neugierde, was das Ehepaar Moser veranlasst hatte, sich *Gedanken* zu machen? Aus dem bislang Gesagten war es nicht herauszuhören, doch Eli entschied sich für die Sorge. Die Nachbarn waren schließlich immer gut zu ihr gewesen.

»Das ist nett, dass Sie nachfragen. Die viele Arbeit im Büro – ja, ich war tatsächlich immer früh im Bett.« Sie gab sich gelassen und wünschte Frau Moser etwas zu betont einen schönen Tag.

Auf dem Weg zum Hotel hing sie ihren Gedanken nach, überlegte, wie sie nachher das Gespräch beginnen sollte, und fügte den eingeübten Begrüßungssätzen immer wieder ein weiteres Detail hinzu. Die Aufregung ließ sie frösteln, und sie zog rasch den Mantel an. Ihren Kollegen bemerkte sie erst, als er sich ihr vor dem Hotel in den Weg stellte. Dieses Mal gab es keine Gelegenheit, sich zu verstecken. Eli gab sich überrascht.

»Was machst du denn hier, Wilhelm?«

»Das sollte ich wohl eher dich fragen, Elisabeth.« Er klang verärgert, fast wütend. »Was soll das alles? Warum wohnst du hier in diesem Hotel und nicht in deiner Wohnung …?«

»Das geht dich gar nichts an.«

»… und warum kommst du nicht zur Arbeit?«

Eli versuchte, sich an ihm vorbeizudrängeln, um ihre Tasche ins Hotel zu bringen. Aber Wilhelm ließ sie nicht durch.

»Ich habe mich krankgemeldet.«

»Das hat man mir gesagt. Aber du siehst aus wie das blühende Leben.«

»Wilhelm!«

Sie sah ihm zu, wie er sich durch das schüttere Haar fuhr. Dieses Mal kein falscher Hut, kein Charlie-Chaplin-Stock, nicht einmal einen seiner schlechten Witze gab er von sich. Das, was er zu sagen hatte, schien er tatsächlich ernst zu meinen. »Ich mache mir Sorgen um dich, Elisabeth. Ich habe mir extra den Vormittag freigenommen, um heraus-zufinden, was mit dir los ist.«

Sie ging nicht darauf ein. »Wie hast du mich überhaupt gefunden?«

»Du hast eine neugierige Nachbarin. Sie wusste, dass dieser Professor Lewy hier im Hotel untergekommen ist.« Also doch keine nachbarliche Fürsorge. Wieder lag ein *Wilhelm!* auf ihren Lippen. Er sah es und ruderte ein wenig zurück. »Bitte sei vorsichtig, Elisabeth. Ich will ja gar nicht wissen, was du an ihm findest ...«

»Da ist nichts.«

»... aber er kommt aus einem fremden Land.«

»Er ist hier geboren!«

»Du weißt, wie ich das meine.«

Ja. Sie wusste, wie er es meinte: *Er ist ein Jude, ein Is-raeli, einer, um den man besser einen Bogen macht.* Dabei gehe es doch gar nicht um ihn, wollte sie ihm schon ant-worten, sondern um ihren Vater, der ein anderer war, als er all die Jahre vorgegeben hatte. Wilhelm wusste von der Familie Lewy, die vor ihnen in der Wohnung gelebt hatte. Eli hatte es ihm erzählt. Aber er wusste noch nicht, dass ihr Vater bei der SS gewesen sein sollte. Das hatte Aron an dem Abend nach dem Kinobesuch zu ihr gesagt. Nach tagelangem Ringen hatte sie sich nun endlich entschlossen zu überprüfen, ob es wahr sein konnte, und zwar ohne sich von Wilhelm oder jemand anderem beeinflussen zu lassen. »Nächste Woche werde ich es dir erklären.«

»Lass uns doch heute Abend …«

»Nächste Woche, Willi.« Die Koseform war ihr einfach herausgerutscht, doch überrascht darüber, sah sie ihn lächeln. Als er mit seinen Lippen *Eli* formte, lächelte auch sie.

Auf dem Weg hoch in ihr Hotelzimmer tastete sie in ihrer Manteltasche nach dem Schlüssel. Dabei spürte sie den anderen Glückskeks, den Wilhelm ihr damals geschenkt hatte. An ihm könnte sie sich festhalten, wenn die Antwort, die sie vielleicht gleich bekommen würde, eine andere wäre als erhofft.

Von der schönen Fassade des ehemaligen IG-Farben-Hauses, in dem seit Kriegsende die US-Streitkräfte ihr Hauptquartier hatten, fühlte sie sich auch heute wieder angezogen. Sie liebte den Poelzig-Bau, wie er nach seinem Architekten genannt wurde, der 1928 diesen lang gezogenen, leicht konvexen Gebäudekomplex mit den sechs Querflügeln entworfen hatte. Eli hatte gerne hier gearbeitet.

Sie war stolz darauf gewesen, eine der wenigen Deutschen zu sein, die das Gebäude betreten und sogar mit dem Paternoster fahren durften. Doch weil sie über zwanzig Jahre nicht mehr hier gewesen war, schreckte sie vor der Absperrung zurück, die das Gebäude heutzutage umgab. Früher hatte man direkt hineingehen und sogar durch den davorliegenden Park schlendern können. Seit den Terroranschlägen der Roten Armee Fraktion war das nicht mehr möglich. Das

»Kommando Petra Schelm« hatte vor ein paar Jahren mit drei Sprengsätzen einen US-Soldaten getötet und dreizehn weitere verletzt. Und die »Brigade Ulrike Meinhof« hatte im letzten Jahr ebenfalls zwei Bomben zur Explosion gebracht. Die Zahl der Verletzten war hoch gewesen.

Ein schwarzer GI in einer prachtvollen weißen Uniform auf der einen Seite der Umzäunung führte sie, auf der anderen Seite, zu einem kleinen Häuschen. Vor einem weißen GI mit der gleichen eleganten Uniform wiederholte sie in bestem Englisch noch einmal ihr Anliegen. »Ich möchte zu Major O'Flannigan.«

»Major?«

Sie nickte. Der GI zog seine weißen Handschuhe aus, blätterte eine mehrseitige Liste durch und vermeldete ihr, es würde keinen Major O'Flannigan geben. »Zu welcher Einheit soll der Major denn gehören?«

Eli hatte keine Ahnung. War es nicht sowieso unwahrscheinlich, dass er noch hier war? »Aber ich weiß seinen Vornamen. George.«

Der GI legte die Liste weg, grinste sie an und zeigte seine erstaunlich gut gepflegten Zähne. »Das ist nicht Ihr Ernst, Ma'am.«

»Doch natürlich. Major George O'Flannigan.«

»Es gibt keinen *Major* George O'Flannigan, Ma'am. Es gibt einen *General* George O'Flannigan.«

Eli schürzte die Lippen und nickte. Warum sollte er auch nicht befördert worden sein? Schließlich war er der kompetenteste Mensch, den sie je kennengelernt hatte. »Dann möchte ich gerne zu *General* O'Flannigan.«

Das Grinsen des weißen GI wurde nun noch breiter. »Wie Sie wünschen, Ma'am. Wie ist Ihr Name?« Er nahm

171

den Telefonhörer zur Hand und wählte. Nachdem er mit jemandem am anderen Ende der Leitung gesprochen hatte, verlor er seinen Hochmut. Er stand auf und salutierte. »Sie werden sofort abgeholt, Mrs Meissner.«

»Miss«, sagte sie und nickte leicht.

2

Frankfurt, 22. September 1939

Mein Hans, geliebter Bruder,
nun habe ich also meinen ersten Heimatabend hinter mir. Es war ganz anders, als ich Dir im letzten Brief geschrieben habe. Mit fünfzehn gleich gekleideten Mädchen in einem Keller im Grüneburgweg, das war gruselig. Nachdem ich den Mitgliedsbeitrag gezahlt habe, mußte ich vortreten und alleine singen. »Wach auf, du deutsches Land …« Und das freiwillig! Na, Du kannst Dir sicher denken, wie freiwillig es ist, daß ich nun beim BDM bin.
Ach, Hans! Fünf Wochen ist es nun her, seitdem wir uns Lebewohl gesagt haben. Ich versuche, mir vorzustellen, wie es Dir geht und wie es in Polen für Dich sein muß. Noch ist kein Brief von Dir gekommen. Sicher kommen sie alle auf einmal. Auf der Straße nennt man es bereits Blitzkrieg, was Ihr da gemacht habt. Ihr seid einfach zu schnell für die Feldpost, haha! Aber die Menschen hier sind stolz auf Euch, Pionier Meissner! Bitte gib auf Dich acht. Ich bete für Dich. Jeden Tag.
Eli.

Damals hatte sich das Büro von Major O'Flannigan im dritten der insgesamt sieben Stockwerke befunden. Das des heutigen Generals lag im Erdgeschoss. Eli blieb kurz stehen und sah etwas enttäuscht zum Paternoster hinüber. Es war ihr immer eine Freude gewesen, über die oberste Etage hinauszufahren. Man kehrte als ein anderer Mensch zurück, natürlich nicht kopfüber, aber so, als wäre man kurz im Himmel gewesen.

»Mary«, stellte sich im Vorzimmer eine hübsche junge Frau in einer ebenfalls eleganten Uniform vor. Das hatte sich seit den 50er Jahren verändert. Die ihre – ja, auch sie hatte eine Uniform getragen – war aus einem rauen Leinenstoff gewesen und hatte mitunter gekratzt. »Ich habe schon viel von Ihnen gehört, Betty.«

Betty. Augenblicklich fühlte sich Eli um Jahre zurückversetzt. Sie drückte das Kreuz durch, so wie sie es damals immer getan hatte, und streckte die Hand aus. *»It's a pleasure, Mary.«*

»Wir können ruhig deutsch reden, Betty. Es ist eine so wundervolle Sprache! George hat gleich Zeit für Sie. Ein wichtiger Besuch. Er war ja so erfreut, als ich ihm Ihren Namen genannt habe. Eine Tasse Kaffee?«

George. Dass er sich selbst als General immer noch mit seinem Vornamen anreden ließ, machte Eli Mut. Sie nickte, setzte sich in einen der wuchtigen Sessel und schlug die Beine übereinander. Während sie mit dem Löffel in der Tasse rührte, kam ihr das Leben nicht mehr ganz so kompliziert vor. *Probleme sind wie Landminen. Man muss sie entweder großräumig umgehen oder sie entschärfen.* Das hatte George immer gesagt. Als sie ihn einmal auf einen Bauschwindel aufmerksam gemacht hatte, der eine der Brücken über den

Main mit Sicherheit zum Einsturz gebracht hätte, hatte er sie sogar ausdrücklich gelobt.

Die Tür seines Büros ging auf. Eine ältere Version von George trat ins Vorzimmer. Sie erkannte ihn dennoch auf Anhieb – wenn auch etwas rundlicher und ein wenig kleiner als in ihrer Erinnerung. Vor allem aber sah er viel gesünder aus als früher, braungebrannt mit immer noch dichtem, jetzt weißem Haar. Eli stand rasch auf und glättete den Rock. Für sie war er ein Held. Sie hätten damals kaum überlebt, wenn er nicht gewesen wäre.

»Darf ich Ihnen meine Betty vorstellen, Henry?«, sagte er auf Deutsch zu dem Mann, der mit ihm aus dem Büro getreten war. »Ohne sie müssten die Frankfurter noch immer mit Booten den Main überqueren.«

Fast hätte sie einen Knicks gemacht. Fast hätte sie wie früher salutiert. Stattdessen reichte Eli dem beleibten Mann einfach die Hand.

»Freut mich, Betty.« Auf seine Begrüßung konnte sie nur mit einem Kopfnicken antworten. Der frühere amerikanische Außenminister lächelte und verabschiedete sich von seinem *»Flanny-Boy«*. Dann erst wurde Eli von ihrem ehemaligen Chef fest in den Arm genommen.

»Immer noch Meissner, Betty? Die Männer müssen doch Schlange gestanden haben.«

»Es gab einfach keinen, der so war wie Sie ... *Flanny-Boy?*«

Der General lachte und führte sie an der Hand zur Bürotür. »Wir haben einiges zusammen erlebt, Henry und ich. Wir sind *best boys*, seit Ewigkeiten. Aber Sie haben recht, *Flanny-Boy* ist fürchterlich. Ich nenne ihn ja auch nicht *Kissy.*« Dieses tiefe Lachen hatte sie schon immer geliebt!

»Also rein in die gute Stube, Betty! Mary, bitte noch mehr Kaffee. Oder wollen Sie etwas Stärkeres? Haben wir etwas zu feiern – außer, dass wir uns endlich wiedersehen? Wie lange ist das her? War das nicht damals, als ihr zum ersten Mal Weltmeister geworden seid? Ich warne Sie, ich werde Sie mit Hunderten von Fragen bombardieren …«

Anders als Wilhelm hatte George nie geheiratet. »Ich hätte keiner Frau ein Leben, so wie ich es geführt habe, zumuten wollen.« Schließlich sei er acht lange Jahre in Vietnam gewesen. »Und das war nicht nur ein Krieg, Betty, sondern ein Inferno. Danach musste ich mich einfach wieder hierherversetzen lassen.«

In die schönste Stadt Deutschlands mit den nettesten Menschen, für die restlichen zwei Jahre, die ihm zur Pensionierung noch fehlten. »Ja, ich roste langsam ein, Betty. Ob ich will oder nicht, man wird mich mit hohen Orden befeuern und dann ausmustern. Wie finden Sie mein weißes Haar?«

Small Talk mit ein bisschen Tiefgang – war das nicht immer seine Stärke gewesen? Bei ihm aber fühlte man sich als Freund. Einmal hatten sie es sogar mit Liebe verwechselt, doch aus dem einen leidenschaftlichen Kuss war nie mehr geworden. Immerhin war George es gewesen, der ihr geholfen hatte, mit dem Tod ihres Bruders zurechtzukommen.

»Dass Sie sich daran noch erinnern, Betty!«

»Aber sicher. Sie haben mir die Schallplatte von Gustav Mahler geschenkt. *Sieben Lieder aus letzter Zeit.* Es ist eine Schellackplatte gewesen.«

»Richtig! Warten Sie ... *Ich bin der Welt abhanden ge-kommen, mit der ich sonst viele Zeit verdorben ...*«

»*... sie hat so lange nichts von mir vernommen, sie mag wohl glauben, ich sei gestorben!*« Eli ließ das letzte Wort aus-klingen. »Seitdem hat Hans für mich einen Platz gefunden. In Mahlers Liedern. Noch immer habe ich Sehnsucht nach ihm. Gerade jetzt«, fügte sie leise hinzu.

»Gustav Mahler«, wiederholte George nachdenklich. »Ich kann mich erinnern, wie schwierig es damals gewesen ist, hier in Deutschland eine Platte von diesem Wiener Ju-den aufzustöbern.«

Er nahm kurz den Hörer zur Hand. »Kein Störfeuer für die nächste Stunde, Mary.« Dann zog er die Uniformja-cke aus und warf sie lässig auf einen Stuhl. Hemdsärmelig stützte er die Hände auf die Tischplatte. Auch seine Arme waren noch immer muskulös. »Schießen Sie los.«

Eli lächelte, aber sie wusste nicht, wie sie beginnen soll-te. Wie früher hatte George sie mit seiner direkten Sol-datensprache etwas aus der Fassung gebracht. *Bombardie-ren, Störfeuer, Schießen* – Worte, die ihm so leicht über die Lippen kamen, waren in ihrem Wortschatz nun mal nicht vorhanden. Zum Glück hatte sie die Fotografien mit-genommen.

»Wissen Sie noch?« Sie zeigte ihm zuerst die Aufnahme von ihrem fünfundzwanzigsten Geburtstag – als er ihr den Mahler geschenkt hatte. Man hatte in der Böhmerstraße gefeiert, in der großen Wohnung, die den Krieg heil über-standen hatte. Dank ihrer Anstellung bei den Amerikanern hatten sie keine Flüchtlinge aufnehmen müssen. George, hemdsärmelig wie heute, hält auf dem Foto ihre Mutter und Eli fest im Arm.

»Oh, natürlich!« Mit einem Lächeln betrachtete George den Ausschnitt aus ihrer Vergangenheit. »Ich habe für die Party meinen gesamten Schnapsschrank geplündert. Ihre Nachbarn – Moser, nicht wahr? – haben keinen Ton gesagt und nur auf meine Uniform gestarrt. Aber Ihre Mutter hat gemeint, sie wäre seit Jahren nicht mehr so glücklich gewesen.« Er legte das Foto beiseite. »Geht es um sie?«

»Nein … nicht ganz.« Das war das Schöne an George: Er konnte gleich zur Sache kommen. Eli aber nahm noch einen Umweg. »Als … man mich damals eingestellt hat, da bin ich doch sicherlich auch überprüft worden.«

»Das Entnazifizierungsverfahren? Natürlich, Betty, gerade weil Sie bei uns gearbeitet haben. Aber wir haben wohl nichts gefunden. Oder haben wir etwas übersehen?«

Sie ignorierte den leichten Ton. »Und die Familie? Ich meine, hat man damals auch meine Eltern überprüft?«

George überlegte. »Bei uns ist es schon immer anders gewesen als damals bei euch. Bei uns zählte und zählt noch immer der einzelne Mensch. *Sippenhaft*, das Wort gibt es in unserer Sprache nicht.«

Sie wusste nicht, ob sie erleichtert sein sollte. Doch der General war noch nicht fertig. »Aber in Ihrem Fall haben wir uns sicher mit Ihrer Familie beschäftigt. Sie hatten im Archiv schließlich Zugang zu all unseren Dokumenten. Soll ich mir Ihre Unterlagen kommen lassen?«

»Ach, das dauert doch bestimmt zu lange.«

»Unterschätzen Sie meine Arbeit hier nicht, Betty. Von Ihnen habe ich schließlich gelernt, wie wichtig ein Archiv ist. Es ist das Herz, nicht wahr? Und währenddessen erzählen Sie mir endlich, was los ist. Man könnte ja fast meinen, Sie hätten einen Kriegsverbrecher in der Familie.«

Eli nahm all ihren Mut zusammen. »Auch wenn Sie es nicht für möglich halten, George, genau deswegen bin ich hier.«

Nach einer halben Stunde kam die Akte. In dieser Zeit hatte Eli George berichtet, was ihr widerfahren war. Sie hatte nichts ausgelassen, selbst der Schauspieler hatte den ihm gebührenden Platz bekommen, als eine Fußnote, die ein wenig Heiterkeit in ihre Schilderung gebracht hatte. Nun spürte sie, dass George genau wie sie gespannt auf die Unterlagen war. Sie kam auf seine Seite des Schreibtischs, während er den leichten Staubfilm wegwischte und die graue Schutzpappe der Akte aufklappte.

Eine Akte über Elisabeth Meissner ... das machte sie trotz aller Nervosität auch ein bisschen stolz, selbst wenn sie wusste, dass die Dokumente seit Jahren ihr Dasein in einem der unzähligen Regale im Keller fristeten. *Elizabeth Meissner* stand sympathisch falsch geschrieben auf dem Deckblatt, und darunter: *Dismissed from military service on September 1, 1954.*

»Sehen Sie, wie ich gesagt habe, kurz nach der Weltmeisterschaft. Warum sind Sie eigentlich damals gegangen?«

Darauf ging sie nicht ein. Noch immer war es ein rotes Tuch für sie, dass der Vater nach seiner Heimkehr ihre Uniform beschimpft hatte. Von einem auf den anderen Tag hatte er sie durch seine alten Beziehungen bei Hermann Staub, den er noch aus der Zeit vor dem Krieg kannte, unterbringen können. Anfangs war es ihr wie eine Katastrophe vorgekommen. Doch der Archivar hatte sich als ihr Glücksfall erwiesen.

Sie bat George weiterzublättern und sah Bekanntes – ihr

letztes Zeugnis, die Geburtsurkunde – und Unbekanntes: ein Dossier des Sicherheitsdienstes, sie war tatsächlich eine Zeitlang beobachtet worden, sowie ein Foto, das sie mit George zeigte, wie sie nebeneinanderstehen und sich, ohne zu wissen, dass man sie fotografiert, anlachen.

»*Beautiful*«, murmelte George. Dann schließlich schlug er die Ergebnisse ihres Entnazifizierungsverfahrens aus dem Jahr 1946 auf.

Elisabeth Meissner, geboren am 3. Juli 1925 in Seligen-stadt, unbedenklich, Kategorie V. [AOZ, 1946-01-07, Sgt. John Pepper]

Vater: Friedrich Christoph Meissner, geboren am 17. April 1899 in Lübeck, Betriebswirt, von 1938–1945 Offizier der Wehrmacht, seitdem Kriegsgefangenschaft, Mitläufer, Kate-gorie III. [SOZ, 1946-02-17, unknown]

Mutter: Charlotte Meissner, gebürtige Müller, geboren am 27. März 1905 in Göttingen, Hausfrau, unbedenklich, Kate-gorie V. [AOZ, 1946-01-07, Sgt. John Pepper]

»Meine Güte«, sagte Eli. Wieso *Lübeck*?

»Sehen Sie, Betty, es ist alles in Ordnung.«

»Ich weiß nicht, George ...« Tatsächlich klopfte ihr Herz nun so stark, dass sie sich fast nicht konzentrieren konnte. »Mein Vater heißt mit zweitem Vornamen Balthasar und nicht Christoph. Und er ist kein Betriebswirt gewesen, sondern Lehrer ...« Sie holte das Foto mit dem Vater aus ihrer Handtasche. »Das ist er. An dem Tag, an dem er be-fördert wurde. So hat er es immer erzählt.«

Aufmerksam betrachtete George das Foto. Er holte eine Lupe aus der Schreibtischschublade und hielt sie nah vor seine Augen. »Das ist merkwürdig«, sagte er nach einer Weile. »Irgendjemand in den entsprechenden Abteilungen muss Mist gebaut haben. Das ist keine Wehrmachtsuniform, wie Friedrich Christoph Meissner sie getragen haben muss. Das ist eine Uniform der SS.«

Eli nickte. Das hatte sie befürchtet. Deswegen hatte Professor Lewy damals auch so komisch reagiert. *Nur eine Wehrmachtsuniform.* Wie konnte sie nur?

3

Frankfurt, 10. Oktober 1939

Mein Hans,
gestern habe ich Dir geschrieben, wie viel Sorgen ich
mir um Dich machen würde. Heute kam Vaters Brief.
Endlich Nachricht von Euch! »Wir sind tapfer«, hat er
geschrieben, »und guten Mutes«. Natürlich hat er Dich
nicht direkt erwähnt, Du kennst ihn ja. Aber ich habe
es zwischen den Zeilen herauslesen können. Ist er sehr
streng zu Dir? Strenger als zu den anderen? Ach, ich
wünschte, Du könntest jetzt hier sein und mir über all
das berichten, was passiert ist und wie Du Dich dabei
gefühlt hast.
Hans, hast Du töten müssen? Ich hoffe es nicht, aus
tiefstem Herzen. Aber wenn doch, dann wird Gott
verzeihen. Er weiß, daß Du dazu gezwungen wurdest.
Ach, wie gerne würde ich vieles rückgängig machen!
Und doch ist es allein seine Schuld.
Dir zu schreiben tut gut. Wie schön wäre es, auch von
Dir zu hören!
Eli.

Im Botanischen Garten gab es in der Nähe eines baufälligen Schuppens eine kleine, aber schön gepflegte Alpenlandschaft. War das Wetter gut, verbrachte Eli hier so manchen Samstagnachmittag auf einer Bank, die so platziert war, dass man sich tatsächlich wie im Hochgebirge vorkam.

Hier hatte sie in den vergangenen zwanzig Jahren ihren Träumen nachgehangen, die mit der Wirklichkeit nichts zu tun hatten. Weder die Arbeit noch die Familie waren hier wichtig gewesen, hier hatte allein Eli mit ihren Freuden und Ängsten im Mittelpunkt gestanden, und hier hatte sie auch gelernt, mit ihrer Einsamkeit, die sie mit niemandem hatte teilen können, umzugehen: Sie hatte sich ein anderes Leben vorgestellt. In ihren Tagträumen war sie ein unschuldiges oder ein leichtes Mädchen gewesen, mehrfache Mutter oder trauernde Witwe.

Ihr wahres Leben wäre sicher anders verlaufen, hätte Hans den Krieg überlebt. Nicht, dass sie es unbedingt mit ihm verbracht hätte. Die enge Vertrautheit zwischen ihnen, die dem Vater so verhasst gewesen war, wäre irgendwann in die Gewissheit übergegangen, dass man einander hatte, selbst an den entferntesten Orten. Hans hätte nicht so zwischen ihr und dem Leben gestanden, wie er es als Toter seit bald vierzig Jahren tat.

Normalerweise hatte Eli eine Kleinigkeit zu essen dabei, Apfelspalten, Waffelschnitten, ein Stück Schokolade – um die Illusion zu verstärken, eine Pause auf ihrer Wanderung durchs Hochgebirge einzulegen. Jetzt aber war sie direkt nach ihrem Besuch bei George hierhergekommen. Sie hatte nicht gewusst, wo sie sonst hätte hingehen können. Denn auch der General war ratlos gewesen.

»Ein Fehler«, hatte er vermutet. »*Soviet Occupation Zone*

bedeutet die Abkürzung hinter seinem Namen. Friedrich Christoph Meissner, den man im Entnazifizierungsverfahren als Ihren Vater angegeben hat, ist in russischer Gefangenschaft gewesen. Was war mit Ihrem richtigen Vater? War er auch inhaftiert?«

Sie nickte. Irgendwo in der SBZ – aber was für ein Zufall! »Zwei Männer mit fast dem gleichen Namen vielleicht in einem Gefängnis? George!« Sie traute sich kaum, es auszusprechen. »Hat man den gleichen Fehler noch einmal gemacht? Ist er auch als Friedrich Christoph Meissner entlassen worden?«

»Nicht unwahrscheinlich«, hatte George zugeben müssen. »Seine Akte liegt natürlich woanders, vielleicht in Ostberlin, vielleicht aber auch in Wiesbaden, zusammen mit der von Ihrer Mutter. Doch seine Verletzung – querschnittsgelähmt, nicht wahr? Da wird man sich bei dem Verfahren nicht allzu viel Mühe gegeben haben. Er hat schließlich, verzeihen Sie den Ausdruck, keine Gefahr mehr dargestellt.«

Zum ersten Mal seit ihrer Kindheit biss Eli an ihren Fingernägeln. Sie merkte es und legte die Hände in den Schoß. *Er hatte keine Gefahr mehr dargestellt?* Für George, den General, musste das so aussehen. Doch in Wahrheit hatte der Vater die letzten zwanzig Jahre den Alltag seiner Familie so sehr beeinflusst, dass weder die Mutter noch sie wie normale Menschen hatten leben können. Jetzt endlich hatte Eli die Möglichkeit dazu. Gerade deswegen musste sie herausfinden, was damals eigentlich passiert war. Wie sie an die Wohnung gekommen waren, was es mit dem falschen Namen auf sich hatte und was er überhaupt bei der SS getan hatte … Ach, warum hatte er das verflixte

Bild nicht mit ins Altersheim genommen? Sie sollte es ihm auf sein Bett werfen und ihn zwingen, auf ihre Fragen zu antworten.

Wenn sie doch bloß den Mut dazu aufbringen würde.

Das Hotel war nicht billig. Da Eli aber über die Jahre den größten Teil ihres Lohns hatte zurücklegen können, war das Schlucken ob der Summe, die sie nun zu zahlen hatte, allein Ausdruck ihrer sparsamen Lebensweise.

Mit dem Professor hatte sie sich in den letzten Nach-mittagen im Gastraum immer auf einen Kaffee getroffen. Belangloses und Nettigkeiten hatte man ausgetauscht, all-zu Schweres und Bedrohliches hingegen vermieden. Ihm brauchte sie nicht Bescheid zu geben, dass er den Kaffee ab heute wieder alleine würde trinken müssen. Er würde es entweder von selbst merken oder es brühwarm von der allzu neugierigen Rezeptionistin erzählt bekommen.

Mit einem seltsamen Gefühl ging sie durch die bekann-ten Straßen, lief mit gesenktem Blick sofort in die Tor-einfahrt und stieg im Haus die Treppe hoch. Sie schloss auf, betrat die Wohnung, zog Mantel und Schuhe aus. In Pantoffeln setzte sie sich an den Küchentisch und schaltete das Radio ein – alles in einem Fluss, ohne darüber nach-zudenken.

»Meine Güte!«, sagte sie laut und überlegte selbst, was sie damit meinte. Die Verwunderung darüber, dass sie wieder hier war oder dass sie überhaupt fort gewesen war? Butter und Marmelade vom Frühstück standen noch auf dem Tisch. Hätte sie nicht noch einkaufen müssen? Sie ging vor dem Kühlschrank in die Hocke und schaute nach, was fehlen könnte. Der Sekt lag wieder im mittleren Fach, natürlich ohne die Ummantelung am Korken. Es klingelte an der Wohnungstür.

An seiner birnenartigen Silhouette erkannte sie Herrn Moser schon durch die Glasscheibe. Er hielt einen Packen Zeitungen in der Hand. »Meine Frau hat heute Morgen vergessen, sie Ihnen zu geben«, sagte er, als sie ihm die Tür öffnete. »Die von heute haben Sie ja bereits. Ich hoffe, Sie haben nichts dagegen, dass ich die hier alle gelesen habe.«

»Nein, nein, gar nicht«, sagte Eli schnell und streckte die Arme aus. Der Stapel strafte ihre Worte Frau Moser gegenüber Lügen. Sie hoffte, Herr Moser würde nicht darauf zu sprechen kommen, dass sie behauptet hatte, die ganze Woche über hier gewesen zu sein.

»Die *Rundschau*«, sagte der stattdessen, »also ich weiß ja nicht …«

»Was ist damit?« Immer noch hielt sie ihm die Arme hin, bis er den Stapel hineinlegte.

»Ihr Vater hat doch die *Bild* gelesen. Und von Ihnen würde ich eigentlich erwarten, dass Sie die *Allgemeine* abonniert hätten. Oder die *Neue Presse*. So wie wir.«

So wie wir. Das klang nicht nur nach *meine Frau und ich.* Es klang auch nach *linkes Propagandablatt*, wie die *Rundschau* von manchen bezeichnet wurde. »Wir haben die *Allgemeine* im Büro«, sagte sie.

»Ja, das erklärt es natürlich.« Eine Pause entstand. »Kommen Sie doch mal wieder hoch zum Essen. Es muss Ihnen doch einsam sein ohne Ihre Eltern.«

Wie aufgesagt das klang. Als hätte seine Frau es ihm aufgetragen. Nachdem sie ihm geantwortet hatte, dass sie das gerne, doch nicht mehr heute Abend machen würde, verabschiedete sich Herr Moser. Er hatte seine Pflicht getan. Nicht nur heute, sondern immer, wie sich Eli erinnerte. Denn auch er hatte seinen Sohn im Krieg verloren, aber diesen Verlust, noch voll patriotischer Überzeugung, schnell akzeptiert.

Die Mosers hatten Günthers Briefe, seine Militärauszeichnungen und einen Zeitungsausschnitt mit einer Fotografie, auf der er in Uniform den offenen Wagen des Führers begleitet, während die unscharfe Menschenmenge jubelt: der Anschluss Österreichs am 12. März 1938 in Linz. Günther war dabei gewesen, mit ernstem Stolz und das Gewehr im Anschlag.

Eli besaß nur die von ihr verfassten, zugeklebten und an den Pionier Hans Meissner adressierten Briefe, die sie nicht an einen Ort, sondern an sein Regiment geschickt hatte. Man hatte sie ihnen ungeöffnet als Bündel zurückgegeben, zusammen mit der Nachricht an die Eltern, dass Hans Meissner in Polen gefallen sei. Für das Vaterland gestorben im Herbst 1939.

Sie kannte noch nicht einmal das genaue Datum.

4

Frankfurt, 26. November 1939

Lieber Hans,
bitte verzeih, was ich gestern geschrieben habe. Es liegt
an meiner Ungeduld. Drei Monate habe ich nun
nichts von Dir gehört. Jeden Morgen ist der Briefkasten
leer. Du mußt Schlimmes durchmachen, wenn Du mir

nicht schreiben kannst. Und so verspreche ich Dir, Dich
nicht zu drängen, daß Du es endlich tust.
Heute Nacht habe ich von Dir geträumt, Hans. Von
Deiner zarten Haut, Deinen lachenden Augen,
Deiner schönen Stimme. Ich weiß, daß es immer noch
so ist. Der Dreck im Schützengraben und alles, was Du
erlebst, können Dir nichts anhaben.
Erinnerst Du Dich an Ostern vor zwei Jahren? Als
wir, überrascht vom Regen, pitschnaß durch den Stadt-
wald gelaufen sind? So schmutzig, wie wir da waren,
so stelle ich mir Dich jetzt auch mitunter vor. Haha!
Was waren wir froh darüber!
Ich denke die ganze Zeit an Dich, und ich weiß, Du
tust es auch.
Eli.

Der erste Regen seit Tagen wässerte die Blumen auf dem
Balkon, die Eli so lange vernachlässigt hatte. Es würde ihnen
nicht mehr helfen. Besonders die Azalee mit ihren gleichsam fröhlichen wie eleganten Blüten hatte gelitten. Ihre
hängenden Köpfe und die vertrockneten Blätter des noch
kleinen, in den letzten Jahren aber mutig gewachsenen
Ginkgobäumchens passten jedoch zu den *Sieben Liedern*
aus letzter Zeit, die sich Eli gerade anhörte. *Ich bin der Welt*
abhanden gekommen war das dritte Lied dieses Zyklus. Bereits zweimal hatte sie die Nadel wieder auf Anfang gesetzt.

Ich bin der Welt abhanden gekommen,
Mit der ich sonst viele Zeit verdorben,
Sie hat so lange nichts von mir vernommen,
Sie mag wohl glauben, ich sei gestorben!

Eli hatte die Flasche Kupferberg Gold geöffnet, ganz einfach, ohne Messer, keine *Sonderbehandlung,* und sich erst eins, dann noch eins, schließlich das dritte Glas eingegossen. An diesem nippte sie nun, während sie die beiden anderen regelrecht heruntergestürzt hatte. Sie brauchte jetzt beides: Ablenkung und völlige Emotion. Deswegen der Sekt, für das andere den Mahler.

> *Es ist mir auch gar nichts daran gelegen,*
> *Ob sie mich für gestorben hält,*
> *Ich kann auch gar nichts sagen dagegen,*
> *Denn wirklich bin ich gestorben der Welt.*

Wie einfach das Lied doch komponiert war, und wie leicht der Text, gesungen von Alfred Poell, zu ihr durchdringen konnte! Sie hob das Glas. *Auf Hans!*

Ja, sie hielt ihn nicht für tot, auch wenn er der Welt abhandengekommen war, verschwunden in einem *wishing well.* Diese beiden Lieder, der Mahler und *If You Could Read My Mind,* ihr leichtes Lied aus dem Radio, gaben ihr Halt. Und ihm gaben sie einen Ort, selbst wenn dieser nur erdacht war. Mehr noch als bei der Literatur, bei Prosa und Lyrik, konnte Eli sich auf Musik einlassen. Ein richtiger Ton drang mühelos durch die Mauern, hinter denen sie sich verschanzte, und öffnete dem gesungenen Wort, dem richtigen Wort die Pforte … meine Güte! Sie fasste sich an die Wange und schüttelte den Kopf. Was für geschwollene Worte ihr gerade in den Sinn kamen! Sie hatte wohl mehr als nur einen Schwips.

Als der Postbote am 3. Januar 1940 das Bündel Briefe zusammen mit der Todesnachricht an der Wohnungstür der

Mutter übergeben hatte, hatte Eli sie ihr entrissen. Sie hatte die Kordel aufgeschnitten und die Briefe überall auf dem Boden ihres Zimmers verteilt. Aber sie hatte sie nicht geöffnet, hatte sie doch noch genau gewusst, was sie ihm geschrieben hatte – als vierzehnjähriges Mädchen, dessen Vater ihm das genommen hatte, was ihm das Wichtigste im Leben gewesen war. Lange hatte Hans sich gegen Vaters Weisung gewehrt, aber am Ende hatte er sein gerade begonnenes Studium aufgegeben und war zur Musterung gegangen.

> *Ich bin gestorben dem Weltgetümmel,*
> *Und ruh' in einem stillen Gebiet!*
> *Ich leb' allein in meinem Himmel,*
> *In meinem Lieben, in meinem Lied!*

Mehr als vier Monate lang hatte sie ihm täglich einen Brief geschickt. Nachdem sie vorhin das Bündel aus der Schublade ihres Nachttischs geholt hatte, hatte sie den ersten, am 20. August 1939 von ihr geschriebenen Brief geöffnet und ihn nach fast vierzig Jahren zum ersten Mal wieder gelesen.

Da war es ihr bewusst geworden.

Hans hatte sie nie in den Händen gehalten, weder den ersten noch den letzten Brief. Er hatte weder den heiteren Ton, den sie manchmal angeschlagen hatte, noch ihre Melancholie oder ihre Sehnsucht zwischen den Zeilen erkennen können. Hans war ohne sie gestorben und lebte nun allein in seinem Himmel, in seinem Brunnen, wo auch immer. Ohne Eli. *Because the ending is just too hard to take.* Sie wusste nicht genau, wann er gestorben war, sie wusste nur ungefähr, wo: mitten im heutigen Polen.

Sie goss sich das vierte und gleich darauf das fünfte Glas

Sekt ein. *Es ist mir auch gar nicht daran gelegen, ob sie mich für gestorben hält.* Sie hatte über Monate einem toten Menschen ihre Geheimnisse preisgegeben. *The hero would be me, but heroes often fail.*

Der Plattenspieler hatte keine Automatik. Nachdem das letzte Lied verklungen war, hörte man allein das leise Plopp, das die Nadel in regelmäßigem Abstand auf der letzten Rille machte. Eli hob den Tonarm, griff nach der Platte, und plötzlich, ohne eine Vorwarnung, zerbrach sie sie in mehrere Stücke. Das Sektglas schleuderte sie an die Wand. Mit dem Fuß stieß sie gegen die Flasche. Erst beim zweiten Versuch kippte sie um. Der Rest des Schaumweins versickerte prickelnd im Teppich.

Heute, am Freitag, dem 23. September 1977, der zum längsten und ereignisreichsten Tag ihres bisherigen Lebens zu werden drohte, würde sie ein neues Kapitel aufschlagen. Eines, das vor zwei Wochen begonnen hatte, dann aber jäh wieder unterbrochen worden war. *Elisabeth Meissner, zweiundfünfzig Jahre alt, wird sich ab sofort ändern. Das Fräulein aus dem Archiv wird nicht länger in der Vergangenheit leben!* Das nahm sie sich vor. Aron Lewy musste her.

Er sollte hier einziehen, am besten heute noch. Sie ging zum Telefon und ließ sich von der Auskunft die Nummer des Hotels geben. Nachdem sie gewählt hatte, bat sie, mit Zimmer 7 verbunden zu werden.

»*Ihr wandelt droben im Licht*«, sagte sie ohne Gruß, als der Professor den Hörer abnahm.

»*Auf weichem Boden, selige Genien!*«, ergänzte er fast automatisch.

»Ich möchte, dass Sie einziehen. Heute noch.«

»Aber ...«

»Heute noch«, wiederholte sie.

»Ich brauche etwa zwei Stunden«, sagte er nach einer Pause, »aber ...«

»Bitte nicht noch ein *aber* ...«

»Meine Tochter besucht mich. In einer Woche.«

»Na, dann kommt endlich wieder Leben in die Bude!«

Sie legte einfach auf. *Leben in die Bude.* Was war bloß in sie gefahren? Hatte sie etwa gelallt?

Sein Mund schmeckte nach Tabak und Zwiebeln, eine überraschende Mischung, die Eli kurz stocken ließ, dann aber als durchaus angenehm empfand. Die Zunge war weich, sein Griff hingegen beruhigend fest. Ja, sie musste festgehalten werden, aber nicht, weil sie einen Schwips hatte. Nur damit sie nicht ohnmächtig wurde. Blind fühlte sie sich ohnehin.

Sie hielt sich an seinen Ohren fest, während sie sich weiter küssten. Sie hatte sich noch nie an Ohren festgehalten! Die paar Bartstoppeln, die er bei der Rasur vergessen hatte, kitzelten sie, kratzten sie, ignorierte sie. Als er ihre Brüste umfasste, stockte ihr der Atem. Als er sie fester packte, entwich ihr ein »Ja!« – leise und nie zuvor vernommen.

Noch im Flur riss er ihr die Bluse vom Körper. Die kleinen Perlmuttknöpfe klimperten aufs Parkett. Ihr Blick blieb an dem schönen, nun auf dem Boden liegenden Seidenstoff hängen, während er ihren BH öffnete, ihre Brüste küsste und an ihren Brustwarzen saugte. Sie lehnte sich zurück und wühlte in seinen Haaren.

»Was soll ich tun, Aron?«, fragte sie mit einem Lachen, »ich habe doch noch nie richtig ...«

»Nichts«, sagte er. »Doch, zieh mir die Hose aus.«

»Aber wie soll das gehen, wenn du gleichzeitig meine Brüste küsst?« Sie bekam einen Lachanfall. Er sah auf und stimmte mit ein. Es gab kein Zurück. »Was bin ich glücklich!«

Mit dem Zerreißen der Bluse war es vereinbart gewesen. Sein Blick hatte sie schön gemacht. Das hatte sie schon an der Wohnungstür geahnt – nein, gewusst. Sie hatte gewusst, was passieren würde, als sie ihm in die Augen gesehen hatte. Jetzt zog sie ihm Hose und Unterhose aus.

»Meine Güte!« Was für ein Penis!

»Fass ihn ruhig an«, sagte er mit seltsam hoher Stimme. Sie wusste nicht, wie. Zart umfasste sie ihn, die Haut bewegte sich, glitt vor und zurück.

»Professor Lewy, sind Sie etwa beschnitten?«

»Ihr arischen Frauen habt ja so viel verpasst.« Nun zog auch er sie ganz aus. Erst kniff sie ihre Beine zusammen, doch seine Hände öffneten ihre Schenkel. Zart strich er mit den Fingern über ihre Scham. Sie schloss die Augen und ließ es zu. Dann drang er sanft in sie ein und fand die Stellen, die sie erregten. Seine geöffneten Lippen auf die ihren gedrückt, atmete er ihr Stöhnen ein. Endlich begriff sie, was sie im Leben verpasst hatte.

»Eli?« Sie lagen nackt auf dem Bett. »Warum machst du das?«

»Was denn?«

»Warum schaust du mich so genau an?«

»Warum nicht?« Sie zog an einem Haar, das an seinem Hoden wuchs.

»Hey! Das machen Frauen normalerweise nicht.«

Eli setzte sich auf. Noch nie hatte sie so vor einem anderen Menschen gesessen, ihm offenbart, was sie war, wie sie war.

»Hör mal, Aron, das, was wir getan haben, habe ich mir seit langem gewünscht.« Sie war nicht prüde gewesen, sie hatte auch keine Angst davor gehabt. Es hatte sich, bis auf ein einziges Mal, einfach nie ergeben. »Aber manchmal ist es mir vorgekommen, als hätte ich das Interesse verloren. Du kannst dir das sicher nicht vorstellen, Aron.« *Der Körper einer jungen Frau*, hatte er vorhin gesagt, *warum versteckst du ihn in solch altmodischen Kleidern?* »Du hast bestimmt schon viele Frauen gehabt.«

Sie hörte ihn glucksen. »Millionen. Aber keine hat mich so ausführlich untersucht wie du. Nein, mach ruhig weiter. Vielleicht findest du ja etwas, das noch niemand zuvor entdeckt hat ...«

»Aron?«, sagte sie, als sie sich anzogen. »Darf ich dich was fragen?«

»Was denn?« Er sah sie zögern. »Was es auch ist, Eli, so wie ich dich kenne, wird es furchtbar schlimm sein.«

»Du blöder Kerl!« Sie boxte ihm sanft in die Rippen. »Du wirst mich für töricht halten ... aber es ... es interessiert mich nun mal. Wie ist es, sich selbst zu befriedigen ...«

»Eli!«

»... ist es schön?«

Vergnügt sah sie ihm zu, wie er sich kurz ein wenig von ihr abwandte und die Hose hochzog. »Also, Eli ...!«

»Was soll auf einmal diese Scham, Aron?« Ihr Rock saß schief, sie ruckelte ihn zurecht und berührte dabei ihre noch nackten Brüste. Gänsehaut. *Was seid ihr zart*, hatte Aron geflüstert. »Ist das nicht etwas, worüber man reden kann, nachdem man gerade alles von dem anderen gesehen hat? Geschmeckt hat? Gefühlt hat?«

»Oh, jetzt wirst du theatralisch.«

»Ach, nun komm schon.« Sie ging zum Kleiderschrank und suchte sich eine neue Bluse aus. Die andere aber würde sie niemals wegschmeißen. *Theatralisch!*

»Ich weiß nicht, wie es bei Frauen ist«, sagte Aron langsam, »aber bei einem Mann ist es wie eine kleine Explosion. Es muss manchmal sein, aber es ist auch ein wenig enttäuschend. Das Glücksgefühl vergeht ziemlich schnell.«

»Das Glücksgefühl …«, wiederholte sie leise. Ihre Glücksgefühle hatten sich bislang auf andere Dinge beschränkt. Nun war etwas Neues hinzugekommen. *Aron.* Sie mochte den Namen. Das lange A und das offene O – ja, das könnte ihr Herz öffnen.

»Aron … ich weiß, ehrlich gesagt, nicht ganz genau, was wir nun füreinander sind. In Sachen Liebe kenne ich mich nicht aus, zumindest, was diese Art von Liebe betrifft. Und ich habe auch keine Ahnung, was es heißt, mit jemandem … zusammen zu sein? So sagt man doch heute, nicht wahr? Und ob ich das überhaupt will. Würde es dir ausreichen, wenn wir einfach nur miteinander schlafen? Wenn wir unsere Glücksgefühle teilen, immer, wenn du willst, und immer, wenn ich es will?«

Endlich machte sie eine kurze Pause und schaute ihm ernst in die Augen. »Würde das reichen, Aron?«

Nach einem Moment der Stille begann er zu lachen. Er hörte nicht mehr auf, aber sie merkte, dass er nicht über sie lachte. Es war, im Gegenteil, Freude herauszuhören.

»Ich habe noch nie so guten Sex gehabt wie mit dir, Eli!
Du bist mir mein Glücksgefühl. Solange ich in Deutschland bin, darfst du mit mir tun, was du willst!«

5

Mein geliebter Bruder,
Vater ist für Heiligabend nach Hause gekommen. Er
trägt eine neue Uniform, die er stolz der Mutter vor-
geführt hat. Mich hat es nicht interessiert. Mich hat
interessiert, wie es Dir geht. Aber Ihr habt Euch wohl
aus den Augen verloren. »Ein Meissner wurschtelt sich
schon durch.« Nur das hat er auf unsere vielen Fragen
nach Dir geantwortet. Mutter meinte, sie würde ster-
ben, wenn Dir etwas passiert sei. Ich halte es mit Vater,
denn ich würde spüren, wenn Du nicht mehr wärst.
Er hat Dein Motorrad in den Keller getragen, damit
es gut durch den Winter kommt. Das war nett von
ihm.
Wir werden Gans essen. So wie jedes Jahr zu Weih-
nachten. Vater hat ein großes Exemplar mitgebracht,
ein Geschenk seines Vorgesetzten. Sie ist bereits im Ofen
und brutzelt vor sich hin. Es riecht so gut. Die Mosers
werden zum Essen kommen. Vater wäre in der Hier-
archie nun mit Herrn Moser gleichauf, hat Mutter
erzählt, nur würde der vom Schreibtisch aus fürs
Vaterland kämpfen. Ich weiß nicht, was das bedeutet.
Auch das interessiert mich nicht.

Günther wird auch kommen. Er hat Fronturlaub be-
kommen. Vielleicht hat er Dich ja gesehen, ich werde
ihn fragen ...
... hat er nicht. Aber er war voller Heldenerzählun-
gen, denen seine Eltern stolz, unsere Eltern aber mit
zunehmender Ungeduld zugehört haben. Die Gans
war köstlich. Ich habe für Dich mitgegessen, da haben
die Mosers gestaunt!
Mutter lässt grüßen. Sie wird Dir das Schmalz
schicken.
Bitte schreib mir.
Eli.

Nicht ganz unerwartet kam am frühen Morgen der Zusammenbruch. Sie waren am Abend noch essen gegangen,
hatten noch mehr Wein getrunken, hatten wieder miteinander geschlafen, dieses Mal in Arons Bett. In Vaters altem
Zimmer.

Vielleicht lag es daran, an seinem hohen Krankenbett,
in dem sie lagen, und an seinem Geruch, der immer noch
im Zimmer hing, dass Eli, als sie die Augen öffnete, an
ihn dachte, an den alten Mann mit dem schlaffen, einge-
fallenen Körper. Dieses Bild wurde sie nicht mehr los, sooft
sie sich auch im Bett herumwarf. War das die Strafe, weil
sie nun einen ganz anderen Körper kennengelernt hatte?
Nicht an Arons schönen Penis musste sie denken, sondern
an das dürre Stöckchen, das sie mehrmals die Woche gewaschen hatte.

Und sie musste sich eingestehen, dass es ihr in der Nacht
nicht mehr so viel Spaß gemacht hatte wie am Nachmittag. Aron war härter in sie eingedrungen und hatte danach

zugegeben, dass es für einen Mann in seinem Alter nicht üblich war, mehrmals am Tag Sex zu haben.

Er hatte das Wort offen ausgesprochen, ihr war es hingegen noch nie über die Lippen gekommen. Leise probierte sie es aus. *Sex.* Das hörte sich besser an als *Geschlechtsverkehr* oder *Beischlaf.* Denn damit ließ sich nicht beschreiben, wie sich Aron in ihr angefühlt hatte. Er hatte sie zum Singen gebracht. Sie hatte ihn zittern lassen, am ganzen Körper. Aber hatte der Sex mit ihm wirklich mit Liebe zu tun? *Dass sich zwei Einsame beschützen und berühren und miteinander reden.* Das war *Rilke.* Mit Aron hatte sie das zwar alles getan, aber dennoch.

Genau in diesem Augenblick dachte sie an ihren Bruder.

Sie schälte sich aus Arons Umarmung, glitt in die Pantoffeln und ging ins Wohnzimmer, wo sie zwischen den Scherben der Schallplatte und des Sektglases die Briefe einsammelte. Was hatte sie sich nur dabei gedacht? Das Bündel war doch ihr größter Schatz! Wahllos öffnete sie einen der vielen Briefe.

Es war der von Heiligabend. Sie las ihn durch und schloss die Augen. Sie roch den Gänsebraten, und fast war es so, als würde auch der Zigarrengeruch von damals wieder im Zimmer hängen. Günther hatte sich seine eigene Zigarre mitgebracht, eine Golofina aus Jamaika – »Die raucht auch Göring.« Sie erinnerte sich, wie sie mit ihm sogar ein bisschen Spaß gehabt hatte. *Woher kommt das H in deinem Namen? – Das steht für Held. – Und warum spricht man es dann nicht aus? – Das tut man doch. Günt-held-er!*

Da war Hans schon lange tot gewesen, und niemand hatte es gewusst. Und sie hatte gestern die Schallplatte zerbrechen müssen! Eli lief zum Regal, suchte die dort versammelten Plattenalben durch, bis sie endlich die Schellackplatte fand, die George ihr damals geschenkt hatte. Ob man die auch mit einem normalen Plattenspieler anhören könnte?

Sie zog sie aus dem schlichten grauen Karton, legte sie auf und stellte die Geschwindigkeit auf 78. Man hörte erst ein Kratzen, und dann – nur leise, wie eine Erinnerung, ganz schwach und verzerrt – drang die Musik zu ihr durch. Da fing sie zu weinen an. Als Aron endlich ins Zimmer kam, war der Tränenfluss nicht mehr aufzuhalten.

Eine Zeitlang saß er mit ihr auf dem Teppich, nackt, die Arme vor den Knien verschränkt, und betrachtete ihren bebenden Körper, bis er sie endlich – endlich – in den Arm nahm. Ein weiteres Glücksgefühl. Sie hatte ganz vergessen, wie es war, wenn man getröstet wurde.

»Wir müssen dir ein neues Bett besorgen, Aron. Am besten gleich nächste Woche.«

»Jetzt ist etwas mit ihm«, gestand sie Wilhelm ein paar Tage später in der Mittagspause. »Er ist letzten Freitag bei mir eingezogen, und wir schlafen miteinander.«

»Elisabeth!« Wilhelm schaute sich um.

»Hast du etwa Angst, uns könnte jemand zuhören?« Lässig ließ sie ihre Hand durch den Raum fahren. In der Kantine, wo sie manchmal, aber nicht häufig zu Mittag aß, waren die Kollegen gerade mit anderen Dingen beschäftigt. Jemand reichte eine Zeitung herum. Man diskutierte miteinander.

»Nein, aber trotzdem! Über so etwas redet man nicht einfach in der Öffentlichkeit. Das ist allein eine Sache zwischen euch. Das muss kein anderer wissen.«

Eli legte ihre Hand auf seine. »Danke«, sagte sie knapp, »und ich hatte mir schon Gedanken darüber gemacht, wie du es aufnehmen wirst.« Sie hörte ihn scharf einatmen und vermutete, dass es ihm doch schwer zu Herzen ging.

»Aber wir bleiben trotzdem … Freunde?«

»Ach, Wilhelm! Wir sind doch keine sechzehn mehr! Und überhaupt … woher sollte ich wissen, ob du mehr als Freundschaft gewollt hast?«

Jetzt schnappte er auch noch nach Luft. Sie wandte sich ab und zeigte ihm lieber nicht ihr Lächeln darüber, mehr aus seinem Gesicht ablesen zu können, als er sich vorstellen konnte. Lässt man sich erst mal auf einen ein, sind auch die anderen Männer leicht zu durchschauen. Sie hatte immer gedacht, sie wären genauso kompliziert wie Frauen.

»Haben Sie das schon gesehen, EM?«, wurde sie von einer Kollegin gefragt, die ihr eine Zeitung hinhielt.

Eli nahm sie entgegen und lächelte. »Gleich«, sagte sie und schaute Wilhelm wieder an.

»Nein«, sagte dieser schließlich, »ich hatte vor, es langsam anzugehen. Es ist wichtig, einander erst kennenzulernen … es will ja schließlich wohlüberlegt sein.«

»Wilhelm«, sagte sie dieses Mal mit größerem Ernst und legte noch einmal ihre Hand auf seine. »Das Schöne ist doch, wenn man einmal nicht alles vorher mit Sicherheit weiß. Die Liebe ist doch keine Formel.«

»Dann lass uns am Freitag ausgehen.«

Eli zog die Hand zurück. Als könnte das noch etwas ändern. Sie schlug die Zeitung auf. Es war eine französische, die *Libération*, und auf der Titelseite – sie konnte es nicht glauben! – war ein Foto abgebildet.

»Einverstanden?«, hakte Wilhelm nach. Sie nickte abwesend. Dr. Hanns Martin Schleyer war auf dem Foto zu sehen. Mit einem Schild in der Hand: *Seit 20 Tagen Gefangener der R.A.F.* Hinter ihm, an der Wand, hing das Bild eines fünfzackigen Sterns, der ein Maschinengewehr einrahmte, auf dem noch einmal der Schriftzug RAF prangte.

»Meine Güte«, sagte Eli. Zwei erste Fragen schossen ihr durch den Kopf. *Warum nur diese unterschiedliche Schreibweise?* Und: *Ist das schon drei Wochen her?* Doch der kurz darauf einsetzende Schock verdrängte alles, auch Wilhelms Versuche, die Unterhaltung fortzusetzen.

Dieses Foto war Gewalt, nichts als pure Gewalt.

Aus den Zeitungen kannte sie das Bild vom Tatort – drei Autos, ineinander verkeilt und mit aufgerissenen Türen, daneben die Körper von erschossenen Menschen, ordentlich mit Rettungsfolien bedeckt. Sie kannte Schleyers offizielles Portrait, mit dem man nach den ersten Beschwerden – Kinder könnten nicht mehr schlafen – das Bild vom Tatort ersetzt hatte. Aber eine Fotografie wie diese hatte sie noch nie gesehen.

Die Ernsthaftigkeit, die man seinen Augen ablesen konnte, beeindruckte sie. Hier war ein Mann abgebildet, der sich der Lage, in der er sich befand, vollkommen bewusst war. Der dem Betrachter direkt ins Auge schaute. *Seht, was mit mir passiert.* Das schien Dr. Schleyers Blick zu sagen.

»Darf ich sie wiederhaben, EM?«, fragte die Kollegin.

»Äh … ja, natürlich.« Eli gab die Zeitung zurück und wusste im gleichen Augenblick, dass sie sich sofort ein Exemplar besorgen musste. »Verzeih, Wilhelm, aber ich muss kurz noch einmal los.«

Ohne einen Abschiedsgruß verließ sie die Kantine.

Unten in der Hauptwache gab es einen Zeitschriften-
laden mit internationaler Presse. Dort erstand sie das letzte
Exemplar. »Ist ja sonst ein Ladenhüter«, wunderte sich der
Verkäufer, »dabei wird das Bild doch eh morgen in jeder
deutschen Zeitung veröffentlicht.«

Noch im Gehen versuchte sie, den Artikel zu lesen, doch
sie fühlte sich ihrer Französischkenntnisse nicht sicher genug. Sie steckte die Zeitung ein und sah sich etwas verloren
um. An einer anderen Stelle als sonst erreichte sie wieder
das Tageslicht. Sie stand auf dem Goetheplatz, der – obwohl er jetzt noch zum Parken genutzt wurde – bald zu
einem richtigen Platz umgestaltet werden sollte. Ein paar
Jugendliche saßen auf einer Mauer, kauten Kaugummi und
beobachteten das Geschehen. Die drei Jungen und ein
Mädchen mit roten Haaren schauten Eli zu, als sie an ihnen
vorbeilief. Es war ihr nicht unangenehm. Die Verwandlung
von einem Fräulein zur Frau sollten sie ruhig sehen.

Sie kreuzte eine Straße und kam an einem Plattenladen
vorbei. Duke's Records. So stand es in einem Halbkreis auf
dem Schaufenster. Sie blieb stehen und zögerte kurz, bevor
sie das rauchgeschwängerte Geschäft betrat.

Drinnen durchstöberte ein Mädchen mit langen dunklen Haaren eine Kiste mit Schallplatten und schaute gleichzeitig immer wieder durch das Schaufenster nach draußen.
Ein langhaariger Mann, dessen Augen müde aussahen,
stand vor einem Regal mit Abertausenden von Plattenalben. Das Mädchen und er sahen sich ähnlich, nur dass
er keine Brille trug, dafür aber eine Zigarette in der Hand
hielt. An der holzvertäfelten Wand hingen Beispiele des
hier angebotenen Sortiments – Jazz, Blues, auch ein wenig
Klassik, aber vor allem Rockmusik.

»Guten Tag«, sagte sie, »ich glaube, ich bin hier falsch.«
Die Musik war laut und in der Tat nicht ihr Geschmack, obwohl es melodischer klang, als sie gedacht hatte.

»Das kommt ganz darauf an«, sagte der Mann und ging zu dem Plattenspieler. Es wurde still.

»*Pink Floyd.* Das Lied heißt *Sheep.* Nichts für Sie, oder? Es ist an George Orwells *Farm der Tiere* angelehnt. Am Ende werden die Schafe zur Schlachtbank geführt, und sie lassen sich gerne schlachten. Denn sie glauben, dass es eine Ehre und ihre Vorsehung ist, letztlich zu Koteletts verarbeitet zu werden. Was suchen Sie denn?«

Es dauerte eine Weile, bis Eli antworten konnte. Sie hatte nicht gewusst, dass Rockmusik so politisch war. Sie bemerkte, dass das Mädchen einen Kopfhörer trug und zu einer nicht hörbaren Musik leise mitsang. Was war nur da draußen so interessant, dass sie ständig den Hals reckte? »*Sieben Lieder aus letzter Zeit* von Gustav Mahler«, erklärte sie dem langhaarigen Mann.

»Dietrich Fischer-Dieskau?«

Eli war verblüfft. »Hat er das etwa auch gesungen? Ich kenne nur die Aufnahme mit Alfred Poell.«

»Natürlich hat er das gesungen. Seit Leonard Bernstein den Mahler wiederentdeckt hat, prügeln sich die Sänger fast darum, mit ihm eine Platte aufzunehmen. Aber die Stimme von Fischer-Dieskau – also vom Feinsten.«

Man sah einander an, und auch wenn man sicher unterschiedliche Vorlieben hatte, erkannte Eli in ihm einen Gleichgesinnten. »Dann würde ich die Platte gern kaufen.«

Der Mann ging zu dem Mädchen hin, nahm ihr – seiner Tochter, wie sich herausstellte – die Kopfhörer ab und bat sie, die Platte herauszusuchen. Es brauchte nur einen Handgriff, und schon hielt sie das Album in der Hand.

»Sie kennt sich besser aus als ich«, sagte der langhaarige Mann und lächelte, während seine Tochter irgendwie traurig aussah. Eli folgte ihrem Blick, mit dem sie die Jugendlichen beobachtete, die nun von der Mauer sprangen und wegliefen. Sie ist verliebt, dachte Eli, verblüfft, dass ihr so etwas in den Sinn kam. Unglücklich verliebt, denn in ihrer Haltung entdeckte sie etwas, was sie selbst nur zu gut kannte: Enttäuschung.

Sie würde dem Mädchen gern etwas Tröstendes, Ermutigendes sagen: Lass dich nicht unterkriegen, manchmal dauert es, bis das Glück kommt, doch dann muss man bereit sein. Kurz hatte sie das Gefühl, dass sie das tatsächlich gesagt hatte, denn der Vater des Mädchens schaute sie neugierig an.

»So, das macht 16 Mark 90.« Er hielt ihr die Tüte hin. »Sie werden es nicht bereuen, *Lady*.«

Es war nicht dasselbe. Er knödelte ihr zu sehr. Alfred Poell hatte eine ganz zarte, fast nüchterne Baritonstimme, die gerade deswegen dem Text so guttat. Dietrich Fischer-Dieskau nahm es hingegen zu sehr als Lied, als würde es nur darum gehen, dem Notenblatt und der eigenen Emotion zu folgen. Sie fand es erstaunlich, wie die Tiefe des Textes darunter litt. Zudem schleppte sich Leonard Bernstein am Piano durch die Noten, als würde er bei ihnen nur Sentimentalität finden. Dabei war er doch sonst immer so schwungvoll. Ach, warum nur hatte sie ihre Platte zerstören müssen?

Eli saß in dem guten Sessel und schaute sich ein weiteres

Mal das Foto von Dr. Schleyer an. Nur eine einzige, sehr starke Lichtquelle beleuchtete ihn. Sein Schatten auf der weißen Wand war scharf umrissen.

Im Radio hatte sie gehört, dass die *Libération* sich mit der Veröffentlichung der Fotografie nicht an die Abmachungen der Bundesregierung mit der Presse gehalten hatte. Vielleicht war das gut so, denn morgen, so war sie sich sicher, würde Dr. Schleyer wieder in aller Munde sein, nachdem sein schweres Schicksal zwar nicht vergessen, aber mittlerweile doch fast als Normalität angesehen wurde. Auf diese Weise konfrontiert mit der Realität, würde der Druck auf Helmut Schmidt wachsen, endlich zu handeln.

Was ein Foto alles auslösen konnte, dachte Eli und erinnerte sich an das des Vaters. Das Bild zeigte ihn, wie er war, ein stolzer SS-Mann, nur dass sie es nicht erkannt und er darüber geschwiegen hatte. Meine Güte, sie war so neugierig darauf, was George herausfinden würde.

Aron trat ins Wohnzimmer, ein wenig schüchtern, als wäre er immer noch nur der Untermieter. Sie sah ihn an, sagte nichts und wartete, bis er an den Sessel trat, sie auf die Stirn küsste, auf den Mund, auf ihren Hals, und seine Hand in ihre Bluse steckte. Was hatte er nur mit ihrem Busen? Ihr war es recht, mehr als das, aber dass er nicht davon ablassen konnte, ihn ständig anzufassen, fand sie bemerkenswert. Dabei hatte sie in den letzten Tagen so viele Stellen an ihrem Körper entdeckt, die sich noch mehr danach sehnten, gestreichelt zu werden.

»Sarah kommt schon morgen«, sagte er zu ihr.

»Schön. Sie kann in Hans' altem Zimmer schlafen.« Eli spürte, wie zurückhaltend er heute war, wie automatisch er sie streichelte. Sie zeigte ihm die Zeitung. »Schau.«

Er nahm die Hand fort und ging mit der *Libération* zum Fenster. »Und das ist wirklich Schleyer?«

»Ja, natürlich ist er das. Der arme Mann.«

»Richtig, er sieht ziemlich mitgenommen aus, fast nicht zu erkennen. Ich würde zu gerne wissen, was er seinen Entführern alles erzählt hat.«

»Wie meinst du das?«

»Ach Eli! Er war doch bei der SS. In Prag. Dort hat er entschieden, wer als Zwangsarbeiter nach Deutschland geschickt werden sollte und wer ins Lager musste. Auch deswegen haben sie sich ihn als Opfer ausgesucht.«

Sie spürte, wie wenig Mitleid Aron mit dem Entführten hatte. Ihr *Aber das ist doch mehr als dreißig Jahre her!*, das ihr schon auf den Lippen lag, schluckte sie herunter. Die Vergangenheit würde sie wohl nun immer einholen, jetzt, da sie mit einem Juden schlief.

6

Frankfurt, 31. Dezember 1939

Mein Hans,
jetzt weiß ich, was mit Dir los ist. Du hast ein Mäd-
chen kennengelernt und traust Dich nicht, mir das zu
schreiben. Ist sie hübsch? Aus dem Kino kenne ich eini-
ge polnischstämmige Schauspielerinnen – entschuldige,
sie kommen ja jetzt aus Schlesien. Sie sind alle schön,
aber natürlich reicht keine an Deine Schwester heran.
Gut, Pola Negri vielleicht. Für sie hast Du einmal
geschwärmt, erinnerst Du Dich? Wie heißt sie? Kann

sie kochen? Wollt Ihr Kinder haben? Die Wohnung ist
groß genug. Ich werde auf sie aufpassen und sie für
Dich erziehen.
Komm gut ins neue Jahr, Hans. Und komm zurück.
Und melde Dich. Und bitte, lieber Gott: Laß es so sein,
wie ich es vermute.
Ich brauche ihn.
Eli.

Mit ihren weißblond gefärbten Haaren sah Sarah ganz und gar nicht wie ihr Vater aus. Sie war zart und schmächtig, nicht breitschultrig und stämmig. Knallrote Lippen, schwarzer Lidschatten und eine zerrissene Jeans, wie Eli es noch nie gesehen hatte, vervollständigten ihr Auftreten. Sie wusste nicht, was sie davon halten sollte.

»Schalom«, begrüßte sie sie.

Sarah hörte kurz auf, ihr Kaugummi zu kauen. »Hi there«, antwortete sie und musterte Eli mit einem kritischen Blick. »Wo schlafe ich?«

Na, das kann ja heiter werden, dachte Eli und verschränkte die Arme. »In Hans ... in dem Zimmer dort drüben. Direkt gegenüber von Ihrem Vater.«

»Okay. Wer ist Hans? Dein Sohn?« Sarahs Deutsch war gut, wenn auch nicht so flüssig wie bei ihrem Vater.

»Nein. Mein Bruder. Aber er lebt ...« Eli zögerte. Es schien ihr zu umständlich, das jetzt zu erklären. »... hier nicht mehr.«

»Schön«, sagte Sarah, warf ihr einen kühlen Blick zu und ging mit ihrem Koffer in das Zimmer.

Eli sah Aron fragend an. Der schaute ziemlich amüsiert zurück. »Sie hat bis jetzt bei ihrer Mutter in London gewohnt. In einem Monat beginnt ihr Armeedienst in Israel. Dann wird sie schon wieder normal werden.«

Er ging an Eli vorbei und sagte dabei auf Hebräisch etwas zu seiner Tochter. Sie war schon im neuen Badezimmer und ließ Wasser in die Wanne laufen. Eli ging in die Küche und setzte sich am Tisch ganz bewusst auf den Stuhl, auf dem sie immer saß. Aron hörte gar nicht mehr auf zu reden. Seine Stimme hallte durch die Wohnung, während Sarah nur einsilbig antwortete.

Wollte sie etwa einen ganzen Monat bleiben?

War ihr das jetzt zu nah? Das Leben mit den Eltern war eine Parallelwelt gewesen. Die eigene Identität hatte sie an die Garderobe gehängt und dann die fürsorgliche Tochter gespielt. Die zwei Wochen allein waren trotz allem wundervoll gewesen. Wie würde es jetzt werden? Könnte sie sich ganz natürlich geben, oder müsste sie wieder eine Rolle einnehmen? Eli würde Aron später danach fragen. Vielleicht würde er sie verstehen.

Früh am Freitagmorgen kam der Anruf aus dem Büro des Generals. Mary richtete Eli aus, dass George sie morgen, am Samstagnachmittag, besuchen kommen würde. »Er sagte noch etwas über Marzipankugeln, Betty. Ich habe keine Ahnung, was er meint, aber er sagte, Sie wüssten Bescheid.«

Eli lächelte den kaum bekleideten Aron an, als sie wieder in die Küche trat. Dank der Bezugsscheine, die George ihnen besorgt hatte, hatte die Mutter bereits im Winter 1947 mit Mandeln, Zucker und Rosenwasser richtiges Marzipan hergestellt. Die Zeit der Ersatzstoffe wie Maisgrieß oder Aprikosenkerne war vorbei gewesen. Die Bethmännchen –

mit drei halbierten Mandeln verzierte Marzipankugeln –
hatte George geliebt wie sonst nichts.

»Morgen wirst du ihn kennenlernen.« Sie hatte Aron
von ihrem väterlichen Freund erzählt. Die Leichtigkeit,
mit der Mary den Termin vereinbart hatte, machte sie zu-
versichtlich. Was er in Erfahrung hatte bringen können,
würde sicher nicht allzu schlimm sein.

»Und heute Abend? Musst du da wirklich mit deinem
Kollegen ausgehen?« Er schmierte die Ingwermarmelade
auf seinen Toast und verzog beim Essen das Gesicht.

»Ich habe es ihm leider versprochen.« Aron kniff die Augen zusammen. Eli schmunzelte. »Eifersüchtig? Warte erst,
bist du Principe kennenlernst!« Meine Güte, was in letzter
Zeit so alles passiert war! Ihr Cousin Eddie in der Schweiz
würde sagen, dass das alles auf keine Kuhhaut mehr passe.
»Du weißt, was das bedeutet, oder?«

»Kuhhaut? Nein, davon habe ich noch nie etwas gehört.«
Er nestelte an den Knöpfen ihrer Bluse, die robust und ele-
gant genug zugleich war, um den Tag und den Abend zu
bestehen. Eli patschte seine Hand weg.

»Früher glaubte man, dass der Teufel alle Sünden, die
man begeht, auf Pergament schreibt. Und je länger die Liste ist, umso enger wird es auf dem Pergament. Man hat es
damals aus Tierhäuten hergestellt. Aus Kuhhaut zum Beispiel … jetzt lass das doch!« Eli kicherte.

»Für dich bräuchte man bald einen Elefanten …« Seine
brummende Stimme zwischen ihren Brüsten erregte sie.

»Aron!« Sie drückte seinen Kopf fester an sich und
wechselte das Thema. »Schläft Sarah noch?«

»Wie ein Stein.«

»Grüß sie von mir. Es wird spät heute Abend.« Eli erinnerte sich an den Schmollmund, den seine Tochter den ganzen Abend gezogen hatte, an die Flasche Rotwein, die sie fast allein geleert und an das Wort *Fuck*, das sie in fast jedem ihrer Sätze benutzt hatte. Zu Eli hatte sie nichts gesagt. Es war ihr neu, grundlos nicht gemocht zu werden.

Zur Schönen Müllerin. Der Wirtsraum war an diesem Freitagabend voll mit feiernden, Apfelwein trinkenden Gästen. Hinter der Theke, an der Wand, lief ein Fernseher und zeigte das Werbeprogramm vor den Nachrichten, eingeleitet durch eine schnurrbärtige Zeichentrickfigur, die sich auf einem Plattenspieler drehte, mit einer Wurst an der Angel, hinter der ein kleiner Hund herlief. *Onkel Otto.* Wilhelm war überfällig. Der Weißwein schmeckte sauer. Eli war noch nie hier gewesen.

Wider besseres Wissen hatte sie sich vom Kellner Handkäs' mit Musik bringen lassen. Sie wusste die regionale Küche durchaus zu schätzen, auch wenn man in der Böhmerstraße gutbürgerlich kochte. Aber vor diesem Harzer Käse mit Zwiebeln, Kümmel, Essig und Öl hatte sie schon immer Respekt gehabt, vor allem, weil man ihn nur mit einem Messer und einer Brotscheibe essen sollte. Da war es fast leichter, Stäbchen zu benutzen.

Ungebeten kam der Kellner noch einmal zu ihr und stellte ein Glas Apfelwein auf den Tisch. »Weißwein und Handkäs'! Isch kann's einfach net mit ansehen!«

Eli lachte, nahm das Glas in die Hand und prostete ihm zu. Jetzt fühlte sie sich nicht mehr ganz so fehl am Platz. Die klein gehackten Zwiebeln waren schön scharf und knackten leicht, so wie sie es mochte. Während sie aß, blieb ihr Blick immer wieder an dem Fernsehbild hängen. Karl-Heinz Köpcke verlas die Nachrichten, was allerdings bei dem Lärm nicht zu hören war.

Sehen aber konnte sie, wie geschickt er das Ablesen vom Blatt mit seinen regelmäßigen Blicken in die Kamera verband. Das wäre ihr sonst nicht aufgefallen. Man zeigte die Festnahme von Klaus Croissant in Paris, dem Anwalt des Terroristen Andreas Baader. Zur gleichen Zeit – der nächste Bericht – wurde, ebenfalls in Paris, ein entführtes Passagierflugzeug von Soldaten gestürmt. Eli war fasziniert von diesen stummen, aber bewegten Bildern. Die Choreographie trat in den Vordergrund, auch wenn sie gern die Erklärungen zu dem gehört hätte, was sie da sah.

Zwanzig Minuten später tauchte Wilhelm endlich auf, doch wankte er ohne Gruß zuerst zu den Toiletten im hinteren Bereich. Als er zurückkam und sich ihr gegenüber auf den Stuhl fallen ließ, konnte sie den Schnaps riechen.

»'tschuldigung, Elisabeth. Is'n bisschen später geworden.«

»Hast du schon etwas gegessen?« Was waren seine Augen glasig! Fast hatte sie Sorge, er könnte vom Stuhl kippen.

»Ja, ja, ja«, sagte Wilhelm langsam und mit einem resignierten Unterton. Dann schüttelte er seinen Kopf, riss kurz die Augen auf und setzte sich aufrecht hin. »Elisabeth, willst du meine Frau werden?«

»Was?« Sie merkte, wie sich ihre Stimme überschlug. »Wiederhole das bitte.«

»Eli, willst du … ach, ich kann das nicht noch mal sagen!«

»Hast du dich deswegen betrunken?«

»Bin ich doch gar nicht!«

»Ach, Wilhelm!« Das hatte sie in letzter Zeit ständig zu ihm gesagt und dabei immer auf die Nuancen zwischen enttäuscht sein und enttäuscht werden geachtet. Wilhelm beugte sich vor. Sie wedelte die Fahne fort.

»Bei mir hättest du's doch gut. Wir könnten vielleicht noch Kinder haben, es gibt Methoden, da kann man sogar noch im hohen Alter ...«

»Ich glaube, ich sollte besser gehen.« Selbst Eli konnte sich kaum verstehen, so sehr musste sie das Lachen unterdrücken.

Wilhelm hingegen schmollte. »Du hast Willi zu mir gesagt. Das hat noch keine gemacht. Also, Eli ... liebst du mich?«

»Ja, Willi, ich habe dich lieb. Aber nicht so.«

»Aber ich mag nicht mehr allein sein. Und ich hasse Gonzenheim! Nur glückliche Familien ... und Kinder, an jeder Ecke Kinder, aufm Fahrrad, beim Fußball und beim Gummitwist, oder wie das heißt. Es ist einfach schrecklich!«

»Aber mit mir willst du welche haben?«

»Ja, du hast ja ... du wirst ...« Er stieß den Atem aus. »Also, selbst ich hätte dich gerne zur Mutter.«

»Wie bitte?!«

»Nein, das war ein Witz.« Er grinste schief.

Sie sah den roten Lichtern der U-Bahn nach, bis sie hinter der Kurve im Tunnel verschwanden. Sie wusste Wilhelm auf einem sicheren Platz in der Bahn und hoffte, er würde nicht einschlafen, sondern an der Endhaltestelle – sein verhasstes Gonzenheim – auch wirklich aussteigen.

Wieder einmal ging sie allein im Dunkeln durch die Straßen. Heute verspürte sie aber keine Angst. Die Polizei vermutete die Terroristen mit dem entführten Dr. Schleyer schließlich in den Niederlanden, in Belgien oder gar in Frankreich, aber nicht hier, wo sich der linke Teil der Gesellschaft momentan fast friedlich verhielt.

Friedlich nieselte auch der Regen auf ihren Schirm. Als sie vor ihrem Haus stand, sah sie das Licht im Wohnzimmer. Das machte sie noch glücklicher, als sie es sowieso schon war. Sie hatte von einem betrunkenen Kollegen einen Heiratsantrag bekommen, von einem Freund, der ihr wichtig war, dem sie aber niemals eine positive Antwort würde geben können.

Wie könnte sie überhaupt jemanden heiraten und mit diesem Menschen den Rest ihres Lebens verbringen? Schließlich war sie nicht mehr die Jüngste. Sie wusste um ihre Eigenheiten, und sie brauchte den Platz und die Freiheit, um sie auszuleben. Mehr noch, mit den verheirateten Menschen, die sie besser kannte – die Eltern und das Ehepaar Moser –, würde sie niemals tauschen wollen. Da blieb sie lieber ein *Fräulein*, was sich in diesem Zusammenhang fast schön anhörte.

»Ich könnte jetzt verlobt sein«, neckte sie ein paar Minuten später Aron, als er sie in seine Arme schloss. Seine Tochter schaute missmutig zu. Eli versuchte, es zu ignorieren.

»Na, das wäre uns doch allen recht, nicht wahr?«, platzte Sarah plötzlich heraus.

»Wie meint sie das?«, fragte Eli.

»Er hat dir erzählt, dass er geschieden ist?«, sprach Sarah weiter.

»Wir sind ja auch bald geschieden!« Aron wurde seltsam laut.

»Ja, er hat mir erzählt, dass er geschieden ist, Sarah. Stimmt das etwa nicht, Aron?« Eli schaute von ihr zu ihm.

»*Fuck*«, sagte Sarah.

»Doch«, widersprach er und fügte hinzu: »Also vor dem Gesetz noch nicht. Aber die Anwälte kümmern sich darum.«

»Weil du meine Mutter dazu gezwungen hast!«

Hoppla, dachte Eli, ein Streit in der Familie Lewy? Das wollte sie lieber nicht zu ihrer Baustelle machen. »Weißt du, Sarah, was dein Vater zu mir gesagt hat? *Solange ich in Deutschland bin, darfst du mit mir tun, was du willst.* Das ist schön. Aber was in Israel oder in London ist, das geht mich nichts an.«

Sie ließ Arons Hand los. Während sie zu ihrem Zimmer ging, hörte sie, wie Sarah etwas zu ihrem Vater sagte. Sie konnte nicht genau verstehen, was. Aber ein *Fuck* war nicht dabei.

Eli waren die Familienangelegenheiten der Lewys tatsächlich egal. Man hatte sowieso keinen Anspruch auf einen anderen Menschen. Jeder war frei, das zu tun, was er wollte. Die neue Zeit, die 70er Jahre, machte ja so vieles möglich, was man sich vor zehn Jahren noch gar nicht hatte vorstellen können!

Frankfurt, 3. Januar 1940

Für meinen toten Bruder,
dem ich jeden Tag einen Brief geschrieben habe. Daß
er schon im Herbst gestorben ist, habe ich nicht gewußt.
Heute kamen meine Briefe ungeöffnet in einem
Bündel zurück. Selbst der von Silvester war bereits
darunter. Ich hatte vermutet, die Feldpost hätte Schuld
daran, daß ich nichts von ihm gehört habe. Aber sie ar-
beitet ebenso effizient wie der gesamte Kriegsapparat.
Nur daß man meinen Bruder vergessen hat. Gestorben
für Deutschland. Gefallen im Kampfe im Herbst
1939. Heil Hitler! War das kurz nach seiner Abfahrt
oder später, nach Wochen des Kampfes? Wieso hat
mir niemand etwas gesagt? Wieso hat Vater es nicht
gewußt? Ich dachte, sie wären zusammen in einer Ein-
heit gewesen.
Wo ist Dein Grab, Hans? Warum habe ich das Ge-
fühl, Du würdest noch leben? Wie trauert man um
jemanden, dem man 134 Briefe geschrieben hat? Aber
dieser Brief, Nummer 135, ist kein Brief für den toten
Bruder. Dies ist ein Brief für seine mit ihm gestorbene
Schwester.
Für Eli.

In der Nacht betrachtete Eli den schlafenden Aron. Er war klug genug gewesen, nicht weiter auf den Streit mit seiner Tochter einzugehen. Er hatte sich einfach nur neben Eli gelegt und sie gestreichelt. Einen weiteren Heiratsantrag oder andere Treuebekundungen hätte sie auch nicht ertragen.

Sie überlegte, wen es in ihrem Leben gab, dem sie von all diesen Ereignissen erzählen könnte. Doch so jemand fehlte ihr. Sie hatte keine Busenfreundin, Wilhelm war nicht mehr neutral, selbst George wäre nicht der Richtige. Sie hatte keinen *best boy*, wie er es nannte. Eli hatte zeitlebens ihre Sorgen und Freuden nur sich selbst anvertraut. Die Briefe an Hans, die sie damals geschrieben hatte, waren schuld daran.

Das wusste sie, seitdem die Nachricht von seinem Tod gekommen war. Seitdem die Mutter diese Botschaft einfach ignoriert und den schmerzenden Verlust mit nicht enden wollenden Monologen weggeredet hatte. Seitdem der Vater erklärt hatte, wie stolz er auf seinen Sohn sei, und damit sei es jetzt auch mal gut.

Seitdem hatte sie alles für sich behalten. Oder ...?

Hatte sie ihm nicht noch einen letzten Brief geschrieben? Ihn sogar zugeklebt und ganz unten ins Bündel gesteckt? Sie machte Licht. Die Schublade des Nachttischs klemmte ein wenig und quietschte leicht, als sie die Briefe hervorholte. Ja, da steckte er, nun mittendrin im ungeordneten Stapel. Sie konnte es nicht erwarten, sie riss den Umschlag auf und las den Brief im Schein der Nachttischlampe.

Es ging ihr immer noch nah, auch wenn sie den Brief nun, mit Jahrzehnten Abstand, pathetisch und theatralisch fand – wie man sich eben als Backfisch gefühlt hatte. *Dies ist ein Brief für seine mit ihm gestorbene Schwester.*

Ja, ein Teil von ihr war damals tatsächlich gestorben. Sie hatte sich schlimme Dinge angetan. Stundenlang hatte sie in der Kälte gestanden und auf eine Lungenentzündung gehofft. Sie hatte sich selbst mit dem Messer geschnitten, um den Schmerz zu spüren. Immerhin hatte sie das von der Pflichtmitgliedschaft im Bund Deutscher Mädel entbunden. Man hatte sie als schlechtes Beispiel bezeichnet.

Später, bei Fliegeralarm, war sie einfach in der Wohnung geblieben. So hatte sie vom Fenster aus auch dem Feuerorkan zugesehen, der damals im März 1944 in Frankfurt getobt hatte. Sie hatte sich gewünscht, dass er über die Ruinen auf der anderen Straßenseite hinwegfegen und auch sie erfassen würde.

Damals, mit neunzehn, hatte sie mit einem Jungen geschlafen, der sie an Hans erinnerte. Dasselbe Haar, dieselbe Größe, aber es war kein richtiger Sex gewesen, mehr eine Befriedigung für ihn als ein Glücksgefühl für sie. An seinen Namen konnte sie sich nicht mehr erinnern. Sie nannte ihn *Hanshochzwei*. Er wurde kurz danach, eine Woche vor dem offiziellen Kriegsende, im bereits befreiten Frankfurt von wem auch immer erschossen. Einen Monat lang hatte sie gehofft, von ihm schwanger zu sein.

Viele Jahre Leid in nur wenigen Sätzen wiederzugeben würde jeden, dem sie es so erzählte, hoffnungslos überfordern. Niemand würde verstehen, warum sie sich nicht am Wiederaufbau beteiligt hatte, warum sie nicht wie alle anderen Schutt und Steine geschleppt hatte. Unfähig, sich immer wieder mit den Schrecknissen auseinanderzusetzen, war sie einfach in den Dienst der Alliierten getreten, den *Besatzern*, wie manche sie genannt hatten.

Auch die vergangenen Wochen waren nicht einfach nachzuerzählen. Man könnte vielmehr ein Buch darüber schreiben, schließlich war ein Sturm über sie hereingebrochen. Aber dieses Mal hatten sich Freud und Leid abgewechselt. Die goldene Mitte, so wie sie Arons beruhigendes leises Schnarchen in diesem Moment empfand, war zur Seltenheit geworden. Morgen Nachmittag würde George kommen. Vielleicht würde danach alles wieder normal werden. Sie wünschte es sich. So sehr.

Wieder einmal war es Wilhelm, der alles durcheinanderbrachte. Als es läutete und Eli zur Wohnungstür stürzte, stand er mit einem riesigen Strauß Blumen in der Hand im Treppenhaus und entschuldigte sich laut und umständlich für den gestrigen Abend. Wie sollte sie ihn da nicht hereinbitten?

»Wilhelm, das sind Aron und seine Tochter Sarah. Setz dich doch dort drüben hin. Magst du einen Kaffee? Ich stelle rasch die Blumen in die Vase. Danke, sie sind wirklich schön!« Meine Güte, sie kam sich vor wie ihre Mutter. Sie konnte gar nicht aufhören zu reden. Es war aber auch eine komische Situation.

»Sie kommen aus Israel?«, hörte sie Wilhelm fragen, als sie in der Küche nach einer passenden Vase suchte. Wie riesig dieser Strauß war!

»Ja. Und Sie?«

»Nein, ich nicht.«

Eli schaute kurz auf. »Bitte keine Witze, Wilhelm«, flüsterte sie leise, doch es war zu spät.

»Kennen Sie den? Zwei Juden wollen Hitler ermorden. Stundenlang warten sie vergeblich vor seinem Haus, bis der eine sagt: Hoffentlich ...«

»... ist ihm nichts passiert«, beendete Aron den Witz.

»Der ist gut, nicht wahr?«

Das fand Eli tatsächlich. Es war der erste gute Witz, den sie je von Wilhelm gehört hatte. Doch als sie zurück ins Wohnzimmer kam, platzte sie in eine schweigsame Gesellschaft. Sie begann wieder mit einem Monolog, bis es abermals an der Tür klingelte.

George schien es nicht zu verwundern, dass das Wohnzimmer schon so gut gefüllt war. »Das sind Aron und seine Tochter Sarah, das ist Wilhelm, und euch möchte ich George vorstellen, also General O'Flannigan.«

Es ist wie dieses Kinderspiel, kam Eli in den Sinn. Ich packe meinen Koffer und nehme mit: einen jüdischen Professor, mit dem ich schlafe, seine Tochter mit zerrissenen Jeans, einen Buchhalter, der mich unbedingt heiraten will, und einen amerikanischen General, den Henry Kissinger *Flanny-Boy* nennt.

Darüber musste sie einfach kichern. »Verzeihung, es ist nur ...« Ihr Kichern ging in ein lautes Gackern über. »Möchte jemand noch ... Kaffee?« Tränen liefen ihr über das Gesicht. Sarah lachte mit, das gute Mädchen. Sie war seit heute Morgen wie ausgewechselt. Kein Schmollmund, keine englischen Kraftausdrücke. Doch die anderen schauten etwas verstört. Eli lief hinaus und versuchte, sich in der Küche zu beruhigen. Sie öffnete den Brotkasten, holte eine Scheibe Toast heraus und stopfte sie sich, weich und weiß, einfach in den lachenden Mund.

Als sie zurück zum Wohnzimmer ging, unterhielten sich alle miteinander. George und Aron sprachen über die amerikanische Israelpolitik, und Wilhelm versuchte, Sarah auszufragen, was sie schon von Frankfurt gesehen hätte. Mit der Kaffeekanne in der Hand stand Eli im Türrahmen und hörte eine Zeitlang einfach nur zu.

Das waren ihre Freunde, dachte sie.

Sie holte Luft. Der Lachkrampf war vorbei. Eine letzte Träne hing ihr im Augenwinkel. »Von den Bethmännchen müssen Sie den anderen aber auch ein paar abgeben, George«, sagte sie laut, ging hinein und schenkte nach.

»Ich habe zwei Dinge herausgefunden, Betty«, erzählte George, als sie sich endlich getraut hatte, ihn danach zu fragen. »Ich weiß nun, wo Ihr Vater in Gefangenschaft gewesen ist. Und ich weiß vermutlich auch, wann und wo Hans gestorben ist.«

Er hatte die Aufmerksamkeit aller. Wilhelm saß in dem guten Sessel, Sarah ihm gegenüber, und George und Aron hatten auf dem Sofa Platz genommen. Eli selbst stand an der Balkontür, die vertrocknete Azalee und den blattlosen Ginkgo im Rücken.

»Womit soll ich anfangen?«

»Mit Hans.« Sie sprach seinen Namen leise aus.

»Gut. Wenn das stimmt, was wir herausgefunden haben, ist es eine der ungewöhnlichsten Geschichten, die ich über den Krieg gehört habe.« Eli fand seinen Ton unfassbar neutral, doch George hatte in seinem Soldatenleben natürlich viel erlebt. Ihn konnte nichts so leicht umwerfen.

»Ihr Bruder ist in Lubliniec in Polen gestorben, Betty. In der Nähe eines Forsthauses. Früher hieß es Lublinitz.«

»Lublinitz«, flüsterte Eli.

»In den meisten Unterlagen, die meine Jungs in den Archiven gefunden haben, steht, dass er im Herbst 1939 verstorben ist. Seltsam vage, wie ich finde. Nur ein Dokument eines amerikanischen Militärhistorikers erwähnt den Ort genauer und sogar ein exaktes Datum. Den 26. August 1939.«

»Aber ...«, fing Aron an.

»Ja, ich weiß. Die Wehrmacht war da noch gar nicht in Polen einmarschiert. Der Blitzkrieg begann erst am 1. September. Vielleicht ist das ein Fehler in dem Dokument. Obwohl das nicht zum Autor passen würde.«

Eli weigerte sich, darüber nachzudenken. Sie packte es einfach nach hinten in ihr Gedächtnis und nickte George stumm zu. Jetzt der Vater.

»Ihr Vater war tatsächlich bei der SS. Eingetreten im Oktober 1939. Warum man ihn in der Sowjetischen Besatzungszone verurteilt hat, haben wir aber noch nicht herausgefunden. Er kam als Friedrich Balthasar Meissner ins Speziallager Nummer 2. Das ist belegt. Und fünf Jahre später wurde er als Friedrich Christoph Meissner nach Bautzen verlegt.«

George steckte sich ein Bethmännchen in den Mund. »Zu irgendeinem Zeitpunkt, wahrscheinlich recht früh, müssen die Russen ihn mit dem anderen verwechselt haben, sonst wäre der falsche Name nicht in Ihrem Entnazifizierungsverfahren aufgetaucht.«

»Du bist entnazifiziert worden?«, fragte Wilhelm. »Du warst doch viel zu jung dafür.« Sie nickte nur.

Der General räusperte sich. »Das, was ich jetzt sage, ist nur eine Vermutung, Betty. Vielleicht ist diese Verwechslung Absicht gewesen. Vielleicht konnte Ihr Vater dadurch früher aus Buchenwald und Bautzen entlassen werden, als er sollte. Die Organisationsstruktur der SS hat auch nach dem Krieg noch hervorragend funktioniert.«

»Wieso Buchenwald?«, fragte Aron nach einer Weile.

»Habe ich das nicht erzählt? Auch die Russen haben es als Lager benutzt, Mr Lewy, wie ein paar weitere Konzentrationslager auch. Sie nannten es Speziallager Nummer 2. 1950 wurde es aufgelöst.«

»*Fuck*«, sagte Sarah leise.

»Das kannst du laut sagen«, flüsterte Eli. Sie spürte, wie sie zitterte. »George, mit noch schlimmeren Nachrichten hätten Sie mir gar nicht kommen können. Was mache ich denn jetzt nur?«

Sie schaute von einem zum anderen. Jedem stand der Schock ins Gesicht geschrieben, nur Sarah schien auf einmal richtig wütend zu sein.

»Ist doch ganz klar, was du machst«, sagte sie. »Und ich komme mit.«

You Really Got Me

1

Leise fällt die Haustür hinter mir ins Schloss. Vorsichtig gehe ich die Treppe hoch. Mit den Schuhen in der Hand betrete ich die Wohnung. Es ist Mitternacht durch. Ich mache kein Licht.

Das Zimmer, in dem ich schlafe, liegt neben der Küche. Es ist riesig und geht nach hinten raus, auf einen Hof mit hohen Bäumen. Schon tagsüber sorgen sie dafür, dass es hier nie sehr hell ist. Jetzt ist das Zimmer stockdunkel. Bis auf einen Kleiderschrank, einen Tisch mit Stuhl und eine Matratze auf dem Boden, neben der ich jetzt eine kleine Lampe anschalte, steht nichts weiter drin. Meine Sachen habe ich im ganzen Zimmer verteilt. Aber was besitze ich schon?

Wieder einmal werfe ich meine Bundfaltenhosen in den Bundeswehrseesack. Meine grauen Sweatshirts, Socken und Unterhosen folgen. Das ist es auch schon. Bis auf *Rolltreppe abwärts*, das mir nicht einmal gehört, besitze ich keine Bücher. Und meine Kassetten mit den *American Top 40* sind ja schon in Schwanheim. Ich setze mich auf die Matratze. Ich ziehe die Knie ans Kinn, schlinge die Arme um die Beine und starre auf den Seesack.

Ein Koffer wäre mir jetzt lieber. Ein Koffer heißt, dass

du reist und dass du ein Ziel hast. Dass du von A nach B unterwegs bist. Dass du den Koffer in einem Zimmer auf den Tisch legst, die sorgsam gefalteten Klamotten in einen Kleiderschrank räumst und ihn leer in die Ecke stellst. Dann bist du angekommen. Mit einem Scheißseesack kommt man nie irgendwo an.

Ich wünschte, ich hätte eine von meinen Kassetten hier. Dann könnte ich sie mir jetzt anhören, mit dem Kopfhörer, den ich Duke immer noch nicht zurückgegeben habe. Diese Mainstream-Kacke, diese Musik, die Paul so verteufelt hat – sie passt doch viel besser zu mir als ZZ Top oder Iggy Pop. Ich will nämlich gar nicht besonders sein. Ich will einfach nur normal sein. Mainstream.

»Hey«, höre ich jemanden leise sagen. Paul lugt durch die Tür. »Darf ich?«

Ich nicke. Er kommt rein und setzt sich neben mich auf die Matratze. Ich halte mich wie immer zurück, und Paul schweigt. Ich weiß, er wartet darauf, dass ich etwas sage. Dass ich ihm erkläre, was los ist, warum ich abgehauen und wie ein Verrückter aus der Herrenabteilung gerannt bin.

»Was ist mit Peymann?«, fällt mir ein.

»Och, nichts weiter«, sagt er leichthin. »Man hat ihn nur beim Klauen erwischt.«

»Man hat was?!«

»Unglaublich, oder? Man hat in seiner Hosentasche ein teures Paar Lederhandschuhe gefunden. Es hing noch das Preisschild dran. Und daraus hat der Kaufhausdetektiv messerscharf kombiniert, dass er sie stehlen wollte.« Paul grinst mich an. »Ich könnte Chiara dafür knutschen. Tagelang!«

»Sie hat …?«

Er nickt. »Aber Peymann denkt natürlich, du hättest sie ihm untergejubelt. Warum bist du abgehauen? Es war so *cool*, wie du ihm in die Eier getreten hast!«

»Moment mal. Er denkt, dass ich ...?« Dann ist es also nicht vorbei. Am Montag würde ich mein blaues Wunder erleben. Wenn ich da noch in der Schule wäre. Jetzt muss es also raus. »Ich gehe morgen nach Hause, Paul.«

Er klopft mir auf die Schulter. »Mann, mach dir mal keine Sorgen. Wir werden dich schon beschützen. Am Montag wird die ganze Schule wissen, was für ein Held du bist. In die Eier, Johnny, so genial!«

Ich lächele matt. Es ist nett, dass er das sagt. Doch ob ich will oder nicht, ich muss zurück und herausfinden, warum mein Vater wieder in der Wohnung in Schwanheim lebt und warum er noch immer mit dem VW-Bus herumfährt. Die Polizei hat doch das Tatfahrzeug sichergestellt. Ob ich alles falsch verstanden habe, ob alles viel harmloser ist, als ich gedacht habe – das muss ich wissen.

»Ich habe schon zu lange auf eure Kosten gelebt«, sage ich ihm also.

»Aber du weißt doch gar nicht, ob dein Vater wieder da ist.«

Eigentlich müsste ich es ihm jetzt erzählen. Ich sollte es sogar tun. Paul ist schließlich mein Freund. Aber ich kann nicht. »Dann warte ich auf ihn. Er wird bestimmt kommen, wenn er nicht schon wieder da ist. Und meine Platten lasse ich erst mal bei dir.«

Das soll helfen, meine schwache Argumentation zu vertuschen. Aber Paul fällt nicht darauf rein. »Okay, aber deswegen kannst du doch weiter in die Schule kommen, Johnny! Der Schulweg ist halt nur ein bisschen länger.«

Gehe in das Gefängnis. Begib dich direkt dorthin. Gehe nicht über Los. Ziehe nicht DM 4000 ein. Der Weg kommt mir kurz vor, obwohl ich alles dafür tue, um meine Ankunft hinauszuzögern. Ich steige sogar eine Station früher aus und gehe zu Fuß unter der Autobahnbrücke hindurch. *Schwanheim* steht noch immer auf dem Schild. Jetzt finde ich den Namen nicht mehr schön. In Schwanheim ist es Herbst geworden.

Die ersten Blätter sind gefallen. Wenn die Bäume erst einmal ganz kahl sind, wird es hier noch langweiliger und trister aussehen als im Sommer. Schon jetzt haben die Schwanheimer ihre bunten Sommerklamotten gegen Rentnerbeige und Alltagsgrau getauscht. Ich weiß, so scheiße, wie ich selbst aussehe, passt das zu mir. Trotzdem, ich möchte kein Schwanheimer sein.

Vor dem Hochhaus bleibe ich eine Ewigkeit stehen. Ich will die Stockwerke bis ganz nach oben zählen, aber ich höre immer bei vierzehn auf. Ich überlege, was ich meinem Vater sagen soll. Wieso ich die Wohnung verlassen habe. Wo ich gewesen bin. Warum ich das Geld mitgenommen habe. Ich werde wieder lügen müssen. Aber das gehört ja sowieso bereits zu meinem Leben. Was soll's? Eine halbe Stunde Rede und Antwort stehen, dann wäre alles wieder gut.

Was ist schon dabei?

Kurz gelingt es mir, mich wieder – wie damals in Großvaters Villa – von der Ferne aus zu betrachten. Ich versuche, mir mich als einen Jungen vorzustellen, der ziemlich lässig vor einem Hochhaus steht und weiß, dass ihm niemand etwas anhaben kann. Doch ich sehe nur einen Jungen, der verzweifelt versucht, irgendwo dazuzugehören. Der zwischen den Welten irrt, zwischen der des Vaters, der seines Freundes und der der Musik. Seine eigene Welt? Sie könnte ruhig und langweilig sein. Sie könnte auch aufregend und voller Abenteuer sein. Egal, was. Es gibt sie sowieso nicht.

Wenn das, was mir passiert, in einem Buch stehen würde, ich würde es wegschmeißen. Eine Geschichte braucht Helden, keine Verlierer. Der verdammte Seesack an meiner Schulter wird auch immer schwerer.

Paul hat gesagt, er würde zu Duke gehen. Dort ist Tag der offenen Tür, eine Idee seiner Tochter. Mein Blick geht ständig zur Haltestelle zurück. Wie gerne würde ich mir auch die neuesten Scheiben anhören, ohne sie gleich kaufen zu müssen. Ich könnte Duke den Kopfhörer zurückbringen. Ich könnte seiner Tochter *Roxy Music* ausreden und ihr die Musik vorspielen, die mir gefällt. Mein ganzer Körper wehrt sich gegen meinen Entschluss, hierzubleiben, doch ich zwinge meine Füße, auf den Eingang zuzugehen. Irgendwann tun sie das sogar. Doch genau in dem Moment kommt jemand aus dem Haus.

Es dauert einen Augenblick, bis ich Heidi erkenne. An ihre blonden Haare habe ich mich noch nicht gewöhnt. Außerdem wird sie von dem Mann, der sie im Arm hält, fast verdeckt. Er hat den Kragen seines Mantels hochgeschlagen und einen Hut mit Krempe tief ins Gesicht gezogen. Das bisschen Gesicht, das man erkennen kann, ist mit einem Bart bedeckt. Der ist sicher angeklebt. Er trägt auch noch eine Sonnenbrille.

Natürlich weiß ich gleich, wer es ist: mein Vater, bis zur Unkenntlichkeit verkleidet. Er und Heidi gehen in zehn Meter Entfernung an mir vorbei und schlagen den Weg zum Main ein. Zu einem Sonntagsspaziergang am Ufer, wie viele andere an diesem Vormittag auch. Ich will gerade hinter ihnen herlaufen, doch dann bleiben sie stehen. Ich verschwinde hinter einem Baum. Mein Vater schaut sich um und lüftet seine Bartimitation. Sie küssen sich. Als er den blöden Bart zurückschnellen lässt, lachen sie.

Er hat mich nicht gesehen.

Es ist ein verdammter Sonntag. Die Gartenanlage ist voll mit Menschen. Ich passe den richtigen Moment ab und öffne, als niemand mehr in der Nähe ist, die Schuppentür. Ich lasse den Seesack fallen und setze mich drauf. Durch die Ritzen in den Holzwänden strahlt die Sonne herein. Der aufgewirbelte Staub tanzt in ihrem Licht. Doch so reglos, wie ich in den nächsten Minuten dasitze, beruhigt er sich wieder.

Hat mein Vater überhaupt etwas mit der Entführung von Schleyer zu tun? Schließlich fährt er noch immer mit seinem Bus herum. Vielleicht, um weiterhin Päckchen wegzubringen oder abzuholen, aber nicht, um Menschen zu entführen. Er ist wie Boris' Vater einfach nur ein Postbote. Und er hat Heidi geküsst. Er ist verliebt. Er hat sein Leben weitergeführt, und das besser als zuvor.

Besser als mit mir.

Ich müsste traurig darüber sein. Aber gibt es überhaupt ein Gesetz, das mich zwingen könnte, zu ihm zurückzugehen? Wenn ich das tue, wäre ich wieder der kleine Sohn. Ich würde wieder Anweisungen bekommen. Ich würde wieder in dem verdammten Zimmer in Schwanheim wohnen. Ganz ehrlich? Darauf habe ich keine Lust. Ich bin nämlich gar nicht traurig.

Rücke vor bis auf Los und ziehe DM 4000 ein. Ab jetzt

wird mein Leben so, wie ich es will. Ich muss nicht mehr zurück, so glücklich, wie Vater jetzt ist. Ich werfe mir den Seesack wieder über die Schulter und stoße die Tür auf – lässig, vaterlos, frei.

»Guten Morgen, Herr Meier«, rufe ich einem alten Mann zu, der neben meinem Schuppen in der künstlichen Alpenlandschaft steht und mich verblüfft anstarrt. Ich laufe durch den Grüneburgpark und pinkele einfach an einen Baum. »Auch ein Hippie muss mal …«, brülle ich.

»… Pippi!«, brüllen ein paar kleine Kinder zurück. Na bitte, klappt doch!

Den Schlüssel habe ich noch. Aber ich klingele trotzdem. Oben, an der Wohnungstür, grinst Paul mich an, während ich die letzten Stufen nehme.

»Er ist wirklich nicht da!«, lüge ich atemlos. Hinter ihm im Flur steht seine Mutter. Auch sie lächelt. »Kann ich bei euch übernachten?«

»Also, ich weiß nicht«, zögert Paul. Kurz fährt mir der Schreck in die Glieder. Dann sehe ich ihn noch breiter grinsen. »Aber diesmal kein Geschenk, Bruderherz? Keine Platte?«

»Wieso? Du bist doch bei Duke gewesen.«

Und von dort hat er schlimme Nachrichten mitgebracht.

»Bärte?« Ich fasse es nicht. »*ZZ Top?* Sie lassen sich Bärte wachsen?«

»Es sieht r i c h t i g lässig aus«, sagt Paul. »Sie sind zu faul zum Rasieren, steht in dem Magazin.« Während ich im Schuppen mein neues Leben geplant habe, hat er bei Duke das neue *Rolling Stone Magazine* durchgeblättert. »Und jetzt tragen sie auf ihrer Worldwide-Konzerttour immer diese weißen Cowboyhüte und lustige Texas-Kostümchen mit aufgestickten Blumen.«

Vielleicht sollte mir das egal sein. Die Musik wird ja dadurch nicht schlechter. Aber am nächsten Morgen wache ich genau mit dem Wort auf: *Bärte*. Mein Vater hat sich einen umgehängt, um nicht erkannt zu werden. *ZZ Top* sind zu faul, um sich zu rasieren. Und bei mir wächst noch nicht einmal ein Flaum. Ich stelle mir vor, wie es wäre, wenn alle mit unkontrolliert wachsenden Bärten herumlaufen würden. Die Terroristen hätten noch bessere Chancen, sich zu verstecken. Aber ein Zeichen von Freiheit sind Bärte nicht. Man will eher was verstecken: einen schlechten Charakter, ein fliehendes Kinn, Aknenarben.

Ich drehe mich auf den Rücken und schaue an die Decke. Heute beginnt meine dritte Schulwoche. Doch ein anderer Johnny als zuvor wird im Klassenzimmer sitzen. Ein Johnny, der mit seiner Vergangenheit abgeschlossen hat. Der von nun an das Leben genießen will. Das sage ich beim Frühstück auch zu Paul. Er grinst nur.

»Ich denke, du hast keine Vergangenheit.«

2

Chiara umarmt uns, erst Paul mit einem Kuss auf die Backe, der ihn lächeln lässt, dann Boris wie einen Bruder, schließlich mich, ich weiß nicht, wie. Aber es fühlt sich gut an. Wir sind jetzt Verbündete. So setzen wir uns im Klassenzimmer einfach nebeneinander. Die anderen lassen es zu. Sie behandeln uns wie Helden, aber nicht, weil Peymann verhaftet wurde, sondern weil ich ihm in die Eier getreten

habe. *Erzähl noch mal, bitte!* Ich laufe weiterhin in Bundfaltenhosen herum. Aber dafür hat es sich gelohnt.

Und Peymann? Er taucht nicht auf, weder in der ersten
Stunde noch im Deutschunterricht. Dafür hält der Lehrer
Rolltreppe abwärts in die Höhe. »Ich hoffe, ihr habt es ge-
lesen.«

»Davon haben Sie doch gar nichts gesagt!« – »Zur Hälfte.« – »Ja.« – »Scheißbuch!« – »Nein.« Die Liste der Antworten ist noch länger. Das verblüfft mich. In meiner alten
Schule in Worms wäre das nicht möglich gewesen. Da hat
es kein Murren und keine Widerworte gegeben. Wer seine
Hausaufgaben nicht gemacht hatte, hat sich so still wie
möglich verhalten, anstatt es auch noch zuzugeben. Ich
halte jedenfalls meinen Mund.

»Ach, Leute! So kommen wir doch nicht weiter.«

Ich hole mein Exemplar heraus und schaue es mir zum
ersten Mal richtig an. Bei mir hat jemand alle Rs und ein
paar weitere Buchstaben des Titels mit einem blauen Kuli
ausgemalt. Kneift man die Augen zusammen, heißt es *oll
e pe bä ts.* »Wer hat es gelesen? Miriam?« Sie schüttelt den
Kopf und starrt wieder Paul und auch mich an. Das tut
sie bereits den ganzen Morgen. Dann bleibt der Blick des
Lehrers an Boris hängen. »Und du? Ja? Na, komm ... dann
erzähle den anderen doch mal, was drinsteht.«

»Ja, ich habe es gelesen«, gibt Boris zu, »aber es ist eine
völlig unrealistische Geschichte. Totaler Schwachsinn.« Der
Lehrer fragt ihn, was daran unrealistisch sein soll. »Na ja, es
geht um diesen Jungen. Jochen heißt der. Damit fängt es
schon an. Wer heißt denn bitte schön heute noch Jochen?«

»Ich heiße zum Beispiel Joachim«, sagt unser Lehrer.

»Sehen Sie? Sie sind ja auch nicht mehr jung.« Wir

lachen. Boris sieht's und freut sich. »Aber egal, dieser Jochen ist jedenfalls furchtbar einsam. Und um Freunde zu bekommen, fängt er an zu klauen. Als er dabei erwischt wird, kriegt er Ärger und kommt ins Heim. Dort gibt es einen ganz fiesen Betreuer, der ihm das Leben schwer macht, und eine ganz liebe Krankenschwester, die ihm hilft, ein Praktikum zu bekommen. Mit dreizehn! So ein Schwachsinn! Das ist was für Achtklässler, aber doch nicht für uns.«

»Danke, Boris«, sagt der Lehrer, »jetzt hast du es den anderen so richtig schmackhaft gemacht.«

»Gern geschehen«, sagt Boris.

»Ihr werdet es trotzdem alle lesen. Nächste Woche schreiben wir eine Arbeit darüber. Da müsst ihr den Inhalt wiedergeben. Aber – bitte, bitte – ein bisschen differenzierter als euer Klassenkamerad.«

Die Klasse murrt, während ich einen dicken Kloß im Hals habe. Mein Kopf fühlt sich an, als wäre er rot angelaufen. Natürlich ist die Geschichte erfunden, aber trotzdem: Keiner in diesem Raum, außer mir und diesem Jochen aus dem Buch, weiß, wie es ist, einsam zu sein, wegzulaufen, Freunde finden zu müssen. Ich schaue auf das Buch: *oll e pe bä ts*.

Genau das ist es! Einfach die Hälfte aller Buchstaben durchstreichen, dann kann aus einem beschissenen Leben ein gutes werden. Ich probiere es aus, doch das, was mein Name hergibt – Johann, Hannes, Jan und Jos – gefällt mir nicht. Hans wäre vielleicht nicht schlecht. So wie Hans im Glück. Doch einen weiteren Namenswechsel kann ich Paul nicht antun.

In der großen Pause kosten wir unseren Ruhm weiter aus, wobei ich nicht viel dafür tun muss. Paul übernimmt das

Erzählen. Er fügt weitere Heldentaten hinzu, die sich vor allem um ihn drehen. »Oder wie damals, wisst ihr noch ...?« Das sagt er mehrmals und kommt mit irgendwelchen Geschichten an. Mir soll es recht sein, auch dass Miriam und einige andere Mädels ihn deswegen anhimmeln. Mich haben sie vergessen. Aber sie hätten mich sowieso nur dabei gestört, Chiara zu beobachten.

Chiara.

Sie ist die eigentliche Heldin, was keiner hier weiß. Wollte sie mir helfen? Auf der Rolltreppe hat sie sich zurückgelehnt, ganz nahe war sie mir. Ich konnte ihr Apfelshampoo riechen. Warum hat sie das gemacht? Doch genau in dem Moment, als ich dabei bin, mir für sie eine Antwort zu überlegen, stellt sich der Deutschlehrer neben mich.

»Würde ja zu gerne wissen, was ihr hier feiert.« Ich brumme nur. »Du sollst zu Herrn Disell kommen, Johannes.«

»Wieso das denn?«

Jetzt brummt er. »Kann ich hellsehen? Jetzt mach schon.«

Ich mache »Mann, Mann, Mann!«, er macht mich wieder nach, ich gehe absichtlich blöd grinsend los, bis Miriam mich aufhält. Ihre Hand auf meiner Hüfte ... das fühlt sich nicht schlecht an.

»Ihr seid so genial«, raunt sie mir zu. Vor ihrem Busen, den sie an mich drücken will, weiche ich aber zurück.

»Danke«, sage ich. Das ist das Einzige, was mir einfällt.

Ich klopfe an die Bürotür und trete mit Schwung ein. Vorm Schreibtisch von Herrn Disell versammelt sitzen Peymann, eine erwachsene Kopie von ihm und Pauls Mutter.

»Setz dich, Johannes. Dann kann ich gleich zur Sache kommen.« Der Direktor hält demonstrativ für ein paar Sekunden seine Hand in die Höhe, bevor er sie langsam wieder herunternimmt. »Also, Johannes, Herr Peymann beschuldigt dich, dass du seinen Sohn Rüdiger verletzt hast. Und auch, dass du ihm Diebesgut zugesteckt hast. Was davon ist wahr?«

Rüdiger? Peymann heißt Rüdiger? Ich sehe, wie peinlich es ihm ist, dass ich jetzt seinen Vornamen kenne. Aber ich bemerke auch, dass es seinem Vater noch viel unangenehmer ist, hier zu sitzen und den Ankläger zu spielen. Doch was soll ich jetzt sagen? Das, was man von mir hören will, oder das, was wirklich geschehen ist?

»Ja, es stimmt. Ich habe Rüdiger in die Eier getreten.« Herr Disell atmet scharf ein. »Okay, zwischen die Beine. Er hat mich bedroht. Es war sowas wie Notwehr.«

»So? Notwehr?« Der Direktor macht sich mit seiner echten Hand ein paar Notizen. »Stimmt das, Rüdiger?«

Peymann erhebt sich von seinem Stuhl. Er überragt uns alle. »Ich konnte gar nicht mehr aufstehen, Herr Direktor!«

»Setz dich bitte wieder hin, Rüdiger. Ob das stimmt, habe ich dich gefragt. Hast du ihn bedroht? Einen Moment noch. Bevor du etwas sagst, ich habe bei der Polizei angerufen. Ich kenne also die Aussage, die der Verkäufer gemacht hat.«

»Mann! Ich wollte ihm doch nichts tun«, murmelt Peymann jetzt wieder im Sitzen. »Und nennen Sie mich nicht immer Rüdiger.«

»Gut, dann wäre das geklärt. Nun zu dem anderen Vorwurf. Hast du *Rüdiger* die Lederhandschuhe zugesteckt, Johannes?«

»Oh Mann!«, macht Peymann.

»Nein«, sage ich wahrheitsgemäß.

»Hast du gesehen, wer es getan hat?«, fragt Herr Disell weiter.

»Nein, ich habe nicht gesehen, dass ihm jemand Handschuhe zugesteckt hat.« Und das ist ebenfalls nicht gelogen, wenn auch nur gerade so die Wahrheit.

»Darf ich ...«, fängt Herr Peymann an, doch Herr Disell unterbricht ihn.

»Jetzt nicht, Herr Peymann. Rüdiger, hast du gesehen, dass Johannes dir etwas zugesteckt hat?«

»Ja, wer soll es denn sonst gewesen sein?« Peymann verschränkt die Arme. Ich sehe, wie er jetzt bockig werden will. Ich kenne ihn noch nicht lange, aber doch schon so gut.

»Hast du es gesehen?«, hakt der Direktor nach und hebt dabei wieder seine falsche Hand hoch.

»Nein, Mann!«

»Gut, dann wäre das auch geklärt.« Herr Disell schlägt mit der Hand auf die Tischkante, als würde er eine Gerichtsverhandlung schließen. »Johannes, du hast dich anscheinend nur verteidigt, aber trotzdem muss es unsagbar wehgetan haben. Lass dir nächsten Freitagnachmittag vom Hausmeister einen Müllpicker und einen Eimer geben. Und dann sammelst du den gesamten Unrat auf dem Schulhof auf. Aber in jeder Ecke. Ich werde das kontrollieren.«

Ich nicke. Das ist machbar.

»Du kannst jetzt gehen. Frau Neumann, Sie dürfen auch gehen. Danke, dass Sie gekommen sind. Aber mit Ihnen möchte ich noch sprechen, Herr Peymann. Und mit Rüdiger ...«

»Das hast du gut gemacht, Johannes.« Pauls Mutter hält mich draußen auf dem Gang am Arm fest. »Sehr souverän. Aber mal ehrlich, wir haben auch Glück gehabt, nicht wahr?«

»Ja«, gebe ich zu, »aber trotzdem: Ich habe nicht gelogen.«

»Wahrheit und Lüge liegen oft sehr nah beieinander. Aber das weißt du ja selbst am besten.« Ich fühle mich wie ertappt. Genau wie Paul weiß auch sie nicht, dass ich meinen Vater wiedergesehen habe. Doch so, wie sie es sagt, passt es wie die Faust aufs Auge.

Herr Peymann kommt nun auch aus dem Büro des Direktors. »Ich darf gehen. Herr Disell möchte alleine mit Peymann sprechen.« Mir bleibt der Mund offen stehen. Sogar der eigene Vater nennt seinen Sohn Peymann! Ich gehe mit einem Grinsen im Gesicht zu meinem Klassenzimmer. »Er macht einfach immer, was er will«, höre ich ihn zu Pauls Mutter sagen.

Im Klassenzimmer setze ich mich zu meinen drei Freunden auf meinen neuen Platz. Ich genieße es, wie sie mich anschauen. Neugierig, erwartungsvoll, sowas halt. »Wir dürfen niemandem sagen, dass Chiara ihm die Handschuhe zugesteckt hat, okay? Auch den anderen hier nicht.«

Sie nicken. Chiara strahlt. Etwas später betritt Peymann den Raum. Er geht still an seinen Platz. Dann streckt er die Hand aus.

Wortlos zeigt er mit dem Zeigefinger nacheinander auf uns vier.

Während Paul sich am nächsten Tag nach dem Unterricht mit Miriam unterhält, rauchen Chiara und ich wieder einmal heimlich eine Zigarette in den Büschen. Aber dieses Mal ist es anders als in den Tagen zuvor. Wir unterhalten uns nicht. Wir schauen nur. Ich schaue Chiara an, ohne zu wissen, was ich sagen soll. Und sie steht immer wieder auf und schaut Paul und Miriam zu, wie die beiden miteinander lachen. Sie rümpft dabei die Nase. Wie kann sie, wenn sie die Nase rümpft, noch umwerfender aussehen als sonst?

Dann zieht sie mich plötzlich hoch und küsst mich einfach auf den Mund. »Weil du mich nicht verraten hast.«

Ich bin völlig überrascht. Es war ein schneller, trockener Kuss, nicht sehr gefühlvoll, doch allein dass es passiert ist, dass sie mich geküsst hat, lässt mich rot anlaufen. Dann geschieht etwas Unerwartetes. Während ich versuche, darüber nachzudenken, was das jetzt bedeutet, ja, während ich in meinem Kopf nach einem Hinweis suche, was ich jetzt tun soll, legt sich mein Arm einfach wie von selbst um ihre Schulter. Ich küsse zurück.

Okay, ich habe überhaupt keine Erfahrung. Aber das macht nichts. Denn hätte ich darüber nachgedacht, wie es funktioniert, und hätte ich mich darauf verlassen, was mir durch den Kopf schwirrt – *Sattle kein Pferd, auf dem du nicht reiten kannst!* –, es wäre eine Katastrophe geworden. So aber macht mein Körper automatisch das, wofür er auf die Welt gekommen ist. Und er scheint es gut zu machen. Chiaras Lippen kleben an meinen, als wären sie füreinander geschaffen. Sie sind ganz weich. Das fühle ich, als ich meine nicht mehr ganz so fest auf ihre drücke. Da merke ich es.

Ihre Lippen sind es, die nach Erdbeere schmecken. Ihr ganzer Mund schmeckt so wie die Filter der Zigaretten, die wir miteinander teilen. *Labello.* Eine neue Sorte, erklärt sie mir. Ich weiß nicht, ob ich es mag. Aber es ist mir gerade egal.

Am Mittwoch hängt Paul wieder mit Miriam herum. So packe ich die Gelegenheit beim Schopf. Chiara und ich küssen uns ein weiteres Mal, zuerst wie am Tag zuvor mit aufeinandergepressten Lippen, dann begegnen sich unsere Zungenspitzen. Es ist unglaublich! Ich meine, das sind Zungen, eigentlich dafür da, um zu schmecken, was man isst. Ich habe nicht gewusst, dass es sie eigentlich nur deswegen gibt, damit man bei jemand anderem solche Gefühle wecken kann, wie Chiara es jetzt bei mir tut und ich hoffentlich auch bei ihr.

Die Zeit wird mir egal. Das Wetter ist mir einerlei. Ich erlebe alle Klischees, über die ich mich in Liedtexten immer aufrege. Wir halten uns beim Küssen an den Händen. Nein, Chiara hält mich an den Händen. Denn meine Hände möchten das tun, was meine Zunge bereits darf. Sie wollen sie erforschen, doch Chiaras Griff bleibt fest. Mehr als Küssen ist wohl nicht drin. Aber ich werde daran arbeiten.

Am nächsten Morgen dusche ich. Ich putze mir die Zähne. Ich hauche in meine hohle Hand und rieche dran. Ein frisches Sweatshirt ziehe ich mir über. Dabei bemerke ich einen Knutschfleck an meinem Hals. Erdbeerallergie sagen manche dazu. Ich lache. Ich bin so dämlich wie alle anderen, wenn sie verliebt sind.

»Was ist mit dir los?«, fragt Paul auf dem Weg in die Schule, als ich *Noch sechs Stunden!* denke und dabei grinse.

»Nichts … Sag mal, seit wann bist du in Chiara verknallt?«

»Was soll das denn jetzt?«

Ich zucke mit den Schultern. Muss ich ihm was sagen? Ich glaube nicht. Er wird es schon von selbst merken.

Boris hat zwei Flaschen mit in die Schule gebracht. »Es hat ein paar Tage gedauert, aber gestern hab ich's endlich geschafft!« Er hält uns den Jutebeutel hin. »Hier, den Rotwein habe ich meinem Vater geklaut. Wir müssen den Tritt in die Eier doch endlich mal gebührend feiern.«

Peymann ist tatsächlich ruhiger geworden. Sollte er aber doch etwas vorhaben, habe ich einen Trumpf im Ärmel. Ich habe noch niemandem verraten, wie er mit Vornamen heißt.

Nach dem Unterricht verkriechen wir uns in die Büsche. Ich versuche, Chiaras Hand zu erwischen, aber sie hat sich schon bei Paul eingehängt. Ratlos stehe ich daneben. Was ist das jetzt?

»Aufgepasst!« Boris holt aus seiner Tasche einen Korkenzieher heraus. »Wahnsinn, oder? An was ich alles denke.«

»Sonst hätten wir den Korken halt reingedrückt«, sagt Paul. Wir trinken schnell und direkt aus der Flasche. Gläser hat Boris nämlich vergessen. Dafür erklärt er uns lang und breit, was für einen Wein wir da eigentlich in uns hineinschütten. »Mein Vater hat viel Geld dafür bezahlt.«

Wir lachen. Dann singen wir. Wir reißen Witze, die überhaupt nicht lustig sind. Ich versuche, Paul zu übertrumpfen, und lasse einen Spruch nach dem anderen heraus. Ich merke, wie mein Herz zerspringt, weil sich Chiara nur noch mit Paul beschäftigt. Ich verstehe die Welt nicht mehr. Warum tut sie so, als wäre ich gar nicht da? Bei dem Versuch, mich zwischen sie zu drängen, stolpere ich über meine eigenen Füße und lande in einem Dornenstrauch. Paul lacht. Ich ziehe mir einen Stachel aus dem Gesicht, während Chiara ihn fest an sich drückt und mich dabei glücklich anstrahlt. Ich blute.

Mir wird bald klar, was wir sind: betrunken. Wenn es zum ersten Mal passiert, ist es so, als drehte sich die Welt. Boris verstummt und kotzt. Ich hingegen versuche zu ignorieren, dass ich aus Chiaras Mund nur noch »Paul, du bist so toll!« und ähnlichen Quatsch höre. Deswegen trinke ich den Rest der zweiten Flasche auch noch aus und sabbere wie ein Kleinkind. Ist das nicht unglaublich? Mein Großvater kann mehrere Flaschen an einem Abend trinken. Aber wir – zu viert – sind bereits nach zwei Flaschen blau. Wir lassen sie liegen. Ich muss hier ja sowieso aufräumen.

Arm in Arm laufen Paul und ich nach Hause. Wir singen irgendwelche Lieder. Wir grölen *Living next door to Alice.* »Wer zum Teufel ist das?«, brülle ich und übertreibe maßlos. Ich boxe Paul in die Rippen, bis er plötzlich stehen bleibt.

»Seit drei Jahren«, sagt er so ernst, als wäre er plötzlich nüchtern geworden. »Seitdem sie hierhergekommen ist. Sie ist mein Leben, Johnny, ich würde für sie sterben! Ehrlich.«

»Scheiße, bist du blau!« Doch ich wünsche mir, ich wäre der, der das sagt.

3

Wir haben sechzehn Stunden am Stück geschlafen. Trotzdem sehen Paul und ich am Freitag verboten aus. Seine Mutter bohrt beim Frühstück nach, aber sie muss sich nicht viel Mühe geben. Paul erzählt ihr fast sofort, dass es Rotwein war. Verstoß gegen Regel Nr. 1. Das bedeutet Hausarrest. »Ihr kommt nach der Schule sofort heim! Keine Widerrede!«

Im Klassenzimmer schaue ich alle fünf Minuten zur Tür, doch wer nicht kommt, ist Chiara. Irgendwann heißt es, sie sei krank. Nach dem Unterricht hole ich mir Eimer und Müllpicker. In den Büschen rauche ich eine Zigarette, dann noch eine, und eine dritte, bis mir so richtig schlecht ist. Paul lacht wieder mit Miriam. Ich sehe, wie sie ihre Brüste an ihn drückt, erst zufällig, dann absichtlich. Als er sieht, dass ich sie beobachte, während ich den Müll aufsammle, weicht er ihr nicht mehr aus. Ihr sicher unfassbar weicher Busen drückt sich gegen seine Brust. Mit ihren Beinen klemmt sie sein Knie ein. Ich werde rot. Ich will es nicht sehen und bin trotzdem neidisch.

Ich entsorge die beiden Weinflaschen, indem ich sie im Mülleimer zerspringen lasse. Noch einmal schaue ich zu den beiden hin. Miriam lacht, ein schrilles, allzu lautes Lachen. Mich würde das jetzt vertreiben. Wenn man flirtet, muss für mich alles perfekt sein, so wie bei Chiara. Bei Paul ist es anscheinend anders. Wie kann er dann aber behaupten, in Chiara verliebt zu sein?

Ich finde den Korkenzieher, den Boris vergessen hat, und stecke ihn ein. Ich finde ziemlich viele seltsame Dinge, noch mehr Flaschen, halb aufgerauchte Joints, sogar Kondome, sogar eine Unterhose. Doch es gibt heute niemanden, dem ich davon erzählen könnte. Paul ist verschwunden. Ob mit oder ohne Miriam, weiß ich nicht. Chiara ist auch nicht da. Ich beginne, mich wieder unsichtbar zu fühlen. Und das ist keine gute Ausgangslage, um jemandem seine Liebe zu gestehen.

Deshalb kaufe ich mir am Samstag am Ende der Zeil, wo die größte Einkaufsstraße Deutschlands sich in einen riesigen Ramschladen verwandelt, mit dem Schwanheimer Geld eine Jeanshose und ein paar bunte Hemden. Bei Woolworth finde ich eine Jeansjacke, die perfekt passt. Sie sieht ein bisschen so aus wie die von Paul. Seitdem es kühler geworden ist, trägt er sie jetzt jeden Tag.

Meine ist neuer und blauer. Ich lasse sie gleich an. Die Verkäuferin packt mir die Bundfaltenhose ein. Ich will schon sagen, dass ich sie nicht mitnehmen will, aber sie schaut so komisch, dass ich mich nicht traue. Doch dann wird mir klar, dass sie etwas anderes meint.

»Bub, wie du ausschaust!« Ich sehe sie verblüfft an. Da geht man zu *Woolworth* und bekommt sowas zu hören!

»Lass dir doch mal die Haare schneiden.« Sie sagt das so, als wäre sie ernsthaft besorgt um mich. Dann zeigt sie mit dem Finger auf die Straße. »Gleich links, da ist ein Friseur. Der hilft bestimmt. Kostet nur fünf Mark. Und vielleicht bekommst du sogar Rabatt. Ist ein netter Typ.«

»Jerewan«, sagt der Friseur zu mir, während die Schere über meinem Kopf hin und her flitzt. Ich habe ihm genau erklärt, wie ich es haben will, aber so, wie er schneidet, wird auf meinem Kopf nicht viel übrig bleiben. »Kennst du es?«

Ich schüttele den Kopf.

»Halt still, Junge! Sonst ist dein Ohr ab. Das ist die Hauptstadt von Armenien. Da kommt meine Familie her.«

»Ich dachte, es heißt Eriwan?«

Er lacht. Wieder landen lange Haarbüschel auf dem Boden. »Ihr Deutschen müsst immer alles eindeutschen!« Der Friseur ist ziemlich schmächtig und sogar noch kleiner als der Verkäufer im Kaufhof. Doch seine Bewegungen sind groß und ausladend. »Das liegt am guten Sex. Der macht mich selbstbewusst. Sex ist alles, glaub mir. So, fertig.«

»Das kann nicht sein«, sage ich. »Sie haben doch gerade erst angefangen.«

»Fünf Mark, Junge! Dafür sitzt du keine halbe Stunde auf meinem Stuhl.«

Ich schaue mich im Spiegel an. Es sieht ganz gut aus, besser als sonst, wenn mir jemand die Haare geschnitten hat. Nur … »Es muss noch ein bisschen wilder werden.«

»Dafür ist dein Haar zu dünn. Aber warte.« Er drückt auf eine Tube und schmiert mir was in die Haare. »Gut so?«

Jetzt sieht es perfekt aus. So wie bei Paul. Ich kaufe ihm die Tube ab. Brisk Frisiercreme, 2 Mark 60. Draußen stelle ich mich vor das Schaufenster und betrachte mein Spiegelbild. Ich versuche, anders zu gehen, ich fahre mir lässig durchs Haar, ich schneide Grimassen, um den besten Gesichtsausdruck zu finden, und ich merke zu spät, dass der Friseur am Türrahmen lehnt und mich die ganze Zeit beobachtet.

»Was soll das werden, Junge?«

Ich zucke mit den Schultern. »Ich bin verliebt.«

»Und sie steht auf Hampelmänner, oder was? Pass mal auf.« Er stellt sich neben mich. »Mach es so wie ich.« Wir üben stehen, wir üben gehen, und nach einer Weile muss ich zugeben, dass es echt gut aussieht, was er mir zeigt. »Liebt sie dich denn auch?«

Ich zögere. Es könnte sein, dass ich den Friseur nie wiedersehe, und wenn doch, dann erst beim nächsten Haarschnitt in ein, zwei, drei Monaten. Bis dahin ist viel Wasser den

Main hinuntergeflossen. »Es gibt da noch einen anderen …
und der ist ausgerechnet auch noch ein Freund von mir.«

»Da sitzt du aber ganz schön in der Brillantine«, sagt der
Friseur und zeigt mir, wie er sich durchs Haar fährt. Das
sieht jetzt richtig gut aus, und dass er klein und schmächtig
ist, merkt man gar nicht mehr. »Aber schön dran denken:
immer zurückhaltend bleiben. Du musst der ruhige Typ
sein, dann wird dein Freund nervös und macht Fehler.«

Zum Schluss zeigt er mir seinen besten Trick. Er fährt
sich langsam mit einem Daumen über die Lippen. »Wie
Belmondo in *Außer Atem*. Glaub mir, damit kriegst du
jede rum. Halt mich auf dem Laufenden.«

»Wir müssen reden«, sagt Paul, der auf unserer Mauer sitzt
und auf mich wartet. Er hat den *Universum* dabei und hört
leise Marvin Gaye.

»Gleich«, antworte ich, »aber schau doch erst mal.« Wie
damals vor dem Verkäufer drehe ich mich im Kreis. »Was
macht mein Po, Paul? Gefällt dir die Jacke? Und wie findest
du meine Haare?«

»Das ist doch jetzt nicht wichtig.«

»Aber der Friseur hat genau gewusst, was ich will!«
Nicht zu kurz, etwas wild, aber vor allem: »Keinen Seitenscheitel mehr.«

»Setz dich jetzt hin. Wir müssen das klären.«

Er klingt ernst. Ich setze mich zu ihm und grinse ihn an.
Immer ruhig und zurückhaltend bleiben.

»Hör zu, du bist doch mein Freund.«

»Kumpel, Freund, Bruder – was du willst.« Ich fahre mir
durchs Haar. Na, das klappt doch ganz gut.

»Deswegen ist Chiara tabu für dich, Johannes. Okay?«

Das schlägt ein wie eine Bombe. Weil er *Johannes* und nicht *Johnny* sagt, scheint ihm das wirklich wichtig zu sein. Trotzdem muss ich fragen. »Kann sie das nicht selbst entscheiden?«

»Ich habe gehört, dass du Chiara geküsst hast.«

»Na und?« Wer hat ihm das erzählt? »Eigentlich ist es umgekehrt gewesen, aber was geht es dich an? Du bist doch schließlich mit Miriam beschäftigt.«

»Da ist nichts. Und außerdem will ich mit dir nicht darüber diskutieren. Du kennst Chiara doch gar nicht. Du schaust nur auf ihr Äußeres. Wie sie wirklich ist, das weißt du gar nicht. Also lass sie in Ruhe. Kapiert?«

Darüber muss ich erst einmal nachdenken. Er hört sich ja auf einmal an wie seine Mutter: souverän, erwachsen. Ich gehe ein paar Schritte und schaue – eher abwesend – den Bauarbeitern im Hamburger-Restaurant zu. Später, wenn es fertig ist, soll man hier nur mit den Fingern essen. Es gibt kein Besteck, nur jede Menge Servietten. Man muss sich auf diesen Unsinn einlassen. Da beginne ich zu verstehen. »Ist das nicht Erpressung?«

»Nenn es, wie du willst.« Er springt von der Mauer und schiebt den Kragen meiner neuen Jacke zur Seite.

»Erdbeerallergie«, sage ich. Es ist schon fast verblasst.

»Knutschfleck«, sagt er.

Ich ziehe den Kragen wieder hoch. »Du meinst also, wenn mich Chiara wieder küsst, fliege ich aus eurer Wohnung? Dann verrätst du mich?«

»Ach, was weiß ich denn?« Er springt von der Mauer und baut sich vor mir auf. »Du dringst einfach in mein Leben ein. Und bringst jede Menge Probleme mit, von denen du kein einziges lösen willst.«

»Aber … das geht dich doch gar nichts an.«

»So? Und wie wäre es hiermit: Du nistest dich einfach bei uns ein. Hast du einmal abgewaschen? Hast du dich einmal bei meiner Mutter bedankt, dass sie deine Wäsche wäscht, für dich kocht und dir sogar ein Schulbrot schmiert? Und jetzt auch noch Chiara! Was soll ich damit machen? Danebenstehen und lächeln? Schaut mal, der Problem-Johnny. Lässt sich die Haare schneiden, so wie ich sie habe. Trägt jetzt eine Jeansjacke, so wie ich. *Cool*, wie er mir auch noch meine Freundin ausspannt!« Er muss Luft holen. Ich auch.

»Wieso Freundin?«, frage ich schließlich.

»Okay, nicht ganz. Aber trotzdem …«

»Aber es bleibt trotzdem Chiaras Entscheidung«, murmele ich nach einer Weile.

Paul seufzt. »Du hast es nicht kapiert, oder? Chiara steht ganz hinten in der Kette. Davor sind die anderen Dinge, die ich dir gerade an den Kopf geworfen habe. Räum auf, Johannes! Bring dein Leben in Ordnung. *Here comes Johnny Yen again!* Aber der echte Johnny. Keine Kopie von mir.«

Ich habe noch nie so etwas Bescheuertes gehört. Als würde ich versuchen, ein zweiter Paul zu werden! Aber ich weiß, es steckt etwas anderes dahinter. Er kann mir nichts vormachen, so wie er sich von Miriam anhimmeln lässt, so wie er mit ihr herumgemacht hat: Es dreht sich alles nur um Sex. Das habe ich vorhin gelernt.

»Und was machen wir jetzt?«, frage ich ihn.

»Wir gehen zu Duke. Da kannst du mir als Entschuldigung eine Platte kaufen.« Er zeigt auf die Einkaufstüte in meiner Hand. »Geld musst du ja noch übrig haben, wenn du bei Woolworth einkaufen warst.«

»Sehr witzig, du Kapitalist!«

In Duke's Records ist es ungewöhnlich still. Fast wären wir wieder gegangen, aber dann entdecken wir ihn doch. Duke sitzt mit geschlossenen Augen vor dem Plattenspieler und wackelt, den Kopfhörer auf den Ohren, ein bisschen hin und her. Ich tippe ihm von rechts auf die Schulter. Er dreht sich zu mir um. Paul nimmt ihm von links den Kopfhörer ab.

»Was hörst du denn da?«

»Hey! Geht das nicht ein bisschen zu weit, Jungs?« Er grapscht nach dem Kopfhörer. Paul hat ihn sich aber bereits aufgesetzt.

»Wer ist das?«, fragt er laut.

»Ian Dury.« Paul hört nichts. Duke spricht lauter. *»Sex & Drugs & Rock & Roll.«*

»Nicht schlecht.« Paul drückt mir den Kopfhörer in die Hand. Bei dem Titel erwarte ich ein Feuerwerk. Aber es ist im Gegenteil sehr melodisch, und Ian Dury singt dazu in einem seltsamen englischen Dialekt.

»Ja, ganz okay«, sage ich.

»Ganz okay?«, wiederholt Duke. Zum ersten Mal sehe ich, dass er seine schläfrigen Augen auch aufreißen kann.

»Na ja … es ist halt ein bisschen langsam.«

»Ein bisschen langsam? Du willst also was Schnelleres?«

Ich nicke Duke zu. Dann strecke ich Paul die Zunge raus. »Und am besten was mit ein bisschen Liebe. Dass man nachts nicht schlafen kann. Dass man richtig verknallt ist und immer an ihrer Seite sein will. Dass man nicht mehr weiß, was man tut.«

»Johnny, du nervst!«, fällt mir mein Kumpel ins Wort.

»Nur für dich, Paulchen!« Ich erinnere mich, dass er das nicht mag.

245

Duke geht hinter seinen Tresen. Er fährt mit dem Finger die Platten entlang. Er hat sie alphabetisch sortiert, wie auch sonst? Bei K bleibt sein Finger hängen. *The Kinks. 20 Golden Greats* steht in großen, gezackten Buchstaben auf einer Hülle, die ansonsten vollkommen gelb ist.

»Ja«, überlegt er, »und das könnte auch was für die Kapp sein.«

»Die *Kapp*?«, frage ich.

»Ich denke, du kennst dich aus, Billy.« Dieses Mal grinst Paul. »Die Batschkapp. Jeder in Frankfurt kennt doch die Batschkapp.«

Klar, die Batschkapp. Auch ich habe schon von ihr gehört. Vor einem Jahr hat man sie für die Menschen eröffnet, die keine Bundfaltenhosen tragen, keinen Seitenscheitel haben, nicht mit grauen Sweatshirts herumlaufen. Unter anderem mit einem Konzertsaal, den man eigentlich weiß streichen wollte, auf halber Höhe aber angeblich aufgegeben hat. Mehr weiß ich nicht darüber, außer dass es richtig eingeschlagen hat.

»Die Kapp, das ist die autonome und linke Gegenkultur«, erklärt mir Duke. »Einmal in der Woche lege ich dort auf. Rock, Punk – so etwas in der Art. Also, wer zuerst?«

»Können wir nicht beide zusammen?«

»Wer hat denn noch meinen zweiten Kopfhörer, hm?«

»Okay, dann Paul.«

Dave Davies, der Bruder von Ray Davies, der den Song komponiert hat, hat den Lautsprecher seines Gitarrenverstärkers mit einer Rasierklinge aufgeschlitzt und Nadeln hineingesteckt. Damit die Gitarre noch rauer klingt, erklärt Duke. Wenn man die Riffs zu Beginn anhört und anschließend das Solo abspielt, kann man das tatsächlich heraushören. Das Lied wurde 1964 aufgenommen, erzählt Duke, mehrmals und jedes Mal schneller als zuvor, weil Ray Davies nie zufrieden gewesen ist. Der Text jedoch ist relativ einfach.

You Really Got Me. Und sie singen über all das, was ich mir zuvor gewünscht habe. Duke ist genial!

»Duke«, sagt Paul nach dem Lied, »können wir es noch mal hören? Ohne Kopfhörer? Und so richtig laut?«

»Nur wenn ihr die Platte auch kauft.«

»Was sollen wir sonst damit tun, bei dem Gitarrensolo?« Ich muss die Platte einfach haben. »Ich will sie auch gleich aufnehmen.« Wir brauchen drei Versuche, immer kommt etwas dazwischen, mal hustet Duke, mal kommt jemand rein.

»Hast du kein Kabel?«, fragt mich Duke.

»Das ist nicht dasselbe«, sage ich, und das ist wahr. Etwas nur mit einem Mikrofon aufzunehmen, das ist echt eine Kunst.

Danach stehen wir draußen vor seinem Laden, ich mit dem *Universum* und meinen neuen und alten Klamotten in einer Tüte, und Paul mit der Schallplatte in der Hand. Das Cover sieht tatsächlich ein bisschen billig aus – was die Platte auch gewesen ist –, aber es kommt ja auf den Inhalt an.

Ein Mädchen läuft auf uns zu. Fast hätte ich sie nicht erkannt, denn Dukes Tochter hat Kopfhörer auf den Ohren, die an einen Kassettenrekorder angeschlossen sind. Sie macht das, was Duke mir damals vorgeschlagen hat: mit Kopfhörern durch die Gegend laufen – aber es sieht ziemlich komisch aus. Sie nimmt die Dinger ab und lächelt. Paul murmelt irgendeine Begrüßung. Ich sage nichts, sondern fahre, so wie ich es gelernt habe, mit meinem Daumen über die Lippen. Es kommt nicht gut an, das Lächeln verschwindet. Jetzt sieht sie enttäuscht aus. Nur warum?

Da entdeckt sie die *Kinks*-Platte in Pauls Hand und rollt mit den Augen. »Ist er sie also endlich losgeworden«, sagt sie, mustert stumm meine neue Frisur und betritt Duke's Records. Wir schauen ihr nach, bis die Ladentür zufällt.

»Und jetzt?«, fragt mich Paul.

»Na, jetzt gehen wir mit Chiara in den Park und spielen es ihr vor«, sage ich, kurz nicht mehr ganz so begeistert über meinen Kauf. »Oder lieber mit Miriam?«

»Treib es nicht auf die Spitze, Johnny.«

Wir sitzen zwischen kiffenden Hippies und grölenden Rockern auf der Wiese. Chiara findet *You Really Got Me* in Ordnung, aber so begeistert wie Paul und ich ist sie nicht.

»*Lola* ist viel besser«, meint auch Boris. »Mein Vater hat mir erzählt, dass der Gitarrist sich auf einem Flohmarkt extra eine alte Gitarre für das Lied besorgt hat.«

»*Lola* ist blöd«, ruft Paul dazwischen.

»Kennst du es denn überhaupt?«

»Wer *Lola* auf *Coca Cola* reimt, der kann nur blöd sein.«

Während Boris schmollt, schaue ich mir das Album genauer an. Hinten sind die Lieder gelistet, mit *Highest Chart Position*, *Weeks in Chart* und *Date of Entry*. *You Really Got Me* ist bis auf Platz eins gekommen, *Lola* immerhin auf Platz zwei. Ich werde es mir anhören.

Mit dem *Universum* übertönen wir das betrunkene Gegröle der Rocker. Die Hippies mit ihren Gitarren und ihrem Getrommel bringen wir aus dem Takt. Doch niemand scheint sich daran zu stören, im Gegenteil. Ein älterer Mann mit langen ergrauten Haaren bittet uns sogar, das Lied noch einmal und nur für ihn zu spielen. »*You got me so I don't know what I'm doin'!* Ihr könnt gar nicht wissen, was mir das bedeutet hat.«

Wir beachten ihn nicht.

»Das hat mein Vater auch immer gesagt.« Boris, im Schneidersitz, ahmt dessen Stimme nach. »*Die Kinks haben mein Leben verändert!* Wusstet ihr, dass Dave Davies seinen Lautsprecher mit einer ...«

»... Rasierklinge aufgeschnitten hat«, beendet Paul seinen Satz und legt sich auf den Rasen. Chiara bettet ihren Kopf auf seinen Oberschenkel. »Das weiß doch jeder.«

»Mann, ihr seid echt negativ!«

»Noch mal?«, frage ich die anderen, spule zurück und drücke den Startknopf. In der ersten Version, ungefähr in der Mitte des Liedes, hört man Duke husten. Am Ende der zweiten Aufnahme sagt jemand »Guten Tag«. Erst die dritte Aufnahme ist frei von Nebengeräuschen.

»Du hättest die ersten beiden doch einfach wieder überspielen können«, meint Boris.

»Quatsch!«, sagt Paul. »Er hätte auf der gesamten Kassette nur dieses eine Lied aufnehmen sollen. Immer und immer wieder.«

»Astrein«, sage ich und lege mich neben ihn ins Gras, während Boris aufsteht und wütend um uns herumläuft. »Dann bräuchten wir nicht mehr spulen.« Chiara nimmt meine Hand und drückt sie. Ich drücke zurück und schließe die Augen. Genau in dem Moment taucht Peymann auf. Einfach so. Aus dem Nichts.

»Was ist denn mit euch los? Seid ihr bekifft, oder was?«

249

Er baut sich über uns auf. Ich muss blinzeln, um ihn richtig sehen zu können, und lasse Chiaras Hand los.

»Nein«, sagt Paul, »wir sind nicht bekifft.«

»Wir sind einfach nur so glücklich«, sage ich, »nicht wahr, Paul?«

»Wer's glaubt«, höre ich ihn murmeln.

»Ich habe hier aber etwas, was euch noch glücklicher macht.« Peymann setzt sich einfach mitten zwischen uns und zieht einen Joint hervor. »Na, wer will die Tüte anrauchen?«

Lange sagt keiner von uns etwas. Ich denke darüber nach, was er vorhat. Wahrscheinlich tun das die anderen auch. Bis Chiara sich aufrappelt. »Gib her.«

»Chiara!«

»Ach, hab dich nicht so, Paul. Das ist doch nur ein Joint.«

4

Boris werden die Augen nicht verbunden. »Nur zur Sicherheit. Falls du uns doch reinlegen willst«, sage ich zu Peymann. Schon dabei kichere ich. Er hätte eine Überraschung, so schön, dass es uns den Atem rauben würde. Das hat er zu uns gesagt, als der Joint zu wirken angefangen hat. So kommt es, dass Boris in dem unglaublich orangefarbenen BMW vorne bei Peymann sitzt. Aber Paul, Chiara und ich lassen uns von Peymann die Augen verbinden. Genau in dieser Reihenfolge nehmen wir auf der Rückbank Platz.

Ich finde die Situation ziemlich komisch. Mein linker Oberschenkel drückt gegen die Fensterkurbel. Rechts spüre ich Chiaras Bein. Ich bekomme kurz Platzangst. Durch Peymanns Fahrstil werden wir nämlich hin- und hergerüttelt. Aber dann lasse ich es mit einem unterdrückten Lacher einfach geschehen.

»Nicht so schnell, Rüdiger«, sage ich. Ehe ich es begreife, gackere ich los. Irgendwie hat jeder mehrere Namen. Da ich sowieso nichts sehen kann, mache ich auch die Augen zu. Überall Sterne! Ich kneife sie noch fester zusammen, da taucht sogar ein gelber Mond auf. Er wandert innen auf meinen Augenlidern hin und her, ich kann ihn nicht richtig ansehen, er weicht mir immer aus und wechselt sich mit anderen Bildern ab, die seltsam verschoben in meinem Kopf entstehen, Bilder und Farben überlagern sich. Ich möchte sie festhalten, mich an sie erinnern, doch sie rutschen immer wieder weg. Liedfetzen mischen sich mit Satzfetzen, da taucht der Mond wieder auf, gelb, gelb, gelb, und immer wieder fällt ein Name, nicht Chiara, nicht Paul, nein: *Lola*. Er bleibt mir im Kopf, ich habe keine Ahnung, wer Lola ist …

… bis Peymann eine Kurve zu scharf nimmt und mir Chiara in die Arme rutscht. Da komme ich wieder zu mir.

Es ist Boris, er redet schon die ganze Zeit über das Lied, über *Lola*, und er hört gar nicht mehr auf, ich aber halte Chiara fest, versenke meine Nase in ihren Haaren und atme tief ein. Darauf küsst sie mich, erst fest auf den Mund, dann spüre ich ihre Zunge. Sie beißt mir zart in die Lippe. Mir wird ganz anders. Ich beiße zurück. Ich lege meine Hand auf ihre Brust und streichele sie …

Eine weitere Kurve, Chiara rutscht zu Paul hinüber, und ich höre, wie sie sich nun mit ihm küsst. Ich aber lasse die Hand auf ihrer Brust liegen. Durch den dünnen Stoff ihres T-Shirts spüre ich sie. Ich drücke sanft, kreise mit dem Finger darum. Es ist etwas ganz Neues, das mich kaum atmen lässt.

Dann noch eine scharfe Kurve – fahren wir etwa einen Berg hoch? –, und ich bin wieder dran. Der Erdbeergeschmack ihres *Labello* stört mich nicht mehr. Im Gegenteil, sie verschmiert ihn in meinem ganzen Gesicht. Ich liebe ihren *Labello*, ich liebe Chiara, ich liebe Lola, ich liebe sie alle …

Meine Hand wandert an ihrem Körper nach unten. Auf Chiaras Bauch trifft sie auf eine andere Hand. Ich kichere. Ist das die von Paul? Ich kneife sie. Paul patscht mir auf den Handrücken. Unsere Hände wandern zusammen weiter.

»Nicht da«, lacht Chiara, nimmt unsere Hände und führt sie wieder nach oben, zu ihrem Busen. *Lola*. Boris quatscht immer noch darüber, und ich spüre wieder Chiaras Busen, spüre sie in meiner Hand atmen, und meinem Mund entweicht ein seltsamer Ton.

»Was ist los da hinten auf den billigen Plätzen?«, fragt Boris.

»Schau nach vorne«, ruft Paul.

Danach küssen wir uns nicht mehr, wir streicheln Chiara nur noch. Sie folgt mit ihrem Körper den immer mutiger werdenden Bewegungen unserer Hände. Immer wieder berühren sie sich und schlagen sich weg, um dann doch ihren Platz auf Chiaras wunderbarem Körper zu finden. Ich bin froh, dass ich nichts sehe. Blind ist aufregender. Blind ist sie meine Lola. *Girl, you really got me goin'* …

»*Us!*«, sage ich laut.

»*Us?* Was soll das denn?«, fragt Paul. Ich höre den Frosch in seinem Hals. Ich räuspere mich.

»*Girl, you really got us goin'*, muss es heißen.«

»*You got us so* we *don't know what we're doin'*«, versucht Paul es weiter.

»*You really got us, you really got us, you …*«

»Ihr seid echt zu blöd«, lacht Chiara.

Auf dem Großen Feldberg mit Peymann.

»Das könnte glatt ein Filmtitel sein.« Ich kichere. Ich muss die ganze Zeit grinsen. Ich kann Chiaras Lippen noch spüren.

Boris nimmt mir die Augenbinde ab. Es ist Nacht geworden. Er und Peymann, der die ganz Zeit nichts gesagt hat, haben uns auf den flachen Gipfel des Berges geführt. Jetzt schauen wir auf die Lichter Frankfurts herunter. Man kann sie aber gar nicht sehen. Ich jedenfalls kann sie nicht sehen. Es ist nebelig … zumindest bei mir.

»Es ist wirklich soooo schön«, sagt Chiara. Paul nickt. Ich stehe neben den beiden. Dass sie sich an den Händen halten, ist mir egal. Ich bin immer noch irgendwie im Auto.

»Was habt ihr da auf der Rückbank eigentlich gemacht?«, fragt Boris.

»Gymnastik, Boris, nur Gymnastik«, wiegelt Paul ab.

Chiara lacht. Sie lacht soooo schön, und sie lacht soooo viel. Es ist tiefe Nacht. Wir sind die Einzigen hier oben, Paul, Chiara, Boris, ich und … Peymann? Ich schaue mich nach ihm um. In der Ferne höre ich einen Motor. »Wo ist eigentlich Peymann?«

»Er wollte noch mal zum Auto«, sagt Boris.

»Es ist ein bisschen kalt.« Chiara lässt Pauls Hand los. Sie rubbelt sich die Arme.

»Ich glaube, er ist weggefahren«, kichere ich.

»Wer?«

»Peymann. Habt ihr den Motor nicht gehört?«

Wir stolpern durch die Nacht zurück zum Parkplatz. Der orangefarbene BMW ist weg. Kein einziges Auto steht mehr hier oben auf dem Gipfel.

»Scheiße!«, ruft Boris. »Und jetzt? Ich soll um zehn Uhr zu Hause sein ... und jetzt ist es gleich zehn!«

Die Straße sei viel zu lang, meint Paul. Er kennt einen Wanderweg direkt hinunter nach Oberursel. Wir nehmen Chiara und Boris in die Mitte. Wir halten uns an den Händen und stolpern los, Paul voran, ich zum Schluss. Etwa eine Stunde lang pfeift Paul Volkslieder. Ihm macht es Spaß. Er steckt uns an. Selbst Boris pfeift irgendwann mit.

»Lasst uns doch was singen«, sagt Paul. »Drück auf Start, *John-Boy*.«

»*John-Boy*?«, lacht Chiara. »Das ist super! Wie bei den *Waltons*!«

»Geht nicht, Paulchen«, kichere ich, »der *Universum* ist noch in Peymanns Auto.« Und meine Klamotten auch.

»Na, dann *kiss and goodbye*. Den sehen wir nie wieder.«

»Meinst du?«

»Na, wer hat uns denn hier oben im Stich gelassen?«

Es kommt, wie es kommen muss. Erst knickt Chiara um, dann fällt Boris hin. Wir versuchen, beide zu stützen oder zu tragen. Aber in der pechschwarzen Nacht ist das unmöglich.

»Na dann ... übernachten wir halt hier.« Paul lässt Chiara vorsichtig zu Boden gleiten.

»Hier?«, fragt Boris. »Weiß jemand, wo wir sind?«

»Im Wald«, platzt es aus mir heraus.

»Mensch, Johnny, komm mal wieder herunter! So be-kifft kann man ja gar nicht sein. Man könnte meinen, du hättest den Joint allein geraucht.«

»Mir ist kalt«, unterbricht uns Chiara.

»Hier, nimm das.« Ich ziehe meine neue Jeansjacke aus.

»Und das«, sagt Paul. Er zieht Jacke und Pulli ebenfalls aus.

»Mir ist sowieso warm.« Ich gebe ihr auch mein neues Hemd und decke sie damit zu. Ich friere tatsächlich nicht, Paul anscheinend auch nicht. Boris legt sich neben Chiara, um sie zu wärmen.

»Aber nicht zu nah«, sagt Paul. Nur in Hosen, Unter-hemden und Schuhen stehen wir etwas blöde herum. Aber es gibt kein Zurück.

»*Gute Nacht, Elisabeth*«, sage ich.

Paul boxt mich in den Bauch. »*Gute Nacht, John-Boy.*«

Irgendwie bekommen wir es hin, Laub zusammen-zusammeln, aus dem wir uns ein richtiges Lager machen. Als ich endlich liege, wird mir doch kalt. Ich vergrabe mich ins Laub. Dann spüre ich, wie der Joint langsam seine Wir-kung verliert.

»Danke, Paul«, sagt Chiara leise. Ich warte, ob sie auch etwas zu mir sagt. Sie tut es nicht. Da werde ich auf einmal wieder ganz nüchtern.

In Worms hatte ich einmal eine lange Diskussion mit mei-nem Religionslehrer. Kain erschlägt Abel, weil der von Gott und seinen Eltern einfach nur deswegen geliebt wird, weil es ihn gibt und weil er angeblich alles besser kann als sein Bruder.

»Dabei hat Kain doch Gott seine ganze Ernte gebracht«,

argumentierte ich. »Er hat dafür geschuftet, Tag und Nacht, Wochen und Monate. Abel schenkt ihm einfach nur eins der Lämmer aus seiner Herde, und alles ist gut?«

Aber da ist noch etwas viel Seltsameres. Wenn Gott Abel so geliebt hat, warum lässt er ihn dann erschlagen? »Ich meine, da sind gerade einmal vier Menschen auf der Erde. Dann stirbt Abel durch Kains Hand, und der wird von Gott verbannt. Adam und Eva sind wieder allein.«

»Aber dann kommt doch Set. Gott schenkt Adam einen neuen Sohn, Johannes.«

»Ja, und der bekommt ebenfalls einen Sohn. Enosch.«

»So ist es, Johannes.«

Ich habe meinen Lehrer ernst angeschaut und gefragt, wer denn dann die Mutter von Enosch gewesen ist …

Ich habe die Geschichte nie verstanden. Doch Paul, den ich wecke und dem ich darüber erzähle, will davon nichts wissen.

»Lass mich bloß mit der Bibel in Ruhe!«

»Sind wir wie Kain und Abel, Paul?«

»Sag mal, hast du 'ne Meise? Leg dich hin und schlaf!« Ich lege mich hin. Ich igele mich in meinem Laubhaufen ein. Schlafen kann ich nicht. Aber das ist mir egal. Ich bin frei. Ich liege in einem Wald. Irgendwo hinter den Bäumen befindet sich die Stadt. Irgendwo da unten wird die U-Bahn-Station sein. Wenn es hell wird, werden wir sie suchen, und wir werden sie auch finden. Wir werden nach Hause fahren, zurück in die Stadt.

Dort wird dann alles wieder so sein wie zuvor. Ich werde mich wieder anstrengen müssen, Johannes zu sein. Oder Johnny. Oder ein zweiter Paul. Wie schön es doch wäre,

hierzubleiben, den Wald zu riechen und den Tieren zuzuhören, wie sie durch das Laub rascheln. Zwischen den
Baumkronen sehe ich sogar ein paar Sterne. Das hier ist
ein viel besseres Versteck als der Schuppen im Botanischen
Garten. Ob das Moped dort vielleicht noch fahren kann?

»Kain und Abel«, brummt Paul. »So ein Schwachsinn!«

Ich schweige. Während ich die dunklen Silhouetten der
Bäume vor dem etwas helleren Himmel betrachte, finde ich
das nämlich gar nicht so abwegig. Okay, wir mögen uns,
was bei Kain und Abel eher nicht der Fall war.

Aber trotzdem sind wir zu Konkurrenten geworden.

5

Chiara dreht sich noch einmal um. Paul und ich stehen auf
dem Balkon und schauen ihr hinterher, wie sie am Arm
ihres Vaters nach Hause humpelt. Boris ist schon länger
fort. Seine Eltern haben ihn ohne ein weiteres Wort abgeholt. Mit Chiaras Vater aber hatten wir eine längere Diskussion.

»Sie hat keine Mutter«, hat er am Schluss zu Pauls Mutter gesagt.

»Ist das jetzt ein Antrag?«, hat sie ihn geneckt, aber er
hat es nicht verstanden.

»Ich kann nicht immer auf sie aufpassen. Und ich kann
sie auch nicht einsperren. Principessa, denk doch einmal an
deinen Vater!«

»Ihr überspannt den Bogen«, sagt Pauls Mutter jetzt,
als sie hinter uns steht. »Erst die Geschichte auf dem Dach,

dann der Diebstahl im Kaufhof und der Rotwein, und jetzt auch noch eine ganze Nacht im Wald. Es war schon nicht einfach, einen Sohn großzuziehen ...« Sie lässt uns mit diesem Halbsatz allein. Er ist uns aber im Moment nicht wichtig.

»Was war das denn, Johannes?«, fragt mich Paul.

Ich zögere. »Ich fand es irgendwie ... schön«, sage ich und meine die Sache im Auto. Wie wir beide Chiara gestreichelt haben. Aber Paul meint etwas anderes.

»Kain und Abel, du Idiot! Was hast du damit gemeint? Ich habe die halbe Nacht wach gelegen und überlegt, wer ich in deiner Phantasie bin.«

»Du bist natürlich Kain.« Ich grinse erleichtert. Denn über Chiara zu reden – ich glaube nicht, dass das gut gegangen wäre. »Ich weiß es doch auch nicht. Wahrscheinlich ist das alles nur Blödsinn. Daran ist nur der Joint von Peymann schuld.«

Da fällt mir wieder ein, worüber ich in der Nacht noch gelacht habe. Die alte Bundfaltenhose ist mir nicht wichtig, aber die neuen Hemden schon, die *Kinks*-Platte und auch die Haarcreme, vor allem aber der *Universum*. Das hat nun alles Peymann. Ob er es mir zurückgibt?

Er gibt es mir zurück. Gleich am Montagmorgen händigt er mir stumm wie ein Fisch die Sachen aus. Chiaras Vater und die Eltern von Boris haben sich am Sonntag bei seinen Eltern gemeldet, erzählt uns Boris. Ich möchte nicht in Peymanns Haut stecken. Als er dann mitten in der Deutscharbeit zum Direktor gerufen wird, tut er mir fast leid. Paul steht auf und zieht mich mit hoch. Der Lehrer schaut uns verdutzt an.

»Wir müssen mit«, sagt Paul. »Es ist wichtig.«

»Dann holt ihr die Arbeit nächste Woche nach«, meint der Lehrer etwas ratlos. Ich hätte sowieso nicht gewusst, was ich schreiben sollte. Ich habe *Rolltreppe abwärts* immer noch nicht gelesen.

»Peymann ist ein Arschloch«, sagt Paul so heftig, dass uns anderen – ein bisschen mir, Peymann auch, aber besonders Herrn Disell – die Spucke wegbleibt. »Aber wir wollen das trotzdem unter uns klären.«

»Du weißt, dass das nicht geht«, sagt der Direktor, nachdem er sich wieder gesammelt hat. »Er hat das Auto seines Vaters gestohlen und durch sein Verhalten andere Schüler in Gefahr gebracht.«

»Ich denke doch, dass das geht, Herr Disell. Schauen Sie sich Ihre Hand an, und denken Sie daran, was damals passiert ist … und was noch alles passiert wäre, wenn selbst Menschen wie Sie die Verantwortung nicht in die eigene Hand genommen hätten.«

Der Direktor schaut tatsächlich auf seine Hand. Irgendwann, denke ich, wird die Forschung so weit sein, dass er sogar die künstlichen Finger bewegen kann. Jetzt rede ich weiter. »Ich habe meine Sachen zurück. Chiara ist ein bisschen angeschlagen, gut. Aber das war sie vorher schon. Boris ist stolz darauf, dass wir die Nacht im Wald verbracht haben. Wegen seiner Behinderung darf er oft nicht das tun, was er gerne möchte. Und Paul«, ich schaue ihn an, »also, das hätten Sie sehen sollen, wie er am Morgen auf einen Baum geklettert ist, um den richtigen Weg zu finden. Er ist ein Held. Er hat uns aus dem Wald geführt.«

Paul grinst. Er weiß, dass ich übertreibe. Als es heller

wurde, haben wir festgestellt, dass die U-Bahn-Station gerade mal 50 Meter von uns entfernt war. Peymann schnauft. Herr Disell schweigt.

»Ihr meint also, es ist nichts passiert, worauf die Schule reagieren müsste?«, fragt er uns schließlich. Paul und ich schütteln die Köpfe. Dann wandert sein Blick zu Peymann. »Und du, Rüdiger? Meinst du das auch?«

Während Paul mir »Rüdiger?« zuflüstert, sehe ich, wie Peymann mit sich kämpft. Wie er mit der Möglichkeit umzugehen versucht, ganz einfach dieses Zimmer verlassen zu können. Er muss dafür nur *Ja* sagen. Er ist Kain und Abel zugleich, denke ich plötzlich. Es schlagen zwei Herzen in Peymanns Brust. Bislang hat das böse Herz immer gesiegt. So wie heute auch.

»Das ist die größte Verarsche, die ich jemals gehört habe!« Er steht auf und knallt beim Rausgehen die Tür zu. »Ihr könnt mich alle mal!«

»Er wird sowieso Ärger bekommen«, sagt der Direktor nach einer Weile. »Man hat ihn in der Nacht angehalten und kontrolliert. Diese BMWs sind bei den Terroristen sehr beliebt, wisst ihr? Und Rüdiger hat leider keinen Führerschein.«

Was machen zwei Freunde, wenn sie in dasselbe Mädchen verliebt sind? Können sie dann noch Freunde sein? Ich habe keine Ahnung. Wahrscheinlich gibt es keine Regel dafür. Wahrscheinlich fängt man an, Unsinn zu machen. Einmal stehe ich wie ein blöder Zwölfjähriger vor dem italienischen Restaurant ihres Vaters, über dem sie auch wohnen. Ich stelle mir vor, wie sie gleich herauskommt. Ich stelle mir vor, wie ich gleich zu ihr hineingehe. Beides passiert nicht.

Ein anderes Mal kommt Paul mit, als Chiara und ich in den Büschen heimlich rauchen. Er nimmt mir die Zigarette aus der Hand und zieht selbst dran, aber es sieht ganz schön dämlich aus.

»Du musst das nicht machen, wenn du nicht willst«, sagt Chiara.

»Schmeckt aber gut«, hustet er.

Was er nicht weiß: Als er wieder weg ist, rauchen wir danach noch eine. Dann küsst Chiara mich wieder, selbst wenn sie die ganze Zeit vorher so getan hat, als würden wir uns kaum kennen. Selbst wenn sie später mit Paul wieder Händchen halten wird und ich einfach danebenstehen und so tun werde, als wäre nichts. Sie ist es, die sich entscheiden muss – obwohl ich es vielleicht lieber nicht wissen möchte. Ich habe nicht gewusst, dass es mit Frauen so kompliziert sein kann.

»Warum machst du das?«, traue ich mich irgendwann, sie zu fragen.

Sie zuckt mit den Schultern. »Paul habe ich lieb, aber er küsst mich einfach nicht. Außer das eine Mal in Peymanns Auto. Mit verbundenen Augen. Als wäre ich jemand anderes.«

Ich habe keine Ahnung, wie sie so etwas feststellen kann. Für mich ist sie da einfach nur Chiara gewesen. Chiara, die mich sprachlos machen kann. Chiara, bei der alles so ist, wie es sein soll. Ich könnte ihr jetzt sagen, dass mir ihre beiden Lachgrübchen gefallen. Ich könnte ihr erzählen, was mir sonst noch alles einfällt, wenn ich an sie denke, wenn ich mir vorstelle, wir wären zusammen. Und ich stelle mir eine Menge vor.

Ich tue es nicht. Stattdessen kratze ich meinen ganzen

Mut zusammen. »Aber können wir dann nicht auch miteinander schlafen? Ich meine, wenn wir sowieso nur eine Knutschbeziehung haben?«

Sie schüttelt den Kopf. »Beim Küssen, da bist du prima, Johnny. Aber mit dir schlafen … das kann ich meinem Vater nicht antun.« Sie schaut hoch in den Himmel. »Und meiner Mutter«, fügt sie hinzu. Das macht es noch verzwickter.

Trotzdem: Ich verstehe es nicht. Was hat Paul, was ich nicht habe? Was kann er ihr geben, was ich ihr nicht geben kann? Liegt es daran, dass er lässig ist, so unglaublich lässig? Und dass ihn das unerreichbar macht? Ich würde Chiara ganz nah sein wollen. Von mir könnte sie alles haben.

Aber genau das will sie vielleicht nicht.

Darüber denke ich den ganzen Tag nach. Manchmal finde ich eine Lösung, nur um sie gleich wieder zu verwerfen. Manchmal denke ich an Lola, an irgendeine Lola, die genauso schön und aufregend sein könnte wie Chiara, nur dass Paul sie nicht kennt. Ich habe mir das Lied angehört, mehrmals, und ich habe versucht, aus dem Text schlau zu werden. *Girls will be boys, and boys will be girls.* Das verstehe ich noch. Bist du verliebt, denkst du nicht mehr daran, wer du bist. *But I know what I am and I'm glad I'm a man and so is Lola.* Das aber ist ganz klar zweideutig. Ist sie nun ein Mann, oder ist sie nur froh, dass der Sänger einer ist? Und dann kommt in einer Fünfminutenpause Miriam zu mir und raunt mir zu, dass sie und Paul es schon mehrmals getan haben.

Dabei steckt sie sich den Zeigefinger in den Mund und saugt dran.

6

»Ich glaube nicht, dass es vorbei ist«, sagt Boris, als wir auf dem Platz auf unserer Mauer sitzen. Er schüttelt den Kopf, als wir ihn fragend anschauen. »Ich meine Peymann, ihr Deppen. Warum habt ihr euch für ihn eingesetzt? Das war so ein Schwachsinn!«

»Wieso?«, frage ich. »Seitdem ist doch alles ruhig.«

»Du hast leicht reden! Du kannst dich gegen ihn wehren. Und Paul auch. Aber schau mich an.« Er streckt seine kurzen Arme vor.

»Ach, der Rüdiger tut dir schon nichts«, sagt Paul leichthin, während er Chiara kitzelt. Ich liebe dieses Lachen und überlege, ob jetzt der Augenblick gekommen ist, um Miriam ins Spiel zu bringen. Das, was sie mir zugeflüstert hat, war eindeutig. Sie und Paul haben es schon mehrmals getan. Doch dann könnte ich einen von beiden verlieren. Oder vielleicht sogar beide …

»*Der Rüdiger tut dir schon nichts*«, äfft Boris Paul auf einmal nach und springt von der Mauer. »Der Rüdiger will nur spielen, oder was? Das ist so ein blöder Spruch, Paul Neumann!«

»Jetzt krieg dich mal wieder ein!«, ruft der jetzt. Doch Boris läuft einfach los.

Paul und ich rennen Boris hinterher und holen ihn auf dem Eisernen Steg schließlich ein. Ich versuche, ihn an der Schulter festzuhalten, aber er befreit sich. »Jetzt bleib doch mal stehen, Boris!«

»Lass mich!«

»Was ist denn los?«, fragt Paul.

»Was los ist?« Boris dreht sich zu ihm um. »Das weißt

du doch am besten! Seitdem Johnny aufgetaucht ist, bin ich nur noch Luft für dich. Nichts für ungut, Johnny, du kannst nichts dafür. Du behandelst mich nicht wie einen kleinen Jungen, der überall nur mitgeschleppt wird. Wir waren mal die besten Freunde, Paul. Aber jetzt werde ich von dir nicht mehr für voll genommen.«

»Aber ...«

»Und Chiara! Du weißt genau, dass ich auch in sie verliebt bin.« Er sieht zu ihr hin, wie sie langsam auf uns zukommt, und senkt die Stimme. »Aber du musst ja jetzt auf einmal mit ihr herummachen! Und gleichzeitig auch noch mit Miriam.«

»... das stimmt doch gar nicht!«

»Könntest du nicht einfach ein bisschen vorsichtiger sein, damit du andere Menschen nicht verletzt?«

»Ich wusste nicht ...«

»Jaja, natürlich nicht. Es ist wie immer, du denkst nur an dich. Du und dein großes Selbstvertrauen! Paul ist die Sonne, und wir alle drehen uns nur um ihn! Du kannst mich mal!« Boris läuft weiter und erreicht das Ende der Brücke. Dort beim Treppenabgang hievt er sich auf die Steinbrüstung und schaut wütend in unsere Richtung.

»Was ist passiert?« Chiara hat uns erreicht. Sie sieht Paul an, wie er fassungslos dasteht. Ich begreife nichts. Ich schaue nur hin und her. Da ist vor meiner Zeit etwas zwischen ihnen falschgelaufen, und das hat gerade herausgemusst.

»Ich geh mal zu ihm«, sage ich. Bei Boris angekommen, hieve ich mich ebenfalls auf die Mauer. Schweigend schauen wir zu, wie Chiara Paul in den Arm nimmt. Als ob sie ihn trösten will. Wir sehen, dass sie etwas zu ihm sagt, ihm was erklärt und dabei wie alle Italiener die Hände benutzt.

Er reißt sich los, läuft zum Brückengeländer und schaut hemmungslos schluchzend in den Main hinunter.

Damals, vor einer Ewigkeit, da habe ich geglaubt, einen Kumpel, einen Freund gefunden zu haben. Aber ich habe auch seine Welt geschenkt bekommen, das Leben um ihn herum: Chiara, Boris, selbst Peymann, selbst Miriam. Ich schaue Boris an und dann wieder zu Paul hinüber. Er steht noch immer am Geländer. Chiara redet auf ihn ein.

»Seitdem ich da bin, ist also alles anders geworden.« Das ist keine Frage. Das ist einfach nur das, was Boris auch gesagt hat. Er beantwortet es aber trotzdem.

»Du hast keine Schuld. Du bist in Ordnung, auch wenn es bei mir ein bisschen gedauert hat ...«

»Entschuldige, ich wollte gar nicht von mir reden«, unterbreche ich ihn. »Du bist es doch, dem es gerade beschissen geht.«

»Ist schon okay. Jedenfalls wäre das früher oder später sowieso passiert. Ich bin wirklich nicht der Typ, in den sich eine wie Chiara verlieben würde. Mit diesen scheißkurzen Armen. Aber richtig sauer bin ich, weil Paul überhaupt nicht mehr mit mir spricht. Als wäre ich Luft. Nur noch die Mädchen hat er im Kopf. Nur noch Johnny und die Musik, die du angeschleppt hast. Für mich ist da kein Platz mehr.«

Ich kann ihn nicht trösten. Boris weiß, wie wichtig Paul für mich ist, selbst wenn er unsere Geschichte nicht kennt. Vielleicht sollte ich sie ihm erzählen? Und Chiara auch? Damit sie beide wissen, wie ich in ihr Leben getreten bin. Damit Chiara weiß, warum ich eines Abends bei Paul aufgetaucht bin und sie gestört habe. Und damit Boris erfährt, warum mir – und Paul – die Musik so wichtig ist. *ZZ Top*, Iggy Pop und jetzt *The Kinks* – sie haben uns durch die letzten Wochen begleitet. Sie haben meinem Leben einen Rhythmus gegeben. *Versuche, es besser zu machen …*

»Schau doch mal«, unterbricht Boris meine Gedanken. Ich blicke auf, doch ich brauche einen Moment, bis ich begreife, was er meint.

Paul klettert gerade an einem der eisernen Brückenträger hoch …

7

»Jetzt komm da wieder runter!« Chiara brüllt mehrmals Pauls Namen, doch der denkt gar nicht daran umzudrehen. Er klettert einfach immer weiter den schräg ansteigenden Brückenpfeiler hoch. »Du fällst ins Wasser!«

Als ich Chiara erreiche, sehe ich die Tränen auf ihrem Gesicht. Paul hat mittlerweile die Spitze des Brückenträgers erreicht und sich da oben hingesetzt.

»Ich habe ihm gesagt, dass ich nicht mit ihm zusammen sein kann, wenn er nicht …« Den Rest kann ich nicht verstehen.

»Ach, du Scheiße«, murmelt Boris, als er uns erreicht. Er schaut mit uns nach oben. »Jetzt komm, Paul. Ich habe es nicht so gemeint. Klettere da wieder runter!«

Doch Paul reagiert weder auf ihn noch auf mich, als ich es auch versuche. Er sitzt da oben. Er bewegt sich nicht. Er schaut einfach nur auf den Main. Immer mehr Menschen bleiben stehen. Sie zeigen mit dem Finger auf ihn. Irgendwann wird einer von denen die Feuerwehr rufen. Oder die Polizei …

Es ist schwieriger, als ich erwartet habe. Wegen der dicken runden Nieten kann man nicht einfach so hochlaufen, und sich an ihnen festhalten klappt ebenfalls nicht. Nach einer Ewigkeit erreiche ich die Spitze. Irgendwie schaffe ich es, mich auf den Querbalken zu setzen, der die beiden Träger auf jeder Seite der Brücke miteinander verbindet.

»Wie hoch ist das hier?«, frage ich Paul. Als wäre das jetzt das Wichtigste. Der Main fließt ziemlich schnell, wie ich sehen kann. Mir ist ein bisschen schwindelig.

»Keine Ahnung«, sagt er tonlos. »Fünfzehn Meter vielleicht?«

»Willst du darüber reden?« Erst Boris, jetzt Paul. Dabei bin ich überhaupt nicht geübt darin, anderen zuzuhören und ihnen gute Ratschläge zu geben.

»Nein.« Paul schüttelt den Kopf und schaut weiterhin auf den Main. »Es ist mir alles zu viel. Erst du, dann Boris und jetzt auch noch Chiara. Klettere wieder runter, Johnny. Du kannst mir nicht helfen.«

»Wieso? Was habe ich damit zu tun, dass du hier oben sitzt?«

Er dreht sich um, blickt mich ziemlich wütend an und erzählt, wie er sich gefreut hat, dass ich wiedergekommen bin und ihm gesagt habe, dass ich jetzt mein Leben genießen will. »Wir werden jede Menge Spaß haben, habe ich gedacht. Musik hören und so ...«

»Aber das haben wir doch!«

»Haben wir? Kannst du dich an unser Gespräch erinnern? Das ist noch nicht mal eine Woche her. Du sollst dich um deine Angelegenheiten kümmern und Chiara in Ruhe lassen, habe ich zu dir gesagt.«

»Ja schon, aber ...«

»Und was machst du? Einen Scheißdreck kümmerst du dich darum. Und jetzt fragst du sie auch noch, ob sie mit dir schlafen will …«

Der Satz bleibt ziemlich lange hängen. Was soll ich dazu sagen? »Chiara hat dir das wirklich erzählt?«

Paul geht nicht darauf ein. »Ich hatte ein schönes Leben«, sagt er und hebt die Hände. »Früher, da habe ich einfach gemacht, was ich wollte. Jetzt muss ich an allen Ecken und Enden kämpfen, obwohl ich das überhaupt nicht will. *Bring dein Leben in Ordnung*, habe ich zu dir gesagt. Erinnerst du dich? Und was machst du? Du bringst meins in Unordnung. Auf einmal bist du überall. Und ich werde immer weniger.«

»Kain und Abel«, sage ich nach einer Weile.

»Ja, aber du bist Kain. Nicht ich. Du erschlägst mich.«

Das sitzt.

Ein kühler Wind kommt auf. Er macht es ziemlich ungemütlich hier oben. Aber ich merke es nicht. Denn auf einmal fängt Paul an, wirklich zu reden.

»Jetzt erzähle ich dir mal etwas von mir. Es ist nicht schön, und ich habe auch keine Ahnung, warum, aber … ach, Scheiße!« Er verschränkt die Arme hinterm Kopf und lehnt sich weit zurück, um in den Himmel zu schauen. »Ich kann Chiara nicht einfach so küssen. Mit Miriam könnte ich alles machen, sie könnte mir einen blasen, wir könnten vögeln – doch sie interessiert mich nicht. Sie ist mir egal. Aber für Chiara würde ich sterben, ehrlich.«

Das hat er schon mal gesagt. Aber da war er betrunken.

»Aber … die Sache im Auto …«, sage ich nach einer langen Stille, »… ich meine, als wir beide …«

»Da war ich bekifft, Johnny. Da hat man mir die Augen verbunden … und weißt du, was ich gemacht habe? Ich habe mir einfach vorgestellt, sie wäre eine andere. Das hat sogar funktioniert.«

Genau wie Chiara gesagt hat. Aber trotzdem, sowas Bescheuertes habe ich noch nie gehört. »Du hast dir eine andere vorgestellt?«

»Ja, Mann!«

»Miriam? Sie hat mir erzählt, dass ihr beide …«

»Quatsch! Sie hat dich angelogen. Ich habe nie was mit ihr gehabt.«

Mir bleibt der Mund offen stehen. Mann, was bin ich leichtgläubig! »Und Chiara weiß das alles?«

Er antwortet nicht sofort. Ganz leise spricht er dann, und ich muss mir Mühe geben, um ihn zu verstehen. »Seit drei Jahren bin ich in sie verknallt. Und jetzt wäre es endlich so weit. Jetzt könnten wir miteinander gehen, uns küssen, miteinander schlafen. Sie will es. Ich will es. Aber ich kann nicht. Ich kenne sie einfach zu gut. Sie ist wie … wie eine Schwester.« Jetzt wird er auf einmal lauter. »Wie eine Schwester, Johnny!«

Ich schaue runter. Hier auf dem Querbalken sitze ich genau über Chiara und Boris, die zu uns hochstarren. Mindestens fünfzig weitere Menschen stehen um sie herum. Können die uns alle hören? Kann Chiara uns hören? Hat Paul mich gebraucht, um ihr das auf diese Weise zu sagen? Wie gemein. Ich sehe sie weggehen. Mit gesenktem Kopf. Boris trottet ihr hinterher.

Paul hat genauso viele Macken wie ich. Mindestens. Mann, was wir für Helden sind! Doch trotzdem merke ich wieder einmal, wie gern ich ihn habe. Aber sagen kann ich ihm das nicht. Stattdessen gebe ich ihm einen Tipp, den blödesten Tipp, den jemals jemand einem anderen gegeben hat.

»Stell dir einfach vor, du wärst ich. Dann kannst du Chiara stundenlang küssen.«

Mindestens zehn Minuten passiert nichts. Dann höre ich ihn glucksen.

»Ich versuche, mir das vorzustellen. Ich wäre du ...!« Er bricht in Lachen aus. Ich lache mit, auch wenn ich nicht weiß, wie er es meint. Die Menge unten zerstreut sich jedenfalls. Jetzt sind wir nur noch zwei einfache Jungs, nicht lebensmüde, sondern dumm.

»Aber wenn ich wirklich du wäre, dann würde ich jetzt hier nicht sitzen.« Dann wäre er bei meinem Vater, sagt er. Dann würde er ihm helfen, sagt er. »Weil er doch recht hat. Er lehnt sich gegen den Scheißstaat auf, weil der ihm unrecht angetan hat.«

Jetzt kann ich nicht mehr anders. Jetzt muss ich ihm auch alles sagen, was ich ihm bislang verheimlicht habe. So erzähle ich die ganze Geschichte, dass ich Heidi im Kaufhof wiedergesehen habe, dass ich ihr gefolgt bin und dass mein Vater immer noch den VW-Bus fährt.

»Aber die Polizei hat den Bus doch damals gefunden?« Paul begreift es erst mit einiger Verzögerung. »Das ist nicht wahr, oder? Sie haben das falsche Auto sichergestellt?«

Das wäre auch eine Möglichkeit, aber so dumm sind sie nicht. »Nein«, sage ich, »Vaters Bus ist gar nicht das Tatfahrzeug gewesen. Mein Vater hat mit der Entführung von Hanns Martin Schleyer nichts zu tun.« Er lebt in Schwanheim ... wieder oder noch immer, was weiß ich, aber auf jeden Fall mit Heidi. Als wäre nichts passiert, und es ist ja auch nichts passiert. Das ist das Ungeheuerlichste. Ich habe einfach nur alles falsch verstanden.

»Augenblick mal«, unterbricht mich Paul. »Du willst allen Ernstes behaupten, dass dein Vater kein Terrorist ist?«

»Ach, was weiß ich? Ich weiß nur, dass ich ihn wieder-gesehen habe«, sage ich jetzt etwas leiser, »und deswegen wollte ich nach Schwanheim zurück.«

»Du bist mir ja ein Held! Wieso hast du mir nichts davon erzählt?«

»Ich konnte nicht. Ihr hättet mich doch sofort über-redet, zu ihm zurückzugehen.« Ich zögere kurz und er-zähle ihm, wie ich hinein ins Hochhaus gehen wollte und wie genau in dem Moment Heidi herausgekommen ist. Im Arm meines Vaters.

»Keine zehn Meter von dir entfernt, und sie sehen dich nicht? Wo gibt's denn sowas? Und das erzählst du mir ein-fach so nebenbei?«

Ich nicke. Aber nebenbei ist gut. Wir sitzen auf einem Brückenpfeiler, fünfzehn Meter über dem dreckigen Main. Wo, wenn nicht hier, kann man so etwas erzählen? Und dann kommt, was ich eigentlich sagen will.

»Ich bin mir so überflüssig vorgekommen. Er kann sein Leben ohne mich leben. Er braucht mich nicht. Und des-wegen … bin ich einfach wieder zu dir nach Hause ge-gangen. Ihr habt euch gefreut, du und deine Mutter, und ich dachte, ich bin gerettet.«

Ich schaue jetzt ebenfalls auf den Main hinunter. Wenn man ehrlich ist, ist man auch verletzlich. Paul könnte jetzt einfach alles aus meiner Beichte machen. Ich habe mich ihm ausgeliefert. Da spüre ich, wie seine Hand auf meiner Schulter landet und dort bleibt. Er hievt sich hoch.

»Ich habe einen harten Tag hinter mir, *John-Boy*. Aber weißt du, du bist mir trotz allem sowas wie ein Bruder und Freund geworden. Nix Kain und nix Abel. Meinetwegen kannst du für immer bei uns bleiben.«

Ich stelle mich ziemlich wackelig neben ihn. Es ist kühl hier oben, der Wind ist ziemlich frisch. Damals, als wir uns kennengelernt haben, war es warm und sonnig. Jetzt ist es Herbst geworden.

»*We really got us*«, versuche ich es. Paul grinst. Es klappt. Zumindest für diesen Tag.

»Auf *Los*?«

Ich nicke und grinse auch. Ich halte die Luft an.

»Nieder mit der ...«, brüllt Paul.

»... Schwerkraft!«, brülle ich.

Dann springen wir.

Je te veux

1

Eli glaubte, es gut erklärt zu haben, doch Peter-Klaus de Feronce zeigte wenig Verständnis. »Gerade im Herbst, liebes Fräulein Meissner, wenn viele Verträge verlängert werden müssen, kann sich niemand Extravaganzen erlauben; ich kann Ihnen, bei allem guten Willen, nicht einfach eine Woche Sonderurlaub geben.«

Wo sie doch gerade erst ein paar Tage wegen Krankheit gefehlt habe – das, dachte Eli, hätte er gerne hinzugefügt, wenn er nur gekonnt hätte, wenn er nicht als Hugenotte in seiner von humanistischen Werten geprägten Welt gefangen wäre. Eli wusste um ihre Chance, man durfte ihn nur nicht darauf hinweisen, auf seine menschliche Seite, die er schon des Öfteren offenbart hatte. Herr de Feronce musste von selbst darauf kommen, was für ein besonderes Zeichen von Nächstenliebe es wäre, ihr freizugeben.

So wartete sie einfach ab und war verblüfft, dass man sogar beobachten konnte, wie unter dem leicht gelockten Haar, das einst braun, doch mittlerweile ergraut war, das Für und Wider in seinem Kopf abgewogen wurden. Bis er sich schließlich räusperte.

»Wann soll es denn überhaupt losgehen?«

Jetzt bloß keinen Fehler machen, dachte sie, sondern

ihm vielmehr das Gefühl geben, an ihrem Wohlergehen beteiligt zu sein. »Sobald ich die Visa habe. Ein Freund kümmert sich darum, ein anderer wird mich fahren. Also ab Mittwoch vielleicht?«

Sie beobachtete, wie aus dem Wider tatsächlich ein Für wurde und sich die in Falten gelegte Stirn glättete. Vielleicht blieb ihm als Chef einer Versicherungsfirma auch nichts anderes übrig. Gerade in diesem Geschäft ging es ja um das Wohl der Menschen.

»Also, meinetwegen. Dann bleiben Ihnen noch heute und morgen, um die letzte Woche aufzuholen und die nächsten Tage vorzubereiten. Sie sind uns eine zuverlässige Mitarbeiterin, Fräulein Meissner; wenn ich jetzt das Wort *hervorragend* hinzufüge, ist das ein Zeichen meiner Wertschätzung für Ihre Arbeit. Sie sollen die Woche bekommen; ich hoffe sehr, dass Sie das Grab Ihres Bruders auch wirklich finden. Aber bitte seien Sie nächste Woche wieder da. Für Donnerstag hat sich Hermann Staub angekündigt. Sie wissen, wie anstrengend er sein kann.«

Sie drückte ihm zum Dank fest die Hand. Von Buchenwald hatte sie ihm nichts erzählt. Sie wusste schließlich nicht, was er im Krieg getan hatte.

Draußen auf dem Gang traf sie auf Wilhelm, der auf und ab lief. »Du fährst also wirklich.«

»Ja, sobald wir die Visa haben, geht es los.«

»Ich werde jedenfalls nicht mitkommen.« Er sprach es fast als Frage aus, was Eli verwunderte, denn davon war nie die Rede gewesen. Das, was sie vorhatte, war kein Sonntagsausflug, an dem einfach jeder teilnehmen konnte.

»Hätte ich dich darum bitten sollen?«

Wilhelm druckste herum. »Na ja, schließlich komme ich von dort. Aus Schlesien. Beuthen an der Oder, um genau zu sein. Das ist ganz in der Nähe.«

Richtig. Das hatte sie auch in seiner Personalakte gelesen.

»Ich würde ja gerne mal wieder dorthin …«

»Ach, Willi.« Es war ihr schon fast zu viel, dass Aron und Sarah mitfuhren. »Komm mit«, sagte sie zu ihm und nahm ihn an die Hand. Vorbei an den Kollegen, die später einiges zu tratschen haben würden, gingen sie den Gang entlang und die Treppe hinunter zu ihrem Reich: das Archiv der Firma hinter einer feuerfesten Tür, neben der sie eigenhändig das Schildchen *Fräulein Elisabeth Meissner – Archiv* gegen *Frau Elisabeth Meissner – Archiv* ausgetauscht hatte.

Nachdem die Tür fest ins Schloss gefallen war, verstand Wilhelm es kurz falsch und wollte im Schutz der tausend Akten seine Lippen auf ihre drücken, doch ein rasch gehobener Zeigefinger ließ ihn innehalten.

»Zuallererst muss ich mich bei dir entschuldigen, Wilhelm.«

»Du brauchst dich doch nicht bei mir …«

»Doch, Willi«, unterbrach sie ihn, »denn ich habe etwas getan, das ich nicht hätte tun dürfen.« Sie befreite sich aus seiner steifen Umarmung und ging zu einem Schrank. Dort holte sie seine Personalakte heraus. »Vor unserem Essen im Goldenen Löwen bin ich ein wenig neugieriger gewesen, als ich es sein sollte. Ich habe deine Akte gelesen.«

»Du hast was …?!« Er nahm sie ihr ab und blätterte sie durch.

»Ich wollte wissen, wo du herkommst, was du studiert hast, wer du bist. Selbst deine weiteren Vornamen kenne ich.« Ein Fisch auf dem Trockenen hätte nicht überraschter sein können. Eli aber gab ihm gar nicht erst die Chance, darauf zu antworten.

»Auch die Unterlagen zu deinem Entnazifizierungsverfahren habe ich durchgesehen. Man hat dich als Mitläufer eingestuft, Kategorie IV. Was hast du getan?« Als er noch Dr. Braun gewesen war, hatte es sie nicht interessiert. Jetzt aber war er ein Freund. Er sollte es auch bleiben.

Der Fisch auf dem Trockenen schnappte nach Luft. »Das geht doch niemanden etwas an. Auch dich nicht. Außerdem ist es verjährt.«

Dann war es zumindest weder Mord noch Beihilfe zum Mord, dachte Eli. Trotzdem. »Genau deswegen kann ich dich nicht mitnehmen. Bei dem, was ich tun will, reiche ich mir selbst – als jemand, der wie alle anderen Schuld auf sich geladen hat.«

»Aber der Jude und seine Tochter dürfen mit?«

»Wilhelm Braun!«

»Ach, verflixt noch mal!« Er warf die Akte auf ihren Schreibtisch. »Ich habe langsam genug davon. Ich bin nur ein Buchhalter, Eli, aber ich bin es gerne. Für mich ist das alles zu kompliziert. Ich brauche Zahlen, ich liebe Zahlen, Zahlen sind wichtig, sie bringen die Welt in Ordnung.«

Sechs Millionen ermordete Juden und 50 Millionen Tote im Zweiten Weltkrieg – auch das waren Zahlen. An denen war nichts in Ordnung. Aber das würde sie ihm nicht sagen. Darauf musste er von selbst kommen. Eine Weile war es still, nur das Ticken der Uhr über der Tür war zu hören. Sie ging zwei Minuten vor. So war es Eli lieb.

»Eine Handgranate«, unterbrach Wilhelm das Schweigen. »Ich habe sie in einen See geschmissen, um Fische zu fangen. Wir hatten Hunger. Man hat mich erwischt, also habe ich es den Fremdarbeitern in die Schuhe geschoben. Sie sind ins Lager gekommen. Einer von denen hat mich später bei den Amis angeschwärzt.«

Er schaute sie an, als wäre das Gesagte eine Entschuldigung, als wäre es ein Eingeständnis, als würde er jetzt auf ihr Urteil warten, das in seinen Augen milde auszufallen hatte. Eli hätte zu richten, obwohl ihr die Robe fehlte.

»Eigentlich bist du kein Opfer, Willi«, tadelte sie ihn und beließ es dabei. Er war deshalb nicht automatisch ein Täter.

2

Woran Eli sich erinnerte: Eines Mittags bringt Hans eine alte Erstausgabe mit nach Hause. *Die Verwandlung*, ein schmaler Band, erschienen 1916 mit einem Angst einflößenden Titelblatt: die Zeichnung eines Mannes im Morgenmantel, der sich vor einer geöffneten Zimmertür die Hände vors Gesicht hält; ein entsetzter Gregor Samsa, der es nicht ertragen kann, in einen Käfer verwandelt zu werden.

»Vor den Flammen gerettet«, flüstert Hans aufgeregt, wird Franz Kafkas Werk doch als *schädliches und unerwünschtes Schrifttum* angesehen. Beim ersten Lesen, der Vater ist noch bei der Arbeit, löst die Geschichte ein wahres Feuerwerk an Gefühlen in ihr aus. Als der Vater nach Hause kommt, liegt Franz Kafka bereits gut versteckt unter der Matratze. Was lieben sie und Hans die Erzählung, sie lesen sie sich immer wieder heimlich vor und betonen – bei Kerzenlicht, Grimassen schneidend – jedes einzelne Wort.

»Die treue Grete!« Manchmal neckt Hans sie damit,

wenn Eli allzu nett zu ihm ist. So wie eines Morgens, als sie ihm mit dem Schulbrot, das er vergessen hat, hinterherläuft. Dem Vater sieht sie an, dass er etwas ahnt. Gesagt hat er aber nichts.

Zwanzig Jahre später, und mehr als dreißig Jahre nach seinem Tod, sollte Franz Kafka seinen Vornamen verlieren. Als Kafka wurde er wiederentdeckt und berühmt. Damals, Mitte der 50er Jahre, hatte Eli zum ersten Mal seine anderen Romanfragmente, Erzählungen und Geschichten gelesen – aber nicht als Hochliteratur oder moderne Klassik, wie es nun alle taten, sondern mit dem gleichen Gefühl, wie sie als Zwölfjährige *Die Verwandlung* verschlungen hatte: als Kriminalfall, als Abenteuerroman, als Gruselgeschichte.

Den späten Ruhm hatte Kafka nicht mehr erleben können. Dafür hätte er nicht nur die Spanische Grippe, die darauffolgende Lungenentzündung und die Kehlkopftuberkulose überstehen müssen, sondern vor allem auch die Nazizeit, an der er, da war sich Eli sicher, wirklich zerbrochen wäre. Wie auf der Zeichnung auf dem Buchumschlag hätte er das Gesicht in den Händen verborgen, um die neue Zeit jenseits der Zimmertür – das Tausendjährige Reich – daran zu hindern, ein Monster aus ihm zu machen.

Was Eli nicht wusste: Auch der Vater hatte Franz Kafka gelesen und das ebenfalls in den 30er Jahren. Die Mitarbeit im Vorstand des Allgemeinen Deutschen Sprachvereins hatte es ihm ermöglicht, auch alle verbotenen Bücher zu studieren.

»Dein Vater muss von Kafka fasziniert gewesen sein«,

sagte Aron, der ihr an diesem Dienstagabend *Das Urteil*, ein weiteres Buch des Schriftstellers, zeigte. »Bei diesen vielen Anmerkungen kann es gar nicht anders sein. Aber das sind nicht nur welche, die das Verbot rechtfertigen, sondern schau: Hier hat dein Vater Wörter und Konstruktionen unterstrichen, die ihm besonders gut gefallen haben.«

Eli nahm ihm das Bändchen ab und blätterte es durch. Tatsächlich fanden sich an den Seitenrändern, aber auch zwischen den Zeilen in einer kleinen Bleistiftschrift zahlreiche Bemerkungen. Zwei-, dreimal entdeckte sie sogar ein schraffiertes Herz, vom Vater an den Rand gezeichnet.

»Aber er war doch verboten!« Nie hatten sie sich damals getraut, auf der Suche nach neuer Lektüre Vaters Bibliothek zu durchforsten. Er hätte sofort erkannt, wenn ein Buch fehlte oder auch nur um einen Zentimeter verrückt worden wäre.

»Wenn du mich fragst, war hier jemand auf der Suche nach Beispielen für ein modernes Deutsch.« Aron nahm ihr das Buch aus der Hand und las vor. »*Ein unschuldiges Kind warst du ja eigentlich, aber noch eigentlicher warst du ein teuflischer Mensch!* Und das hat dein Vater danebengeschrieben: ›*Eigentlich*‹ *als adverbiale Ergänzung hebt, gesteigert, den Zweifel von der subjektiven Empfindung auf eine höhere, allgemeingültige Stufe.* Das ist sehr schlau, von Kafka und von deinem Vater, der das erkannt hat. Denn so wird ein scheinbar unschuldiges Wort zur Anklage.«

Eli kannte die Erzählung. Aber jetzt verstand sie kein Wort, und das sagte sie ihm auch.

»Dann lies den Satz, der danach kommt.« Er hielt ihr das Buch wieder hin.

»*Und darum wisse: Ich verurteile dich jetzt zum Tode des Ertrinkens!* Meinst du den Satz?«

Aron nickte. »Und dann springt der Sohn tatsächlich von der Brücke, machtlos gegen das Urteil des Vaters, aber vor allem machtlos gegen das anklagende Wörtchen *eigentlich*. Diese Art von Anmerkung passt genau zum Engagement deines Vaters in diesem Verein. Ich habe schon einige Bücher aus seiner Bibliothek durchgeblättert. In allen habe ich Anmerkungen gefunden. Und dann auch noch das hier.«

Er zeigte ihr ein altes Dokument, in dem die Ziele des 1886 gegründeten Vereins festgehalten waren: *Die Reinigung der deutschen Sprache von unnötigen fremden Bestandtheilen zu fördern, die Erhaltung und Wiederherstellung des echten Geistes und eigentümlichen Wesens der deutschen Sprache zu pflegen – und auf diese Weise das allgemeine nationale Bewusstsein im deutschen Volke zu kräftigen.*

»Dein Vater hat sogar handschriftlich etwas daruntergeschrieben: *Befreit von semitischen Einflüssen und religiösen Redewendungen muss die deutsche Sprache in ihrer reinen Form der neu entstehenden germanischen Rasse wegweisend sein.*« Aron zeigte ihr einige plakative Beispiele, die ihr Vater angeführt hatte, unter anderem den Ausruf *Mein Gott!* Dieser sollte durch *Meine Güte!* ersetzt werden.

»Aber das sage ich doch auch immer«, entfuhr es ihr. »Ach, Aron, ich kann das gar nicht glauben!«

»Die Männer in dem Sprachverein meinten es jedenfalls ernst. Aber ich vermute, dass es ihnen dabei nicht um die Propagandasprache der Nazis ging, sondern um etwas anderes.« Er zögerte. »Ich traue mich kaum, das zu sagen, aber ausgerechnet dein Vater wollte anscheinend eine völlig neue Sprache entwickeln, der jegliche offensichtliche Aggression und Agitation fremd sein sollte.«

Aufgeregt wie ein Kind führte er sie in sein Zimmer. Die Einzelteile des neuen Betts, gestern geliefert, lehnten verpackt an der Wand. Es würde, groß und breit, dem Zimmer ein neues Gesicht geben.

»Aron …?« Eli war fassungslos. »Was tust du hier?« Sie starrte auf die zahlreichen Bücher, die in Stapeln auf dem Boden lagen.

»Ein bisschen sortieren«, gab er zu. »Ich brauche doch auch Platz für meine Bücher.«

Der Vater, damals gerade aus der Kriegsgefangenschaft zurückgekehrt, war sprachlos und wütend gewesen, dass Mutter und sie seine Bücher wahllos um die Hälfte reduziert hatten, um Platz für sein Bett zu schaffen. Jetzt sollten die Überbleibsel eine Bibliothek für den Untermieter werden, Eli hatte gedacht, es wäre eine nette Geste. Aron hatte vorgeschlagen, sie neu anzuordnen, aber er drohte zu scheitern. Überwältigt von einer Neugierde, so als wollte er daraus sein nächstes Forschungsvorhaben machen, war ihm nun der Inhalt wichtiger als die Ordnung. Er hielt Eli einige Bücher hin, mit denen er seine Vermutungen weiter untermauern wollte. Eli aber nahm sie ihm nicht ab.

»Da ist etwas, das ich nicht verstehe, Aron. Gestern habe ich meinen Chef um Sonderurlaub gebeten. Damit ich herausfinden kann, was mein Vater wirklich in der SS getan hat.« Dafür würde sie mit Sarah nach Buchenwald fahren. Und sie würde versuchen, in Polen das Grab ihres Bruders zu finden.

»Aber jetzt lieferst du mir hier einen Hinweis darauf, dass mein Vater vielleicht doch nicht so schlimm gewesen ist? Weil er Franz Kafka geliebt hat? Hat er uns nicht all die Jahre schikaniert? Und du behauptest, dass er eine Sprache ohne Gewalt und Aggression erfinden wollte?«

Aron schüttelte den Kopf. »Man muss einen Menschen in all seinen Facetten betrachten, Eli. Auch wenn es dadurch schwerer fällt, über ihn zu urteilen. Ich helfe dir, wenn du magst. Schließlich komme ich ja als euer Chauffeur mit.«

»Aber nur, wenn du hier fertig wirst. Wie viele Bücher hast du überhaupt?«

»Eine Menge«, sagte er mit einem Lächeln, »und ich bin gespannt, ob sich die Bücher eines Juden mit denen eines Nazis verstehen werden.«

3

Die Hose zwickte und zeigte sich alles andere als bequem. Eli bereute, sich für sie und nicht für einen leichten Rock entschieden zu haben. Sie hatte weiche Knie und saß deshalb an diesem Mittwochmorgen bereits hinten im Wagen, ein zehn Jahre alter Volvo, bequem und robust. Er gehörte dem Rabbiner, der wie sein Cousin Aron eine beruhigende Wirkung auf sie hatte. »Gute Fahrt«, wünschte er ihr und drückte ihr warm die Hände.

»Wenn er denn kommt«, murmelte Aron.

»Sei nicht so negativ«, herrschte Sarah ihn an. Sie saß vorne und studierte die Straßenkarte.

»George wird es schon schaffen«, sprach Eli sich selbst Mut zu. Sie musste dabei lächeln.

Fünf Minuten vorm Hosenknopf, wenn du rennst, dann

schaffst du's noch – wie oft hatte sie Hans damit gehänselt, wenn er mit zusammengekniffenen Beinen die letzten Treppenstufen hinauf zur Wohnung und zur rettenden Toilette genommen hatte! Oben an der Tür hatte er Sturm geklingelt, während sie einen Regenschauer nach dem anderen imitiert hatte. War alles gut gegangen, und es war immer alles gut gegangen, hatte sie unschuldig wie ein Lamm auf dem Sofa sitzend auf ihn gewartet, um sich von ihm die bittersten Vorwürfe machen zu lassen.

George schaffte es. Durch das Seitenfenster sah Eli ihn im Laufschritt heraneilen, ein gleichsam witziges Bild, hatte sie ihn doch immer nur gehen, stehen oder sitzen gesehen. Es war ihm tatsächlich geglückt, rechtzeitig die Visa zu besorgen, wie er durch das Wedeln der Reisepässe andeutete. »Hier.« Durch das heruntergekurbelte Fenster gab George ihr die Pässe. Dann öffnete er doch noch einmal die Tür, ging in die Hocke und umarmte sie fest. »Ich wäre ja gerne mitgekommen. Aber meine Uniform lässt mich nicht.«

»Natürlich, man würde Sie ja sofort erkennen.«

George lachte kurz und wurde ernst. »Glauben Sie etwa, dass die dort denken könnten, ich wäre ein Spion? Nein, Eli, es ist genau umgekehrt. Wir glauben, dass man mich gefangen nehmen würde, um aus mir Informationen herauszupressen.«

»Ist es denn wirklich so gefährlich?« Sollte sie die Reise vielleicht lieber doch absagen?

»Ich verspreche Ihnen: Wenn man Sie verhaftet, werde ich Sie eigenhändig da wieder herausholen.«

Sie lächelte ihn an. Aber dann sah sie, wie George und Aron Blicke austauschten. »Ach, ihr wollt mich doch nur ...! Aron, wir fahren.«

»*As you like it, Milady!*« Er stieg ein und gab ihr ein Tütchen Mandeln und ein dünnes Buch nach hinten. »Aus *meiner* Bibliothek. Damit du dich ablenken kannst, wenn dir die Reise zu aufregend wird.«

»Mistkerl!«

Auf dem Weg durchs Fränkische hin zur tschechoslowakischen Grenze warf Eli tatsächlich einen Blick in das Büchlein. Ein wenig hatte sie auf einen Kafka gehofft, doch auf dem rotbraunen Einband stand mit Hand gezeichnet und in weißer Schrift *Noten zur Literatur.*

»Was ist das, Aron?«

Er bog ab auf die Autobahn in Richtung Würzburg. »Das ist ein Buch von einem Mann, auf dessen Schoß ich einmal gesessen habe. Als Dreijähriger in deiner Küche.«

»Die Geschichte schon wieder!« Sarah seufzte und vertiefte sich in ihr eigenes Buch, während Eli den Namen des Autors las.

»Auf dem Schoß von Adorno?« In ihrer Küche? Sie konnte es nicht glauben. Aron lachte.

»Seine Familie war eng mit meiner befreundet. Sie nannten ihn Teddy. Teddy hier, Teddy da – du kannst dir vorstellen, wie verwirrend das für einen Dreikäsehoch wie mich gewesen sein muss, der noch mit Kuscheltieren gespielt hat.«

»Bla, bla, bla«, machte seine Tochter. Aron ignorierte sie.

»Ich bin ihm die ganze Zeit hinterhergerannt, bis Teddy mich eines Tages am Ohr gepackt und so der Familie vorgeführt hat, seiner und auch meiner. Alle haben darüber gelacht, wie ich ihm auf Zehenspitzen folgen musste, damit er mir nicht das Ohrläppchen abreißt.«

»Hör auf, Aron«, rief Eli. »Deine Erinnerung ist sicher falsch. Das hört sich an, als wäre er ein furchtbarer Mensch gewesen.«

»Als ich etwa sieben oder acht Jahre alt war, hat er mich einmal mit ins Café Laumer genommen, zu seinen Freunden und Kollegen, die sich dort immer zum Kränzchen trafen: Horkheimer, Tillich und andere. Teddy hat mir zwei Eier im Glas bestellt. Jahre später habe ich mich wieder an die Geschichte erinnert, aber auch daran, warum ich überhaupt mitdurfte. Er und seine Freunde haben darauf gewettet, ob ich die Eier im Ganzen esse oder ob ich sie vorher verquirle.«

»Eier im Glas?« Eli verzog das Gesicht. Aron zuckte mit den Schultern.

»Ich habe mich vollkommen eingesaut, weil ich versucht habe, das ganze weiche Ei in meinen kleinen Mund zu stecken. Und genau darauf hatte Teddy gewettet.« Arons Lachen hörte sich grimmig an. »Was soll's. Ich habe ihn danach nie wiedergesehen. Lies seinen Text über Heine. Er ist ganz interessant.«

Aber Eli überblätterte Heine, hatte sie doch im Inhaltsverzeichnis auch einen Text über Satzzeichen entdeckt. Während sie sich in Adornos Abhandlung zum Gebrauch von Punkt und Komma vertiefte, warf sie ab und an einen Blick hinaus in die grüne, fast schon herbstlich braune Welt des Spessarts. *Doppelpunkte sperren den Mund auf: wehe dem Schriftsteller, der sie nicht nahrhaft füttert.* Eli lachte leise.

Sie hatte immer schon seinen Stil gemocht, wenngleich sie meist nicht verstanden hatte, worauf er aus gewesen war, wenn er das Spezielle im Allgemeinen und umgekehrt zu entdecken versucht hatte. Adorno aber im Radio zu hören, wenn er mit seiner verschnupft klingenden Stimme verquere Gedanken in perfekte, doch auf Reduktion bestrebte Grammatik hatte einfließen lassen, das war ein Hochgenuss gewesen. *Dummschlau und selbstzufrieden lecken Anführungszeichen sich die Lippen.* Köstlich! Wieder musste Eli lachen.

»Was ist?«, fragte Aron, der sie im Rückspiegel ansah. Sie schüttelte nur den Kopf. Kurz trafen sich ihre Blicke, kurz blieben sie aneinander hängen, länger noch hüpfte danach das Herz. Sie spürte die Röte auf ihrem Gesicht. Holte ihr Körper nun etwa auch das nach? Eine Jugend? Ein Verliebtsein? Herzrasen? Sie nahm sich vor, sich auf das Buch zu konzentrieren, um nicht mehr an das hübsche eiverschmierte Gesicht eines kleinen Jungen zu denken und ihre Phantasie spielen zu lassen.

Die Fahrt war zu lang, um tatenlos auf der Rückbank zu sitzen. So blätterte sie weiter im Adorno, dessen Vorname Theodor in den Feuilletons ebenfalls irgendwann weggefallen war. Sie kam zu seinen Ausführungen über das Semikolon, das seiner Ansicht nach auszusterben drohe, da die Positivisten die Prosa belächelten und sie auf den reinen Protokollsatz herunterbrechen wollten. Für Adorno gehörte das Semikolon zu den *Satzzeichen, welche die Sprache artikulieren und damit die Schrift der Sprache anähneln.* Diesen Satz wollte sie sich unbedingt merken.

»Was lachst du eigentlich die ganze Zeit auf den billigen Plätzen? Doch nicht über seinen Heine-Text?«

»Ach, i wo.« Es war zu laut im Wagen, um sich über Feinsinnigkeiten zu unterhalten. Aber wie gern hätte sie Aron jetzt hier hinten, neben sich, auf der durchgehenden Rückbank. Stattdessen streichelte sie seinen Nacken. »Wann sind wir eigentlich da?«

»Wenn mein Vater so weitertrödelt, dann erst in einer Woche. Das ist ein Auto, Dad, und keine Kutsche.«

Der Grenzübertritt erwies sich als erstaunlich harmlos. Die tschechoslowakischen Beamten durchsuchten kurz ihr Gepäck und notierten die Titel der Bücher, die sie dabeihatten. Dann ließen sie sie weiterfahren. *Noten zur Literatur* von Theodor W. Adorno und *The Shining* von einem amerikanischen Schriftsteller namens Stephen King, Autor des dicken Buchs, in dem Sarah las, wenn sie sich gerade einmal nicht über die vorüberziehende, ihr langweilig erscheinende Landschaft aufregte.

»Was haben die da eigentlich gerade gemacht, Aron?«

»Du meinst diese Liste?« Er zeigte sie Eli im Rückspiegel. »Die müssen wir vorzeigen, wenn wir wieder ausreisen. Damit wir beweisen können, dass wir die Bücher nicht in der ČSSR gelassen haben.«

»Warum nicht?«

»Ach, Eli! Bist du so naiv? Feindpropaganda sagte man früher dazu. Die DDR ist da noch strenger. Deinen Stephen King wirst du dort an der Grenze bestimmt abgeben müssen, Sarah.«

»Nicht im Ernst! Warum das denn?« Sie blickte von dem Buch auf.

»Das sollen sie dir dann selbst erklären.«

In den nächsten zwei Stunden las Sarah unentwegt weiter. Es war wirklich ein ziemlich dickes Buch. Ein *Pageturner*, hatte sie es genannt.

Die Goldene Stadt Prag erwies sich als Enttäuschung. Zu dem unaufhörlich prasselnden Regen und der kalten feuchten Luft wollte allein der alte Jüdische Friedhof passen. Alles andere – die Karlsbrücke, der Veitsdom, der Wenzelsplatz oder auch die Prager Burg mit ihrem Goldenen Gässchen – stand, obwohl oder weil saniert, in einem merkwürdigen Kontrast zu den vom Kohlenruß geschwärzten Arbeitervierteln, durch die sie gleich bei ihrer Ankunft gefahren waren, zu den Menschen, die sie alle fünf Minuten ansprachen, um unerlaubt Geld zu tauschen, aber vor allem zu den fast teichgroßen Pfützen auf allen Straßen und Gehwegen der Stadt.

Aber dennoch mochte Eli vor allem das musikalische Deutsch, das hier gesprochen wurde. Selbst der Kellner klang dadurch feinsinnig und sogar ein wenig ironisch, als er Bier um Bier an ihren Tisch brachte. Erst nach der dritten Runde erzählte er ihnen, dass sie einen Bierdeckel auf das Glas legen müssten, sollten sie nicht weitertrinken wollen.

Aron fühlte sich sichtlich wohl. Während Sarah nur einen Salat bestellt hatte, aus dem sie etwas angewidert ein hart gekochtes Ei herauspickte, aß er zu Elis Verblüffung Schweinebraten. »Was schaust du so, Eli? Ich finde es lecker, und es gibt kein Gesetz, dass mir das verbietet. Ich kann sein, wie ich will, besonders hier in Prag.«

Eli wusste, was er meinte. George hatte ihr viel über den Nationalismus erklärt, weil er geglaubt hatte, dass sie zu wenig darüber wusste. Er hatte von Menschen wie Reinhard Heydrich erzählt, die besonders grausam die Ideologie in Realität umgesetzt hatten. Heydrich hatte aus dem Protektorat Böhmen und Mähren einen reinen SS-Staat machen wollen. Brutal und ohne Rücksicht wurden die Widerständler verfolgt, und was man sich im Deutschen Reich noch nicht getraut hatte, hatte man hier gnadenlos durchgeführt: die Deportation aller Prager Juden in die Konzentrationslager. »Sie haben ihn den Henker von Prag genannt.«

»Und trotzdem hat er geglaubt, dass man ihn hier respektieren, wenn nicht gar lieben würde. *Meine Tschechen* hat er sie genannt. Er hat sogar auf eine Leibwache verzichtet, so sicher glaubte er sich der Sympathie der Bevölkerung zu sein. Und dann haben diese netten Menschen einen Anschlag auf ihn verübt.«

Sie verbrachten die Nacht in einem Doppelzimmer eines katholisch geprägten Hotels mit schmalen, weit auseinanderstehenden Einzelbetten. Das erste Mal seit langem schlief Eli nach einem beengten Liebesakt wieder allein in einem Bett. Als es am nächsten Morgen noch immer regnete, war sie froh, die Stadt zu verlassen. Sie würde wiederkommen, das wusste sie. Aber nur bei schönem Wetter.

Eli verzichtete darauf, *Die Wunde Heine*, den Aufsatz, den ihr Aron empfohlen hatte, zu lesen. Sie konnte sich sowieso nicht konzentrieren. Lieber schaute sie durch die vom Regen verschwommenen Scheiben, betrachtete die endlosen Nadelbaumwälder und die riesigen schwarzen, weil bereits abgeernteten Felder. Sie hatten die farbige Welt in Westdeutschland, die kleinen Äcker und das bunte Herbstlaub, abgelöst. Ihr gefiel es, hinten auf der Rückbank zu sitzen, die Mandeln aufzuessen und sich der Zeit hinzugeben. Es beruhigte sie. Nachdem sie an der polnischen Grenze problemlos weiterfahren konnten, traf sie deswegen der Schock stärker als erwartet.

Oppeln, das heutige Opole, durch das sie fuhren, war

auch das Ziel des Zugs gewesen, mit dem man Hans und seine Kameraden ins Grenzgebiet zum damaligen Polen gebracht hatte. Im etwa 40 Kilometer entfernten Strzelce Opolskie, dem früheren Groß Strehlitz, war er stationiert gewesen. Noch einmal 40 Kilometer weiter war er auf polnischem Gebiet gestorben, bei einem Forsthaus in der Nähe von Lubliniec. Was war dort passiert? Würden sie etwas herausfinden? War sie nun kurz davor, ihre Erinnerungen, auf denen sie ihr ganzes Leben aufgebaut hatte, korrigieren zu müssen? Aber was würde das aus ihr machen? Wäre es nicht doch besser, mit einer Lücke zu leben?

4

Aron fragte zweimal nach dem Weg. Der Erste, neben dem er anhielt, ein Landarbeiter wie aus einem anderen Jahrhundert, sprach kein Wort Deutsch. Doch der Zweite, der Wirt des Gasthauses, in dem ihnen eine lauwarme *Botwinka*, eine Rote-Beete-Suppe mit viel Schlagsahne, serviert wurde, konnte ihnen den Weg beschreiben.

»Fragen Sie nach Jerzy Król«, erklärte er ihnen in gut verständlichem Deutsch. »Er ist leitender Forstoffizier.«

Im Vergleich zu den anderen Gebäuden, an denen sie vorbeigefahren waren, sah das Forsthaus westlich des Städtchens recht neu aus. Gebaut halb aus Stein, halb aus dunklem Holz, mit kleinen Fenstern und einem Schornstein, aus dem es schwer und feucht rauchte, stand es mitten auf einer Lichtung in einem sonst dichten Nadelwald. Es hatte aufgehört zu regnen. Aron stieg aus und ging sofort auf die Tür des Forsthauses zu.

»Und du?« Sarah blickte sich um. »Steigst du nicht aus?«

»Gleich«, hauchte Eli und wünschte sich, dass ihr das alles nicht so viel ausmachen würde.

»Brauchst du Hilfe?«

Sie schüttelte den Kopf. Immer hatte sie an diesen Ort gedacht, obwohl sie ihn ja gar nicht kannte. Der *wishing well*, das war der Platz, an dem Hans für sie lebte. So sah sie sich auf dieser großen Lichtung nach einem Brunnen um, konnte aber keinen entdecken. Sie kam sich lächerlich vor.

Aron trat mit einem Mann in einer dunkelgrünen Uniform aus dem Haus. Barhäuptig, trug dieser eine Mütze in der Hand, die er, bevor sie den Volvo erreichten, aufsetzte.

»Wir haben Glück, Eli. Jerzy Król spricht sehr gut Deutsch.«

»Guten Tag. Forstoffizier Jerzy Król«, wiederholte der seinen Dienstgrad und seinen Namen. Jetzt stieg Eli aus. Der Mann hielt ihr die Hand hin, die sie dankbar annahm, war der Boden doch sehr rutschig. Der Vollbart des Forstoffiziers sah ungepflegt aus, aber sie erkannte in seinem Gesicht warme, noch junge Augen, die versuchten, einen Blick auf das blonde Mädchen auf dem Beifahrersitz zu erhaschen.

»Frau Elisabeth Meissner.« Name und Dienstgrad, wie bei ihm, dachte sie und lächelte den dummen Gedanken weg.

»Sie suchen Ihren Bruder? Herr Lewy hat es erzählt.«

»Ja. Er soll hier gestorben sein.« Sofern die einzige Quelle mit diesem Anhaltspunkt, die George hatte finden können, die Wahrheit erzählt hatte.

»Ich weiß nicht, ob ich Ihnen helfen kann. Es sind viele hier gestorben. Polen und Deutsche. Ich war damals, am Ende des Krieges, erst fünf Jahre alt.« Anders als die Menschen in Prag sprach der Forstoffizier das R hart aus. Dennoch hörte Eli seinem Deutsch gerne zu. Es klang erdverbunden und ehrlich.

»Dann waren Sie noch gar nicht auf der Welt, als Hans gestorben ist«, stellte sie fest und sah sich noch einmal um. »Am 26. August 1939 soll es gewesen sein.«

Sie bemerkte ein Blitzen in seinen Augen. »Da hat man Ihnen einen Bären aufgebunden. Das sagt man doch so im Deutschen? Die Wehrmacht ist erst am 1. September hier einmarschiert. Ihr habt uns überrollt. So hat man es mir immer erzählt.«

Eli nickte. Das hatte sie befürchtet. Bis eben war ihr dieser wunderliche Todestag als ganz natürlich erschienen. Denn warum sollte er nicht an jenem Tag gestorben sein, sechs Tage vor dem eigentlichen Krieg? Damals war doch einfach alles möglich gewesen. Aber … war es im Grunde nicht egal, wann das passiert war? Wichtig war doch nur, wo es geschehen war. Sie brauchte einfach einen Ort, an dem sie ihn betrauern konnte.

Sie bemerkte, dass Jerzy Król sie die ganze Zeit aufmerksam gemustert hatte. »Wir können zu meinem Vater fahren. Er war damals in der polnischen Armee. Vielleicht weiß er mehr.«

Sie fand es nett, dass er ihr nicht gleich sämtliche Hoffnungen rauben wollte. Aber zugleich machte es ihre Suche endlich. Sie hätte sich einen Hinweis gewünscht, natürlich kein Schild mit dem Text *Hier liegt Hans*, aber irgendetwas anderes, das es ihr ermöglichen würde, an diesen Ort zu glauben. Wenn dieser Forstoffizier und sein Vater nichts wussten, wäre der Besuch umsonst gewesen. »Gibt es hier einen Brunnen?«, traute sie sich zu fragen.

Jerzy Król sah sie überrascht an. »Woher wissen Sie das? Erst vor kurzem haben wir ihn zugeschüttet.« Er nickte zu einem kleinen Erdhügel keine fünfzig Meter von ihnen entfernt.

»Entschuldigen Sie mich einen Moment.« Auf dem Schlamm rutschend, ging Eli zu dem aufgeschütteten Haufen. Sie hätte Gummistiefel mitnehmen sollen und nicht diese flachen, aber dennoch völlig ungeeigneten Mary Janes. Der Regen hatte seine Spuren hinterlassen und die frisch aufgeworfene Erde zum Teil schon wieder abgetragen.

»Das alte Mauerwerk drohte einzustürzen.« Der Forstoffizier mit Sarah und Aron an seiner Seite war neben sie getreten. »Bis wir irgendwann einmal das Geld zur Reparatur bekommen, fand ich es sicherer, ihn zuzuschütten.«

Filip Król trug einen alten, mehrmals geflickten Anzug. Er musste in Arons Alter sein, das Leben hatte ihn jedoch stärker gezeichnet. Über die Kämpfe vor Ort wusste der Vater des Forstoffiziers nichts. Er war damals in einer anderen Stadt stationiert gewesen und gleich zu Kriegsbeginn – als neunzehnjähriger angehender Vater – in Gefangenschaft geraten.

»Fünf Jahre war ich in Wuppertal«, sagte Filip Król mit deutlich erkennbarem Bergischen Dialekt. »Als ich Jerzy endlich kennengelernt habe, konnte er schon das Einmaleins. Aber fragt doch mal den Piotr. Piotr Kowalski. Der war damals hier der Kommandant in der Stadt. Er wohnt direkt um die Ecke. Bring sie hin, Jerzy, und frag ihn auch gleich nach unserer Leiter. Er hat sie jetzt seit zwei Monaten. Er vergisst in letzter Zeit so vieles. Ach ja, der Piotr ... Aber euch hat er überlebt. Und eure Lager.«

Jerzy Król führte sie zu einem schmalen heruntergekommenen Haus, bei dem es vor der Tür nach Kohl und Kohle roch. Sarah hatte sich geweigert, sie zu begleiten. Sie finde es deprimierend, in Lubliniec herumzulaufen. So war sie im Volvo geblieben, um zu lesen, als ginge es um ihr Leben. Mit Aron an ihrer Seite wartete Eli draußen vor der Haustür. Sie schauten sich an, schwiegen aber.

Der Forstoffizier brauchte einige Zeit, um Piotr Kowalski zu überreden, sie eintreten zu lassen. »Ich weiß nicht, ob ich es geschafft habe, dass er etwas von damals erzählt. Er kann störrisch sein, aber er wird euch zumindest anhören.«

In der Küche war es warm. Sie diente zugleich als Schlafstätte, Eli erkannte ein schnell gemachtes Bett, das in einer Ecke stand. Um den Holztisch standen vier Stühle, doch nur Jerzy Król setzte sich und sprach auf Polnisch mit dem alten Mann. In seiner verwaschenen Uniformhose sah dieser so aus, als wollte er gleich seine Jacke anlegen und zum Appell nach draußen gehen. Die muffige Luft im Raum vermittelte aber das Gegenteil – kein Kohl, keine Kohle, nur Mensch. Piotr Kowalski war sicher seit Ewigkeiten nicht mehr vor die Tür gegangen. An der ausgeliehenen Leiter hing seine Schmutzwäsche, und das Paar Schuhe neben der Haustür war sauber und trocken. Der frühere Kommandant der Stadt zeigte auf Aron und murmelte etwas.

»Er will wissen, ob Sie in der Wehrmacht gewesen sind«, übersetzte Jerzy Król.

»Nein«, antwortete Aron, »ich bin Jude. Mich hätten sie nicht genommen.«

Der Forstoffizier sprach wieder mit dem alten Mann. »Er will wissen, ob es einen Beweis dafür gibt.«

»Soll ich etwa die Hose herunterlassen, damit er nachschauen kann?«

Piotr Kowalski lachte zahnlos, nachdem Jerzy Król es ihm übersetzt hatte. Er stand auf, schlurfte zum Küchenschrank und holte ein paar Gläser heraus. Eine halb ausgetrunkene Wodkaflasche stand bereits auf dem Tisch. Aron legte ein Päckchen Zigaretten daneben.

»Er möchte mit Ihnen anstoßen«, übersetzte der Forstoffizier. »Auf den Sieg gegen die Deutschen, der viele seiner Kameraden das Leben gekostet hat.«

Das Eis schien gebrochen, doch Eli fühlte sich weiterhin unwohl. Nicht nur Jerzy Król und seinem Vater, auch besonders diesem alten Soldaten waren der Krieg und das, was die Deutschen den Polen angetan hatten, noch nah. Ob das daran lag, dass sie nun im Sozialismus leben mussten? Dass noch immer kein freies Leben möglich war? Sie wandte sich zur Tür, um bei Sarah im Auto zu warten. Sie nickte Piotr Kowalski und dem Forstoffizier zu. Aron würde schon wissen, was er zu fragen hatte.

»Nein, nein, Elżbieta Meissnerova! Piotr meint, Sie dürfen ruhig hierbleiben und mittrinken. Schließlich gab es in der Wehrmacht ja keine Frauen als Soldaten.«

Sie zögerte, doch dann nahm sie Jerzy Król das hingehaltene Glas ab. *Elżbieta!* Wie die Männer trank sie den Wodka in einem Zug aus. Mit einem Schütteln setzte sie sich an den Tisch und wartete mit Aron auf Piotr Kowalskis Geschichte.

Vieles hatte er erlebt, einiges in Kriegsgefangenschaft erfahren, sich manches danach zusammengereimt. Ursprünglich war es nicht der 1. September 1939 gewesen, den Adolf Hitler als Tag für den Angriff auf Polen festgelegt hatte. Bereits sechs Tage vorher, am 26. August um 4.30 Uhr am Morgen, hätte er erfolgen sollen. Doch Benito Mussolini hatte am Abend zuvor die Nachricht übermitteln lassen, dass Italien noch nicht ausreichend vorbereitet sei. Daraufhin hatte Hitler den Angriff gestoppt.

»Piotr war neugierig«, erklärte der Forstoffizier. »Er hat Bücher gelesen. Er hat sich mit anderen unterhalten. Er hat eins und eins zusammengezählt, weil er herausfinden wollte, warum den Deutschen dieser Überfall so gut gelingen konnte.«

Manches hatte er aber auch selbst erlebt. Der sogenannte Haltebefehl hatte nämlich einige Einheiten nicht mehr rechtzeitig erreicht, so auch den Stoßtrupp, der von Groß Strehlitz aus die Bunkeranlagen im damaligen Lublinitz beschießen und erobern sollte. Beim Forsthaus hatte die polnische Armee den deutschen Stoßtrupp eingekesselt und einige Soldaten gefangen genommen. Es hatte vier Tote gegeben, alles junge Männer. Drei von ihnen wurden auf dem Krankenhausfriedhof begraben. Der Vierte aber soll in den Brunnen gefallen sein, wie polnische Soldaten berichtet hatten. Der Schacht war zu tief gewesen, um ihn zu bergen.

»Piotr und seine Kameraden haben gefeiert. Sie haben geglaubt, dass die Wehrmacht einfach nicht stark genug sei, um sie zu schlagen.« Sie hatten die gefallenen Deutschen begraben und auf dem provisorischen Holzkreuz die Namen der drei Toten geschrieben. Für den Vierten hatte man zur Sicherheit *Unbekannter Soldat* hinzugefügt.

»Wenn es sich wirklich so zugetragen hat, wie Piotr

erzählt, dann liegt seine Leiche vielleicht noch immer im Brunnen«, stellte Jerzy fest.

Ein paar Tage später waren die Deutschen wiedergekommen, ein verlustreicher, doch gleichsam schneller Überfall, dem die polnische Armee nichts mehr entgegenzusetzen hatte. Vier Wochen darauf hatte Warschau kapituliert.

Als Aron und Eli nach einigen weiteren Gläsern Wodka das Haus von Piotr Kowalski verließen, begann es bereits zu dämmern. Der alte Mann hatte aus dem Schrank eine weitere Flasche geholt und sie Eli geschenkt. *»O przyjaźni!«*

Auf die Freundschaft! Eli war sprachlos gewesen, und auch jetzt, im Halbdunkel dieses fremden Städtchens, wusste sie nicht, was sie davon halten sollte.

»So will ich das alles nicht, Aron!«, rief sie draußen zwischen den zum Teil verfallenen Häusern, stumme Zeugen vom Untergang des einst wohlhabenden Marktfleckens. Sie setzte die Flasche an den Mund.

»Was willst du nicht, Eli? Und gib mir bitte die Flasche, du bist schon betrunken.«

»Du doch auch!« Sie lachte ihn an und setzte sich auf den herbstfeuchten Bürgersteig. Wie sollte sie es denn sonst aushalten? Ihr Bruder! Wahrscheinlich – nein, sicher – einer der ersten vier Toten des Zweiten Weltkriegs, wenn man die verdammte Woche vor dem Polenfeldzug mitrechnete. »Kollateralschaden. Das würde George dazu sagen.«

Wieder setzte sie die Flasche an, doch Aron nahm sie ihr weg. »Nein, das würde er nicht.«

Zwischendurch, nach der ersten Erzählung von Piotr Kowalski, war Eli mit Aron auf den Friedhof gegangen. Das Holzkreuz hatte leider nicht mehr existiert. Aber im

Friedhofsgebäude hatten sie ein Verzeichnis gefunden, in dem alle Beerdigungen aufgeführt waren, darunter auch die der drei deutschen Soldaten, gestorben am 26. August 1939, begraben zwei Tage später. Schmidt, Müller, Krüger – Namen, so wohlvertraut wie nichtssagend unter all den polnischen Namen. Über einen vierten Soldaten hatte sie nichts gefunden, aber das war Eli egal. Hans lag im Brunnen, in seinem *wishing well*. Das wusste sie, seitdem Jerzy ihr den Erdhaufen gezeigt hatte.

»Ach, Aron! Ich möchte doch nur, dass er ein ganz normaler Toter ist. An dessen Grab man trauern kann. Den man vielleicht sogar vergessen kann, weil er ja sicher und aufgehoben auf Gottes Acker liegt. Dafür sind Friedhöfe da, verstehst du? Damit sich die Toten geborgen fühlen. Damit man sich an sie erinnert.«

Aron setzte nun selbst die Wodkaflasche an den Mund und trank. »Sarah und Jerzy haben den Wirt vom Gasthaus gefragt«, sagte er mit verzogenem Gesicht. »Er vermietet auch Zimmer. Sie sollen ganz passabel sein.«

»Mein lieber Aron! Meine Güte, sieh doch, wie ich jetzt heule. Was hast du dir da bloß für eine Freundin angelacht?«

5

Hemdsärmelig und in Pyjamahose öffnete Jerzy Król die Haustür. Er rieb sich die Augen und entschuldigte sich. »Heute Abend beginnt die Jagd. Die ganze Nacht Füchse und Wildschweine. Da wollte ich noch etwas vorschlafen.«

Eli biss sich auf die Lippen, als sie den wahren Grund seiner Müdigkeit entdeckte. Sarah schlich halbnackt über den Flur. Ihre Blicke trafen sich. Eli nickte.

»Und da muss ausgerechnet ich Sie so früh aus dem Bett holen! Das tut mir leid.« Sie setzte ein bedauerndes Lächeln auf, bis dem Förster nichts anderes übrig blieb, als sich anzuziehen und sie in einem alten Lastwagen zum Forsthaus zu fahren.

Während die Sonne aufging, stand Eli eine Stunde lang vor dem zugeschütteten Brunnen und erlebte noch einmal die schönen Stunden, die sie und ihr Bruder miteinander verbracht hatten. Große Geschichten, die sie immer mit sich herumgetragen hatte, und kleine Details, an die sie sich jetzt, nach Jahren des Vergessens, wieder erinnerte. Alles andere, das Langweilige und immer Wiederkehrende, das Schlimme und Bösartige, blendete sie einfach aus. Schließlich ging sie in die Hocke, nahm eine Handvoll Erde und steckte sie in die Tüte, in der zuvor die Mandeln gewesen waren. Eine zweite Hand Erde warf sie zurück auf den Hügel – als wäre es ein frisches Grab.

Denn wirklich bin ich gestorben der Welt.

Jerzy Król wartete in der Nähe. Er saß auf einer Bank und gähnte. Trotzdem blieb der glimmende Zigarettenstummel in seinem Mundwinkel hängen. Es war kalt, der Tabakrauch vermischte sich mit den Atemwölkchen. Er hielt Eli ebenfalls eine Zigarette hin.

»Es ist eine russische. Eine Papirossa. Sie müssen den Filter knicken.« Eli setzte sich neben ihn, und er zeigte es ihr. Sie paffte, der Rauch schmeckte stark, aber würzig. Ihr wurde schwindelig. Nach einer Weile holte der Forstoffizier tief Luft und seufzte. Er warf seine Kippe auf den

Boden und schaute dem sich kringelnden, immer dünner werdenden Rauchfähnchen zu.

»Darf ich Sie etwas fragen? Warum machen Sie das? Weshalb sind Sie hierhergekommen? Ich weiß, Sie suchen nach Ihrem Bruder. Aber da ist noch etwas anderes.«

Sie kam sich ertappt vor. »Sie haben recht. Ein guter Freund hat mir einmal erklärt, wie diese neuen Rechenprogramme funktionieren. Wenn etwas kaputt ist, muss man bis zum ersten Fehler zurück und wieder von vorne beginnen. Ich suche meinen ersten Fehler.«

»Um dann wieder von vorne zu beginnen?« Sie antwortete ihm nicht. Sie wusste, dass er es auch so verstanden hatte. »Ich kann ihn für Sie herausholen. Dann können Sie ihn richtig beerdigen.«

Eli nickte. Genau auf dieses Angebot hatte sie gewartet. Von selbst hatte sie nicht damit anfangen wollen, zumindest nicht sofort. »Und wie wollen Sie das anstellen?«

»Wir legen den Brunnen wieder frei. Dann reparieren wir die Brunnenwand. Ich habe einen Freund, der war bei der Marine. Er kann tauchen ...« Jetzt schaute der Forstoffizier sie an. »... und er weiß, wie eine Leiche aussieht.«

I will never be set free as long as I'm a ghost that you can't see.

»Hans wird nur noch ein Skelett sein«, hörte Eli sich flüstern. Sie öffnete ihre Handtasche und holte das Foto hervor: Hans auf seinem Motorrad. Jerzy sah es sich genau an und gab es wortlos zurück.

»Was wird mich das kosten?«, fragte sie ihn.

»Ich weiß es nicht«, gab er zu.

Seitdem er das Motorrad besessen hatte, hatte Hans immer schmutzige Finger gehabt. Den Dreck unter seinen

Fingernägeln hatte sie *Schwarzmondsicheln* genannt. Eli betrachtete die tadellos sauberen Hände des Forstoffiziers.

»Vielleicht tausend Mark?«, sagte er jetzt.

»Tausend?«, fragte sie zurück.

»Vielleicht auch ein bisschen weniger. Achthundert?«

»Ehrlich gesagt, ich hatte mit viel mehr gerechnet, Jerzy. Und ich werde Ihnen auch mehr zahlen. Ich komme wieder und gebe Ihnen fünfzehnhundert.« Vielleicht würde sie ihre Mutter mitnehmen, wenn sie Hans ausgegraben hatten. Für ein richtiges Begräbnis. Mein Gott, wie lange hatte sie ihre Mutter nicht mehr gesehen? Ob es ihr gut ging? Ob sie es schaffte, dem Vater noch immer die kalte Schulter zu zeigen?

Zum Frühstück gab es eine Art fettigen Pfannkuchen, der sicher schwer im Magen liegen würde. Der Wirt goss Eli einen kleinen Schluck Wodka in den Kaffee.

»Man soll den Tag mit dem Getränk beginnen, mit dem man den vorherigen Abend beendet hat.«

»Sie machen mich noch zur Schnapsdrossel!«

Doch sie hob die Tasse und prostete dem Wirt zu. Die Mischung schmeckte fürchterlich, aber was war an dem heutigen Tag schon normal? Aron ließ sich ebenfalls Wodka in den Kaffee schenken. Ihm konnte man ansehen, dass ihm das gestrige Besäufnis mit Piotr Kowalski nicht gutgetan hatte. Eli aber fühlte sich erstaunlich wohl. »Wir fahren in einer Stunde los.«

Aron schüttelte den Kopf und hielt ihn danach wieder fest. »Wozu die Eile? Sarah schläft bestimmt noch. Wir wollten doch erst morgen weiterfahren.«

»Ich weiß nicht, wie lange ich noch durchhalte, Aron«,

erklärte sie ihm leise. Das Gegenteil war der Fall. Eli fühlte einen Tatendrang, wie sie ihn nie gekannt hatte. Jetzt wollte sie die ganze Wahrheit wissen, auch die über den Vater, und das so schnell wie möglich.

Aron nickte schwach. »Wie du willst. Es ist deine Reise, ich bin nur der Chauffeur.«

»Ach, Aron! Du bist doch viel mehr als das.«

»Und warum durfte ich dann nicht mit?«

Sie hatte ihm von dem Besuch beim Forsthaus, aber nichts von ihrem Arrangement mit Jerzy erzählt. Er würde es vielleicht nicht verstehen, und diskutieren wollte sie darüber nicht. So wechselte sie einfach das Thema.

»Wenn wir wieder zu Hause sind, brauchen wir unbedingt einen Anrufbeantworter.« Falls Jerzy sich meldete und sie nicht da wäre.

»Interessant, was so alles in deinem Kopf vorgeht.«

»Na, dann gehe ich mal Sarah wecken«, sagte Eli und lächelte in sich hinein.

Der Tag wurde schön. Die Sonne schien, und der Himmel zeigte sich blau. Sie fuhren durch ein Schlesien, das früher polnisch gewesen war, dann preußisch und jetzt wieder polnisch. Das konnte Eli, die vorne saß, weil Sarah lesen wollte, an den Dörfern und Städtchen erkennen: alte Holzhäuser, mittelalterliche Kirchen, herausgeputzter Klassizismus, überdimensionierte Funktionsgebäude – vieles noch vom Krieg geschwärzt, wenn nicht gar zerstört. Natürlich machte sich auch hier der Sozialismus bemerkbar, der den Menschen graue Plattenbauten, eintönige Felder bis zum Horizont, riesige bewirtschaftete Waldgebiete und qualmende Fabrikanlagen beschert hatte.

Trotzdem gefiel es ihr. Es sah – sie wusste kein besseres Wort dafür – *fertig* aus. Frankfurt war ständig im Umbruch. War das eine Hochhaus gebaut, brach an anderer Stelle gleich wieder ein neues wie ein Pilz aus dem Boden. Für die neuen U-Bahn-Linien hatte man überall Straßen aufgerissen, und dazu die Verschönerungen in der Innenstadt – nein, Frankfurt würde nie *fertig* sein.

Aber auch die Menschen, denen sie hier begegneten, strahlten eine Ruhe aus, die sie bislang nicht gekannt hatte. Man war nicht reich, aber man hatte anscheinend genug. Man kümmerte sich umeinander und lieh sich aus, was man selbst nicht hatte. Piotr Kowalski besaß seit Monaten die Leiter der Familie Król, und dennoch hatten sie nur mit großer Zuneigung über ihn gesprochen.

Als sie einmal anhielten und Eli in einem Laden Proviant kaufte, erkannte sie in den fremden Gesichtern ein großes Einverständnis. Sie hatte mit Neid gerechnet, als sie den übervollen Korb an die Kasse stellte. Doch es war Stolz, mit dem die Kassiererin Kekse und Schokolade, Brot und Wurst, etwas Obst und eine Flasche Wodka in eine Papiertüte packte. Dass diese Frau aus dem Westen die Dinge haben wollte, die auch sie kaufte, darüber würde sie sicher noch lange reden.

»Es gab auch ein paar Äpfel«, rief sie schon von weitem in Richtung Auto.

»Her damit!« Auch Aron war wieder besserer Laune. Durchs Seitenfenster steckte sie ihm einen Apfel in den Mund.

»Meine Güte, wenn man es nicht besser wüsste, könnte es fast ein ganz normaler Wochenendausflug sein.«

Am Nachmittag erreichten sie die Grenze zur DDR. Die Grenzsoldaten grüßten freundlich und nahmen ihre Pässe entgegen. Doch nachdem sie einen kurzen Blick in die Ausweise geworfen hatten, gaben sie sie Aron zurück. »Kommen Sie morgen wieder«, sagte einer von ihnen in breitem Sächsisch.

»Ist etwas nicht in Ordnung?«, fragte Aron.

»Was soll nicht in Ordnung sein?«

»Aber warum lassen Sie uns dann nicht einreisen?«

»Weil Ihre Einreiseerlaubnis erst ab morgen gültig ist«, brachte es der Grenzsoldat auf den Punkt. »Sie sind einen Tag zu früh.«

»Eli, hast du das gehört? Das war eine Schnapsidee von dir.«

»Schönen Tag noch«, sagte der Grenzsoldat und hielt die Finger an die Mütze.

»Einen Moment, bitte!« Eli beugte sich über Aron zum offenen Fenster. »Was machen wir, wenn wir nicht wieder zurück nach Polen reisen dürfen?«

»Dann müssen Sie wohl im Auto übernachten. Im Niemandsland.« Eli rutschte zurück auf den Beifahrersitz und unterdrückte ein Lachen.

»Sehr witzig«, murrte Aron. »Da kommt man sich ja vor wie ein Palästinenser.«

»Fertig«, rief Sarah von hinten und warf *The Shining* neben sich. »Jetzt können sie damit machen, was sie wollen.«

»War es denn gut?«, fragte Eli.

»Die Hölle.«

6

Die Hölle. Sie lag bei Weimar in einem Waldgebiet ein paar Kilometer außerhalb der Stadt. Durch ein Torhaus mit einem rot angemalten hölzernen Überbau konnte man sie betreten. Am Dachgiebel darüber befand sich eine Uhr. Viertel nach drei zeigte sie auf ewig an. Die Stunde der Befreiung. Auf dem vergitterten Lagertor war ein Spruch angebracht. *Jedem das Seine.* Der Spruch zeigte ins Lagerinnere. In einem anderen Zusammenhang könnte er für Gerechtigkeit oder Gleichberechtigung stehen. Hier war er anders gemeint. *Haben oder Nichthaben.* Leben oder Nichtleben. Die Häftlinge hatten ihn lesen sollen, nicht die Menschen auf der anderen, freien Seite.

Noch stand Eli draußen. Noch könnte sie umkehren und Aron und Sarah, die sich bereits von drinnen den Spruch anschauten, nicht hinterhergehen. Gestern hatte sie so schnell wie möglich hierherkommen wollen. Jetzt fühlte sie sich unvorbereitet, fehl am Platz, warum hatte sie nur auf Sarah gehört? Aron trug eine Kippa. Eli hätte auch gern etwas dabeigehabt, als ein Zeichen für ihre Ehrfurcht vor diesem Ort. Das hätte es ihr erleichtert, das Konzentrationslager Buchenwald zu betreten.

Im Hotel Zum Elefanten, in dem sie am Vormittag abgestiegen waren, hatte sie sich sowohl eine Broschüre über die Kulturstadt Weimar als auch ein zweiseitiges Informationsblatt über das Lager durchgelesen. Beides hatte an der Rezeption gelegen. Die nackten Tatsachen über Buchenwald standen auf der Vorderseite des Blatts: 1937 erbaut, 1945 von den Inhaftierten befreit. 250 000 Häftlinge,

56 000 Tote, darunter 11 800 Juden – eine Auflistung, von der sie trotz aller Detailliertheit nicht wusste, was sie eigentlich mitteilen wollte. Es klang etwas schroff und zugleich wie eine nüchterne Anklage, ein kühl vor die Füße geworfener Vorwurf, gerichtet an wen auch immer. Warum nur diese Zahlen vorneweg? Zählte denn nicht jeder einzelne Mensch?

In Weimar und vor allem in der Broschüre über diese Stadt begegnete man diesem einzelnen Menschen auf Schritt und Tritt: Johann Wolfgang von Goethe, ein Sohn Frankfurts und dort Namensgeber einer Straße, eines Platzes, eines Turms und sogar einer ganzen Universität, hatte das untätige Leben zu Hause, *»wo ich mit der grössten Lust nichts thun kann«*, gegen die Aussicht eingetauscht, an der Leitung des Herzogtums Sachsen-Weimar-Eisenach mitzuwirken. Seitdem war sein Name, aber auch der Schillers und weiterer Denker aus der Zeit der Aufklärung aufs Engste mit Weimar und seiner Klassik verbunden.

Aus Rücksicht auf den großen deutschen Dichter, der in dem nur einen Steinwurf von dem späteren Konzentrationslager entfernten Schloss Ettersburg ein und aus gegangen war, hatte Heinrich Himmler den neutral anmutenden Namen *Buchenwald* gewählt. Goethe sollte nicht mit den Tausenden von Inhaftierten in Verbindung gebracht werden, hatte man ihn doch als die Verkörperung des *Deutschen Geistes* angesehen – eine Haltung, die keinen Bezug zu einem Massenmord hatte haben dürfen. Buchenwald und Goethe – das hatte man vermeiden wollen. Speziallager Nr. 2 und ihr Vater – damit hatte niemand ein Problem gehabt.

Denn auf dem Informationsblatt endete die Geschichte

Buchenwalds mit der Befreiung des Lagers. Dass die sowjetische Besatzungsmacht es nach 1945 weiter genutzt hatte, darüber war nichts zu lesen. Wie viele Tote hatte es hier noch gegeben, wie viele Inhaftierte, wie viel Leid? Wollte man das in der DDR verschweigen?

Behutsam fasste Eli nun doch die kalten Gitterstäbe des Eingangstors an. Sie fuhr mit dem Finger über den Spruch. *Jedem das Seine.* Es war eine schöne Schrift, die weder zu dieser Drohung noch zu den zackigen Runen passen wollte, die die SS üblicherweise benutzt hatte. Sie wusste, dass man an vielen anderen Konzentrationslagern den Spruch *Arbeit macht frei* angebracht hatte. Warum nicht auch hier?

Sie überlegte, wer diesen Spruch angefertigt haben könnte. Sie konnte sich nicht vorstellen, dass es ein Nazi gewesen war. Aber sie verwarf den Gedanken. Hinter dieser Frage könnte sich ein ganzes Schicksal verbergen, über das sie lieber nichts wissen wollte. Hatte man vielleicht gar einen Häftling dazu gezwungen?

Ihr wurde kurz schwarz vor Augen. Sie wünschte sich einen Jerzy Król herbei, jemanden, der sie an die Hand nehmen und führen könnte. Aron stand ein paar Meter entfernt und schaute sie nur an. Sarah sagte etwas zu ihm, was Eli nicht verstehen konnte. Aber sie merkte, dass sich hier die Vertrautheit, die sich durch Sarahs Anwesenheit in Jerzys Haus verfestigt zu haben schien, nun wieder auflöste. Und Aron drehte sich einfach nur um und ging weiter.

»Dein Vater hat das Lager überlebt, Eli. Aber meine Eltern sind hier ermordet worden.«

Damit hatte er vorhin im Hotelzimmer einen ihrer Monologe über die Schuld des Vaters gestoppt und ihr die Augen geöffnet. Denn Sarah und er waren nicht nur wegen Eli und ihrer Geschichte mitgekommen. Sie waren wegen ihrer eigenen Angelegenheiten hier. Sie wollten in Buchenwald ihrer Verwandten gedenken, vielleicht sogar versuchen, etwas mehr darüber in Erfahrung zu bringen, was mit ihnen passiert war.

Eli aber hatte die ganze Zeit über nur ihre eigene kleine Tragödie im Kopf gehabt. Sie wollte mehr über einen Menschen herausfinden, der noch lebte, Aron hingegen suchte nach den Todesdaten seiner Eltern und Sarah nach Großeltern, die sie nie gehabt hatte. Meine Güte, dachte sie, was bin ich nur für ein Mensch.

Das »Kommst du?«, das er ihr jetzt doch zurief, klang deswegen seltsam nach, während er bereits am ehemaligen Krematorium und den lieblos gestalteten Pflanzenrabatten vorbei auf die Effektenkammer zulief, in der die Ausstellung über das Konzentrationslager gezeigt wurde.

32 Jahre war es her, seitdem Buchenwald befreit worden war, besser gesagt, sich selbst befreit hatte. Das war mehr als Elis halbes Leben. Kurz zuvor hatte man die meisten der Häftlinge noch auf einen Todesmarsch geschickt, las sie auf einer Ausstellungstafel, weg von der Front, damit niemand würde Zeugnis ablegen können. Dennoch waren die GIs auf Tausende von unterernährten und kranken Menschen gestoßen, die den Rest der Wachmannschaft überwältigt und sich am gleichen Tag ein Versprechen gegeben hatten: der Schwur von Buchenwald, der auch auf dem Informationsblatt gestanden hatte. *»Wir stellen den Kampf erst ein, wenn auch der letzte Schuldige vor den Richtern der Völker steht! Die Vernichtung des Nazismus mit seinen Wurzeln ist*

unsere Losung. Der Aufbau einer neuen Welt des Friedens und der Freiheit ist unser Ziel.«

In dem grauen vierstöckigen Gebäude berichtete man ausführlich über dieses Ereignis und zeigte schonungslos das Lagerleben. Die Ausstellung war eine einzige Anklage gegen das Unrecht, das man den Menschen hier angetan hatte, und zugleich ein Loblied auf die inhaftierten Kommunisten, die vielen Menschen das Leben gerettet und letztlich das Lager befreit hatten.

Sarah und Aron gingen vorneweg. Mit leiser Stimme erklärte der Vater seiner Tochter, was sie hier sahen. Einzelne Wortfetzen ihrer Unterhaltung klangen immer wieder zu Eli hinüber. Sie fühlte sich wie gelähmt. Ihre Augen waren wie ausgetrocknet.

Eine kleine, unspektakulär in einer Ecke aufgehängte Fotografie brachte sie schließlich doch zum Weinen. Nackte, halb verhungerte Häftlinge stehen ratlos vor einem Berg Leichen. Zwei gut genährte US-Soldaten neben ihnen rauchen. Eli hätte am liebsten laut aufgeschrien. Natürlich hatte sie ähnliche Schwarz-Weiß-Fotografien gesehen, und auch wenn sie alle gestochen scharf gewesen waren, war das, was sie gezeigt hatten, für sie immer unwirklich geblieben.

Doch dieses Foto hier am Ort des Verbrechens zu betrachten machte aus einer beschämenden Anklage grausame Realität. Ein jeder Deutsche sollte sich diese Schandtaten anschauen. Auf einmal glaubte Eli auch zu verstehen, warum die Sowjetarmee das Lager weiter genutzt hatte.

Die für das Archiv verantwortliche Frau sei am Samstag nicht da. Der grau aussehende Mann am Informationstisch hob bedauernd die Schultern. »Da müssen Sie am Montag wiederkommen.«

»Fuck«, sagte Sarah.

»Wir kommen aus Israel«, erklärte Aron und schob seine Tochter zur Seite. »Am Montag sind wir bereits wieder weg.«

Da könne er nichts machen, entgegnete der Mann und sortierte die wenigen ausgestellten Bücher. Auch ein paar Romane waren darunter, wie Eli feststellte. Aron versuchte es noch einmal. »Wir wären ja gestern schon gekommen, aber da hat man uns noch nicht in die DDR einreisen lassen.«

Der Mann zuckte mit den Schultern. »Mal kommt man zu früh, mal zu spät.«

Aron atmete tief ein und machte sich bereit, dem Mann eine verärgerte Wortsalve entgegenzuschleudern. Auch Eli, die sich im Hintergrund gehalten hatte, verstörte dieser Ausspruch, der sie – wie sie erschrocken feststellte – an den Lagerspruch erinnerte. Aber es war anders gemeint. Man sollte sich hier nicht willkommen fühlen, dies war schließlich weder ein Naturkundemuseum noch eine Trauerhalle. Aron suchte Solidarität und Anteilnahme, der Mann hatte sie ihm nicht geben können. Sein Auftrag war ein anderer.

»Haben Sie auch Bücher von Jorge Semprún da?«, fragte sie, um die Situation zu entschärfen. Sie hatte in der Ausstellung gelesen, dass der spanische Schriftsteller ebenfalls hier inhaftiert gewesen war.

»Auch dafür sind Sie zu spät, junge Frau. Vor kurzem wurde bekannt, dass Semprún ein Vorwort für ein Buch schreibt, das sich mit der Krise des Kommunismus befasst. So hat man vorsorglich seine Bücher beiseiteräumen lassen.

Man hat mir nur noch ein französischsprachiges dagelassen.«

L'évanouissement. »Die Ohnmacht«, übersetzte Eli für sich. Sie wusste, woher sie das Wort kannte. *Die Ohnmacht des Staates* hatte in der *Libération* gestanden, unter dem Bild von Hanns Martin Schleyer. *Seit 20 Tagen Gefangener der R.A.F.*

»Sie haben es gelesen?«

Eli schüttelte den Kopf, doch sie merkte den Umschwung in der Stimme des Mannes, der nun weitersprach. Aus seinen Worten hörte sie einen süddeutschen Akzent heraus.

»Es soll sein bestes sein, obwohl ich gehört habe, dass er gerade an einem neuen Buch schreibt. *Quel beau dimanche!*«

»*Was für ein schöner Sonntag?*«

Er nickte. Jetzt hatte sie ihn. Es war wie bei Herrn de Feronce: reden und reden lassen.

»Jeder, der hier inhaftiert war, kennt die Geschichte. Ein Appell an einem Sonntagmorgen im Winter um fünf Uhr in der Früh bei Schnee und Kälte. Alle zittern, alle schweigen. Nur dadurch ist die leise Stimme eines französischen Häftlings zu hören. *Quel beau dimanche!* Er sagt es in seiner Sprache, und es dauert einige Zeit, bis es in alle anderen Sprachen, die von den Häftlingen gesprochen werden, übersetzt ist. Immer wieder fängt bei diesem stundenlangen Strammstehen in der Eiseskälte einer zu kichern oder zu lachen an. *Was für ein schöner Sonntag!* Ich bin schon sehr auf das Buch gespannt.«

»Waren Sie dabei?«, fragte Eli vorsichtig.

»Könnte ich dann jetzt hier arbeiten?« Das klang wieder etwas aggressiver, fand sie.

»Die Eltern meines … Mannes waren vielleicht dabei. Deswegen möchte er im Archiv nachschauen.«

»Kommen Sie auch aus Israel?« Er fragte so, als würde er das bezweifeln, was Eli abermals zögern ließ. Nein, erklärte sie ihm freiheraus, sie sei die Tochter eines SS-Soldaten, der nach 1945 hier inhaftiert gewesen sein soll. Der Mann nahm es erstaunlich gelassen hin.

»Über die weitere Nutzung des Lagers werden Sie hier nichts finden. Und es könnte mich meine Stelle kosten, wenn ich mit Ihnen darüber rede. Dafür gibt es die Offiziere der Nationalen Volksarmee und der Staatssicherheit. Die betreuen hier die Besuchergruppen. Die haben die passenden Antworten.« Er schaute sich sorgfältig um. Aron, Sarah und Eli waren als einzige Besucher übrig geblieben.

»Aber es gibt die Totenlisten aus der Zeit davor.«

Er stand von seinem Stuhl auf, zog umständlich einen Schlüsselbund aus der Tasche und ging mit ihnen zu einer Tür. In dem spartanisch eingerichteten Raum dahinter knipste der Mann ein grelles Neonlicht an. Er ging zu einem Schrank und holte mehrere alte und verschlissene Bücher hervor, die er auf einen Tisch in der Mitte des Raumes legte. Dann ging er wortlos hinaus.

Aron setzte sich auf den einzigen Stuhl. Er warf Eli einen Blick zu, den sie nicht deuten konnte, dann schlug er mit spitzen Fingern vorsichtig das erste Buch auf und klappte es sofort wieder zu. »Nein, ich kann das nicht!«

Er verließ den Raum. Sarah setzte sich an den Tisch. Sie versuchte, das Buch anzufassen, doch ihre Hand schien ihr nicht zu gehorchen. Hilflos blickte sie Eli an.

»Geh schon. Ich mache es.«

7

Eli schloss das Buch. Mit zittrigen Knien stand sie auf. Sie schleppte den Band zurück zu dem Schrank. Hier hatte sie auch die anderen Bände wieder verstaut. Es war ihr Beruf als Archivarin, der ihr diese fast nüchtern durchgeführten Handlungen ermöglichte, und genauso professionell hatte sie mit flinken Fingern die Totenlisten durchgearbeitet – stoisch, rationell, schnell. Sie hatte sich zuerst den Band von 1945 vorgenommen, in der Hoffnung, Arons Eltern hätte lange gelebt, und sich dann weiter rückwärtsgearbeitet, bis ihr bei 1943 klar wurde, wie schrecklich dieser Gedanke war.

So viele Namen.

»Wenn sie gestorben sind, dann bitte möglichst früh«, hatte sie geflüstert und von vorne angefangen. Bis sie den Vater gefunden hatte.

Jetzt fragte sie sich, was die damaligen Archivare beim Verfassen dieser Listen von Tausenden gestorbener Häftlinge gedacht oder gefühlt haben mochten. 56 000 Tote in 8 Jahren. Im Durchschnitt 20 Tote pro Tag, hätte Wilhelm für sie nachgerechnet. Jeder einzelne Mensch zählt. Hatten die Archivare daran noch denken können?

Sie brauchte die Frage nicht zu stellen. Der Mann konnte es an ihren Augen ablesen. »Die Häftlinge selbst mussten die Listen führen.«

Er ließ die Worte wirken und sprach leise weiter. »Das war übrigens – aber das dürfte ich Ihnen eigentlich gar nicht sagen – das Privileg der kommunistischen Häftlinge. Durch die ihnen dafür zugestandenen Sonderrationen hatten sie größere Überlebenschancen als andere. Die SS hat das Lager durch die Häftlinge größtenteils selbst verwalten lassen, aber nicht durch die inhaftierten Juden, sondern von den Kommunisten. Auch Ihr Jorge Semprún konnte dadurch überleben. Und auch Franz Ehrlich.«

»Wer ist Franz Ehrlich?«, traute Eli sich mit brüchiger Stimme zu fragen.

»*Jedem das Seine.* Franz Ehrlich ist der, der den Spruch angefertigt hat. Fast jeder fragt mich danach. Er lebt noch und ist jetzt ein gefragter Architekt. Um die Nazis zu ärgern, hat er den Spruch damals in einer Art Bauhaus-Schrift gefertigt. Sie haben es nicht einmal gemerkt.«

Schweigend nickte sie dem Mann zu. *Sprich weiter*, sollte das heißen, und er sprach weiter.

»Ich war nicht im Krieg. Man hat mich ausgemustert. Die Lunge. Ich habe die Nazizeit in einem kleinen Dorf in der Nähe von Coburg verbracht. Das ist nicht allzu weit weg von hier. Aber ich habe mich nicht darum gekümmert. Ich habe nicht gewusst, dass wir die Juden ausrotten wollten. In meinem Dorf hat es keine gegeben. Deshalb bin ich hier. Unwissenheit ist kein Freispruch. Auch ich bin schuldig. Auch ich bin *Buchenwald*. Selbst wenn mir die DDR nicht gefällt.«

Aron und Sarah saßen auf einer Bank. Sie rauchten beide. Ohne dass sie darum bitten musste, hielt Aron auch Eli eine Zigarette hin. Das machte das Erlebte etwas erträglicher.

Wem gehörte Buchenwald? Wer durfte sich daran erinnern? Wer trug die Verantwortung für das, was hier passiert war? Eli, als junges Mädchen, hatte nichts gewusst, Hans hingegen schon. Der eine Satz, eines Morgens ausgesprochen, hatte es ihr später, als sie sich daran erinnert hatte, verraten.

Es ist Sommer, Hans steht auf dem Balkon. Auf der Straße wird ein Möbelwagen beladen. Drei von den Möbelpackern schleppen das schöne Klavier über die Straße. Auf ihm übt Eli zweimal die Woche in der Wohnung der Familie Roth Tonleitern, auf und ab, auf Geheiß der Mutter, der Vater weiß nichts davon. Ob die Roths ausziehen würden, fragt sie Hans und stellt sich neben ihn. Kurz darauf klingelt es an der Wohnungstür. So könnte man es auch nennen, antwortet er.

Jetzt ahnte sie, dass auch sie damals zu *Buchenwald* geworden war, als sie – naiv und freudestrahlend – im Wohnzimmer den Klavierdeckel hochgeklappt hatte. Am Klavier der Familie Roth, billig vom Vater an jenem Tag erstanden, an dem die Roths die Böhmerstraße hatten verlassen müssen. Doch zugleich ließ sich das alles nicht mehr fassen. Die über die Jahre verklärte Erinnerung passte nicht zu der Realität, mit der man sie gerade konfrontiert hatte.

»Ich habe vielleicht deinen Vater gefunden«, sagte sie zu Aron und wandte sich zu Sarah. »Deinen Großvater.«

Aron nickte, seine Tochter schüttelte den Kopf.

»Franz Levy, geboren am 16. Oktober 1897 in Hamburg, gestorben am 23. Juni 1938 in Buchenwald. Häftlingsnummer 5415. Man hat in den Totenbüchern seinen Namen mit V anstatt mit W geschrieben. Vielleicht ist es auch ein anderer.«

Sie glaubte es nicht, konnte sie sich doch noch an das Geburtsdatum aus dem Kaufvertrag erinnern. Auch Aron schüttelte den Kopf. »Nein, das ist er. Man hat ihn und Mutter im Oktober '37 verhaftet. Er hat tatsächlich acht

Monate hier gelebt.« Kurz holte er Luft. »Nächste Woche wäre sein achtzigster Geburtstag. Er ist gerade einmal vierzig Jahre alt geworden.«

»Und was ist mit meiner Großmutter?«, fragte Sarah nach einer Weile.

»Sie hieß auch Sarah, nicht wahr? Über sie habe ich nichts gefunden. Es gab erstaunlich wenige Frauennamen in den Listen.« Selbst Eli fiel auf, wie seltsam das klang. Als müsste man nach einem Grund dafür suchen.

»Vielleicht ist sie ja woandershin deportiert worden …«, überlegte Aron.

»Vielleicht hat sie überlebt«, fiel Sarah ihm ins Wort. »Vielleicht lebt sie noch.«

»Nein, sie wäre jetzt auch schon fast achtzig.«

»Es gibt viele alte Menschen.«

»Ach, Sarah …«

»Du wirst doch nach ihr suchen, oder?«

Aron schüttelte den Kopf. »Ich weiß nicht, ob ich die Kraft dazu habe. Dort drinnen, in diesem Raum, hatte ich sie jedenfalls nicht.« Er schaute Eli an und lächelte schwach. »Aber vielleicht wird meine … *Frau* sie suchen. Sie ist schließlich eine berühmte Archivarin.«

Sie fuhren durch ein unwirkliches Weimar, das stolz die Klassik als Fassade vor sich hertrug, aber dennoch nach Kohle und den Abgasen der Zweitaktmotoren stank. Wie Prag würde Eli auch diesem Städtchen eine Chance geben, doch sie ahnte, dass es vielleicht nie dazu kommen würde. Die DDR war anders, anders als die BRD, aber auch anders als das bisschen Polen und das noch kleinere Stückchen ČSSR, das sie kennengelernt hatte. Eli kam sich um zwanzig Jahre zeitversetzt vor und wusste doch zugleich, dass es nicht stimmte. Einiges, und oft nichts Gutes, hatte sie über dieses Land gehört, das – so zeigten es die Fahnen und Plakate – mehr sein wollte, als es vielleicht war.

Im Westen wurde die Souveränität des Landes noch immer infrage gestellt. Die »DDR« – die *Allgemeine* setzte den Namen des Staates weiterhin in Gänsefüßchen. Was hätte Adorno darüber gesagt? Wahrscheinlich hätte er sich darüber echauffiert, dass man im Westen immer glaubte, etwas betont ausgrenzen zu müssen, anstatt es einfach als gegeben hinzunehmen. Ihn und nicht Stephen King hatten die Grenzsoldaten bei der Einreise konfisziert. Man hatte ihr eine Quittung gegeben.

Elis Gedanken irrten weiter durch die Geschichte. Gern hätte sie mit Aron darüber gesprochen, ihr Wissen beschränkte sich allein auf die großen Umwälzungen. Und sie würde Sarah gern fragen, wie das für sie als Nachgeborene war, die alles nur vom Hörensagen kannte. Wie weit musste man zurückgehen, um sich alles erklären zu können? Wie tief musste man hineinschauen, um zu verstehen? Eli hatte immer Hitler die Schuld gegeben. Nur ihm war es zuzuschreiben, dass es Buchenwald gegeben hatte, dass es zwei deutsche Staaten gab – und das Grab von Hans. Den Brunnen von Lubliniec.

Aron neben ihr war schweigsam. Ob sie ihm etwas Nettes sagen sollte, etwas, das die Nähe, aber auch die Ferne zwischen ihnen hätte beschreiben können? Sie hatte Zweifel, dass es das ideale Wort dafür gab. Sie müsste es wahrscheinlich umschreiben. Doch momentan war es ihr unmöglich, auch nur ein Wort, selbst das belangloseste, auszusprechen.

Es lief klassische Musik, schön und systemfrei. Gleich nach Buchenwald hatte Aron das Radio laut aufgedreht, nachdem er vorgeschlagen hatte, die Gegend sofort zu verlassen. Das Konzentrationslager überschattete den ganzen Besuch. Keiner von ihnen hatte den Wunsch verspürt, hier zu übernachten, Eli hätte sich sogar geschämt. Das Hotel Zum Elefanten war in der Nazizeit den hohen Offizieren vorbehalten gewesen, die Buchenwald aus ganz anderen Gründen besucht hatten als sie – SS-Männer, die wie ihr Vater vor 1945 zu den Herrschenden gehört hatten.

Über ihn hatte sie nichts in Erfahrung gebracht.

Sie hatte es sich anders vorgestellt. Als Sarah damals in klare Worte gefasst hatte, was zu tun wäre, nämlich nach Polen und Buchenwald zu fahren, hatte es sich so einfach angehört – so, als müsste sie im Archiv nach einem Vertrag oder nach anderen Unterlagen suchen. War diese Reise deswegen ein Misserfolg? Eli wusste es nicht. Sie war zu müde, und sie fühlte sich zu erschöpft, um darüber nachzudenken.

Neue sanfte Töne aus dem Radio weckten ihre Aufmerksamkeit. Erik Satie. Doch seltsamerweise wurde sein schönes Klavier von einer Frauenstimme begleitet.

»Wer ist das?«, fragte sie Aron.

»Das? Ich kenne es zufällig. *Je te veux*, ein leichter, melancholischer Walzer, den Satie komponiert hat, als er noch jung und unbekannt war. Für Paulette Darty, mit der er damals aufgetreten ist. Sie sollen eine Liaison gehabt haben.«

Liaison. Das war ein schönes Wort, und genauso klang das Lied. Könnte das zu ihr und Aron passen? Der deutsche Begriff *Liebschaft* kam dem zwar schon recht nahe, aber trotzdem. Eli versuchte zuzuhören und den französischen

Text zu verstehen. Wieder Französisch – wie seltsam, dass sie gerade in der DDR mehrmals mit dieser Sprache konfrontiert wurde.

Oui, je vois dans tes yeux
La divine promesse
Que ton cœur amoureux
Vient chercher ma caresse.

»*Ja, ich sehe in deinen Augen das göttliche Versprechen, dass dein liebevolles Herz kommt, um nach meiner ... Liebkosung?* ... *zu suchen.* So in etwa müsste die Übersetzung lauten«, sinnierte Eli.

Während sich ein Lächeln auf seinen Lippen bildete, schaute Aron weiterhin auf die Fahrbahn. »Auf jeden Fall ist es das Schönste, was jemals jemand zu mir gesagt hat.«

Ein Schrei kam von der Rückbank. »Halt sofort an!«

»Was ist los? Ich kann hier doch nicht einfach so ...«

»Halt an!«, rief Sarah wieder. »Da vorn ist eine Tankstelle.«

Transitraststätte Eichelborn. Aron bremste und drehte sich zu seiner Tochter um. »Bist du verrückt geworden? Du kannst doch nicht einfach so herumbrüllen!«

»Ihr seid die Verrückten! Wir waren gerade in Buchenwald, und ihr übersetzt euch Liebeslieder. *Fuck!* Ich könnte kotzen!« Sarah stieß die Tür auf und eilte mit schnellem Schritt davon. Eli blieb bei Aron sitzen. Sie schauten seiner Tochter hinterher, wie sie die Raststätte betrat.

»Vielleicht hat sie recht«, sagte Eli leise. Aron aber sagte nichts. Er starrte durch die Windschutzscheibe, die Hände noch immer am Lenkrad.

Thüringen war bekannt für seine Bratwürste. Natürlich roch es danach auch im Restaurant, das bis auf den letzten Platz besetzt war. Eli fand Sarah auf der Toilette. Sie wusch sich mit kaltem Wasser lange die Hände, immer wieder seifte sie sie ein. Vielleicht beruhigte sie das.

»Es tut mir leid«, sagte sie.

»Nein, mir tut es leid«, sagte Eli.

Sie hörte Sarah leise lachen. »*Fuck*, das ist jetzt so wie in einem Hollywoodfilm. Da entschuldigen sie sich auch ständig. Nur dass wir hier in der DDR sind. Auf der Toilette einer Raststation. Keine halbe Stunde von einem KZ entfernt.« Eli blieb stumm. Sarah drehte den Hahn zu und sah sie an. »Glaube mir, ich finde es toll, dass du das hier machst. Darum geht es aber nicht. Du bist eine Deutsche. Aron und ich, wir sind Juden. Ihr könnt so etwas nicht tun. Ihr könnt euch nicht lieben.«

»Bist du schon die ganze Zeit dieser Meinung gewesen?«

»Ja. Nein. Ich weiß nicht. Aber es ist doch nicht in Ordnung, oder?«

Das war eine moralische Frage, und deswegen wusste Eli, dass sie nicht zu beantworten war. »Ich weiß nicht, ob ich deinen Vater liebe. Vielleicht ja, vielleicht nein. Aber so wie dir Jerzy sicher gutgetan hat, tut mir Aron gut. Als Mann. Nicht als Jude. Auf der Reise hierher ist diese Unterscheidung schwieriger geworden, besonders weil auch meine Familie Schuld an eurem Leid hat.«

Eli drehte sich um und ging. Sie lief durch das Restaurant und blieb an einem Verkaufstresen mit Westwaren stehen. Die amerikanischen Schokoladenriegel, die sie aussuchte, kosteten doppelt so viel wie in der BRD. Sie musste ihren Ausweis zeigen, damit sie bezahlen durfte. Zurück im Auto, schaltete sie das Radio aus. Aron saß unverändert am Steuer und schaute geradeaus. Eli hielt ihm einen Schokoriegel hin. »Wenn Sarah wieder da ist, fahren wir zurück nach Buchenwald.«

»Aber wieso? Wir haben doch erfahren, was wir wollten.«

Eli schüttelte den Kopf. »Du hast erfahren, was du wolltest. Ich nicht. Wenn es Totenbücher aus Buchenwald gibt, gibt es vielleicht so etwas Ähnliches auch für das Speziallager Nr. 2.«

»Nein«, sagte Aron. Sarah kam auf das Auto zu. Er drehte den Autoschlüssel um. »Ich kann da nicht noch einmal hin. Und ich will auch nicht wissen, was dein Vater gemacht oder nicht gemacht hat. Sarah hat recht. Ich könnte auch kotzen. Ich habe kein Verständnis mehr für ihn. Nicht nach heute.«

»Du hast ihn doch so gut wie in Schutz genommen, erinnerst du dich? Kafka.«

»Jetzt aber nicht mehr. Er hat kein Recht auf ein *eigentlich*.«

»Aber ich«, sagte Eli. »Ich habe ein Recht darauf.«

»Heroes«

1

Der Herbst zeigte sich von seiner hässlichen Seite. Den ganzen Tag über war es neblig. Selbst hier in ihren Archivräumen spürte Eli eine leichte Feuchtigkeit, die nicht da sein sollte. Weiter hinten in dem lang gezogenen Raum entdeckte sie ein gekipptes Fenster, das sie rasch schloss. Hatte sie es irgendwann geöffnet, oder war während ihrer Abwesenheit ein Kollege hier gewesen? Sie wusste es nicht mehr. Feuchtigkeit konnte den Tod eines Archivs bedeuten, ein langsamer, schleichender Tod wie ein unheilbares Krebsgeschwür, zuerst nicht bemerkt, später unbezwingbar. Zurück am Schreibtisch, stellte sie das Radio lauter.

Die letzte Meldung der Nachmittagsnachrichten hörte sich an wie eine der nachfolgenden Verkehrsinformationen. Mit gelangweilter Stimme informierte der Sprecher, dass die französische Flugsicherung die Routenabweichung einer Lufthansa-Maschine festgestellt habe. Eli räumte die letzten Akten in die Schränke, ging in die Kantine und gönnte sich eine kurze Kaffeepause.

Wilhelm hatte sich in den letzten Tagen nicht blicken lassen, und eben gerade, als sie an seinem Büro vorbeigegangen war, hatte er so konzentriert auf seinem amerikanischen Taschenrechner getippt, dass sie ihn nicht hatte stören wollen. Auf dem Weg zurück in den Keller war seine Tür geschlossen. Sie hätte nicht gedacht, dass er nachtragend war.

Gegen 17 Uhr, als sie begann, Staub zu wischen, wurde vermeldet, dass die in Palma de Mallorca gestartete »Landshut« nicht wie vorgesehen in Frankfurt, sondern auf dem Flughafen Fiumicino bei Rom gelandet sei. Mit den 18-Uhr-Nachrichten wurde alles noch verwirrender. Dem ersten Kontakt zu den im Cockpit befindlichen Piloten zufolge seien die Passagiere wohlauf. Ein Mann, der sich selbst Walter Mohamed nenne, fordere angeblich die Freilassung seiner Genossen, die in deutschen Gefängnissen in Haft saßen. »Wir kämpfen gegen die imperialistischen Organisationen der Welt«, zitierte ihn der Nachrichtensprecher nun ein wenig aufgeregter, während Eli die Papierkörbe leerte. Das Telefon klingelte: Ihr Besuch sei da. Noch einmal sah sie sich in den Archivräumen um. Es gab nichts zu beanstanden.

Wie verabredet stand Hermann Staub an diesem späten Donnerstagnachmittag am Empfang und parlierte dort mit seinen ehemaligen Kollegen. Auf seinem Gesicht tauchte ein erfreutes *Ah!* auf, als er Eli auf sich zukommen sah. »Die besten Grüße von meiner Frau!«

Mit beiden Händen umfasste er ihre und drückte, wie früher, kräftig zu. Frau Staub hatte es Eli einmal erklärt. Ihr Mann sei sich nie sicher, ob sein Händedruck auch wirklich fest genug war – eine ungewöhnliche Art von Kriegsversehrtheit, habe er sich doch dem Dienst an der Waffe entziehen können, sich zeitlebens aber als Drückeberger gefühlt. Früher hatte Eli darüber gelächelt, heute jedoch erschienen ihr Kuriositäten aus der Zeit des Krieges vollkommen verständlich.

»Gehen wir?« Es stand die jährliche *Inspektion* an, wie Hermann Staub seinen Besuch immer nannte. Da er es kaum erwarten konnte, musste Eli im Laufschritt hinter ihm hereilen. Unten fiel ihm sogleich das neue Schild neben der Archivtür auf. »Kein *Fräulein* mehr?« Er zwinkerte ihr zu. Sie zog als Antwort eine Augenbraue hoch.

Mehr war nicht nötig, hatten sie doch zwanzig Jahre auf engstem Raum zusammengearbeitet und ihre eigene Art von Kommunikation entwickelt. Ihr Ablagesystem hatte er vor ein paar Jahren allein mit dem Zucken der Nase gebilligt, auch wenn er dem Direktor mit Genuss die Schwachstellen vorgeführt hatte. Er mochte es chronologisch, Eli bevorzugte das Alphabet und die Ablage von mehr als zwanzig Jahre alten Unterlagen weiter hinten im Archiv.

Jetzt aber flog zuerst der Zeigefinger über die Schränke. Das Ergebnis – selbstverständlich staubfrei – wurde gemustert und berochen. Viel hätte nicht gefehlt, und er hätte sich den Finger auch noch in den Mund gesteckt.

»Schön«, sagte Hermann Staub und reckte die Nase. »Und es riecht auch noch so wie früher! Wissen Sie, ich vermisse es schon etwas.« Das bedeutete nichts anderes, als dass er sehr darunter litt. »Gartenarbeit ist gesund und sinnvoll, aber nun ja. Nur eines stimmt hier nicht …«

Den letzten Satz hatte er langsam ausgesprochen. Eli schaute sich um. War das Archiv etwa nicht in perfektem Zustand? Die letzten beiden Tage hatte sie alles so geordnet, wie es zu sein hatte. Sie hatte aufgeräumt und geputzt, und das Radio hatte sie eben schnell ausgeschaltet. Gern hätte sie weiter zugehört, was es mit dieser angeblichen

Entführung auf sich hatte, doch für diese Art von Zerstreuung hatte ihr früherer Chef noch nie etwas übriggehabt. Sie sah ihn ratlos an, bis Hermann Staub wieder ihre Hände in seine nahm.

»Sie sind es.« Er schaute ihr in die müden Augen, in denen sich ein paar Tränen zu sammeln drohten, er betrachtete ihr länger nicht mehr gewaschenes Haar, und er bemerkte mit einem Stirnrunzeln auch die beiden Schmutzflecken auf ihrem Rock. »Ich sehe doch, dass es Ihnen nicht gut geht, EM.«

Trotz aller Vertrautheit war man bei der Arbeit immer auf Abstand geblieben. Als er sie aber kurz vor seinem Ausscheiden zum ersten Mal mit *EM* und nicht mehr mit *Fräulein Meissner* angeredet hatte, wäre sie ihm fast um den Hals gefallen. Sie erinnerte sich, dass sie vor kurzem darüber nachgedacht hatte, wem sie einmal alles erzählen könnte. Damals war ihr niemand eingefallen. Jetzt stand er vor ihr.

Sie blinzelte die Tränen weg und schluckte die Bedenken – fünfundzwanzig Jahre älter als sie, ein früherer Freund ihres Vaters, liberaler Sexualität bestimmt nicht sehr aufgeschlossen – herunter. Sie erzählte ihm alles, auch von Aron und was er für sie bedeutete, bis hin zu dem, was sie in Buchenwald herausgefunden hatte. Die anfänglichen Befürchtungen, wieder einmal nur darauf hingewiesen zu werden, dass man sich durch Vergangenes nicht aus der Bahn werfen lassen sollte, dass man vergessen müsse, dass Schuld sich nicht übertragen lasse, erwiesen sich als falsch. Hermann Staub zeigte sich als der geeignete Busenfreund.

Offiziell war ihr Vater tot. Friedrich Meissner, geboren 1893, war am 2. September 1947 gestorben – so stand es in den Totenlisten des Speziallagers Nr. 2, die ihr der Mann vom Informationsschalter nach langem Zureden geholt hatte. Kein zweiter Vorname und kein allzu genaues Geburtsdatum, aber solche Nachlässigkeiten schienen damals an der Tagesordnung gewesen zu sein. Schließlich war es ja auch ein anderer, dessen Überreste sich in dem anonymen Massengrab am Rande des Lagers befanden, auf das der Mann sie noch hingewiesen hatte.

»Anscheinend haben die inhaftierten Kriegsverbrecher das Gleiche getan wie zuvor die Häftlinge des Konzentrationslagers auch«, hatte er weiter vermutet. »Wenn man mit dem Namen eines Toten das Leben eines anderen hat retten können, dann haben sie es gemacht und die Einträge gefälscht. Das hat Menschenleben gerettet.«

Der Identitätstausch war durch das Geburtsdatum des Vaters bewiesen, schloss sie für Hermann Staub ihren Bericht. Was aber ihr Vater getan hatte, was er mit dem neuen Namen hatte verschleiern wollen, das wusste sie noch immer nicht.

»Darauf brauche ich erst einmal einen Schnaps. Ist sie noch …« Ja, sie war noch, die Flasche Korn zusammen mit zwei Gläsern in der untersten Schublade im Schreibtisch – Hermann Staubs vierteljährliche Zerstreuung, wenn der Quartalsbericht geschrieben war. Wie praktisch, denn Eli konnte jetzt auch einen gebrauchen.

»Ihr Vater war ein Freund, das wissen Sie ja.« Er goss sich flugs ein weiteres Glas ein, Eli winkte ab. »Ich bin mit ihm im Vorstand dieses unsäglichen Vereins gewesen, er freiwillig und mit großen Zielen, ich abkommandiert von meinem damaligen Vorgesetzten.« Er hob die Stimme.

»Gedenke auch, wenn du die deutsche Sprache sprichst, dass du ein Deutscher bist!«

Dann lachte er und stupste Eli an. »Mit diesem Satz begannen unsere Sitzungen, das war das Motto des Allgemeinen Deutschen Sprachvereins, und ich sollte darauf aufpassen, dass bei diesem Projekt, eine neue deutsche Sprache zu entwickeln, das Juristische nicht verwässert wurde. Aber man hat es sich mit den Nazis schnell verscherzt, nachdem man Hitler für seine häufige Verwendung von Fremdwörtern kritisiert hat. Als man dann auch noch vorschlug, für Begriffe wie *Sterilisation* deutsche Worte zu verwenden, wurde der Verein so gut wie kaltgestellt.«

Das Glas wurde ein drittes Mal gefüllt, und dieses Mal nickte auch Eli wieder. »Was für ein deutsches Wort war das?«, fragte sie leise.

»*Unfruchtbarmachung*. Ja, da staunen Sie, was? Aber die Kollegen waren einfach naiv, EM. Sie hatten nicht bedacht, welche politischen Ziele die Nazis wirklich verfolgten. Und dafür brauchten sie Bezeichnungen, die nur andeuteten, was gemeint war. *Endlösung* statt *Judenvernichtung*. *Nürnberger Gesetze* statt *Blutschutzgesetz*.« Ein weiteres Glas folgte.

»Ihr Vater war der Fanatiker unter uns. Er konnte jeden noch so unbedeutenden Fehler finden, und bei der Kommasetzung war er einfach unschlagbar. Sein eigentliches Interesse galt jedoch der Semantik, den Bedeutungsebenen, die hinter den Worten stecken. Aber es war ihm nicht möglich, Kompromisse einzugehen. Es machte ihn wütend, wenn er überstimmt wurde, wenn seine Vorschläge abgeschwächt wurden. Dabei ist die Sprache doch ein einziger Kompromiss, nicht wahr? Sonst könnte man sich ja gar nicht verstehen …« Er unterbrach sich selbst. »Aber was rede ich hier? Ich habe ja Ihre Frage noch gar nicht beantwortet, EM. Nein, ich weiß nicht, was er in der SS getan hat. Ich wusste nicht einmal, dass er in diesen Verein ebenfalls eingetreten ist.«

Kurz hatte Eli die Hoffnung gehabt, um ein Gespräch mit ihrem Vater herumzukommen. Doch dass Hermann Staub ihr jetzt glaubhaft versicherte, er hätte genauso wie sie gehandelt, dafür war sie ihm unendlich dankbar. Sie hatte ihn die Jahre über falsch eingeschätzt, und das nur, weil er mal ein Freund des Vaters gewesen war.

»Wissen Sie was? Auch wenn ich Ihre Entscheidung, die alten Akten hinten im Archiv zu verstauen, nicht gebilligt habe, könnten wir doch trotzdem einmal nachsehen, ob wir dort noch etwas finden. Ihr Vater war schließlich schon immer bei uns versichert, so wie Sie, Ihr Bruder und Ihre Mutter auch.«

Bereits ein bisschen wankend, wie Eli fand, ging er einfach drauflos. Sie folgte ihm kaum weniger angetrunken und ärgerte sich, dass sie nicht von selbst darauf gekommen war. Natürlich war die ganze Familie hier versichert, genau wie die Wohnung, genau wie das Motorrad.

Die Unterlagen des Vaters waren schnell gefunden, was der alte Archivar mit der Andeutung eines Nickens guthieß. Doch sie enthielten nicht das, was Eli sich erhofft hatte: ein Dokument oder irgendetwas, das ihr erlaubte, ihn besser zu fassen. Auch bei ihr, ihrer Mutter und selbst bei Hans war nichts Bemerkenswertes zu finden. Den Vermerk in seiner Akte, wo die Versicherungspolice für das Motorrad abgelegt war, hätte sie sogar fast übersehen. *GZ 175 Feuergeist*, ein Zweitakter, steuer- und führerscheinfrei, wie der Vater stets betont hatte.

Warum sie auch diese Unterlagen heraussuchte und warum es sie überhaupt noch gegeben hatte, die Versicherung für ein Motorrad, das vor über dreißig Jahren abgemeldet worden war, konnte sie sich nicht erklären. Fast hätte sie sie auch gleich wieder eingeordnet, doch dann blieb ihr Blick am Kündigungsdatum hängen. Mit Rückwirkung zum 26. August hatte der Vater am 30. Oktober 1939 die Versicherungspolice seines Sohnes gekündigt. *Todesfall* war als Grund dafür angekreuzt.

Während Hermann Staub sich ein, zwei, drei weitere genehmigte und munter weiterplauderte, fertigte sie mit dem neuen Xerox-Kopierer ein Duplikat der Police an. Scheinbar unbeteiligt sah sie zu, wie die Kopie aus dem Gerät in die Ablage fiel. Dabei schlug ihr das Herz bis zum Hals, so unglaublich war diese Entdeckung. Sie war der Schlüssel zu einem der Familiengeheimnisse. Der Vater hatte lange vor ihrer Mutter und ihr selbst gewusst, dass Hans gefallen war. Das besagte das Dokument. Und er hatte ihnen nichts davon gesagt.

Beim Öffnen rutschte ihr die Klinke aus der Hand. Die grüne Zimmertür schlug laut gegen die Wand und federte zurück. Noch einmal drückte Eli sie auf, dieses Mal vorsichtiger, nur um genauso aufgebracht wie vorgehabt in den Raum zu stürmen.

»Du hast gewusst, dass Hans tot ist. Du hast es immer schon gewusst! Warum hast du nichts gesagt?«

Kein Gruß und keine vorsichtige Annäherung, das hätte sie nach den Schnäpsen auch gar nicht mehr geschafft. Eli hatte ihn direkt damit konfrontieren wollen. Aber das Bett war leer, das Zimmer blieb dunkel. Sie machte Licht und sah sich um. Der Fernseher, ein Morgenmantel, der Rollstuhl und ein paar Ausgaben der *Bild* – alles da, doch vom Vater keine Spur. Hatte man ihn verlegt? War er verstorben? Zig Jahre nach seinem offiziellen Tod? Verbittert lachte sie auf.

»Ihr Vater ist auf der Krankenstation«, hörte sie hinter sich eine Stimme sagen. Die Oberschwester hatte ihre kräftigen Arme vor der Brust verschränkt und blickte sie strafend an. »Schon seit ein paar Tagen, aber Sie sind ja ewig nicht mehr hier gewesen.«

»Was ist passiert?«

»Eigentlich das Übliche, erst Husten und Schnupfen, dann Fieber, schließlich eine Lungenentzündung. Aber er wird's überleben.« Eli sah die gute Frau zögern. »Haben Sie das mit dem Flugzeug gehört? Ist das nicht fürchterlich?«

»Ja ... ich, ähm, ich meine ... wo ist die Krankenstation?«

Die Oberschwester deutete mit dem Finger nach unten. »Ein Stockwerk tiefer. Aber die armen Leute! Jetzt müssen sie das ausbaden, was andere vergeigt haben. Der Bundeskanzler hätte doch längst ...«

Ohne weiter darauf einzugehen, verließ Eli das grüne Zimmer. Auf dem Weg hinunter verlor sie den Mut. Ihre Wut verblasste und wich einer Sorge, die sie nicht erwartet hätte. Sie war nicht überrascht, dass auf diesem Stockwerk eine andere Farbe vorherrschte, auch wenn Weiß für eine Krankenstation sicher passender gewesen wäre als Blau.

Im Krankenzimmer saß ihre Mutter auf einem Stuhl an seinem Bett und las dem Vater aus einer Zeitung vor. Mit einem dünnen Schlauch in der Nase schaute er an die

Decke. Sauerstoff, wie Eli vermutete, um ihm mit einem schwachen Überdruck das Atmen zu erleichtern. So etwas hätte sie jetzt auch gebraucht.

»Hallo«, sagte sie kaum hörbar. Der Vater sah sie an, und auch die Mutter drehte sich um, nur um kurz danach weiter vorzulesen. Es dauerte ein paar Minuten, bis sie mit dem Artikel fertig war. Eli hatte kein Wort verstanden.

»Hallo«, sagte die Mutter, doch es klang eher wie eine Frage als wie ein Willkommen.

»Wie geht es ihm?«, brachte Eli heraus. Sie hätte nicht gedacht, dass er so schwach aussehen würde.

»Bis auf dass er kaum noch sprechen kann, dass ich ihn füttern muss, dass selbst eine Zeitung zu schwer für ihn ist, geht es ihm gut, danke der Nachfrage, wir haben auch kein Fieber mehr. Wo bist du gewesen?«

»Ich war fort?« Es sollte klingen wie *Das geht dich nichts an*, doch es kam anders heraus als erwartet.

»Du hättest uns Bescheid geben müssen. Gerade in heutiger Zeit. Wir haben uns Sorgen gemacht.«

»Entschuldige.« Wieder misslang ihr der richtige Ton.

Die Mutter sah sie prüfend an, lange und ohne ein weiteres Wort. Dann stand sie auf, kam auf Eli zu, bemerkte den Alkoholgeruch und drückte ihr die Zeitung in die Hand. »Lies du ihm weiter vor.« Sie ging an ihr vorbei und wollte das Zimmer verlassen.

»Nein«, sagte Eli.

Die Mutter blieb stehen. »Das war keine Bitte, Elisabeth. Das ist verdammt noch mal deine Pflicht als Tochter. *Ich war fort.* Was denkst du dir überhaupt dabei? Drei Wochen hast du dich nicht blicken lassen! Woher diese Undankbarkeit? Und dann auch noch betrunken!«

»Ich kann ihm nicht vorlesen«, sagte sie zum Rücken ihrer Mutter. »Nicht mehr. Ich …«

»Stopp«, sagte diese, hob die Hände und drehte sich zu ihr um. »Es gibt keinen Grund, widerspenstig zu werden. Du bist keine sechzehn mehr, Fräulein!« Das *Fräulein* war pure Provokation, eine Beleidigung, und ein Blick in ihre Augen reichte Eli, um zu erkennen, dass sie es genauso gemeint hatte.

»Aber er hat uns belogen.« Die Mutter schaute sie fragend an. »Nicht wahr, Vater?« Eli drehte sich zum Bett und holte die Kopie der Police aus der Handtasche. »Du hast uns belogen.«

»Würdest du dich bitte klarer ausdrücken?«

»Er hat gewusst, dass Hans gestorben ist, von Anfang an.« Sie schaute in die Augen des Vaters, die nicht zeigten, ob er verstand, was sie sagte. »Er hat uns drei Monate lang hoffen lassen, dass Hans noch leben würde.« Das leichte Zucken seiner Mundwinkel verriet ihn jetzt doch. »Er hat das Motorrad abgemeldet, rückwirkend zu dem Tag, an dem Hans gestorben ist.«

Die Mutter seufzte. »Da hörst du es selbst, Friedrich. Wie ich es dir gesagt habe: Deine Tochter lebt noch immer in der Vergangenheit.«

»Aber …«, begann Eli und drehte sich vom Vater weg.

»Wir haben dadurch unnötige Kosten gespart. Du kennst deinen Vater, er hat immer auf das Geld geachtet, sonst hätten wir uns die Wohnung nie leisten können. Es ist uns ja schließlich nicht alles zugeflogen.«

»… hast du überhaupt verstanden, was ich gesagt habe?« Eli konnte nicht glauben, dass die Mutter nun auch noch nickte. Sie drückte ihr die Kopie in die Hand und versuchte es noch einmal, bemüht um eine möglichst korrekte und unbezweifelbare Aussage. »Hans ist am 26. August 1939 verstorben. Am 30. Oktober hat Vater die Versicherungspolice gekündigt. Und weißt du noch, was er an Heiligabend gesagt hat? *Ein Meissner wurschtelt sich schon durch.* Und dann kam der Brief, der uns über Hans' Tod informiert hat. Am 3. Januar. Im Jahr 1940!« Der Tag, an dem Mutter mit ihren nie enden wollenden Monologen begonnen hatte.

Die Mutter starrte auf das Blatt. Dann zerknüllte sie es und warf es Eli vor die Füße. »Hans ist tot, Elisabeth. Es ist vollkommen egal, wann wir es erfahren haben.«

»Du tust ja gerade so, als hättest du es gewusst.«

»Natürlich. Das habe ich auch. Die ganze Zeit.«

Eli traute ihren Ohren nicht. Warum diese Lüge? Mutter war doch immer ihre Verbündete gewesen, nicht die des Vaters. »Dann hast du sicher auch gewusst, dass Vater vor dreißig Jahren offiziell für tot erklärt wurde? Gestorben am 2. September 1947 in Buchenwald. Im Speziallager Nr. 2?«

»Sicher. Friedrich hatte man zu zwanzig Jahren Haft verurteilt. Was für ein Glück, dass dieser andere Mann mit dem gleichen Namen gestorben ist. Das hat deinem Vater das Leben gerettet.«

»Und warum … wieso … weiß ich nichts davon?«

»Du warst doch in diesen Amerikaner verliebt. George hier, George da, mein Gott, es war kaum auszuhalten.« Nur gut, dass der Vater noch so gute Beziehungen gehabt habe, fügte sie hinzu. Sonst hätten sie Eli da nicht herausholen können. »Du weißt, ich war nie damit einverstanden, dass du für die US Army gearbeitet hast.«

Mit diesen schnell hingeworfenen Worten verließ die

Mutter das Krankenzimmer. Was für ein Verrat, was für eine Demütigung. Eli drehte sich zum Bett. Der Vater sah sie mit diesem leidenden Blick an, den sie nur zu gut kannte.

»Elisabeth, komm her«, flüsterte er. Sie beugte sich zu ihm. Was würde jetzt kommen? Eine Erklärung? Eine Entschuldigung? »Bitte lies mir weiter vor.«

Erst draußen auf der Straße merkte Eli, dass sie noch die Zeitung in der Hand hielt. Der Vater hatte es wieder einmal geschafft. Er wusste ganz genau, wann er was sagen musste, wann er schweigen sollte und wie er zu intonieren hatte, um andere Menschen zu manipulieren – das hatte er in der Kriegsgefangenschaft gelernt und, ans Bett gefesselt, über die Jahre perfektioniert. Er beherrschte es immer noch. Er war ihr doch nicht zu fassen. Jedenfalls nicht mit Worten.

2

Paul, neben mir, niest – *Tscha!* – genau, wie ich es immer mache. Damals auf der Mauer, als ich ihn zum ersten Mal gesehen habe, hat er ein ziemlich gelangweiltes Gesicht gemacht. Es hat lässig ausgesehen, aber auch arrogant. Heute kenne ich ihn besser. Wir sind gemeinsam in den Main gesprungen und mit einer heftigen Erkältung wieder herausgestiegen. Arrogant ist einfach das falsche Wort, denn auch jetzt sieht mein Kumpel, mein Freund, mein Bruder, hier in der Schlange vor dem Eingang und fürchterlich verschnupft, wieder unglaublich gut aus.

Luft anhalten, Augen zu und los. Länger, als ich erwartet hätte, sind wir durch die Luft gesegelt. Wir haben geschrien, bis wir ins Wasser eingetaucht sind. Nach einer Ewigkeit konnte ich wieder Luft schnappen, und dann ... Pauls Kopf, neben mir in den Wellen. Er hat mich angestrahlt. *»Lust for life«*, hat er gebrüllt. Wir haben uns aneinandergeklammert und sind ans Ufer geschwommen. Zu zweit ist es leicht, gegen die Strömung anzukämpfen. So soll es sein und nicht anders. Zwei Tage später waren meine Pickel verschwunden.

Irgendjemand hat *Leben heißt Revolte!* auf die Eingangstür und die Wand daneben gemalt. Ich sehe, wie Pauls Lippen es leise nachsprechen, und weiß, dass er es irgendwann in der Schule zum Besten geben wird. Wir zahlen jeder sechs Mark Eintritt und gehen hinein.

Jetzt verstehe ich die Lederhose und auch das rote Tuch um Pauls Hals. Hier laufen viele Typen in Klamotten herum, die sie lässig finden. Der Verkäufer aus dem Kaufhof wäre sprachlos, und auch ich komme mir erst fehl am Platz vor. Ein Mann mit Vollbart und Wollmütze reicht mir die zwei bestellten Schnitzelbrote über den vom Bier nassen Tresen. Ich weiß noch nicht einmal, ob man hier so etwas wie *Danke* sagt.

Ein paar Meter weiter schubsen sich ein paar Typen. Sie tragen zerfetzte Jeans und schwarze Stiefel. Direkt hinter uns kotzt jemand auf den Boden, weswegen wir ein Stück weitergehen. Die Luft ist so verraucht, dass man sich selbst keine anzustecken braucht. Trotzdem: Ich strahle Paul an. Es ist Donnerstag, und wir sind in der Batschkapp. Ich beiße ins Schnitzelbrot. Es ist kurz nach acht.

Offiziell sind wir bei Boris. Als wir Pauls Mutter das gesagt haben, hat sie – am Fernseher klebend, weil irgendetwas passiert war – nur kurz aufgeschaut. Um elf sollen wir zu Hause sein, schließlich sind wir beide immer noch krank. Aber was soll man tun, wenn der Plattenhändler anruft und sagt, man müsse heute Abend unbedingt in die Batschkapp kommen? Die Überraschung sei da, hat er gesagt. Nach dem Konzert der *Lola Embryos* würde er das beste Lied der Welt auflegen. Wie soll man da Nein sagen?

Jemand rempelt mich an. Er gießt dabei sein halbes Bier auf mein Schnitzel. Paul lacht, als ich trotzdem weiteresse. Ihn hat die Erkältung stärker erwischt als mich. Doch hier scheint er endlich wieder normal zu werden. Nach einer Weile deutet er mit dem Kopf auf vier schmächtig aussehende Typen und sagt mit verstopfter Nase: »Da sind sie.«

Die Musiker der *Lola Embryos*, jeder mit einer Bierflasche bewaffnet, betreten die Bühne. Direkt davor ist es total überfüllt, nur hinten, wo wir stehen, bekommt man noch ein bisschen Luft. Es riecht nach Bier und Kippen, nach Haschisch und Schweiß. Es ist halb neun, als mir auffällt, dass es stimmt, was ich bislang nur gehört habe: Die Wände sind nur zur Hälfte weiß gestrichen. Als hätte man ziemlich schnell die Lust verloren.

Die Band beginnt mit einem misslungenen Intro. »Über alles, über alles«, brüllt der Sänger ins Mikrophon, während der Gitarrist sich an einer Melodie versucht, die sich wie die Nationalhymne anhören soll. Aber ein paar Minuten später kocht die Menge. Die Musik ist laut, schnell und schlecht – wirklich schlecht! –, aber das macht nichts. Alle schubsen sich. Alle werfen sich aufeinander, auch Paul, auch ich, nur wir mit angezogener Handbremse. Noch kränkeln wir. Noch gehören wir nicht dazu.

Die Lieder sind kurz. Aber das müssen sie auch sein, so wie der dürre Sänger sich verausgabt. Manchmal sind Wortfetzen zu verstehen, ansonsten schreit er nur, wenn er nicht gerade husten muss. Eine knappe Stunde geht das so, bis die Band für eine Pause die Bühne verlässt und alle »Lola! Lola!« brüllen. Ich grinse Paul an, strecke die Faust in die Luft und rufe ebenfalls »Lola!«. Er streckt mir die Zunge raus und zieht die Nase hoch.

Ich kaufe uns zwei Flaschen Bier. Das klingt zwar harmlos, aber es ist das erste Bier in meinem Leben, das ich kaufe. Es ist völlig egal, wie alt man ist, jeder kriegt hier was … und jeder, das ist die bunteste und seltsamste Mischung von Menschen, die man sich vorstellen kann. Wo sind die alle nur tagsüber? Keiner von denen läuft mir normalerweise über den Weg. Wo verstecken die sich? Warum sind das so viele? Ich fühle mich gut. Ich niese. Auch egal.

Die Pause ist vorbei. Vorne brüllen sie »Horst Herold! Horst Herold!«. Als der Sänger uns den Mittelfinger entgegenstreckt, sehe ich Duke neben der Bühne auftauchen. Er schleppt Unmengen von Platten an, während der Sänger *Herold, du Arschloch!* und *Kommando Siegfried Hausner!* ins Mikrophon brüllt, Paul mich schief angrinst und wir wieder anfangen herumzuspringen …

Nach dem Konzert nimmt Duke sofort die Stimmung auf. Er spielt *The Sex Pistols, The Damned* und *The Clash,* bevor er uns mit einem langsameren *Stranglers*-Lied eine winzige Atempause gönnt. Ich hole mehr Bier und lerne, dass man am Tresen nicht *Danke* sagt. Man nickt allerhöchstens ganz langsam mit halb heruntergelassenen Augenlidern, bevor man wieder auf die Tanzfläche springt.

Wahrscheinlich würde jeder, der mich von früher kennt, laut loslachen, so wie ich zucke, andere anrempele, egal, wie fertig ich bin, wie mein Kopf vor Schmerzen fast platzt. Grippe, Bier und Punk – das passt nicht wirklich zusammen, aber es ist mir egal. Irgendwann weiß ich auch gar nicht mehr, wo Paul steckt, die Masse hat mich nach vorne zur Bühne gespült, und dort tanze ich Pogo, wie sie es nennen, und lasse mich hin und her schubsen ... Es ist halb elf. Wir werden niemals pünktlich zu Hause sein. Wir sollten gehen. Noch ein Lied und dann ab. Doch dann kommt es ...

Zuerst *La Grange* und *Lust For Life*, dann *You Really Got Me*, was die wenigsten kennen, weil es schon so alt ist, aber alle lassen sich von der Gitarre von Dave Davies und dem Gesang seines Bruders treiben, alle knallen wirklich durch und flehen Duke nach dem Lied an, endlich einen Gang zurückzuschalten. Nur ich nicht. Ich strahle. Er legt das schließlich alles nur für mich auf. Das sage ich auch zu dem blonden Mädchen, das seit einiger Zeit neben mir tanzt.

»Überschätz dich mal nicht«, antwortet sie mir.

Mit der nächsten Nummer lässt sich Duke Zeit. Ich sehe, wie er das Mädchen und mich bedeutsam anschaut, während er eine Single aus einer weißen Hülle zieht.

»Er legt sie wirklich auf«, flüstert das Mädchen und strahlt mich an. Die Scheinwerfer, die die Tanzfläche beleuchten, reflektieren in den Augen. Seltsam.

Es ist eine von diesen Promo-Singles, die die Plattenläden schon vor dem eigentlichen Verkaufstag bekommen. Anfangs klingt sie, als würde sie leiern. Wie verzerrte Polizeisirenen hören sich die Instrumente an, bis eine weiche

Männerstimme einsetzt und auf Englisch von Delfinen singt, dass man wie sie schwimmen können sollte. *Nothing will keep us together* – bei der Textzeile nimmt das Mädchen meine Hand. Einfach so! Ich lasse es zu und schließe die Augen. Wir stehen nebeneinander und bewegen uns nicht.

Während der ersten Strophe klingt das Lied seltsam langsam, es kommen sogar die ersten Buhrufe, aber irgendwie nimmt die sich dahinschleppende Musik doch alle mit, bis die Stimme des Sängers – *I will be king, and you will be queen* – eine Oktave höher steigt, ich den Kopf in den Nacken lege und mit geschlossenen Augen mitsinge. *We can be heroes just for one day.* Es fühlt sich unglaublich gut an. Aber ich habe keine Ahnung, wer das ist.

»David Bowie«, klärt mich das Mädchen auf und lässt meine Hand los. »Sowas weiß man doch!« Mitten im Lied lässt sie mich stehen, während ich mich voller Aufregung nach Paul umschaue. *We can be heroes!* Duke hat recht: das beste Lied der Welt! Der Gitarrist streichelt die Saiten, und David Bowie schreit sich die Seele aus dem Leib – *we can beat them, for ever and ever!* Duke legt es noch ein zweites Mal auf …

Paul ist nirgendwo zu finden. Tanzen tut er jedenfalls nicht mehr, und auf dem stinkenden, nassen Männerklo handeln nur ein paar Typen mit Haschisch. *I wish you could swim.* Im Raum hinter der Bühne sitzen die *Lola Embryos* völlig fertig auf Stühlen oder auf dem Boden und nuckeln an Bierflaschen. *Though nothing will drive them away.* Vielleicht ist er ja draußen?

Bahngleise führen an der Batschkapp vorbei. Überall stehen Leute in Grüppchen herum. Normalerweise würden sie jetzt sicher rauchen, trinken, lachen, Spaß haben halt. Aber sie sind seltsam still und unterhalten sich über ein Flugzeug, das entführt wurde. Ich höre »Landshut«, »Palästinenser« und auch »Schleyer«, aber es interessiert mich nicht. *We can be heroes, just for one day.* Was für eine phantastische Liedzeile! Trotzdem bekomme ich langsam Panik. Jetzt ist es elf Uhr durch. Wir werden richtig Ärger bekommen.

»Du siehst aus, als suchst du jemanden.« Es ist wieder das Mädchen. Ich sage ihr, dass ich meinen Kumpel suche.

»Der heißt Paul, oder?«

Da sehe ich sie mir zum ersten Mal richtig an. Die blonden Haare sind gefärbt und ihre Klamotten bis auf die pinkfarbene Jacke schwarz. Es sieht ein bisschen übertrieben aus, so wie auch bei den anderen Mädchen und Frauen, die hier herumlaufen. Aber dann bleibe ich wieder an ihren Augen hängen. Dieses Mal blitzen sie nicht. Aber sie erinnern mich an was. »Dann weißt du sicher auch, wie ich heiße?«

Sie nickt, antwortet aber nicht. »Weißt du, dass er das Lied auch auf Deutsch gesungen hat?«, fragt sie stattdessen.

»Wer?«

»Na, David Bowie, du Schlafmütze. *Dann sind wir Helden. Nur für diesen Tag.*«

Woher soll der denn Deutsch können, will ich sie fragen. Aber dann fällt mir ein, dass Iggy Pop und David Bowie in Berlin sind. Sie müssen ihre Platten gleichzeitig aufgenommen haben. Wie Duke wäre ich gern dabei gewesen.

»Wie ist dein Name?«, frage ich sie jetzt mit größerem Interesse.

»Mann, das weißt du doch.«

Sollte ich sie tatsächlich von irgendwoher kennen? Ver-

legen lache ich und probiere alle Namen aus, die mir einfallen, selbst die unglaublichsten Namen, selbst Miriam,
selbst Chiara. Doch jetzt schüttelt sie immer nur den Kopf,
zuerst belustigt, was mir gefällt, später verärgert, was mich
verwirrt. Dann probiere ich den letzten, völlig unwahr-
scheinlichen Namen aus. »Okay, dann also Lola?«

In dem Moment taucht Paul auf und läuft an mir vorbei.
»Los, Johnny, komm!«

»Wohin denn?«

»Nach Schwanheim, du Idiot!«

Ich drehe mich zu dem Mädchen um, doch es ist verschwunden. Aber ich glaube, auch sie hat *Du Idiot!* zu mir
gesagt.

»Boah, ist das hoch!« Paul legt den Kopf in den Nacken.
»Vierzehnter Stock?«

Nichts ist zu sehen, nichts ist zu hören. Um diese Uhrzeit sind nur ganz wenige Fenster des Hochhauses erleuchtet. Ich habe noch die Schlüssel. Wir steigen in den
Aufzug. Das grelle Licht blendet uns. Wir fahren hoch. »Er
wird es nicht verstehen«, sage ich zwischen dem dritten
und vierten Stockwerk. Meine Kopfschmerzen sind durch
die Batschkapp noch schlimmer geworden.

»Willst du, dass sie ihn schnappen?«, meint Paul dazu
und niest. »Läuft er eigentlich oben in der Wohnung
genauso nackt wie deine Heidi herum?« Wieder niest er
mehrfach. Erst ungefähr beim achten Stockwerk redet er
weiter. »Hey, der Spruch war doch nicht schlecht, oder?«

»Spitze«, sage ich nur. Warum habe ich mich bloß darauf
eingelassen?

In der zwölften Etage steigt ein türkischer Mann zu uns.

»Frühschicht«, sagt er und blickt uns fragend an, als wir weiter nach oben fahren. »Nicht Erdgeschoss?«

»Am liebsten schon«, höre ich mich murmeln und putze mir mit der letzten trockenen Ecke meines Taschentuchs die Nase. Ich vergesse, mich zu verabschieden, als wir aussteigen. Der Gang mit den unendlich vielen, allesamt gleich aussehenden Wohnungstüren bringt mir dann wirklich alles wieder in Erinnerung. Was für eine schwachsinnige Idee zurückzukommen! Paul aber grinst schief und nickt mich weiter, zum Teil schiebt er mich vorwärts, bis wir vor der richtigen Tür stehen bleiben. Als ich klingeln will, hält er mich jedoch zurück.

»Versprich mir aber eins, Johnny. Deine Kassetten mit den *American Top 40* bleiben hier, okay?«

»Hat dir eigentlich schon mal jemand gesagt, was für ein Arsch du manchmal sein kannst?«

»Du. Chiara. Und Boris auch, falls du dich erinnerst. Und das so gut wie jeden Tag.« Wieder dieses schiefe Grinsen. Das hat er sich nach unserem Sprung in den Main angewöhnt. Ich weiß nicht, ob es mir gefällt.

Mit meinem Vater sprechen, ihm alles erklären und dann wieder nach Hause fahren – das ist Pauls Idee gewesen. Alle haben vorhin in der Batschkapp nur noch über das entführte Flugzeug geredet, hat er mir erzählt. »Und einer von denen hat behauptet, dass er die Bullen belauscht hat, die dort auch immer rumstehen. Morgen sollen alle bekannten Sympathisanten und Unterstützer der RAF festgenommen werden.« Offenbar habe man es besonders auf eine Wohnung in Schwanheim abgesehen.

Ich drücke auf die Klingel. Nichts passiert. Ich klingele länger. »Niemand da«, sage ich und wende mich ab.

»Nix da, hol deinen Schlüssel raus.«

»Aber …«

»Ich bin neugierig, Johnny. Ich will einfach mal sehen, wie so ein Terrorist lebt.«

Ich mache Licht. In der Wohnung hat sich nichts verändert. »Da ist das Bad, da drüben ist – nein – war mein Zimmer, dort schläft mein Vater und hinter der Wohnküche mit dem Balkon: Heidis Zimmer.«

Auf dem Küchentisch liegt ein Päckchen Taschentücher. Ich schnäuze mir mit einem frischen die Nase. Ich will verschwinden. Paul aber drängt sich vorbei. »Wenn wir schon mal hier sind, dann lass uns wenigstens noch auf den Balkon gehen.«

»Ach, Paul!«

Er läuft schon hin und drückt die Verriegelung herunter. »Hier hast du doch fast Heidis Brustwarze berührt, oder? Wie weit kann man von hier aus sehen? Vielleicht sogar bis nach Offenbach?« Frische Luft strömt in die Wohnung. Sie wirbelt durch den Patschuli-Geruch, der mir noch so vertraut ist. »Mensch, Johnny! Ich war noch nie so weit oben!«

Ein paar Minuten bleiben wir auf dem Balkon stehen. Das tut meinem dicken Kopf gut. Wir versuchen, Offenbach zu sehen. Es gelingt uns aber nicht. Offenbach ist nie zu sehen, weder an einem klaren Sommertag noch mitten in der Nacht. Doch das ist es nicht, was mich auf einmal nervös macht. Ich schiebe Paul zurück in die Wohnung. Es ist tatsächlich etwas anderes, als verlorener Sohn heimzukommen, als wenn man bereits seit Ewigkeiten hier wohnt.

»Und nun noch Heidis Zimmer«, sagt Paul.

»Aber ich war da noch nie drin.«

»Und? Macht doch nichts.«

»Lass uns jetzt gehen.«

»Du Memme!«

»Ach, Paul!«

»Los!«

Natürlich geht Paul voran. Er geht immer voran. Aber im Moment übertreibt er alles so sehr, dass ich gar nicht weiß, wie ich ihn stoppen könnte. Die Erkältung, das schiefe Grinsen und jetzt das. Was ist nur mit ihm los? Hat ihn der Sprung in den Main so aus der Bahn geworfen?

»Wow«, flüstert er vom Türrahmen aus. Da kann ich nicht anders. Ich gehe hin und schaue ihm über die Schulter. Das Zimmer ist vollkommen überfüllt. Gebatikte Stoffe, die auf Kisten, Schränken, Tischchen aus grobem, dunkelbraun gebeiztem Holz liegen. Gewebte Teppiche, in die Spiegelchen eingearbeitet sind. Das Licht reflektiert tausendfach. Jede Menge Kerzenständer und Räucherstäbchen, mehrere größere Spiegel und Bilder von Buddha und anderen Gottheiten: Halb Indien hängt an der Wand oder steht herum. Während meine Mutter dorthin gefahren ist, um sich selbst zu finden, hat Heidi sich Indien einfach nach Hause geholt und die Heizung aufgedreht. Ich würde hier drin ersticken. Wenn man in so einem Zimmer lebt, dann kann man vielleicht nichts anderes sein als immer nur nackt und stumm.

Paul ist bereits weitergegangen. »Johnny!«, höre ich ihn rufen und finde ihn im Zimmer meines Vaters. Hier sieht es aus wie immer: spartanisch eingerichtet, aufgeräumt, nichts Persönliches. Das Zimmer eines Mannes, der auch zu Hause im Anzug herumläuft, der seine Verkleidung als braver

Bürger an der Wohnungstür irgendwann nicht mehr abgelegt hat. Wie verschieden er und Heidi doch sind. Aber trotzdem: Sie haben sich geküsst. Irgendetwas müssen sie wohl aneinander finden.

»Komm da raus, Paul. Lass uns nach Hause gehen. Es ist drei Uhr nachts. Deine Mutter wird schon sauer genug auf uns sein.«

»Das biege ich wieder hin. Aber hier … schau, da ist so eins«, sagt er leise. Ich verstehe nicht, was er meint. »Na, eins von diesen Päckchen, von denen du erzählt hast. Die dein Vater hin- und herfährt. Da neben dem Schreibtisch.«

»Ja, und?« Da steht wirklich ein kleines Päckchen, das mir nicht aufgefallen wäre. »Das kann doch auch etwas anderes sein.«

»Willst du nicht wissen, was da drin ist?«

»Nein, und jetzt komm. Schau dir noch mein Zimmer an, dann hast du alles gesehen, und wir gehen, okay?« Er kann kaum die Augen von dem Päckchen lassen. Ich ziehe ihn mit.

Auch in meinem Zimmer hat sich nichts verändert. Das Bett, der Schrank, der Tisch, ein Stuhl – nichts davon ist schön, und nichts davon verrät, wie der Junge, der hier mal gewohnt hat, gewesen sein könnte. Es ist ein Nicht-Zimmer von jemandem, der eigentlich nicht existiert hat, der keine Pläne hatte, keine Freunde, nichts. Das Einzige, was nach Leben aussieht, ist eine Reisetasche. Sie steht in einer Ecke. Ich mache den Reißverschluss auf. Man hat meine restlichen Sachen darin eingepackt.

»Das alles gehört also dir?« Paul grinst wieder schief. Er öffnet die Tasche ganz.

»Das meiste habe ich doch schon mitgenommen.« Und

alles aus meinem früheren Leben hat Vater irgendwo gelagert. In Worms. In einer Garage. Für zwanzig Mark im Monat.

»Hey, das sind doch die Kassetten, oder? *American Top 40*?«

»Ja … Mensch, lass das doch jetzt!« Aber Paul hat sie bereits alle aus der Tasche geholt und auf dem Boden verteilt.

»Wie süß! Du hast sie ja sogar bemalt und beschriftet! Mit Liedtiteln, Musikern und dem Datum, 30. April, 4. Juni, hier … 14. Mai: *The Eagles* mit *Hotel California*, Leo Sayer mit *When I need you* – ich fasse es nicht, Johnny, was hast du dir da bloß angehört? Hast du keinen Hörschaden bekommen? Und ach, schau mal da: Stevie Wonder mit *Sir Duke* … na, das würde Chiara gefallen. Keine Ahnung, warum, aber die mag den.«

»Jetzt hör schon auf.« Ich nehme ihm die Kassette aus der Hand und beginne, auch die anderen wieder einzupacken. »Die können vielleicht jeden Moment kommen.«

»Aber wolltest du das nicht? Du wolltest doch mit deinem …?«

»Ach, Paul.«

»Hast du gesagt.«

»Später, vielleicht. Ich weiß nicht.«

»*John-Boy*, du bist halt doch 'ne Memme.«

Nachdem ich alles in der Tasche verstaut habe, ist Paul wieder verschwunden. Er geht mir auf die Nerven. Ich gehe mir aber auch selbst auf die Nerven. Wir haben hier nichts verloren. »Paul? Meinst du, ich soll ihm einen Brief schreiben?« Er antwortet nicht. »Wo bist du?« Ich stehe auf und suche ihn. Ich finde ihn in Vaters Zimmer. Das Päckchen liegt geöffnet vor ihm.

»Wahnsinn! Schau doch mal!« Mit spitzen Fingern holt Paul eine Pistole heraus und hält sie in die Höhe. »Da sind noch zwei drin. Und jede Menge Munition.«

»Scheiße«, flüstere ich. »Warum hast du das aufgemacht?«

»Das war ich nicht. Das Päckchen war schon offen …«

In dem Moment steckt jemand einen Schlüssel in die Wohnungstür.

3

Es ist Heidi. Ohne ein Wort verschwindet sie in Richtung Indien und kommt kurz darauf wieder zurück. Mit einer Zigarette in der Hand sitzt sie jetzt in ihrem Morgenmantel am Küchentisch. Ich koche Kaffee. Sie tut so, als wäre das ganz normal, dass ich Kaffee koche, dass ich eine Tasse vor sie auf den Tisch stelle, ja, dass ich überhaupt da bin.

Und dass Paul die ganze Zeit auf ihren linken Busen starrt, der halb aus dem Morgenmantel herausschaut, findet sie auch völlig in Ordnung. Ich stupse ihn an. *Jetzt lass das*, sagen meine Augen. Doch er dreht sich nicht einmal zu mir um. Heidi ist nicht mehr so braun wie vor einem Monat. Das und das blonde Haar stehen ihr aber gut. Ich bin aufgeregt.

»Wie geht es ihm?«, bringe ich heraus.

»Na, wie soll es ihm gehen? Schlecht geht's ihm.«

Das sind die ersten Worte, die ich jemals aus ihrem Mund höre. Sie hat eine schöne Stimme, die sich trotzdem kalt wie Eis anhört. Ich frage sie, wieso.

»Du bist wirklich schwer von Kapee, was? Wegen dir.«

»Wegen mir?«

»Na, wer von uns ist denn abgehauen?« Auch das sagt sie ziemlich frostig. »Dein Vater hat sich alles Mögliche ausgemalt, um dein Verschwinden zu begreifen: Selbstmord, vom Bus überfahren, entführt … durfte ich mir alles anhören.«

»Aber das ist doch alles … nur ein Missverständnis!«

»Und wie soll er das wissen?«

»Er war weg! Nicht ich.«

Er sei nur vier Tage fort gewesen, sagt Heidi, eine Lieferung ins Saarland und dann die ganzen Kontrollen. Anschließend habe er wochenlang nach mir gesucht, erklärt sie. Die anderen hätten ihm richtig Ärger gemacht, weil er mit den Lieferungen nicht mehr nachgekommen ist. Es habe sie viel Mühe gekostet, ihn davon zu überzeugen weiterzumachen. »Und jetzt ist er schon wieder überfällig. Seit drei Tagen ist er verschwunden. Dabei muss er noch das letzte Päckchen ausliefern.«

»Das in dem Zimmer?« Paul löst seinen Blick von Heidis Körper und geht aus der Küche.

»Er ist zum Flughafen gefahren und nicht mehr wiedergekommen.« Sie zündet sich eine weitere Zigarette an, obwohl die andere halb aufgeraucht noch im Aschenbecher vor sich hin glimmt. Ich gebe auf. Ich setze mich an den Tisch und hole auch meine Zigaretten heraus. Wir schweigen. Ich huste. Mir ist schwindelig. Ich sollte es sein lassen.

Es ist halb fünf Uhr morgens, und vor mir sitzt eine halbnackte Frau in einem Morgenmantel. Sie trinkt Kaffee, raucht und erzählt mir von einer Katastrophe nach der anderen. Warum hat sie den ganzen Sommer nie etwas gesagt? Warum ist sie blond? Warum hat sich Paul jetzt eine der Pistolen in den Gürtel gesteckt? Warum haben sie und mein Vater sich geküsst? Warum ist mein Vater wieder weg? Und warum hat mir niemand Bescheid gesagt? Ich habe tausend Fragen. Sie stürzen auf mich ein. Sie machen mich einfach sprachlos. Mein Mund steht offen.

Heidi bemerkt es und lacht. »So siehst du deinem Vater ähnlich.«

»Nein.« Das kommt automatisch aus mir heraus. »Ich sehe aus wie mein Großvater.«

»Und schnarchen tut er auch wie sein Opa.« Paul zieht die Pistole aus seinem Gürtel. Er lässt sie am Finger kreisen. Ich habe gerade keinen Sinn dafür, aber Heidi hört auf zu lachen. Sie schaut ihn mit hartem Blick an. Als sie den Mund aufmacht, gefriert die Luft. »Sag deinem Kumpel, er soll die Waffe zurück ins Päckchen legen.« Dann schaut sie mich wieder an. »Hast du noch Kaffee?«

Ich nehme die Kanne und gieße ihr die Tasse voll. Sie pustet den Dampf weg. Sie wartet eine Weile, dann nimmt sie einen Schluck.

»Hast du vor hierzubleiben?«

Ich brauche nicht lange darüber nachzudenken. Ich schüttele einfach den Kopf. »Nein.«

»Gut«, sagt sie. »Ich konnte dich sowieso noch nie leiden.«

Ich schweige. Nie hätte ich gedacht, dass Heidi so viel reden würde. Eben gerade habe ich überlegt, etwas Nettes zu ihr zu sagen. Doch was soll mir nach ihrem letzten Satz noch einfallen? »Aber meinen Vater magst du«, platzt es plötzlich aus mir heraus. »Ich habe gesehen, wie ihr euch geküsst habt.«

Sie schüttelt nur den Kopf. »Irgendwie musste ich ihn ja

dazu bringen, hierzubleiben und seine Arbeit zu machen.«
Sie nennt es *Arbeit*? »Da hilft Sex, glaub mir, auch wenn
du es vielleicht nicht verstehst. Mit Sex kriegt man jeden
rum.«

»Du bist also gar nicht seine Freundin?«

»Freundin?« Sie lacht mich aus. Oder sie lacht über meinen Vater, es ist mir egal. Heidi lacht – und das unglaublich
fies. »Wenn du es genau wissen willst, dann bin ich so etwas
wie sein Boss. Wie sein Führungsoffizier.«

»Und dafür habt ihr ihm dann auch noch Geld gegeben?« Ich finde das alles unglaublich beschissen. Wenn
jeder bei der RAF so ist wie Heidi, dann können die mir
gestohlen bleiben.

»Du warst das also? Du hast es mitgenommen?« Ich
zucke mit den Schultern. Sie sollte mir dankbar sein, dass
ich ihren Pass dagelassen habe. »Wir haben die ganze Wohnung danach abgesucht. Zum Glück war es nur die Hälfte.
Den Rest hatten wir in meinem Zimmer versteckt. Dein
Vater hat es sich von deinem Großvater geborgt.«

»Von meinem Großvater?« Ich glaube ihr kein Wort.

»Was hast du denn gedacht? Dass wir ihn bezahlen? Unsere Kohle brauchen wir für unsere eigenen Projekte. Der
Rest seines Geldes hat jedenfalls gerade so für das Flugti-
cket gereicht. Sonst hätte ich ihm am Ende noch was leihen
müssen.«

Jetzt verstehe ich überhaupt nicht mehr, was sie meint.
»Was für ein Ticket?«

»Schalt doch mal endlich deinen Kopf ein, Johannes.
Für deine Mutter. Damit sie zurückfliegen kann.«

»Quatsch! Wieso das denn?« Warum sollte sie zurückkommen wollen?

Heidi seufzt. Dieses Seufzen zeigt mir nun erst recht, für wie blöde sie mich hält. »Du musst endlich mal lernen, dich in andere Menschen hineinzuversetzen. Was würdest du tun, wenn dein Sohn verschwunden ist und du ihn nirgendwo finden kannst? Vor drei Tagen hat er sie vom Flughafen abgeholt. Wahrscheinlich suchen sie dich jetzt zusammen. So ein Idiot!«

Heidi hätte auch einen Hammer nehmen können. Das hätte sich nicht anders angefühlt. Sie steht auf und rempelt gegen den Tisch. »Ich bin jedenfalls froh, dass du nicht hierbleibst. Ich habe noch nie jemanden erlebt, der so seltsam und so schweigsam ist wie du. Nimm deine Tasche mit, wenn du gehst. Und falls du zufällig deinen Vater triffst: Bis Samstag muss er das Päckchen abliefern. Er weiß, wohin. Sonst ...«

Ihre Zimmertür fällt laut hinter ihr ins Schloss.

Ein Nachbar klopft gegen die Wand. Ich bleibe still sitzen. Dann stehe ich auf und gehe in mein altes Zimmer. Ich schnappe mir die Tasche mit meinen Sachen. Bei Vaters Zimmer bleibe ich stehen. Paul sitzt auf dem Bett, das Päckchen auf dem Schoß, wieder eine Pistole in der Hand.

»Schau mal, was ich kann.« Er wirft sie von der einen in die andere Hand, dreht sie herum, hält sie schräg und zielt auf mich.

»Spitze«, sage ich, »aber lass das jetzt. Ich möchte noch ein bisschen leben.«

»Ach, Johnny! Die ist doch gar nicht geladen. Was hat deine Heidi noch erzählt?«

»Sie ist nicht meine Heidi. Pack die Pistole wieder ein. Wir gehen.«

Ich habe keine Ahnung, warum wir das Päckchen mitgenommen haben. Paul trägt es und ich die *American
Top 40*. Noch nie habe ich eine Nacht durchgemacht. Es
fühlt sich seltsam an, so als wäre man mit etwas nicht rechtzeitig fertig geworden und hätte dennoch alle Zeit der
Welt. Heute früh ist es neblig. Aber es ist ja auch schon
Herbst. Am Bahnhof halte ich Paul die Reisetasche hin.

»Lass uns tauschen.«

»Wieso das denn? Willst du die Knarren etwa zurückbringen?«

Ich erkläre ihm, dass ich sie verstecken will. »Wir können
doch damit nicht zu dir nach Hause gehen.« Seine Mutter
würde uns richtig Ärger machen. »Wir haben acht Stunden
Verspätung.«

»Quatsch, die kriegt das doch gar nicht mit. Komm, lass
sie uns mitnehmen. Wir können ein bisschen üben.«

»Üben? Bist du bescheuert?«

»Und dann übergeben wir sie der RAF.«

»Paul!«

»Wieso denn nicht? Die Waffen gehören ihnen doch.
Und dein Vater soll sie denen liefern. Weißt du nicht, was
mit Ulrich Schmücker passiert ist? Im Sommer 1974. In
Berlin. Im Grunewald.«

Ich zucke mit den Schultern.

»Die *Bewegung 3. Juni* hat ihn exekutiert, oder vielleicht
war es auch der Verfassungsschutz, wer weiß das schon?
Kette, so haben sie ihn genannt, hat nämlich angeblich als
V-Mann gearbeitet. Die rächen sich bei jedem, der ihnen
gefährlich werden kann.«

»Blödsinn! Die werden doch meinem Vater nichts tun.«
Ich halte meine Hand auf.

»Weiß man's?«

»Außerdem wissen wir doch gar nicht, wohin er sie liefern soll.«

Ich verstecke das Päckchen im Schuppen. Das ist einfacher, als ich gedacht habe. So früh am Morgen ist niemand im Botanischen Garten unterwegs. Mittlerweile ist es hell geworden, doch wegen des Nebels sind die Straßenlaternen noch an. Anstatt gleich zu Paul ins Westend zu gehen, überquere ich die Miquelallee. Vor Großvaters Haus steht tatsächlich der weiße VW-Bus.

Jemand hat den Vorgarten in Ordnung gebracht. Es gibt kein Unkraut mehr. Der Efeu ist zurückgeschnitten. Selbst das Moos hat man von den Treppenstufen gekratzt. Ich gehe an den Tannen vorbei, um von hinten einen Blick ins Haus zu werfen. In der Küche brennt Licht. Ich schaue durchs Fenster. Alles ist aufgeräumt, kein schmutziges Geschirr mehr, keine leeren Weinflaschen, auch das Glas mit der eingedickten Milch ist weg. Jetzt sieht es so aus wie zu der Zeit, als Großmutter noch gelebt hat.

Zurück auf der Straße, stelle ich mich hinter einen Baum und achte darauf, dass man mich von der Villa aus nicht sehen kann. Ich werde nicht noch mal hinübergehen. Ich werde auf keinen Fall klopfen. Ich werde hier stehen bleiben und abwarten, was passiert.

Irgendwann, vielleicht gegen neun Uhr, geht die Haustür auf. Ich weiß nicht, wen ich erwartet habe, meinen Großvater oder meinen Vater, auf jeden Fall nicht meine Mutter. Doch sie ist es, die jetzt einen Abfallsack zur Mülltonne trägt. Nachdem sie ihn weggeworfen hat, öffnet sie das Gartentor. Sie stellt sich auf die Straße. Einfach so.

Ein paar Minuten bleibt sie da stehen. Sie dreht sich einmal in die eine Richtung, dann wieder in die andere. Nicht weil sie nach etwas oder jemandem Ausschau hält, sondern weil sie sich zeigen will. Ich kenne sie. Sie ist schließlich meine Mutter, und sie kennt mich. Sie weiß, dass ich sie beobachten könnte.

Sie sieht unglaublich gut aus, braungebrannt, aber nicht so vollkommen und langweilig wie Heidi. Ich habe erwartet, dass sie ihre Hippieklamotten von früher tragen würde. Oder die rotgefärbten Kleider, in denen sie nach Indien geflogen ist. Aber sie hat einen ganz normalen Rock und eine Bluse an. Ich sehe, wie ihr kalt wird. Trotzdem hält sie es noch eine weitere Minute aus. Dann geht sie zurück zur Haustür. Sie hat mich nicht entdeckt. Auch mein Vater, der ihr die Tür aufhält, sieht mich nicht.

Ich warte ein paar Minuten, bevor ich hinüberlaufe. Ich gehe die Treppenstufen hoch, starre auf den schweren Eisenring. Dann krümme ich meine Finger zu einer Faust und klopfe leise. Dass mir niemand aufmacht, erleichtert mich. Ich habe es versucht. Wer kann mir jetzt noch was vorwerfen? Um mich noch mehr zu beruhigen, klopfe ich ein weiteres Mal und renne schnell fort.

Auf dem Treppenabsatz vor der Wohnung steht mein Bundeswehrseesack. Ich versuche, die Tür aufzusperren, aber jemand hat von innen den Schlüssel stecken lassen. Also klingele ich. Pauls Mutter macht die Tür einen Spaltbreit auf. »Was willst du?«

Mir bleibt der Mund offen stehen. Ich sollte mir das abgewöhnen. »Na … rein?«

Sie schüttelt den Kopf. »Tut mir leid, Johannes.« Sie

schaut mich lange an, so wie man jemanden anschaut, den man absolut nicht leiden kann. »Eine Zeitlang hat es mir Spaß gemacht, zwei Söhne zu haben. Ich habe gedacht, du würdest Paul guttun. Du würdest mir guttun. Selbst mit deiner seltsamen Familiengeschichte habe ich mich abgefunden. Aber was zu viel ist, ist zu viel.«

»Aber es ist doch nichts passiert.«

»Wie kannst du sowas sagen? Das ganze Land ist seit gestern in Aufruhr! Und ihr? Kommt morgens um acht Uhr nach Hause, als wäre nichts geschehen.«

Die Tür fällt zu. Ich höre, wie sie abschließt. Eine Ewigkeit bleibe ich stehen und hoffe, dass Paul etwas unternimmt. Erst Heidi und jetzt auch noch sie. Mit Frauen kann ich offenbar nicht so gut. Zurück in die Villa will ich aber auch nicht. Wieder einmal sitze ich auf der Straße.

4

Er saß auf ihrer Bank. Kurz blieb ihr die Luft weg, denn von weitem hatte er eine gewisse Ähnlichkeit mit Hans. Auch wenn er ein wenig jünger zu sein schien, war er genauso groß wie er, und er machte das gleiche verärgerte Gesicht, wie auch ihr Bruder es immer gemacht hatte: mit in Falten gelegter Stirn, die Augen zusammengekniffen, die Lippen geschürzt, den Mund dabei etwas geöffnet. Selbst von der Seite konnte sie es erkennen.

Eli war durch den Nebeneingang des Botanischen Gartens gekommen, ohne dass er sie bemerkt hätte. Noch könnte sie einfach wieder gehen, sich einen anderen Platz suchen und dort ihren Gedanken nachhängen. Vielleicht würde er ja aber auch verschwinden, wenn sie sich neben ihn setzte. Immerhin war es ihre Bank. So fasste sie sich ein Herz, hustete hörbar und nahm wie zufällig neben ihm Platz. »Guten Morgen.«

Der Junge blickte kurz auf, sagte aber nichts. Die Ellenbogen auf die Oberschenkel gestützt, starrte er auf seine verschmutzten Finger, rieb sie aneinander, schnippte den Dreck weg. Eli kam sich nicht sehr willkommen vor.

Seit der Rückkehr aus Buchenwald hatte sie sich nach ihrer Alpenlandschaft gesehnt. Und heute früh, nach einer schlaflosen Nacht in den Armen von Aron, dem sie nichts von Hermann Staub und ihrem Auftritt im Altersheim erzählt hatte, der stumm und ratlos mit ihr am Küchentisch gesessen hatte, ohne dass sie etwas hätte essen, Radio hören oder auch nur Zeitung lesen können, war ihr nichts anderes mehr eingefallen, als hierherzukommen. Um alles in Ruhe zu bedenken – allein, ohne Aron oder Sarah, und schon gar nicht mit Wilhelm.

Wie hätte sie ahnen können, dass ihre Bank besetzt war, und zwar von diesem schweigsamen Jungen, der keine Anstalten machte zu gehen? Schon wollte sie selbst aufstehen und ihm *einen schönen Tag* wünschen, da drehte er doch, aber ganz langsam, den Kopf und musterte sie. »Ich kenne Sie doch von irgendwoher?«

Eli überlegte. Sein Gesicht kam ihr tatsächlich bekannt vor. War das nicht der junge Mann, der damals im *Ring der Statuen* gesessen hatte? Satt von der Pekingente und aufgewühlt durch Wilhelms Penetranz, hatte sie sich damals von ihm erschrecken lassen. Das Leben bestand zwar vornehmlich aus Zufällen, aber das war jetzt schon merkwürdig. Sie stand auf. »Ich sollte besser gehen.«

Er reagierte nicht. Eli gratulierte sich zu diesem erfolgreichen Ausflug. Nicht einmal die noch rasch gekaufte Brezel hatte sie angerührt! Sie holte die Papiertüte aus ihrer Tasche heraus und legte sie neben ihn. »Guten Appetit.«

Wieder zeigte er keine Reaktion, vielleicht redete er auch nicht gerne mit älteren Menschen. Wie merkwürdig, hier im Botanischen Garten überhaupt einem jungen Menschen zu begegnen – an einem Ort, der unter der Woche doch vor allem von Rentnern besucht wurde. Sie wandte sich ab.

»Ja.« Jetzt sagte der Junge doch wieder etwas. »Bitte gehen Sie.«

Eli blieb stehen, drehte sich zu ihm hin, und ohne dass sie lange darüber nachdenken musste, änderte sie ihre Meinung. Was für eine Anmaßung! Immerhin war es ihre Bank, die er in Beschlag genommen hatte. »Wissen Sie was? Das entscheide ich immer noch selbst«, antwortete sie daher und setzte sich einfach wieder hin. Das wäre ja noch schöner. Dem Jungen war anzusehen, dass ihm das nicht recht war.

»Bitte. Ich möchte allein sein.«

»Wer möchte das nicht?«

»Aber ich bringe jedem nur Unglück.«

Eli zuckte mit den Schultern. »Dann gehen Sie doch.«

Unentschieden. Doch jetzt stand er auf, hockte sich vor eine Tasche und holte etwas hervor. Sie rutschte in die Mitte, packte die Tüte mit der Brezel wieder ein und fragte sich, was sie hier eigentlich machte. Sie sollte bei der Arbeit sein. Die Bank fühlte sich ungemütlich an.

»Ich warne Sie«, sagte der Junge jetzt.

Sie lachte laut auf. »Was machen Sie überhaupt hier? Sie müssten doch in der Schule sein.«

»Und Sie? Müssen Sie nicht arbeiten?«

Jetzt quetschte er sich doch tatsächlich wieder neben sie auf die Bank. Eli aber wich keinen Zentimeter. Mehrere Minuten blieben sie so angespannt sitzen, sie redeten nicht, sie schauten sich nicht an, doch zumindest Eli konnte keinen normalen Gedanken mehr fassen, außer, sich ihn fortzuwünschen. Da er aber keine Anstalten machte, holte sie die Brezel wieder heraus, fand in der Tasche die ungelesene *Rundschau* und befasste sich extra laut schmatzend mit der Titelseite. Auch hier wurde über die Entführung des Flugzeugs berichtet, doch im Gegensatz zu den Radionachrichten am gestrigen Nachmittag bezweifelte man, dass der Entführer, der sich gemeldet hatte, wirklich Walter Mohamed hieß.

»Sie ist jetzt in Dubai«, sagte der Junge. Eli reagierte nicht. »Das entführte Flugzeug«, erklärte er weiter, »es ist heute Morgen in Dubai gelandet.«

»Woher wollen ausgerechnet Sie das wissen?«

»Vorhin war ein alter Mann hier. Er hatte ein Radio dabei. Aber ich habe ihn verjagt.«

Verjagt? Einen alten Mann? »Und wie wollen Sie das geschafft haben?«

»Na, hiermit.« Er drückte bei dem Kassettenrekorder, den er aus der Tasche geholt hatte, auf den Startknopf. Laute Rockmusik ertönte, zu laut für sie, zu aufdringlich, zu nervig. Der Junge schaute sie herausfordernd an. Er wollte also auch sie verjagen. Eli holte Luft, sah auf die Alpenlandschaft und ließ in ihrer Phantasie den Jungen mit seiner Musik einfach verschwinden.

Nach einer Weile drückte er auf Stopp. »Ich habe noch eine Kassette mit Punkmusik dabei.«

Was auch immer das war, Eli nickte, stand auf und ging.

Nach Zwischenstopps auf Zypern und in Bahrain war die »Landshut« tatsächlich auf dem Wüstenflugplatz in Dubai gelandet. Nun war auch bewiesen, dass die Entführer das Schicksal der 86 Fluggäste und fünf Besatzungsmitglieder mit dem von Dr. Schleyer verbanden. Ein neues Foto war einigen Zeitungen zugespielt worden. Mit einem Schild in den Händen, auf dem handschriftlich das Datum der Flugzeugentführung angegeben war, saß Dr. Schleyer vor dieser immer gleichen Wand, auf der jetzt neben dem RAF-Symbol zwei Zettel angebracht waren: *Commando Siegfried Hausner* und *Commando Martyr Halimeh*. Mit diesen Namen bezeichneten die Terroristen die beiden Entführungsfälle. Eli war fassungslos.

Walter Mohamed hieß jetzt Captain Martyr Mahmud. Klaus Bölling, der Sprecher der Bundesregierung, sah übernächtigt aus und hatte Augenringe. Bei der Verlesung der Regierungserklärung seufzte er einmal hörbar laut auf, während der Mann, der hinter ihm saß, ständig nach rechts oder links, nur nie in die Kamera blickte. Filmaufnahmen von der in der glühenden Mittagshitze stehenden »Landshut« wechselten sich mit unscharfen, da mit Weitwinkel aufgenommenen Bildern aus Bonn ab. Limousinen fuhren vor, Limousinen fuhren weg, eine musste sogar angeschoben werden. Die Regierung tagte unablässig in der Kleinen Runde, in der Großen Runde, in Kabinettsgröße. Man beschwor Zuversicht und zeigte sich zugleich besorgt …

Am Schluss der *Tagesschau* erläuterte Friedrich Nowottny den Zuschauern das Ultimatum der Terroristen noch einmal und sprach von dem »Beginn der Stunde X«. Eli hatte den ganzen Tag über nichts davon mitbekommen.

Sie war durch die Stadt gelaufen, ratlos, was sie machen

oder worüber sie nachdenken sollte. Als die Dämmerung eingesetzt hatte, hatte sie sich nicht dazu durchringen können, nach Hause zu gehen. So saß sie nun in der Schönen Müllerin am Tresen und schaute im Fernsehen dem kleinen Nachrichtenmann mit der riesigen Brille voller Unglauben zu. Er versuchte zu fassen, was nicht zu erklären war. Niemandem von den zahlreichen und schweigsamen Gästen in der Apfelweinkneipe war an diesem Abend zum Feiern zumute, jeder versuchte auf seine Weise, das gerade Gehörte mit seinen Erfahrungen und Vorstellungen in Einklang zu bringen.

Hijacking, wie einer der Gäste es nannte, habe Konjunktur. Die »Landshut« sei nach der »Kiel« und zwei weiteren Maschinen bereits das vierte entführte Flugzeug der Lufthansa, erzählte ein anderer, doch dieses Mal sei das Schicksal der ganzen Nation damit verbunden. Die Entführer wären schließlich Komplizen der RAF.

»Man sollte sie einfach abknallen«, meinte ihr angetrunkener Nachbar am Tresen.

»Wen meinst du?«, fragte der Wirt. »Die Terroristen, die Geiseln oder den Schleyer?«

»Auge um Auge ...«

»Mann, dir gebe ich noch mal einen aus!«

»Was meinen Sie denn?«, fragte ihr Nachbar nun Eli. »Verbrecher sind Verbrecher, oder?«

Aber Eli schüttelte den Kopf. An so einer Diskussion wollte sie nicht teilnehmen, sie wollte nicht einmal zuhören. Sie bezahlte ihren Weißwein und ging mit gesenktem Kopf aus der Gaststätte. Die Stimmung, in die sie nun eintauchte, war eine andere als die in der Schönen Müllerin. Wie in einem Kokon lief sie durch die stillen Straßen.

Es gab an diesem Abend so gut wie keinen Autoverkehr. Die Stadt saß vor den Fernsehgeräten und wartete ab. Die Zeit war nicht stehen geblieben. Vielmehr schien sie sich unaufhörlich zu wiederholen. Vor ihrem Haus blieb sie stehen und holte den zweiten Glückskeks hervor. Wann, wenn nicht jetzt?

Blicke zurück, um nach vorne zu schauen.

Dass sie dafür nicht mehr die Kraft hatte, merkte sie, als sie oben in der Küche saß und den Worten Arons lauschte, der ihr von seinem Telefonat mit Jerzy Król berichtete.

»Ich habe ihn kaum verstanden. Sie hätten ihn noch nicht gefunden, hat er gesagt. Weißt du, was er meint?«

Gestern hätte sie es ihm gesagt und gebeichtet, dass Jerzy Król für sie nach Hans suchte. Gestern hätte sie mit ihm über die Entführung der »Landshut« diskutiert. Heute aber konnte sie das alles nicht mehr. Sie konnte nur noch den Kopf schütteln, sein »Was hast du, Eli?« ignorieren und in ihr Zimmer gehen.

Doch Aron ließ nicht locker. In ihrem Zimmer, Eli mit dem Gesicht im Kissen vergraben, hörte sie die Frage noch einmal. Als sie ihm daraufhin erzählte, was Jerzy für sie tat, erwartete sie ein Donnerwetter, erhoffte sie sich Kritik, doch Aron zeigte sich verständig.

»Warum glaubst du, ich könnte das kritisieren? Ich hätte es nicht anders gemacht.«

»Ach, Aron, kannst du mir nicht einmal widersprechen?« Sie brauchte eine Ohrfeige, eine Zurechtweisung oder etwas anderes, das sie spüren konnte. Aron aber nahm sie nur in den Arm. Bis vor kurzem wäre es für sie nicht vorstellbar gewesen, seine Umarmung mit einem »nur« zu verbinden. Sie bat ihn zu gehen, blieb allein zurück auf ihrem Bett und kam nun endlich dazu, über alles nachzudenken – und wenn es die ganze Nacht dauern sollte.

Die Nachttischlampe warf Schatten an die Wand. Wie Eli nach einiger Zeit feststellte, war es ihre eigene Hand, die leblos über den Bettenrand in ihrem Lichtschein hing. Ihr Schatten sah verstümmelt aus, unbeweglich, unbrauchbar.

Schatten an die Wand werfen, das ist das Einzige, womit der Vater die Kinder zum Lachen bringen kann. Er muss dafür stumm sein und Krokodile, Hunde, Vögel nachahmen, damit Hans und sie ihre Angst vor ihm vergessen.

»Mach doch mal ein Hakenkreuz«, ruft Hans, der Zehnjährige. Da ist Hitler noch nicht an der Macht. Der Vater aber weigert sich: Dieses Zeichen, die *Swastika*, würde für so vieles stehen, für die Sonne, für magische Kräfte, als Schutz gegen den Teufel, der es nun selbst missbrauchen würde. Er sagt es mehr zu sich selbst als zu seinen Kindern, doch während Eli, die Fünfjährige, versucht, sich die Worte zu erklären, steht Hans auf, ruft »Ich kann's!« und wirft ein krummes, kaum zu erkennendes Hakenkreuz an die Wand. Der Vater geht aus dem Zimmer.

Nie wieder hatte er danach das Schattenspiel mit ihnen gespielt. Doch nur ein paar Jahre später hatte er sich die um 45 Grad gedrehte Swastika ans Revers heften lassen.

George in Jeans und im Holzfällerhemd – Eli konnte es kaum glauben. Was tat er hier, in ihrer Küche, zusammen mit Aron, mit dem er ernste Blicke tauschte? Hätte er nicht vorher anrufen können? Dann hätte sie sich zurechtgemacht und wäre nicht im Morgenmantel und mit zerzausten Haaren vor ihn getreten.

Es klingelte an der Wohnungstür.

»Das wird William sein«, sagte George, bevor er Eli zart umarmte. Aron machte auf und kam mit Wilhelm in die Küche.

»Fünf Minuten«, sagte Eli erschöpft. »Gebt mir bitte fünf Minuten.« Sie verschwand im Badezimmer und tauchte nach einer Viertelstunde angezogen und gerichtet wieder auf. »Was soll dieses Treffen, Aron?«

»Es war meine Idee, Betty«, sagte George. »Meine Jungs haben etwas über Ihren Vater herausgefunden, das nicht so einfach zu verdauen ist. Ich dachte, es wäre besser, wenn wir alle zusammen darüber reden.«

»So? Das haben Sie also gedacht?« Eli fühlte sich überfahren. Immerhin war es allein ihr Vater. Sie ging voraus ins Wohnzimmer und setzte sich in den guten Sessel. »Ich höre.«

George nahm auf dem Sofa Platz. Die anderen blieben stehen. Sie wirkten betreten. Sie wussten es schon alle, das konnte sie ihnen ansehen. »Man hat Ihren Vater damals zu zwanzig Jahren Haft verurteilt.«

»Ich weiß. Weiter.«

Dieses Mal aber war es George, der um den heißen Brei herumredete. »Er hat in Warschau in etwa das getan, was der jetzt entführte Industrielle in Prag getan hat.«

Das war Eli neu. »Sie meinen Dr. Schleyer?«

»Ja«, übernahm Aron das Wort, »Schleyer war als Mitarbeiter im Zentralverband der Industrie für Böhmen und Mähren tätig. Der Verband war dafür zuständig, die Arisierung der tschechischen Wirtschaft voranzutreiben und Zwangsarbeiter für die heimische Industrie zu besorgen.«

»Na und? Das hast du mir schon mal erzählt«, sagte Eli. »Er ist aber nicht mein Vater.«

George schaute die anderen an. Dann wurde er endlich deutlicher. »Obwohl er erst im Oktober 1939 der SS beigetreten ist, hat man Ihren Vater gleich in den Rang eines Untersturmführers versetzt. So etwas wäre bei uns so gut wie ausgeschlossen.«

»Was hat er getan?« Sie wollte es jetzt endlich wissen.

»Das, was er konnte, Betty. Er hat mit den polnischen Kriegsgefangenen Sprachtests durchgeführt. Wer ausreichend Deutsch konnte, wurde ins Reich gebracht.«

»Und was ist mit denen passiert, die kein Deutsch konnten?«

George schwieg. Aber sie wusste die Antwort bereits. Ihr Vater hatte Richter gespielt. Menschen wie Filip Król wurden nach Deutschland geschickt, andere wie Piotr Kowalski waren ins Lager gekommen. Sie räusperte sich und setzte sich aufrecht hin. »Irgendjemand musste diese Aufgabe ja übernehmen.«

»Eli?« Aron schien nicht glauben zu können, was sie gerade gesagt hatte. »Er wurde zu zwanzig Jahren Gefängnis verurteilt!«

»Aber die Russen haben doch sowieso jeden ins Gefängnis gesteckt, der ihnen nicht recht war. Nein, mein Vater hat eine Aufgabe übernommen und sie ausgeführt. Nicht mehr und nicht weniger. Wie Dr. Schleyer. Ist der verurteilt worden?«

Sie hörte George bitter lachen. »Nein, den haben wir damals tatsächlich entnazifiziert. Kategorie IV: Mitläufer.

Er hat als SS-Rang Oberscharführer angegeben, obwohl wir später herausgefunden haben, dass er eigentlich den gleichen Rang wie Ihr Vater gehabt hatte.«

»Ich war auch Kategorie IV«, sagte Wilhelm nun. Aron schaute ihn interessiert an, während Eli einfach nur hoffte, dass Wilhelm ernst bleiben würde. »Aber ich habe nicht wirklich etwas Schlimmes getan.«

»Ich … äh … begreife das hier gerade nicht.« Aron sah nun auch die anderen an. »Wir sitzen hier nicht zu Gericht. Wir können die Schuld nicht einschätzen. Das haben andere damals getan und entsprechend geurteilt. Wenn dein Vater zu einer so langen Haftzeit verurteilt wurde, dann war er schuldig. Wir dürfen das nicht von heutiger Sicht aus relativieren. Selbst wenn es die Russen waren.«

»Doch, das dürfen wir«, antwortete Eli ihm. »Er hat schließlich nur das getan, was andere von ihm verlangt haben. Es war seine Pflicht.«

»Gerade dich begreife ich nicht, Eli. Wir waren doch gemeinsam in Buchenwald. Du hast es doch gesehen. Du bist meiner Meinung gewesen. Jeder mündige Deutsche in dieser Zeit trägt Schuld.«

Eli stand auf und stellte sich neben den Sessel. Sie brauchte einen kleinen Schutz, um jetzt das zu sagen, was sie sich bereits in der Nacht überlegt hatte. Durch das, was George in Erfahrung gebracht hatte, war es noch richtiger geworden. Sie hoffte, Aron würde ihr eines Tages verzeihen. »Ich war bei Kriegsende neunzehn, Aron. Also war ich mündig. Dann trage auch ich Schuld, nicht wahr? Deshalb kann ich meinen Vater nicht verurteilen.«

5

Ich hätte das Päckchen bei Heidi lassen sollen. Es ist wie ein Klotz am Bein. Die ganze Zeit habe ich es im Kopf, weil ich mich entscheiden muss, was ich damit tun soll. Ich kann es doch nicht allein lassen. Was, wenn ich weggehe, und jemand kommt zufällig vorbei und findet es? Nein, es ist eine Schnapsidee gewesen, es hier im Schuppen zu vergraben. Aber ich konnte nicht anders.

Die blöde Ablassschraube klemmt. Ich werfe den verrosteten Schraubenschlüssel auf den Boden, gehe ins Freie und zünde mir eine Zigarette an. Ich habe noch vier Stück. Gutes Werkzeug bräuchte ich auch, selbst wenn ich keine Ahnung habe, wie so ein Moped überhaupt funktioniert. Aber eins weiß ich: Maschinen müssen geschmiert werden. Sie brauchen immer Öl.

Ich setze mich auf die Bank. Die nervige Frau hat gestern ihre Zeitung liegen lassen. Wahllos schlage ich eine Seite auf. Ich lese, dass der Sohn von Willy Brandt alle Linken dazu auffordert, sich nicht weiter mit der RAF zu solidarisieren. Weiter unten erklärt der Deutsche Journalistenverband, dass er die Nachrichtensperre der Bundesregierung über die Entführung von Schleyer im Moment noch akzeptiere. Ich blättere zum Lokalteil. Ein Mann wurde zu zwei Jahren und drei Monaten Freiheitsstrafe verurteilt, weil er seine Wohnung Gudrun Ensslin überlassen hatte. Ich werfe die Zeitung neben mich. Auf der Titelseite ist ein Foto der entführten Lufthansa-Maschine abgebildet. Die RAF hat es tatsächlich geschafft. Nicht nur ich, das ganze Land ist mit ihr beschäftigt.

Mein Kassettenrekorder braucht neue Batterien. Beim

letzten Rentner, den ich mit ihm vertrieben habe, fing der *Universum* zu leiern an. Warum kommen überhaupt diese ganzen alten Leute hierher? Die nervige Frau war bislang die Jüngste, aber sie ist sicherlich auch schon über fünfzig. Bei ihr hat es am längsten gedauert. Sie führt meine Top Ten der am schwersten zu verjagenden Menschen unangefochten an.

Die Zigarette ist aufgeraucht. Ich werfe sie weg und gehe in den Schuppen. Ich prüfe, obwohl ich das schon zigmal gemacht habe, ob das Päckchen zu entdecken ist. Dann schnappe ich mir den *Universum* und laufe los. Es wird hoffentlich nicht länger als eine halbe Stunde dauern.

Auf der Leipziger Straße in Bockenheim kennt mich niemand. Hier kaufe ich Zigaretten, Batterien, einen kleinen Werkzeugkasten und bei einer Tankstelle einen Liter Motoröl. Neben ihr befindet sich ein Plattenladen. Im Schaufenster entdecke ich das Album von David Bowie. Ein Schwarz-Weiß-Foto, auf dem er starr nach unten schaut und komische Handbewegungen macht. *»Heroes«* in Gänsefüßchen, als meinte er es nicht so. Ich erinnere mich, wie das Mädchen meine Hand gehalten hat und wie ich in dem Lied aufgegangen bin. *We can beat them, for ever and ever.* Ich drücke die Klinke herunter.

Es klingelt schrill, als ich den Laden betrete. Duke hätte sich so eine Türklingel nie angeschafft, den älteren Mann hinter der Kasse scheint es aber nicht zu stören. Es ist ganz still hier drin. Er liest Zeitung.

»Ja bitte?«, fragt er und beißt in eine Butterstulle. Das gibt mir den Rest.

»Ich glaube, ich bin hier falsch«, sage ich schnell und

gehe wieder raus. Nie im Leben hätte der mir erlaubt, mit meinem *Universum* die Platte aufzunehmen.

Ich sehe Duke hinterm Tresen stehen. Ansonsten scheint der Laden leer zu sein. »Hey«, begrüßt er mich, »du hast's also überlebt?«

Er lacht, weil ich ihn so dämlich anschaue. »Die Batschkapp, Mann. Ich habe dich tanzen gesehen. Und trinken. Und dann warst du auf einmal verschwunden.« Duke sieht mir an, dass ich etwas will, so wie ich herumhampele. »Du kommst wegen des Liedes, oder? Wegen *»Heroes«*. Warte, ich lege es dir noch mal auf.«

»Warte, Duke! Ich nehme gleich das ganze Album auf! Ich kauf's und lasse es bei dir, okay?«

Er schaut mich irritiert an. »Und was ist mit deinem Kumpel?«

Ich zucke mit den Schultern. »Sein Plattenspieler ist kaputt.« Ich schlage mir an die Stirn, nehme zurück, was ich behauptet habe, und sage die Wahrheit. »Ich wohne da nicht mehr.«

»So?« Duke legt die Platte auf. Ich schalte den *Universum* an. Los geht's. »Und warum wohnst du da nicht mehr?«

Wem, wenn nicht seinem Plattenhändler, soll man sich anvertrauen, wenn die Welt gerade aus den Latschen kippt? Während David Bowie singt, versuche ich es leise mit einer Kurzform von dem, was passiert ist. Duke scheint ziemlich schnell zu begreifen.

»Moment«, sagt er, noch bevor ich geendet habe. »Wenn ich das richtig verstehe, steckst du in der Falle. Schmeißt du die Dinger weg, kriegt dein Vater richtig Ärger. Werden die

Waffen übergeben, hängt er noch tiefer drin. Schau dir einfach nur an, was gerade passiert. Die haben ein Flugzeug entführt. 91 unschuldige Menschen könnten getötet werden. Und du hängst dann da auch mit drin, wenn du nicht aufpasst. Mann, Johnny! Warum hast du das Päckchen mitgenommen? Sowas Bescheuertes!«

»Ich weiß nicht, wem ich es übergeben soll.«

»Moment«, sagt er wieder, »du willst es auch noch übergeben? An die RAF?«

Ich zucke mit den Achseln. Was soll ich sonst tun?

»Leg das Päckchen an der Villa vor die Tür. Dann muss dein Vater sich darum kümmern. Oder bringe es zu dieser Heidi zurück. Aber hol die Waffen bloß aus deinem Schuppen raus. Wenn andere Schwachsinn machen, dann musst du es nicht auch tun, selbst wenn du mit einem von denen verwandt bist.«

Er macht eine längere Pause und rollt sich eine Zigarette. Ich gebe ihm Feuer. Dann drehen wir die Platte um und nehmen die B-Seite auf.

»Okay?«, fragt Duke. Ich nicke. Er hat recht. Wir schweigen, bis auch die B-Seite aufgenommen ist. »Hast du eigentlich auch die deutsche Version?«, frage ich ihn danach.

»Woher weißt du denn davon?«

»Das Mädchen, das neben mir getanzt hat, hat davon erzählt.« Ich erinnere mich, wie Duke sie und mich in der Batschkapp angeschaut hat. »Du kennst sie, oder?«

Duke zieht die Augenbrauen hoch. »Sie ist meine Tochter. Ich dachte, du weißt das. Du bist ihr doch hier schon ein paarmal über den Weg gelaufen.«

»Das kann nicht sein. Deine Tochter ist nicht blond. Und sie trägt eine Brille.«

Duke nickt langsam. »Ich verstehe, der junge Mann hier schaut also nur auf Äußerlichkeiten. Mit Pferdeschwanz und Brille ist sie meine Tochter. Blond und hübsch angezogen, verknallt er sich in sie.«

»Quatsch!«

Er bückt sich und holt eine Single hervor. *Blondie* heißt die Band, *X Offender* das Lied. Auch die Frau auf dem Cover ist blond. »Sie heißt Debbie Harry, und weil der liebe Gott es so will, glaubt Janis jetzt, dass sie dieselbe DNA wie die Lady hier besitzt. Wie ich gehört habe, hat sich schon ganz New York und halb London wegen ihr die Haare blond gefärbt.«

Ich nehme ihm die Single ab und schaue es mir genauer an. Ich habe Janis tatsächlich nicht erkannt.

»Aber das ist sowieso egal. Sie ist ziemlich sauer auf dich. Auch wenn ich nicht weiß, warum, aber bei ihr hast du keine Chance mehr.«

Die Frau sitzt wieder auf der Bank. Kurz bekomme ich einen Schreck, schließlich war ich mehr als drei Stunden weg. Aber ich kann mir nicht vorstellen, dass sie in den Schuppen gegangen ist. Von irgendwoher höre ich eine Stimme. Als ich neben die Bank trete, bemerke ich das kleine Radio, das sie dabeihat.

»Ich kann es auch noch lauter stellen«, droht sie mir, aber sie klingt dabei ziemlich erschöpft. Ich sage nichts, grinse nur blöd und gehe weiter, um die Tüte mit meinem Einkauf im Schuppen abzustellen. Es ist mir egal, dass sie das mitbekommt. Ich suche mir ein Brötchen heraus und finde das Glas mit den Würstchen. Draußen ist es jetzt still geworden. Sie hat das Radio abgeschaltet. Ich gehe hinaus und setze mich neben sie. Es ist schließlich auch meine Bank. Ich beiße ins Würstchen. Sie hat wieder eine Zeitung dabei, in der sie nun wild herumblättert. Eigentlich hat sich nichts geändert. Dann wirft sie die Zeitung weg.

»Ob du mich für einen Moment allein hier sitzen lässt?«

Ich könnte es jetzt wieder ignorieren. Und überhaupt, sie hat das Zauberwort nicht gesagt.

»Entschuldige, ich bin einfach zu müde, um dich zu siezen. Bitte.«

Na, also doch. »Kein Problem.«

Ich stehe auf und lehne mich an die Schuppentür. Von dort sehe ich, wie sie auf die Alpenlandschaft starrt. Ich setze mich auf den Boden und schaue auch auf die Landschaft, bei der die Gärtner zum Glück einfach alles so wachsen lassen, wie Mutter Natur es will. Wahrscheinlich sind die Pflanzen dadurch größer als in 2000 Meter Höhe. Wo ein eisiger Wind wehen kann. Wo Menschen wie die herzlose Heidi sich wohlfühlen müssten, selbst wenn sie sich nach Indien sehnen. Die einzige Pflanze, die ich erkenne, ist das Edelweiß. Es ist unter einem Maschendraht versteckt. Wahrscheinlich darf man es nicht anfassen.

»Fehlt nur noch ein Murmeltier«, höre ich die Frau sagen. Dann beginnt sie zu weinen. Nach einer halben Ewigkeit setze ich mich wieder zu ihr. Mit spitzen Fingern halte ich ihr ein Papiertaschentuch hin. Sie nimmt es dankbar an.

»Anscheinend habe ich auch Ihnen jetzt Unglück gebracht«, sage ich. »Erinnern Sie sich?«

Gegen ihren Willen muss sie lächeln, das sehe ich. »Du bist mir ja ein … Lieber«, sagt sie und hält sich die Hand an den Mund. »Oh, das tut mir leid. Mir ist das einfach so herausgerutscht.«

Lieber. Ich muss schlucken. Nachdem ich mehrmals Anlauf nehme, mich aber anfangs nicht traue, gestehe ich ihr
schließlich doch, dass lange niemand sowas Nettes zu mir
gesagt hat. »Schon damals, bei den Statuen, haben Sie über
mich als *jungen Mann* geredet. Das fand ich ziemlich famos. Obwohl Sie mich doch gar nicht kennen.«

»Famos?« Sie lacht. »Die famose Eli? Nein, ich bin alles
andere als das. Ich glaube nicht, dass du recht hast, aber ich
lasse es trotzdem gelten.« Ihr Lachen geht in ein Lächeln
über. Dadurch sieht sie wirklich ganz sympathisch aus.
»Darf ich fragen, was du hier machst?«

Ich schüttele den Kopf und antworte trotzdem. »Sie
werden es nicht für möglich halten, aber ich wohne hier.
Drüben, in dem Schuppen. Zumindest für ein paar Tage.
Aber das dürfen Sie niemandem verraten.« Ich betone es
extra so, als würde sie sowas sowieso nicht tun. »Und Sie?
Weshalb kommen Sie an zwei Tagen hintereinander hier-
her? Obwohl Sie doch wissen, dass ich hier sein könnte.
Hatten Sie Sehnsucht nach mir?«

Sie schüttelt den Kopf. Es sei nur der einzige Ort, an
dem sie allein sein könne, sagt sie. Hier würde sie zur Ruhe
kommen. »Und ja, du hast recht, ich ahnte, dass du hier
sein könntest. Aber Sehnsucht? Nach dir?«

Ich schaue wieder auf das Edelweiß. »Sie sind nicht die
Einzige, die keine Sehnsucht nach mir hat. Sie können sich
hinten in der Schlange anstellen. Aber davon abgesehen
gefällt es mir hier einfach. Es ist wirklich schön hier. Momentan würde ich diesen Ort mit keinem anderen tauschen
wollen.«

Dieser Ausspruch schreit geradezu nach einem Nach-
haken. Keine Ahnung, warum ich auf einmal so nett zu

dieser Frau bin. Warum ich Sachen sage, die man hinterfragen muss.

»Ist das Öl auf deinen Fingern?«, fragt sie jetzt.

Ich nicke. »Dort drinnen steht ein altes Moped. Wahrscheinlich für immer. Ich weiß nicht, wie man es repariert.«

»Mein Bruder hatte auch ein Motorrad«, höre ich sie sagen. »Feuergeist hieß es. 175 Kubikzentimeter.« Sie öffnet ihre Tasche und nimmt ein Foto heraus. »Hans auf seinem Motorrad. Es ist mindestens 80 Stundenkilometer schnell gefahren.«

Seltsamerweise sieht mir dieser Hans ein bisschen ähnlich. Und genau wie auf dem Foto – so stelle ich es mir vor, sollte ich diese Kiste jemals zum Laufen bringen – soll mein Haar im Wind wehen. Lässig. »So einen Seitenscheitel wie Ihr Bruder hatte ich auch mal. Aber das Moped im Schuppen ist anders als seins. Meins sieht aus, als könnte ich froh sein, wenn es irgendwann mal schneller fährt, als ich laufen kann.«

Die Frau packt die Fotografie wieder ein. Sie schaut auf meine schmutzigen Finger und den Dreck unter den Nägeln und lächelt. »Schwarzmondsichel«, murmelt sie und boxt mir wie einem guten Kumpel in den Oberarm. Ich habe keine Ahnung, warum, vielleicht ist es ihr ein Bedürfnis. Und was mache ich? Für eine Sekunde, aber wirklich nur für diese eine Sekunde lehne ich meinen Kopf an ihre Schulter. »Ich könnte Ihr Sohn sein!«, höre ich mich sagen. Daraufhin brechen wir beide in Lachen aus. Verlegen, schüchtern? Keine Spur davon.

»Ich erlebe gerade das Schlimmste, was man nur erleben kann«, gesteht sie mir, als wir uns beruhigt haben.

»Ich auch«, antworte ich ihr. Ich stehe auf, gehe um die

Bank herum, nur um mich wieder hinzusetzen. »Vielleicht sollten wir uns einfach alles erzählen?«

Ich sehe, wie sie darüber nachdenkt. Ich habe ja mittlerweile Übung darin, meine Geschichte zu erzählen. Wenn ich so weitermache, wird bald die ganze Welt sie kennen. Aber was soll's? Die Frau kann ja nichts damit anfangen. Es ist ja nur eine Geschichte.

»Machen wir doch ein Spiel daraus«, schlägt sie vor. »Wer die schlimmere Geschichte erzählen kann.«

Ich strahle sie an. »Sie haben keine Chance, Lady. Da habe ich ja jetzt schon gewonnen.«

Irgendwann schaut sie auf die Uhr. »Entschuldige. Da rede und rede ich ...«

»Nein, nein«, unterbreche ich sie, »ich habe nur so etwas ... noch nie gehört.« Mann! Ich habe so etwas noch nie erlebt! Sie erzählt mir von Buchenwald, von Schleyer, von ihrem Bruder und ihrem Vater – ja, sie erzählt mir sogar alles, was sie mit diesem Aron gemacht hat. Das hört sich schön an, aber ich meine, sie ist mehr als dreißig Jahre älter als ich! Kann sie sich nicht denken, was ich mir dann vorstelle?

»Habe ich gewonnen?«, fragt sie mich jetzt so keck wie ein Mädchen. Ich nicke. Sie schüttelt den Kopf. »Nein«, sagt sie, »ich glaube, es steht unentschieden.«

Wieder nicke ich. »Und was machen wir jetzt?«

»Jetzt gibt jeder dem anderen einen Ratschlag, und dann geht jeder seines Weges.«

Wir losen, wer anfängt. Ich bin es. Aber ich habe keine Ahnung, was ich ihr raten soll. Sie sagt, ich solle einfach frei drauflosreden.

»Aron.«

»Wie meinst du das?«

»Das Schönste, was Sie erlebt haben, war die Sache mit Aron. Er ist Ihre Zukunft. Vergessen Sie Ihren Vater. Er war und ist böse.«

Sie dreht ihren Kopf hin und her, verzieht den Mund und sieht mich zweifelnd an. »Aber danke für den Rat.«

»Jetzt sind Sie dran.«

Sie nickt. »Zuerst habe ich gedacht, du solltest die Pistolen wegwerfen. Aber dann wäre es noch nicht vorbei. Deshalb: Zeige deinen Vater an.«

»Was?«

»Dann muss er dazu stehen, was er getan hat. Und du hast noch eine Zukunft. Die darf er dir nicht kaputt machen.«

Ich kann meinen Vater doch nicht verpfeifen! »Das ist kein wirklich guter Tipp«, sage ich.

»Ich weiß«, sagt sie. »Es wäre für dich das Schwerste. Aber man muss an den ersten Punkt zurückgehen, der falsch gelaufen ist. Mittendrin etwas ändern zu wollen wäre so, als gäbe man nur die Verantwortung an andere weiter. Nicht du bist schuld, aber auch nicht die Pistolen. Wenn du das bedenkst, findest du vielleicht genau die Lösung, die du brauchst. Das habe ich von einem Kollegen gelernt.«

Sie macht eine längere Pause, und obwohl ich jetzt gerne was sagen würde, warte ich auf sie. Sie spricht ganz leise.

»Ich habe heute Morgen meinen Vater vor meinen Freunden verteidigt. Ich habe ihnen vorgegaukelt, dass ich mich nicht gegen ihn stellen könnte. Denn wer wäre ich dann noch? Doch dank dir bin ich mir in meiner Entscheidung noch sicherer geworden. Ich kenne meinen Anfang. Würdest du mir eine von deinen Pistolen geben?«

»Was …? Nein!«

»Das habe ich mir gedacht.«

»Was wollen Sie damit?« Will sie etwa ihren Vater er-
schießen? Oder gar sich selbst? Was soll dieser Unsinn?

»Ehrlich gesagt, ich weiß es auch nicht. Aber vielleicht
würde sie mir dabei helfen, mein Vorhaben auch wirklich
durchzuführen.«

6

Ein Kommentar im Radio war es schließlich, der Eli von
den letzten Zweifeln befreite, ob sie richtig handelte. Er
bezog sich auf den Antrag, den Hanns-Eberhard Schleyer
beim Bundesverfassungsgericht gestellt hatte, nachdem
eine Lösegeldübergabe für seinen Vater gescheitert war.
Heute früh wurde bekannt gegeben, dass die Richter diesen Antrag, um eine »Einstweilige Anordnung auf Freigabe
der RAF-Häftlinge« zu erwirken, abgelehnt hatten.

Der Kommentator redete sich in Rage, aber nicht über
das Urteil, sondern über die Begründung des Antragstel-
lers, der die Situation seines Vaters mit dem Streit um den
Paragraphen 218 gleichsetzte. Jeder habe das Recht auf
Leben und körperliche Unversehrtheit, hatte das Bundesverfassungsgericht damals entschieden. Und das hatte der
Sohn für seinen Vater ebenfalls eingefordert. Vergeblich.

»Vor zwei Jahren haben die Karlsruher Richter die Fris-
tenregelung des Abtreibungsparagraphen der rot-gelben
Koalition verworfen, und das war richtig.« Die Stimme
des Kommentators klang sehr trocken und hart. »Heute ist
die anders lautende Entscheidung des Bundesverfassungs-

gerichts aber ebenso richtig. Das Leben des Einzelnen muss in besonderen Situationen – und das sind diese furchtbaren Entführungen nun mal – immer wieder mit dem Gemeinwohl abgewogen werden, sonst wäre die Reaktion des Staates für Terroristen von vornherein kalkulierbar. Nein, die RAF-Terroristen in Stuttgart-Stammheim dürfen nicht freigelassen und ausgeflogen werden.«

Eli schaltete das Radio ab. Eine Zeitlang blieb sie ruhig sitzen. Die Wohnung war von einer Stille durchdrungen, die sie an frühere Zeiten erinnerte. Wenn sie den Kommentator richtig verstanden hatte, konnte eine Frau nicht einfach frei entscheiden, eine Schwangerschaft abzubrechen, weil der Staat – die Regierung oder ein Gericht – festlegt, ab welcher Woche ein befruchtetes Ei Leben genannt werden kann. Das Leben des Arbeitgeberpräsidenten Hanns Martin Schleyer hing hingegen vom Gemeinwohl ab. Er, der lebende Mensch, hatte als Entführungsopfer weniger individuelle Rechte als ein werdendes Kind.

Sie wusste nicht, ob das richtig war. Sie wusste nicht einmal, ob das, was Dr. Schleyer als SS-Offizier getan hatte, mit abgewogen werden musste. Von welchem Menschen ging man aus? Auf der einen Seite von einem Menschen, der erst in sieben oder acht Monaten zur Welt kommen würde – da zählte man dessen Zukunft mit. Auf der anderen Seite von einem Menschen mit einer schlechten Vergangenheit – müsste man sie dann nicht auch mitberücksichtigen? War das eine moralische Frage, eine religiöse? Eben noch hatte sie geglaubt, klare Gedanken fassen zu können, jetzt fühlte sie sich in verschiedenen Wahrheiten verfangen.

Sie wünschte, Aron wäre bei ihr. Er könnte ihr vielleicht

helfen, zu einer Entscheidung zu kommen. Er war klug und weise, er hatte das Herz am rechten Fleck. Aber genau das konnte sie im Moment nicht gebrauchen. Es war ihre Entscheidung, nicht seine. Deswegen hatten er und Sarah gehen müssen. Deswegen hatte sie ihnen vorgespielt, die Verteidigerin ihres Vaters zu sein.

Eli nahm die Kaffeekanne und schenkte sich nach. Es war Zeit für einen zweiten Toast. Sie öffnete den Kühlschrank und fand die andere Marmeladensorte – Himbeere, weil Aron Ingwer nicht mochte. Der Junge hatte recht: Aron war die Zukunft. Das sollte sie bei allem, was sie tun würde, nicht vergessen.

Polizeireviere sehen wahrscheinlich alle gleich aus. Grau und langweilig, davor ein paar Streifenwagen, und drinnen sitzen Beamte in hässlichen Uniformen und spielen Richter. So habe ich es in Erinnerung, doch hier in der Schloßstraße sind keine Einsatzwagen zu sehen. Dabei ist es Sonntag. Da passieren doch so gut wie keine Verbrechen.

Auch drinnen ist es wie ausgestorben. Nur ein gelangweilt aussehender Polizeibeamter sitzt hinter einem Schalter und schaut mich mürrisch an. »Was willst du?«

Ich habe mir überlegt, mich in der Höhle des Löwen einfach mal umzuschauen. Niemals könnte ich meinen Vater verraten. Ich will aber herausfinden, was für ein Gefühl es wohl wäre. Jetzt ärgere ich mich darüber, denn irgendwas muss ich dem Polizisten antworten.

»Mein Fahrrad wurde gestohlen.«

»Und da kommst du heute?« Ich muss ihn ziemlich verdutzt angeschaut haben, jedenfalls lacht er. »Es ist Buchmesse, Junge, und heute wird dazu noch der Friedenspreis verliehen. In der Paulskirche. Alle Kollegen sind unterwegs.«

»Aber Sie sind doch da.«

Er schaut sich nach rechts und nach links um. Dann macht er große Augen. »Stimmt. Mich hätte ich ja fast übersehen. Was mache ich hier nur?« Eine dieser üblichen rhetorischen Fragen, die Erwachsene stellen, wenn sie sich für ganz schlau halten. »Ich mache Überstunden!«, bellt er mich an. »Und ich habe keine Lust darauf. Und auf dein Fahrrad schon gar nicht. Nimm dein Päckchen, und komm morgen wieder.«

Ausgesprochen beleidigt ziehe ich ab. Draußen könnte ich mich fast totlachen. Aber herauszufinden, wie es sich anfühlt, wenn man seinen Vater anzeigt, das hat nicht funktioniert.

Ich gehe die Adalbertstraße hoch und komme zur Bockenheimer Warte. Was hätte der Polizist gemacht, wenn ich ihm gesagt hätte, dass mein Vater ein Terrorist ist? Ich glaube, er hätte mich noch mehr ausgelacht. Und wenn nicht? Hätte er dann seine Kollegen angerufen? *Achtung, Achtung! Hier ist ein Junge mit einem Päckchen unterm Arm, der behauptet, sein Vater wäre ein Terrorist und in dem Päckchen wären Pistolen!* Bestimmt wäre dieser Friedenspreis abgesagt worden, weil die eine Hälfte der Frankfurter Polizei dann meinen Vater gejagt hätte, während die andere mich verhört hätte, um herauszufinden, was ich noch alles wusste.

Was für ein ausgemachter Blödsinn! Mich würde keiner ernst nehmen. Nein, selbst wenn ich wollte, der Vorschlag, den mir die Frau gestern gemacht hat, ist einfach nicht durchführbar. Zehn Minuten später stehe ich vor der Villa.

Dukes Vorschlag, meinem Vater einfach das Päckchen in die Hand zu drücken, ist gut. Aber ich werde es vor die Tür legen, einmal schnell klopfen und dann abhauen. Denn eins ist ja klar: Ich komme hier nicht mehr weg, wenn er und meine Mutter mich erst einmal zu Gesicht bekommen. Nicht, dass sie mich festhalten würden. Ich glaube, ich würde einfach nur stocksteif dastehen und nicht mehr fähig sein, mich zu bewegen.

Sie tun mir leid. Auch wenn ich meinen Anteil daran habe, dass alles so schiefgelaufen ist, ist es ihre Sache. Sie müssen erst alles lösen, bevor ich zu ihnen zurückkommen kann. Deswegen habe ich auch einen Brief geschrieben, in dem ich ihnen das erkläre. *Bringt euer Leben in Ordnung, dann komme ich wieder.* Danke, Paul. Das ist immer noch der beste Vorschlag: sein Leben in Ordnung bringen.

Als ich meinen ersten Schritt auf die Villa zu mache, öffnet Großvater sein Fenster. Er atmet tief ein und macht eins, zwei, drei, vier Kniebeugen. Dann schließt er das Fenster wieder. Zehn Sekunden später stehe ich vor der Tür. Ich stelle das Päckchen auf den Boden und drehe es hin und her, bis es richtig steht, bis sie auch den Brief sehen können, den ich halb hineingeschoben habe. Ich richte mich auf. Einmal ganz laut klopfen mit dem Eisenring. Dann renne ich los und bin bereits um die nächste Ecke, bevor das Klopfen im Haus verhallt ist.

Jetzt muss ich noch nach Schwanheim.

Eli glaubte fast nicht mehr daran, aber dann klingelte das Telefon doch. Sie konnte Jerzy erstaunlich gut verstehen.

»Wir haben ihn gefunden … Hallo? Hören Sie? Wir haben ihn gefunden. Er trägt noch seine Erkennungsmarke.«

Eli nickte. Jerzy erzählte. Irgendwann sagte sie »Ja« und legte auf. Sie ging ins Wohnzimmer und durchsuchte die Familiendokumente. Mit Vaters Pass in der Hand rief sie George an. Er war tatsächlich im Büro.

»Wochenendarbeit, weil durchgeknallte Typen ein Flugzeug entführen. Bei dem, was momentan passiert, muss mein Holzfällerhemd also leider im Schrank hängen bleiben. Ja, Betty, glauben Sie nicht, dass ich nicht gesehen hätte, wie erstaunt Sie mich angeschaut haben. Aber im PX-Laden gibt es sie im Dutzend billiger. Was gibt's? Wollen Sie mir wieder eine Lügengeschichte auftischen?«

»Sie haben es gemerkt?«

»Wie lange kennen wir uns? War das wegen Aron? Wollten Sie ihn loswerden?«

»Ja. Ich dachte, er sollte da lieber nicht mit hineingezogen werden.«

»Sie wollen Richter spielen, nicht wahr?«

»Nein, George, ich *wollte* Richter spielen und auch sein Henker sein. Aber ich habe es mir anders überlegt. Ich brauche Ihre Hilfe. Das Flugzeug muss warten.«

»Alles paletti, Kumpel?«

Ich drehe mich gar nicht um. Aber ich strahle. Natürlich höre ich sofort, wer es ist. »Wie hast du mich gefunden?«

»War doch klar, dass du irgendwann zur Villa gehen würdest.«

»Und wie lange hast du da gewartet?«

»Warte mal …« Paul zählt es an den Fingern ab. »Am Freitag war ich zum ersten Mal dort, und dann gestern und heute auch wieder. Wurde ja auch mal Zeit, dass du da aufkreuzt. Es ist ganz schön langweilig, stundenlang in so einer blöden Kapitalistenstraße herumzustehen. Aber warum bitte schön Schwanheim?« Er wirft seine Tasche und seinen Schlafsack auf den Boden. »Mann, wie hältst du das bloß aus? Die ganze Zeit mit dem schweren Seesack herumzulaufen?«

Ich boxe ihm in die Rippen, will ihm mein Reich zeigen und stelle mich zuerst in die Alpenlandschaft. »Ich bin der König der Zwergberge, und da drüben sind mein Schloss und mein Ross.«

Von dem Moped ist Paul nicht begeistert. »Selbst wenn es irgendwann fährt, kommst du damit noch nicht mal an einem Tag bis nach Offenbach.«

»Wer will schon nach Offenbach? Warum der Schlafsack, Paul? Bist du abgehauen?«

»Das hättest du wohl gerne.« Er grinst, nicht mehr schief, sondern ganz normal. »Nein, meine Mutter hat es einfach nicht mehr ausgehalten, dass ich sie ständig beschimpft habe. Sie hat selbst gemerkt, dass sie zu weit gegangen ist. Aber eigentlich ist im Moment sowieso nichts mit ihr anzufangen. Sie hockt den ganzen Tag vor dem Fernseher oder dem Radio und schaut sich diese Entführungsgeschichte an.«

Im Schuppen greift er in die Plastiktüte und holt das Glas mit den Würstchen heraus. »Wiener Würstchen. Du bist ja ein richtiger Feinschmecker geworden. Warum keine Frankfurter? Und wo gehst du eigentlich aufs Klo?«

Ich zeige nach draußen. »Plumpsklo im Freien. Hab 'n Loch gebuddelt und einen Holzsitz zusammengebastelt. Ist ganz okay. Aber es hat ja auch noch nicht geregnet.«

Aber sosehr er sich auch Mühe gibt, ich merke es doch: Er redet um den heißen Brei herum. »Was ist los, Paul? Dir liegt doch was auf der Zunge.«

»Cooler Spruch, Johnny. Aber du hast recht. Also, wo sind sie?«

»Wer?«

»Die Pistolen. Glaubst du, ich bin blöd? Das Päckchen vor der Tür war leer. Deinem Vater ist es vor Schreck heruntergefallen. Daran habe ich es erkannt. Was hast du vor? Wo sind sie?«

Ich grinse ihn an.

»Jetzt sag schon.«

»Na, denk doch mal nach. Du hast mich doch verfolgt. In Schwanheim sind sie. Ich habe sie wieder Heidi untergejubelt.« Es war ganz einfach. Ich bin in die Wohnung geschlichen, habe sie eine nach der anderen leise ins Wasserbecken des Klos gleiten lassen, und dann, nach einem kurzen Griff unter den Küchentisch, nichts wie raus. Selbst wenn Heidi da gewesen sein sollte, sie wird nichts bemerkt haben.

»Wieso das denn?«, fragt Paul jetzt. »Das ist doch bescheuert!«

»Man muss immer extrem denken. Sich überlegen, wie es enden könnte. Daran denken, wie es angefangen hat ...«

»Wie es angefangen hat!«, unterbricht er mich. »Was für ein Quatsch! Dann kannst du gleich bei den Nazis anfangen. Ohne die hätte es die RAF doch gar nicht gegeben. Oder bei Adam und Eva. Das sagen doch die Popen: Wir alle sind schuld.«

Ich grinse. »Kain und Abel, oder was? Nein, das ist mir zu weit weg. Und um die Nazis kümmert sich schon jemand anderes. Bei mir ist Heidi der Anfang. Sie hat meinem Vater Anweisungen gegeben. Sie trägt mehr Schuld als er. Wenn mein Vater will, kann er jetzt zur Polizei gehen und sie anzeigen.«

Das habe ich ihnen in dem Brief geschrieben, erkläre ich ihm. »Die Polizei würde bei ihr die Waffen finden und sie festnehmen. Mein Vater kann das leere Päckchen aber auch der RAF übergeben und denen sagen, wo die Waffen sind. Sie können ihm nichts tun, weil sonst Heidi dran ist. Schau.« Ich hole ihren Pass aus meiner Hosentasche. Heute in der Nacht habe ich mich daran erinnert, dass ich ihn unten am Küchentisch entdeckt habe. »Sie heißt gar nicht Heidi. Ich kann sie auffliegen lassen. Ich muss den hier einfach nur bei der Polizei abgeben. Und schon landet die Tochter eines berühmten Kapitalisten im Knast.«

Paul schüttelt den Kopf. »Das ist Unsinn, Johnny. Wie soll das funktionieren? Was, wenn dein Vater einfach gar nichts tut?«

Ich zucke mit den Schultern »Dann bleibt alles, wie es ist. Nur dann sehen mich meine Eltern nie wieder. Das wissen sie. Das habe ich ihnen auch geschrieben.«

»Und das hast du dir alles in deinem kleinen Hirn ausgedacht?«

»Sag mal, was ist eigentlich los? Ständig machst du hier so blöde Beleidigungen. So wie damals bei Boris.«

»Quatsch! Mach ich doch gar nicht.«

»Doch. Machst du. Und das weißt du auch.«

Dazu sagt er nichts mehr. Er geht raus aus dem Schuppen und setzt sich auf die Bank. Ich setze mich zu ihm und warte. Dann beginnt er zu erzählen.

»Chiara und ich, wir haben uns geküsst. Das war schön. Und weißt du was? Ich habe mir tatsächlich vorgestellt, ich wäre du. Aber nur ganz kurz.« Er klopft mir auf die Schulter. »Danach ging's wie von selbst. Danke für den Tipp, Kumpel.«

7

Paul ist über Nacht geblieben. Aber am nächsten Morgen meint er, dass selbst der Wald bequemer gewesen sei als mein Schuppen. Nachts ist es wirklich schon ziemlich kalt, und so richtig wohl fühle ich mich auch nicht.

»Kommst du mit?«

»Zu dir nach Hause?«

»Quatsch. In die Schule. Heute ist Montag.«

Ich denke an Boris, Peymann und Miriam und an die Deutscharbeit, die ich noch schreiben müsste. Aber vor allem denke ich an Chiara. »Ich glaube nicht.«

Ich sehe ihm an, dass er mich überzeugen will, mitzukommen. *Jetzt stell dich nicht so an, John-Boy* – das will er sagen, oder *Du Memme*, sowas halt. Aber er sieht mir an, dass es nicht funktionieren wird. Es gibt gerade Wichtigeres in meinem Leben als die Schule, selbst wenn mir in der Nacht Zweifel gekommen sind, ob ich gestern richtig gehandelt habe. Ich muss einfach abwarten. Abwarten und Tee trinken.

Jasmin, Eli. Nicht Hagebutte.

Und so wirft sich Paul seine Tasche über die Schulter und klemmt sich den Schlafsack unter den Arm.

»Was macht eigentlich Peymann?«, frage ich ihn.

»Was er immer macht. Boris ist gerade dran. Wir sehen uns, Kumpel.«

Ich glaube, er weiß, wie gut es tut, das zu hören.

Gleich nach dem Aufwachen schaltete Eli das Radio ein. Die »Landshut« war in Mogadischu gelandet. Es war der fünfte Tag der Entführung. Eli wusste, dass es der letzte sein würde. Die Joker und Trümpfe waren ausgespielt, und mit der Entscheidung des Bundesverfassungsgerichts hatte die Regierung nun die Möglichkeit, alles zu tun. Am frühen Morgen war die Leiche des Piloten über eine Notrutsche aus dem Flugzeug gebracht worden. Man hatte ihn erschossen. Sehr viel länger würde man die Entführer also nicht mehr hinhalten können. Man könnte sie jetzt nur noch vertrösten und behaupten, dass man die Häftlinge freilassen würde.

Eli bemühte sich, alles so wie immer zu machen. Heute war sie früher dran als Herr Moser. So legte sie seine *Neue Presse* auf die Treppenstufen hoch zum dritten Stock. Kaffee, Toast, eine Dusche, dann packte sie eine Tasche und wartete, bereits im Mantel, am Küchentisch auf den Anruf. Gern hätte sie jetzt noch einen Glückskeks gehabt. Selbst wenn der Spruch einmal nicht passte, man konnte seine Gedanken an ihm spiegeln, sich hinterfragen, neue Lösungen finden. Damals im Goldenen Löwen, als die chinesische Kellnerin sie ihnen zum Abschied gegeben hatte, hatte sie sich noch darüber lustig gemacht.

Das Telefon läutete. Es war George. Sie hörte ihm zu und nickte. Dann rief sie die Sekretärin ihres Chefs an, meldete sich krank, packte die Tasche und verließ die Wohnung.

Nachdem Eli ihm alles erklärt hatte, bat der Junge sie, einen Augenblick zu warten, und verschwand wieder im Schuppen. »Wie heißt du eigentlich?«, rief sie ihm durch die Tür zu.

»Johnny«, rief er zurück. »Und Sie?«

»Eli. Willst du mich duzen, Johnny?«

Sie freute sich über sein »Ja« und wartete, dass er wieder herauskam.

»Setz dich auf die Bank, Eli. Und mach die Augen zu. Bitte! Es ist eine Überraschung.«

»Johnny, ich habe es eilig.«

»Bitte, Eli! Es ist wichtig.«

Sie setzte sich hin, schloss die Augen, roch die Alpen, hörte die letzten Vögel des Herbstes. Könnte sie doch hier sitzen bleiben.

»Jetzt. Mach die Augen auf.«

Johnny saß vor ihr auf dem Moped, weit über das Lenkrad gebeugt, und tat so, als würde er fahren. Er hatte sich etwas Öl ins Haar geschmiert und sich wie Hans einen Seitenscheitel gelegt. Dazu trug er eine seltsame Bundfaltenhose, aber er hatte die Hosenbeine in die Socken gesteckt. Eli kamen die Tränen. »Warum machst du das?«

»Weißt du – Johannes, Hans –, das ist doch ein und dasselbe. Kann ich nicht mit dir mitkommen?«

Ja, ich weiß, es war ein Fehler. Aber ich glaube, ich habe ihn wieder ausgebügelt. Ich wollte sie nicht verletzen. Ich dachte, es würde ihr Spaß machen. Und ich weiß auch, dass sie mich ebenfalls nicht verletzen wollte. Sie hat ja auch recht. Wie würde das aussehen, wenn ein Sechzehnjähriger bei einer erwachsenen Frau einzieht?

»Mach's gut, Johnny«, hat sie gesagt.

»Wir sehen uns, Kumpel«, habe ich geantwortet. Was hat sie gelacht! Aber ich habe keine Ahnung, ob ich sie wiedersehen werde. Ich kenne ihren Namen – Eli – und ihre Geschichte, sonst nichts. Und von ihrer Geschichte weiß ich schon nach zwei Tagen nicht mehr alles. Man vergisst mit der Zeit und erinnert sich meist nur noch an das, was man selbst erlebt hat. Oder was einen so beeindruckt hat, dass man es für immer im Gedächtnis behält.

Ich schiebe das Moped zum Schuppen, aber ich stelle es nicht rein. Ich will mich auf die Bank setzen und es anschauen, wie es gleich hinter der Alpenlandschaft steht. So als hätte ich eine große Reise gemacht.

Er würde wieder im grünen Zimmer liegen, erklärte die Frau am Empfang. »Gesund wie ein Fisch im Wasser, sagt die Oberschwester.«

»Gibt es dort ein Telefon?« Eli konnte sich nicht erinnern, aber die Frau nickte. »Dann geben Sie mir doch bitte Bescheid, wenn jemand kommt und mich sprechen will.«

Auf dem Weg in die erste Etage überlegte sie ein weiteres Mal, ob sie nicht doch der Mutter alles erzählen sollte. Aber eigentlich ging es sie ja nichts mehr an. Sie hatte sich selbst aus der Geschichte herausgeredet.

Man hatte den Vater im Bett ein wenig aufrecht gesetzt, damit er besser fernsehen konnte. Die Berichterstattung über Mogadischu lief mittlerweile rund um die Uhr. Eli schaltete den Apparat einfach aus.

»Elisabeth ...!«

»Tut mir leid, Vater.« Sie ging zu seinem Schrank, fand den Koffer und packte seine Sachen.

»Was machst du da? Warte ... nimmst du mich zurück nach Hause?«

Eli lachte. »Wie soll das denn gehen, Vater, wo dein Bett

doch auf dem Speicher steht? Und in dem neuen schläft jetzt ein anderer.« Hoffentlich. »Es ist ein Jude, weißt du? Er ist mein Freund.«

»Leg die Sachen wieder zurück. Mir geht es gut hier, danke. Du brauchst mich nicht irgendwo anders hin…«

»Das werde ich auch nicht, Vater. Wir machen einen Ausflug, nur du und ich. Ohne Mutter.«

»Hör mal … was ist das für ein Unsinn? Du siehst doch, wie krank ich bin!« Er begann zu husten, doch Eli wusste, dass er nur so tat als ob.

»Du wirst es überstehen. Außerdem fahren wir in einem Krankenwagen.«

»Und wohin werden wir bitte schön fahren?«

»Nach Lubliniec. Du kennst es sicher noch als Lublinitz. Dort ist Hans gestorben, wie du weißt.«

»Ich habe keine Ahnung, was du meinst. Woher soll ich wissen, wo dein Bruder gefallen ist?«

Eli ging nicht darauf ein. »Wir haben ihn gefunden. In einem Brunnen. Deswegen werden wir ihn begraben. Dort. Nicht hier. Und dort kannst du mir auch erklären, woher du von seinem Tod gewusst hast. Dort, nicht hier. Dort werden auch deine Richter sein: Filip Król, der sechs Jahre lang Zwangsarbeiter in Wuppertal gewesen ist, weil er Deutsch konnte, und Piotr Kowalski, der für die gleiche Zeit ins Lager kam, bloß weil er nur Polnisch sprach. Er hat es überlebt. Hast du das entschieden?«

»Eli …«

Sie hob die Hand. »Ich will nichts hören. Zu zwanzig Jahren Gefängnis hat man dich verurteilt. Du hast also noch zehn Jahre vor dir. Erst dann bist du frei von Schuld.« Sie hielt inne und fügte hinzu: »Eigentlich.«

Das Telefon klingelte. »Ich komme«, sagte sie in den Hörer. Sie zog den Vater an. Er wehrte sich nicht. Er hatte beschlossen, stumm zu sein. Sie setzte ihn in den Rollstuhl, nahm seinen Koffer und ihre Tasche und fuhr mit ihm im Aufzug hinunter. George stand in der Eingangstür. Er trug wie versprochen ein Holzfällerhemd und hielt die Pässe in der Hand. Wilhelm tauchte neben dem Krankenwagen auf, winkte, machte Faxen und zog den Hut, den er nicht besaß.

Jemand setzt sich neben mich. Aber ich weiß, dass es nicht Paul ist, und auch nicht Eli.

»Hallo«, sagt sie.

»Hallo«, sage ich. Dann sagen wir erst mal nichts. Sie schaut mit mir zusammen auf das Moped und auf die Alpen.

»Da willst du hin? Mit dem Ding?«, fragt sie mich.

Ich schüttele den Kopf. »Ich bin doch schon da.« Dann drücke ich die Starttaste auf dem *Universum*. Zum ersten Mal, seit ich es bei Duke aufgenommen habe, höre ich es mir an. Wieder die Sirenen, die mir jetzt richtig gefallen. Doch dieses Mal singt er nicht von Delfinen. Merkwürdigerweise beginnt er gleich mit König und Königin.

»Ich mag die englische Version auch lieber«, sagt sie mitten im Lied. »Besonders das Ende. Es gibt nämlich zwei unterschiedliche.«

Und tatsächlich: Das Lied auf der Single, die Duke in der Batschkapp aufgelegt hat, wurde langsam ausgeblendet. Auf der LP-Version gibt es aber noch eine weitere Strophe. David Bowie singt, dass wir nichts sind, dass nichts uns helfen wird, dass wir vielleicht lügen und du vielleicht besser gehen solltest. *»But we could be safer, just for one day.«* So endet das Lied. Ich drücke auf Stopp. Ich drehe mich zu ihr um.

»Was meint er damit?«

»Ist das wirklich so schwer zu verstehen?«, fragt sie und seufzt. »Du kannst ein Held sein, oder du kannst nichts tun, was vielleicht sicherer ist. Und selbst wenn du nur für einen Tag ein Held bist, ändert sich dadurch dein ganzes Leben.«

Ich bin perplex. Von Musik versteht sie viel mehr als ich. Und die blonden Haare stehen ihr echt gut. Es sieht tatsächlich so aus wie bei Debbie Harry. »Ich habe dich wirklich nicht erkannt«, sage ich.

»Ich weiß. Duke hat es mir erzählt. Und dass ich dich hier finde. Er meint, du könntest auch bei uns wohnen.«

Ich nicke, sage aber nichts. Ganz ehrlich? Das ist genau das, was ich mir gewünscht habe. Manchmal ist das Leben schön. Manchmal funktioniert es. Ich muss Duke sowieso noch den Kopfhörer zurückgeben.

»Weißt du eigentlich jetzt, wie ich heiße?«

»Ja«, sage ich zu ihr, »du heißt Lola.«

»Du Idiot«, sagt sie zu mir.

– Ende –

In eigener Sache

Ich habe mich bemüht, allein das Wissen und die Kenntnisse aus der 1977er-Gegenwart zu berücksichtigen. Das war mitunter nicht einfach, werden doch viele Erinnerungen an diese Zeit durch neuere Erkenntnisse überlagert. Bücher wie »Der Baader-Meinhof-Komplex« von Stefan Aust haben mir viele Anregungen gegeben, mich aber auch in manche Falle tappen lassen. Deswegen haben mir besonders die eigenen Erinnerungen aus dem Jahr 1977 geholfen sowie die vieler anderer, die Lektüre von Originalzeitungen, die archivierten *Tagesschau*-Sendungen und die *Dokumentation zu den Ereignissen und Entscheidungen im Zusammenhang mit der Entführung von Hanns Martin Schleyer und der Lufthansa-Maschine »Landshut«*, herausgegeben vom Presse- und Informationsamt der Bundesregierung am 7. November 1977.

Elis Vater – Friedrich Balthasar Meissner – habe ich mir genauso ausgedacht wie sein Geburtsjahr 1893. Es sollte eine fiktive Figur sein, die mir beim Schreiben größtmögliche Freiheit gewähren würde. Aus Neugierde habe ich viel später in den Totenlisten des Speziallagers Nr. 2 geblättert und bin tatsächlich auf einen Friedrich Meißner gestoßen, der im gleichen Jahr wie meine erfundene Figur geboren wurde und am 2. September 1947 im Speziallager starb. Fiktion und Wahrheit überschneiden sich manchmal.

Der am 16. Oktober 1898 in Hamburg geborene Franz Lewy hat hingegen wirklich gelebt. Der Häftling mit der Nummer 5415 starb am 23. Juni 1938 in Buchenwald. Über mögliche Nachfahren habe ich nichts herausfinden können. Franz Lewy ist nicht einmal vierzig Jahre alt geworden. Sein ihm von mir angedichteter Sohn Aron Lewy hat am 4. Juli 1978 im Frankfurter Römer Fräulein Elisabeth »EM« Meissner standesamtlich geheiratet. Sie ist meine Erinnerung an Ursula »UA« Assmus, die »Mutter aller Friedenspreisträger*innen« (Alfred Grosser), mit der ich mehr als zehn Jahre bis zu ihrem Tod im Februar 2017 befreundet gewesen bin. Die Welt braucht Held*innen wie sie.

Quellennachweis

Presse- und Informationsamt der Bundesregierung (Hrsg.): *Dokumentation zu den Ereignissen und Entscheidungen im Zusammenhang mit der Entführung von Hanns Martin Schleyer und der Lufthansa-Maschine »Landshut«*, Presse- und Informationsamt der Bundesregierung, Bonn 1977. S. 40, 70, 88.

Theodor W. Adorno: *Noten zur Literatur*, Suhrkamp, Frankfurt am Main 1958; aktuelle Ausgabe 2003. S. 284 ff.

Es finden sich Zeilen aus folgenden Liedern in dem Roman:

Billy Gibbons, Dusty Hill, Frank Beard (ZZ Top), *La Grange*, © BMG Rights management, S. 14 ff., 29, 34 f.

Billy Gibbons, Dusty Hill, Frank Beard (ZZ Top), *Jesus Just Left Chicago*, © BMG Rights management, S. 27.

Gordon Lightfoot, *If You Could Read My Mind*, © Warner Chappell Music, Inc., S. 71 f., 111, 187 ff., 300.

Steve Jones, Glen Matlock, Paul Cook, Johnny Lydon (Sex Pistols), *The God Save the Queen Symphony (No Future)*, © Universal Music Publishing Ltd., S. 115.

John Lennon, Paul McCartney (The Beatles), *Nowhere Man*, © Parlophone / EMI / Capitol / Universal Music Publishing Ltd., S. 135.

David Bowie, Iggy Pop, *Lust For Life*, © Sony / ATV Music Publishing LLC, BMG Rights management, S. 123, 137 ff., 142, 244.

Gustav Mahler, Friedrich Rückert, *Ich bin der Welt abhanden gekommen*, S. 87, 176, 186 ff., 299.

Ray Davies (The Kinks), *You Really Got Me*, © BMG Rights management, S. 248 f., 252 f., 272.

Ray Davies (The Kinks), *Lola*, © BMG Rights management, S. 262.

Erik Satie, Henry Pacory, *Je te veux*, S. 318 f.

David Bowie, Brian Eno, *»Heroes«*, © Warner Chappell Music, Inc., Universal Music Publishing Ltd., Sony / ATV Music Publishing LLC, BMG Rights management, S. 339 f., 390.

Brigitte Glaser

Bühlerhöhe

Roman.
Taschenbuch.
Auch als E-Book erhältlich.
www.ullstein-buchverlage.de

Deutschland, 1952: Zwei Frauen mit
Vergangenheit, ein geheimer Auftrag

Rosa Silbermann reist mit einem geheimen Auftrag in
das Nobelhotel Bühlerhöhe. Sie soll Bundeskanzler
Konrad Adenauer schützen. Rosa ist in den dreißiger
Jahren aus Köln nach Palästina emigriert und arbeitet
für den israelischen Geheimdienst. Ihre Gegenspielerin
ist die misstrauische Hausdame Sophie Reisacher, die
ihre Heimatstadt Straßburg verlassen musste und für
den gesellschaftlichen Aufstieg alles geben würde. Rosa
und Sophie wissen, was es heißt, wenn ein ganzes Land
neu beginnen will. Beide verfolgen ihre eigenen Pläne.

Vor dem Hintergrund der jungen Bundesrepublik erzählt Brigitte Glaser eine spannende Geschichte, die
auf wahren historischen Ereignissen beruht.